血雨華年

血雨華年

顏純鈎 著

香港中文大學出版社

《血雨華年》
顏純鈎　著

國際統一書號 (ISBN)：978-988-237-106-4

2019年第一版
2021年第二次印刷

出版：香港中文大學出版社
香港　新界　沙田．香港中文大學
傳真：+852 2603 7355
電郵：cup@cuhk.edu.hk
網址：cup.cuhk.edu.hk

Youth in the Years of Blood Rain (in Chinese)
By Ngan Shun Kau

ISBN: 978-988-237-106-4

First edition 2019
Second printing 2021

Published by The Chinese University of Hong Kong Press
The Chinese University of Hong Kong
Sha Tin, N.T., Hong Kong
Fax: +852 2603 7355
Email: cup@cuhk.edu.hk
Website: cup.cuhk.edu.hk

Printed in Hong Kong

獻給

我的同時代人

目錄

血雨華年

緣起

上世紀七十年代末移居香港，開始嘗試寫小説，那時有一個心願，就是寫一部關於文革的長篇。四十年過去了，養家活口甚艱難，總是不敢去想長篇的事，而文革題材一直像夢魘糾纏，驅之不去。

前年退休後，痛下決心，寫寫改改，前後五易其稿，終於勉強拿出來見人了。

我是文革期間的紅衛兵頭頭，在我故鄉福建省晉江縣安海鎮，三年之間經歷所有折騰，很多個人經歷化入這部小説，不少故事情節都是真實發生的，部分人物也有生活原型，當然，為小説結構的完整，情節發展的需要，虛構的成分隨處可見。

我沒有正面寫保守派，實際上他們和造反派一樣，都有同樣的遭遇和感受，只要把小説中的「八二九」換作「紅總司」，情節和人物基本不變，都可以成為另一部長篇。三年如寇仇，捨命鏖戰，潰退下來各自裹傷，再經上山下鄉一番煉獄磨難，此後道左相逢，握手認老臉，就只剩苦笑。

一九六六至一九六九三年紅衛兵運動，都按時間順序寫下來，中間梅花間竹插入的人物特寫，時空卻不受文革現場的限制，方便交代家國變遷和人物命運，安排一些伏筆和呼應，希望不會因此造成混亂。

一場「史無前例」的群眾運動，來得蹊蹺，去得古怪，中國命中有此一劫。十年辛苦遭逢，最後才發覺，沒有任何人從這場運動中得益，文革留給我們的，只是災難和負資產。中國人至少還得用幾代人的時間，才能把殘留在我們民族文化裏的文革遺毒清理乾淨。

歲月無情，文革一代都老了，很多當事人都不在了，記憶也可能模糊。今日重回半個多世紀前的現場，希望誠實地重現當日的社會環境和思想感受，同時多一點清醒的觀照和反省。我曾參考一些必要的歷史記錄，盡可能使小說前後渾然一體，但長篇小說架構大，人物多，情節交叉，難免會有錯漏，希望讀者隨時指正。

小說中有一些對於文革的反思，為忠於當時人的認識水平，基本上疑問多於結論，幸好讀者可以從整個文革的起承轉合中，自行去認識這場運動的荒謬和嚴酷。

對於書中人物，真真假假，我都賦予同情。榮辱過眼，生死契闊，那些青綠往事在筆下重現，只剩無盡欷歔。

一個正常的人，不會熱中於鬥爭與壓迫他人，所有的罪惡如果要清算，只能清算那個年代的價值觀念、清算政府宣傳機器對全體國人的「洗腦」，清算毛澤東的偏執與狂妄——他不惜以中國人的血肉之軀，去做共產主義祭壇上的供品。如果我們有什麼要儆示後代，那也只是一句話：小心那些「偉大領袖」！任何人以任何理由要你為非作歹，你都要先問過自己的良知。

魯迅說：「悲劇將人生有價值的東西毀滅給人看」，整個文革就是一場大悲劇。悲劇會不會重演？這還真說不準，現在還有人在為文革招魂，各種亂七八糟的意識形態在中國大地上流竄，理性陷落，戾氣如瘟疫流行——中國是好是歹，唯有天知。

一些老朋友曾提供不少運動中的細節，也有一些朋友給了我很好的忠告，我心存感激，但願我沒有令他們失望。

寫完這部長篇，我與文革就沒有什麼瓜葛了，我把它獻給我的同時代人。江湖日遠，衰病日近，一切留待歷史去審判。

前言

關於文革，我再不把它寫下來，就快沒有能力寫了。半個多世紀過去，很多一起親歷過那些歲月的人不在了，記憶也模糊了，再不寫，就沒有機會寫了。

歷史是所有人記憶的總和，但歷史又不僅僅是記憶。每個人盡可有自己的文革，也不必挑剔他人的文革，因為以後人們說起文革，也是所有人記憶的總和。

歷史不是由親歷者寫的，是由後人寫的，但我們若不留下記憶，後人將無從寫我們的歷史。

當然，歷史永遠可疑，正史經過粉飾，野史難免胡編，真真假假一筆糊塗帳。司馬遷寫項羽在烏江邊仰天長歎：天亡我也，非戰之罪！他並沒有在現場，在現場的將士也沒有文字留下，這個歷史細節也是可疑的，但如果因此就否定司馬遷，那我們就沒有歷史了。

五十多年滄桑變故，家國幾經翻覆，無論如何，沒有文革，便沒有改革開放，沒有改革開放，便沒有今日中國。歷史是一條長河，後浪逐前浪，前事之果，後事之因。歷史在什麼地方轉彎，在什麼地方長驅直往，都有天經地義的邏輯，明白了過去，才明白今天，也才可以思索未來。

當我們回望過往，都用一種俯瞰的姿態，我們高高在上，下視紛亂喧囂的塵寰。那些似曾相識的人，在他們的時代莽撞呼嘯。他們肆意揮霍青春，以野蠻為時尚，將理想寫在邪惡的旗幟上，那些輕狂日子裏種下的苦果，要用一生那麼長的時間去咀嚼。

歷史是由絕大多數人的行為構成的，人民的共同意志決定歷史的走向。但歷史只不過是籠統抽象的表述，真正生動、有血肉、可歌可泣的，是人，是他們的選擇和命運。

說到底，關於文革，我想寫的，不是歷史，是人。

第一章

井下的老師

浮生路迢遙，事情是從哪裏開始的？

今日溯流而上，有如歷史濃縮在一個狹窄的甬道裏，一個急速後退的鏡頭，無數古怪淩亂的畫面閃過，一直退一直退，退到一個定格，那是一九六六年夏天，那一天我站在母校人民中學門口。

半下午時分，遠天烏雲積壓著，有閃電隱約遊走，天氣悶熱難當。

我的右手邊是母校人民中學的大操場；往左邊去，坡上是醫院，母親因腸胃炎住在那裏，坡下是母校的教師宿舍。

我每天到醫院看望母親，眼下也可以到校園走一走，或者到教師宿舍去找老師敘敘舊。多年後我才明白，那片刻之間的猶豫，決定了我的一生。

操場上有人朝門口這邊跑過來，我攔住一個同學，他喘著說：「鄭經天老師跳井了，工作組在撈人。」鄭經天老師教過我歷史，我心頭一緊，跟著他們往宿舍跑去。

教師宿舍有兩幢，都建在山坡上，一條石階過道從兩幢宿舍中間穿過。高處是平房，低處是兩層樓，低處樓前有一大片空地，空地上四根木柱吊著繩子曬衣物，一棵梧桐樹在墻邊，梧桐樹不遠處，就是那口水井。

一條繩子橫在石階底端路口，把我們攔住，四五個人在水井邊忙碌，遠處一隻狗哀哀地吼著。

等了好一會，鄭老師給抬出來了。一個裝水果的木箱，用木條草草釘成，箱子小，鄭老師的上半身沉在箱底，兩隻腳懸在箱子外。一隻腳上的鞋子掉了，蒼白的腳板奇異地單薄，另一隻腳上的皮鞋，前掌破了一個洞，鞋跟磨得斜了一邊。

眾人都屏住呼吸，目送抬屍的人經過。我心口狂跳，呼吸有點不順暢，那是我有生之年頭一次看見屍體。鄭老師的臉看不見，他的臉歪向一個幾乎不可能的角度，想是把他往水果箱裏丟的時候，沒有人小心扶著他的脖子。我狠狠朝那幾個抬箱的人看了幾眼，覺得這些人與我有仇。

抬箱的人往石階上走去，木箱上滴下的水，歪歪扭扭在紅磚地上留下兩行水跡，看上去像血。

人人都呆著，沒有人説話，咫尺之間，生與死擦肩而過，令人猝不及防。

半晌，人群正待散去，石階上踉踉蹌蹌跑下一個婦人，神色倉皇，頭髮散亂，跑到人群前面，喘吁吁問：「救上來了沒有？人呢？啊？」

「剛剛抬出去了。」有人回答。

「怎麼樣？啊？」她驚惶地瞪大雙眼。

「人應該是沒有了。」旁邊有人説。

那女人兩眼一翻，腿一軟，就往一旁倒下去。

身後有個男人蹲下身子，將她扶坐起來，抬起頭對我説：「快！去找一杯水來。」

原來一直站在我身後的是教語文的曾沛然老師。

等我把水端來，女人已經悠悠醒轉了，曾老師還用拇指掐著她的人中穴，他接過水杯，小心湊近那女人嘴邊，低聲吩咐：「慢慢來，喝一兩口。」

擾攘一番，有同學扶著鄭老師妻子走了，曾老師悄悄拉了我一把，我就跟著他到宿舍去。

曾老師宿舍在單邊樓的樓上，門口搭著一個小灶間，門邊褪色的春聯寫的是：「四海翻騰雲水怒，五洲震盪風雷激」。

房間被一個兩層高的衣櫃隔開，前面一張小床，後面一張大床，床上的被子都沒有疊起來。靠窗的桌子上，報紙雜誌文具茶杯茶壺互相侵奪空間，四下裏是一片兵荒馬亂的景象。

曾老師倒了一杯水給我，問道：「放假回來？什麼時候到的？」

「是請假回來的，母親病了。」北京那邊文化大革命正如火如荼，如果不是擔心母親，我也捨不得離開那裏。

說起鄭老師，曾老師也不住搖頭。其實他沒有大字報，同學都喜歡他，工作組關了他一個多月，誰知道一回來就想不開了。

「北京那邊，工作組都撤了，我們都在批判工作組了。」

曾老師瞪大雙眼。

我簡單說了一下，北京大學的聶元梓等人寫了一張大字報，炮轟校黨委，毛主席知道了，說它是「全國第一張馬列主義的大字報」，《人民日報》先後發表了《橫掃一切牛鬼蛇神》和《觸及人們靈魂的大革命》等社論和評論員文章，這樣文化大革命的火就點起來了。

曾老師點點頭：「這些情況報上都看到了。」

運動初期劉少奇往大學裏派工作組，他老婆王光美又把社教那個「桃園經驗」帶進清華大學，把一些學生老師關起來了。我們學校有個叫蒯大富的，跟工作組鬥爭，關了好久，後來毛主席親自過問，周總理到清華大學調查，現在全部翻轉過來了。

「原來是這樣啊，唉，我們這裏，工作組還是太上皇。」

「他們的日子長不了了。」

曾老師歎一聲，說這年頭都不知道怎麼做人了。用心教書，說你白專道路，關心同學，說你腐蝕革命後代。教生物的鍾老師，監考時沒事做，拿一張廢紙寫字解悶，正面字堆裏有「毛澤東、朱德」，背面橫七豎八的字裏又藏著「還我河山」，學生單單挑出這幾個字串起來，變成「毛澤東朱德還我河山」，就說他要復辟，抓起來鬥。

「照這樣鬥下去，學校裏就沒幾個好人了。」曾老師轉過臉望向窗外，滿臉憂色。

「這次運動，中央的精神是整三種人，一是走資本主義道路當權派，二是反動學術權威，三是牛鬼蛇神。」我說。

曾老師苦笑：「那還不夠嗎？誰都可以歸到牛鬼蛇神那一類裏去。」

「盧校長呢？他怎麼樣？」

「運動初就調去南水縣做工作組長。聽說相鄰幾個縣的幹部互調，我們這裏派人去整他們，他們那邊派人來整我們，大家都不認識，才下得了手。」

「學生呢？北京中學生都起來造反了。」

「前段時間都在鬥老師，最近反倒疲了。高三年段的還在準備高考——照你看，劉少奇這一次會不會下台？」

「中央政治局常委的新名單，劉少奇已經從排名第二位掉到第七位。這一次派工作組主要是他領導，他老婆王光美到學校整學生，毛主席生氣了，形勢在起變化……」

外面突然人聲嘈雜，我們起身到走廊上，見有幾個人正往水井裏倒什麼，曾老師高聲問：

「喂，你們倒什麼啊？那井水還要吃的！」

有人答道：「倒石灰啊，死了人在裏面，要消消毒，水不乾淨啊！」

曾老師悄聲說：「他們這些人，誰比鄭老師乾淨！」

分手時曾老師說：「跟你談一下，心頭寬了很多。你要是不走就好了，你在北京見識廣，我們可以多聊聊。」

我也有點感慨，和他握握手，說：「再看看吧，千萬頂住。」

走到路口，心裏沉沉的，遠天醞釀著一場暴雨，空氣鬱悶難當。醫院門口原先有兩棵大榕樹，大煉鋼鐵時被鋸掉，劈成柴火拿去小高爐煉鐵，現在那裏光禿禿的，只有一堆盤繞糾纏的樹根醜陋地堆在斜坡上，倒像兩隻其大無匹的八爪魚。

夕陽西沉，整個安平鎮灰撲撲像一件巨大的斗篷，披在這個南方海濱的山崗上。醫院和人民中學在小鎮高處，往南去是高高低低的民房，一條三里小街，街尾是著名的五里橋。如此一個沒有什麼色彩的古老小鎮，幾百年都沒什麼變化，生老病死自然運轉，一代又一代傳承老舊的生活規則。可是如今，那些尋常巷陌之間像埋伏著青臉獠牙的幽靈，一些來歷不明的火星在昏暗的角落裏迸發疾走。我心頭有一點鬱悶，一種捉摸不定的心緒無端起落，與在北京時那種慷慨激昂截然不同。我望一眼遠天被一大片烏雲撕成碎片的血紅落日，滿腹心事往醫院走去。

第二章

狂飆驟起

命運是什麼？命運是你一生中所有必然性和偶然性的總和。

你是中國人，在這樣的家庭長大，你在這個時代，接受這樣的教育，長著這個樣子，出生在這個小鎮等等，這些都是你生命中的必然性，你無法改變。

你早晨喝稀飯咬破舌頭，出門時又下大雨，你在路上碰到表叔，走到校門口滑了一跤等等，這些都是你生命中的偶然性，你也無法改變。

必然性和偶然性同時作用於你的生命，規定了你的人生軌跡，那就是命運。

你每天都要做種種選擇，所有的選擇都是自主的，但那些自主，又都受制於你生命中的必然性和偶然性，因此說到底，你根本無法主宰自己的命運。

我在省城碰到高立群他們，就是我的命運了。

母親出院後，我回了北京。八月的北京，文化大革命的火苗四處迸射，古老的首都氣氛詭異，一場史無前例的政治狂飆，已經甚囂塵上。

形勢瞬息萬變，每天清早醒來，都會驚覺日子翻新。大中學生發揮飽滿的激情和驚人的創造力，不斷衝擊舊有的秩序。在《人民日報》、《解放軍報》、《紅旗雜誌》和中央人民廣播電台上，密集出現了歌頌毛主席、歌頌毛澤東思想、歌頌毛主席的無產階級革命路線的大文章，通欄標題用比平時更粗大的字體強調出來。這些文章經過大字報和傳單轉載，深入到校園裏和街道上。

《毛澤東選集》四卷本隆重出版，《人民日報》每天刊登一則毛主席語錄，一些新鮮熱辣的口號，以朗朗上口的文字、強烈堅定的語氣，迅速從北京向全國擴散。

「高舉毛澤東思想偉大紅旗，把無產階級文化大革命進行到底！」

「毛澤東思想是我們心中的紅太陽！」

「跟著毛主席在大風大浪中前進！」

「橫掃一切牛鬼蛇神！」

不知從什麼時候開始，用毛主席語錄譜寫的歌曲迅速傳唱了起來：「馬克思主義的道理千條萬緒，歸根結蒂就是一句話：造反有理！」

「下定決心，不怕犧牲，排除萬難，去爭取勝利！」

這些語錄歌旋律簡單，節奏感強，富於感染力，在文化大革命期間，幾乎就是紅衛兵的精神激素。

八月十八日那天，在天安門廣場召開了「慶祝文化大革命大會」。半夜時分我們抵達天安門廣場，在預先安排好的方位集結。傳說廣場上來了一百萬學生，人群黑壓壓，使廣場的燈光為之失色，人們壓低嗓門悄悄說話，秩序井然。

黎明前的北京，天空高曠遼遠，在寧靜安謐中包藏著巨大的政治能量。

五點多鐘，毛主席身著軍裝，從天安門城樓前的金水橋走到群眾中間，霎時間廣場上沸騰起來，「毛主席萬歲」「毛主席萬萬歲」的口號聲，像海浪一樣此起彼伏。

早晨七點半，毛主席、林彪、周恩來、陳伯達、江青、康生等中央首長一起上了天安門城樓，陳伯達在大會主持的發言中，首次提到毛主席是「偉大的領袖」、「偉大的導師」、「偉大的舵手」，後來，在林彪的發言中，又出現了「偉大的統帥」，這就是震動全世界的「四個偉大」的由來。

在天安門城樓上，毛主席接見了首都大專院校和中學的紅衛兵，北京師大附屬女子中學的宋彬彬，將一個紅衛兵袖章別到毛主席的衣袖上，毛主席問她的姓名，她回答是「宋彬彬」，毛主席說：「要武嘛！」這兩句看似隨意而象徵性十足的對話，出現在第二天「兩報一刊」的報道中，又迅速傳遍全國城鄉。

在「八一八」講話中，林彪號召紅衛兵要「大破一切剝削階級的舊思想、舊文化、舊風俗、舊習慣」，號召全國人民要支持紅衛兵「敢想、敢闖、敢幹、敢造反的無產階級革命造反精神」。「八一八」之後，北京掀起一波又一波「破四舊」的熱潮，紅衛兵砸了「全聚德」烤鴨店，砸了「榮寶齋」文物店，焚燒搗毀一切帶有明顯封建主義、資本主義、修正主義色彩的標誌和物品，一場摧毀舊世界的風潮，波瀾壯闊地迅速席捲全國。

有一天我獨自跑到大柵欄走了一趟，那裏原本集中了很多傳統名店，綢緞莊、鞋莊、服裝店、書畫店、小食店，是北京人到市中心逛街必去的地方。很多寫著店名的描金橫匾丟在街心，有的給劈斷了，有的燒得焦黑；地上堆著沒燒完的衣物書報，這裏那裏散著碎玻璃，水印的國畫撕爛了滿地飄飛。那些剪著平頭、穿著短汗衫的中年店員，有的拿著掃帚沒精打采在掃地，有的三三兩兩聚在角落裏悄悄說話。

大柵欄像遭了劫掠，空氣中有一種爆烈的焦味，行人低頭匆匆走過，西斜的陽光切過半掩的門，昏暗的內室像流著濃血的傷口。

因為「八一八」，全國各地的學生蜂擁入京，他們住在大中學校校園裏，到處看大字報，與北京紅衛兵「串連」。這段時間毛主席先後八次接見紅衛兵，身著軍裝、臉龐圓潤的毛主席，以至高無上的形象，高高站在天安門城樓上，向廣場上的百萬年輕人揮手致意，這個歷史性的大場面，成為紅衛兵的集體圖騰。

這數百萬被空前強烈的政治熱情鼓動起來的年輕人，帶著從北京學來的各種革命新風尚新手法，迅速散入全國城鄉，並在各地變本加厲地實施「紅色恐怖」，打、砸、搶成了時髦，「和尚打傘無法無天」、「天下大亂達到天下大治」，這些從上到下流傳的說法，為不擇手段的造反，提供無可辯駁的理據。

中央對紅衛兵的全國「串連」給予積極支持，首都紅衛兵「北上、南下、東征、西進」，將毛主席和中央文革小組肯定的一切紅衛兵的革命行動，帶到全國各省市，在各地搧風點火，推波助瀾，一場摧枯拉朽的革命運動，迅速席捲全國。

九月初，我帶著「串連」的任務離開北京，匆匆踏上歸程。清華大學井崗山兵團還未正式成立，但已經有了一個對外聯絡處，負責與「南下」同學建立經常性聯繫，一方面提供最新的文革動向、中央首長的講話和指示，另一方面將不同地區的運動發展狀況，及時向中央文革小組匯報。

從省城火車站出來，我趕到市中心去看大字報。十字路口的大字報欄擠滿了人，工人穿著油污的工作服，小護士身著白大褂，有農民模樣的人頭頂草笠打著赤腳，有人用小筆記本抄寫，有人熱烈地交談討論。

烈火烹油的日子，柏油馬路踩一腳一個淺坑，日頭毒辣，空氣乾燥，幾乎一點火星就能引燃。

大字報欄立在路邊，兩條粗大的竹竿撐著竹編的墻，白紙黑字，密密麻麻抄寫長短文章，有周恩來、江青、陳伯達等中央首長的講話，有北京五大學生領袖聶元梓、蒯大富、韓愛晶、王大賓、譚厚蘭等人的文章或發言，還有各地文革新動向。一些新鮮激昂的口號，乾脆用白灰漿淋漓刷在地上：「橫掃一切牛鬼蛇神！」「打倒走資本主義當權派！」「徹底批判工作組的反動路線！」

身邊有人用鄉音交談，不知道「蒯大富」的那個「蒯」字怎麼個讀法，有人說「有邊讀邊無邊讀上下」，有人說那要讀成「草」，還是讀成「朋」，還是讀成「刀」？說完大家都笑。我也覺得有趣，忍不住就插了一句，說「蒯」字就讀成「kuai」，他們說你怎麼知道？我說我就是和蒯大富同一間大學，又是同一派的。他們又驚又喜，七嘴八舌問起北京的運動情況。

談了一陣，才知道他們居然是安平上來的，我說我也是安平人，是人民中學的校友——生命中一些必然性和偶然性就這樣無端交集，此後幾年的折騰，生關死劫，離合悲歡，便都是命。

他們四人是高立群、蕭偉、鄭秋實和白如雲，三個男孩子是應屆高三畢業生，女孩是高一中學生。我說我叫方宇程，清華大學造反派，這一次南下串連，希望協助家鄉造反派，發動群眾，把文化大革命搞起來。

原來早幾天他們來了兩百多人，頂著烈日步行兩天，有同學中暑，也有同學累垮，還好來了幾輛軍車，把他們接到省城。八月二十六日晚上，他們參加了在五一廣場舉行的揪鬥教育廳長的大會，八月二十九日，在要求省委書記到場的集會中，和保守派學生發生衝突。

昨天副校長吳清平帶了幾個老師上來，說擔心同學被壞人利用，希望大家回安平去，於是大部分同學都坐車回去了，只有三十二位同學自願留下來，準備再多看一些大字報，了解更多運動詳情。

看到我還提著簡單行李，高立群問：「你晚上住在哪裏？」

「打算去師範學院找一個舊同學。」

蕭偉說：「不如跟我們回農學院，那裏有睡覺的地方。」

鄭秋實笑著補充：「三餐還都是免費的。」大家就都笑起來。

傍晚和他們走回農學院，一路閒聊。幾個中學生看起來思想很成熟，對文革的理解也大致準確，更難得是都有一股激情，都覺得在參與一件具有深遠歷史意義的大事。作為革命後代，要聽黨中央毛主席的話，為革命衝鋒陷陣，犧牲性命在所不惜。

經過西湖公園門口，圍墻上窗櫺透空間隙中，可以一窺園裏的山水勝境，綠樹芳草，湖水亭台，園內闃無人跡，夕陽下一片寧靜。眾人約略張望了一下，都說等以後文化大革命取得最後勝利，那時再慢慢來領略西湖的風光。

女孩子叫白如雲，一個很美的名字。我說安平姓白的很少。她說只有他們一家，是從河南下來的，太祖父年代到這裏行醫，就此安居下來。父母親都在香港，現在和祖母住在一起。

我說：「我家在山前村，父親在菲律賓。」

「回安平後不如住到學校來，」鄭秋實說，「現在不上課了，宿舍都空著，食堂還可以蒸飯。」

我笑說：「也好，省得來去麻煩。」

回到農學院，外地來的學生都在教室打地鋪，進門見到一個中年人坐在草蓆上，盤著雙腳，微閉雙目，兩手擱在大腿上，好像在打坐。

聽到動靜，中年人張開眼站起身來，笑說：「你們回來了。我是安平上來的，我叫張捷，聽說你們在這裏，順道來看看。」

張捷自我介紹，說他本來是縣委組織部的，反地方主義被下放到蚊香廠做出納。這一次上來，看到省裏動靜很大，教育廳長都抓出來鬥了，只是安平還一潭死水。

「什麼叫反地方主義？」白如雲問。這個女孩子眉宇清朗，眼神深幽，好像對什麼事都好奇。

張捷說：「這說來話長，以後有機會再告訴你們，眼下最重要的是趕緊發動群眾。」

大家都點頭稱是，高立群說：「我們多留幾天就是想到處看看，多了解形勢的發展，再回去發動同學。」

張捷說：「這裏不是你們的用武之地，你們的戰場在安平。安平地方很複雜，問題很多。你們學生先組織起來，趕緊帶動社會。」

這個人似乎有點來頭，說話頭頭是道，我暗自想。

高立群指指我，介紹說：「他是清華大學派下來的，了解北京的情況，也會和我們一起回去。」

張捷上下打量了我一下，有點保留地說：「好好，以後多聯絡。」

我和高立群他們兩天後離開省城，回到人民中學，以三十二名遲回的同學為骨幹，成立了人民中學第一個學生組織。各地赴省城揪鬥教育廳長的造反派，紛紛以「八二九」命名自己的組織，我和高立群他們商量一下，也在一個教室門外掛起「人民中學八二九造反隊」的牌子。

室內桌椅都搬亂了，堆在角落裏，放上大綑白紙、墨汁，隨時抄寫大字報，抄完就有人提著漿糊桶到校園裏貼出來。靠窗的桌子上則有鋼板、蠟紙、鋼針筆、油印機，用來刻寫蠟板，油印傳單。我將隨身帶來的紅衛兵袖章拿出來，一個叫林一飛的小男孩，兩隻機靈眼睛，手腳麻利，拿到街上做錦旗的鋪頭，印了幾十個袖章來，每人分一個，用別針扣在衣袖上，大家就都互相打量，神氣活現，挺起胸脯揚長出入。

各級政府都處於半癱瘓狀態，依中央規定，每個學生按份額領到一點運動津貼，因此有錢去買需要的用品，包括到省城去的免費交通食宿，都是地方政府財政開支。

沒有人知道運動怎麼搞，除了毛主席和中央文革小組。最高指示通過報刊電台公開傳達，在城鎮街道和學校，則有遍布交通要道的大字報、五顏六色的油印傳單來傳遞資料，此外還有民間耳語的「小道消息」，隨時將政壇新動向一層層往下擴散。報刊廣播是權威，但比較含糊抽象，傳單都是活生生的講話和文章，有煽動性；小道消息真真假假，寧可信其有，不敢信其無。那年月的社會政治生態，便是這麼一種有政府與無政府共存的狀態。

理想空前統一，激情有高度傳染性，鬥爭依據不明文的範式，精神始終在亢奮中。

「八二九造反隊」成立的第一件事，是發信勒令原人民中學工作組組長葉培禎回來接受批判。不久後暫停本屆高考的決定也公布了，期望升學讀書的嗒然若失，正熱中於運動的都鬆一口氣。一兩個月間，造反派與保守派各自歸隊，陣線日漸分明，從前親密無間的同學，道左相逢，都形同陌路了。

江青同志的名言：「幹革命的站過來，不革命的走開，反革命堅決打倒！」傳遍城鄉。學生普遍有三種派別，一是造反派，二是保守派，三是逍遙派，人人爭當造反派，至於真假就另當別論，而逍遙派似乎比保守派還惹人嫌，他們袖手旁觀，對如火如荼的運動無動於衷。

人民中學的紅衛兵組織，一夜之間如雨後春筍一般冒出來，有的幾十個人一組，有的三五個人自立山頭，「延安」、「雲水怒」、「紅旗」、「長征」，五花八門的名目，各自感覺良好。這中間「八二九」算是最具規模的了，剛成立不久就有同學紛紛加入，來人只要表示一點意願，一個「紅衛兵」袖章就送到他手上。「紅衛兵」三個字是毛主席草書手跡，龍飛鳳舞，氣勢如虹，紅底黃字是時尚標誌，來人戴上袖章，在校園裏走一圈，頓時身價升高不少。

「八二九」因為有我帶來的紅衛兵袖章做樣本，比別的組織顯得更有來頭，自然也更具吸引力。等到其他遊兵散勇小組織也找到「紅衛兵」袖章做樣本，「八二九造反隊」早已變成「八二九造反兵團」，成員已經二百多人了。

那天曾沛然老師來找高立群，說他們十幾個老師的小組織「風雷激」，想加入「八二九造反兵團」，希望和同學們一起，大家共同進退。這件事提醒了我，我跟大家介紹清華大學籌備成立「井崗山兵團」的情況，開始也是散亂小組織，後來彼此商議聯合起來，統一行動，頓時氣勢大盛，開起會來動輒千人，口號聲像海浪一樣起伏，保守派望風披靡。

高立群他們心領神會，說我們也趕緊串連一下，把政治傾向接近的小組織都聯合起來。

正在這時，林一飛氣喘吁吁跑進來說，一批出身成分好、曾任班幹部、被工作組重用的老師和同學，成立了一個叫「紅色造反總部」的新組織，並且佔據圖書館作為總部，頭頭是林誠、吳啟宗、許輝英等幾個，聽說也有五六十個人。

白如雲說，串連了更多同學來，一個教室就不夠用了。

大家都同意她的說法，但搬到哪裏去，一時又沒有主意。有人說搬到膳廳去，卻又嫌太遠，有人提議搬去教學樓，但那裏也是教室，人多開起會不方便。高立群說：「這件事先放著，看看能串連多少人再商量。」

一群嘴邊沒毛的小子，突然過問國事，自豪感迅速膨脹。革命是崇高事業，無知者無畏，領袖鼓動他們，合法搗毀現有秩序——普天之下，去哪裏找如此好玩刺激的事！

沒有考試的日子像悠長假期，呼朋引類恰似江湖聚義，耗不完的青春，用不盡的氣力——一夕之間，世道如此大變。

第三章

古廟與勤務組

用新世紀的語言來形容一九六六年的中國，可以說：政府機器「停擺」了，社會「超運轉」，六億人傳染政治「狂熱症」，思想文化嚴重「潔癖」，深秋時節，兩派鬥爭日趨「白熱化」。

那天我們站在古廟空曠的大廳中，屋頂瓦片破洞瀉下的陽光裏，塵土微粒在狂歌亂舞，高立群伸手從白如雲的髮梢上，摘下剛進門時沾上的蜘蛛網。

大廳裏空蕩蕩，原先放佛像的高座只剩一個空架子，供桌上倒扣著一個銅磬，一條髒兮兮的帷幔從桌邊直拖到地上。濃重的衰敗氣息，從四面八方角落裏沁出來——大家都說，這裏好，就是這裏了。

「人民中學八二九造反總部」剛成立，已經是四五百人的紅衛兵大部隊，眼下當務之急是尋找一個足夠容納戰鬥激情的新總部。古廟就在校園邊的坡下，最先進入大家的視野。

那年月所有事情都是亂中有序地進行。校工在古廟屋頂「補漏」，與清理雜物洗地板同時進行；從校園裏搬來桌椅，與各戰鬥組佔地為王同時進行；總部「勤務組」的提名和選舉，與總部不同職能部門的設立同時進行；召來原工作組長葉培禎，與籌備批判大會同時進行。

總部領導集體命名為「勤務組」，是當年流行的一種叫法，以示領導與群眾平起平坐。候選名單是我和高立群、蕭偉、鄭秋實幾個人擬定的，用毛筆字抄寫後張貼在大廳木門上，各人都用小名和綽號標出，以示選舉的戲謔性質。高立群稱作「大頭」，蕭偉是「才子」，鄭秋實叫「矮腳」，只有白如雲和曾沛然用的是正兒八經的姓名，另外還有十來個同學的小名和綽號，各自神氣活現高高題在候選人名單上，他們一般都是各戰鬥組的負責人。

唯一沒有候選和投票資格的是我，我是外人、旁觀者、幕後參謀，地位超然，卻有發言權。

一個破紙箱頂挖一個洞，權充投票箱。按規定投票不記名，各人自己撕一張小紙頭寫上七個名字，陸續放進箱裏。開票那天我們幾個人把五顏六色的紙頭倒出來，眾目睽睽之下統計，最後將各人所得票數抄出來公布，按得票多寡先後排列，前七名用紅筆圈起，就是勤務組成員了。

高立群、鄭秋實、蕭偉、白如雲、曾沛然都當選了，另外還有黃磊、林敏行兩個，除了曾沛然，都是到省城最後回來的那一批同學。當選的沒什麼興奮，落選的也沒什麼遺憾，那年頭，這些都只是形式，重要的是做事，至於做什麼，實在也沒人知道。

多年後我回望那個氣急敗壞的歲月，只覺我們像一群莽撞的工蟻，每日起早貪黑，進出在那個殘破而迅速繁忙起來的大巢。每個人都不知道自己應該幹什麼，但人人又都很忙；看上去一點條理都沒有，卻也很少出什麼紕漏；有些事情沒有人理會，但有人主動做了，大家又都覺得很合理；在混亂無序中幾百人出入活動，也從未發生什麼不愉快事件。

古廟原來是祭祀漢亭侯關羽的，多次傾圮翻修，到最後紅衛兵君臨清靜佛地，關雲長也待不住了，眼見人間日益嘈雜，充斥無可理喻的混亂，終於長歎一聲，與他兒子關平、執刀部將周倉一起，駕雲遠去。那天我對高立群笑說：「這裏的菩薩都是你們砸爛的吧？」

高立群叫屈，說：「我們幾乎都沒有經過『破四舊』，只是有人把圖書館裏一些書抄出來燒掉，有人拉板車把一些書搬回家去。形勢發展太快，『破四舊』剛開了個頭，很快就結束了。」

誰知曾沛然老師在一旁說：「你們不知道，古廟和龍山寺一樣，社教時就破壞了。工作組來後，組織和尚尼姑辦學習班，鼓動他們揭發住持老和尚，強迫他們用鋤頭砸掉佛像，取消念經、上香、跪拜種種儀式，到最後，就安排他們還俗。聽說還為他們配對，讓和尚和尼姑成家立室，去過自己的小日子。」

大家都笑起來，說：「虧工作組想得出來。」

就那樣，「人民中學八二九造反總部」的大木牌，正式掛到古廟的大門旁，紅底黃字，是那年月的流行色調。從此直至文革後期革委會成立，至少有三年時間，古廟幾乎就是我們的家。

古廟大廳高曠，是總部開大會的地方，四周幾個房間被各戰鬥組瓜分了，先到先得。古廟西側還有一列廂房，用作接待處、後勤組、宣傳組、勤務組之用。古廟東側有幾畦菜地，菜地上坡有一列學生宿舍，我和鄭秋實住在那裏，剛來報到每天愁眉深鎖見人哈腰的工作組長葉培禎也住在那裏。

從學生宿舍往上走幾級台階，就是母校四百米跑道的運動場。運動場北邊是六個籃球場，籃球場後面，上十幾級台階是圖書館、實驗室、音樂室。籃球場東邊高處是教師辦公室，辦公室下面有一個排球場。

排球場往東是上下兩列平房教室，再往東去，是一幢兩層的教室樓，隔年在那裏發生過一次慘烈的武鬥。教室樓再出去，就是一大片蕃薯地，蕃薯地路口有一個油庫，後來總部的武工隊駐紮在裏面。

高高低低的野地更遠處，是兩條公路的交叉口，那裏有幾棵古老的大榕樹，榕樹蔭裏，有一座不知年代的六角亭，六角亭對上半坡地方，是一個規模不大的糖廠，後來紅色總部從鎮裏撤出去，就在糖廠安營。那時我還不知道，我生命裏注定有一些刻骨銘心的日子，會和那裏有關。記憶與時間有關，與地點有關，與人有關。時地人三要素，構成我們生命的軌跡。

為籌備人民中學原工作組長葉培禎的批判大會，我和高立群去找鄭老師妻子。初秋下午，炎夏餘威未盡，蕭條的小街上沒什麼行人，我們給一個老頭子攔住，一張扁扁的臉，鬍鬚僨張，眼珠混濁，腳步有點不穩，口齒含混不清，說：「我也是造反派啊，我是『毛澤東思想五加皮戰鬥隊』，你們……」

「你是誰啊？」

「我是燒酒成啊，連我也不認識？」

「你怎麼知道我們是造反派？我們是保皇黨。」聞到他嘴巴裏酒氣沖天，我故意說。

他伸出一隻烏黑的手指搖了搖：「保皇黨不是這樣的。」

「保皇黨是什麼樣子的？」

「保皇黨都是幹部，幹部有幹部的樣子。」他端詳我們兩個。

「算你有眼力，」高立群說，「不過，你那個什麼五加皮戰鬥隊，是什麼意思？」

「五加皮是蕃薯酒啊，這你都不懂？哎呀，你們年輕人……」

別過燒酒成，竟遠遠見到夢蘭，上次回鄉看望母親，和她一路同車，一直說要去看她的，一忙起來就忘了。

站著寒暄幾句，夢蘭說：「我聽白如雲說，你在人民中學幫忙，有空到我那裏聊聊天。」

「你怎麼認識白如雲？」

高立群在一旁插嘴：「你是歌唱家？住在逸思家裏嗎？」

「是啊，你怎麼知道？」夢蘭打量一下高立群，笑著問。

「白如雲說，她老師家裏來了一個歌唱家。」他又回頭對我說，「白如雲跟逸思學小提琴，已經有一陣子了。」

夢蘭笑起來，說：「你看，都碰到一起了，那麼巧！」

「大熱天你出來做什麼？」

「家裏留聲機唱針用完了，想出來買一盒，文具店都沒貨了。也是，這年頭，誰還聽留聲機！」

「那只好到青州城裏去找找了。」

「是啊，真的找不到，只好跑一趟。」

立群說：「青州專區各縣八二九造反派正在串連，準備成立一個司令部，我們要派人去開會。你先別去，我們去就幫你買回來。」

「那太好了，要麻煩你們。」夢蘭看來對這個年輕人印象也很好。

一路走，我和立群說起夢蘭。上次回來時和她同乘一班列車，後來又一起轉長途汽車到安平。一路上她手裏抱著一個四方包袱，勸她放到座位下或行李架上，她總是不肯。後來才知道，那是她丈夫的骨灰盒，她帶丈夫回老家，讓他落葉歸根。

一個十來歲的男孩子跟著她，一路很懂事地照顧媽媽。媽媽眉心還鎖著一些憂傷神色，時常獨自出神，小男孩不時擔心地打量母親，有時將小腦袋靠到她肩頭，有時伸手拍拍她臉頰。我有點感動，這樣的夫妻，這樣的孩子，這樣生與死的承擔令人動容。

小巷深深幾許，一個挑水的女孩子，身手輕盈在我們前面走，她身後石板路上，留下兩條淋漓的水跡。

一個破敗的木門虛掩著，推門進去一個小天井，天井邊幾個空花盆東倒西歪。天井裏是一個清寂的小廳，鄭老師妻子靠在椅子上打盹，聽到聲音睜開眼。

她要給我們倒水，才發覺熱水瓶是空的，正要去燒水，我們忙攔住了，說明來意，希望她在批判工作組長葉培禎的大會上做一個發言，代表鄭經天老師，向工作組討回一個公道。

她臉色僵硬起來，說自己什麼都不懂，人都死了，也沒什麼好說。

「鄭老師是被冤枉的啊！你不說，就沒有人說了。」

「再怎麼說，也不能把他給說回來了。」她深深歎一口氣。

我們再耐心說服她，告訴她全國文化大革命的新形勢，工作組形「左」實右的政策，犯了方向性路線性的錯誤，只有徹底批判工作組，才能把群眾發動起來。

她還是搖頭，說她老了，就生成這樣的命。

高立群和我面面相覷，都不知道說什麼好了。

這時外面的門咿呀一聲被推開，一個女人姍姍走進來。身子修長，剪著短髮，一條碎花上衣，下面是貼身長褲，打扮清簡而認真，和這個充斥火藥味的時代有點格格不入。

女人走進來，手上端著一只小青花碗，碗上還蓋了一條手絹，笑吟吟說：「好像我知道你有客人在一樣。」伸過手來，碗裏有三塊炸得金黃的菜粿，說：「你來一塊。」我正猶豫，她又說：「客氣什麼？又不是什麼好東西！」

三個人一人一塊。空碗放在桌上，手絹疊好了放在旁邊，一朵淺紅的玫瑰花正好疊在正中——都是小事，又都那麼用心。

鄭老師妻子說：「她是雅琴，住在隔壁，常來關心我。」

我們說明來意，她一聽就說：「去啊！為什麼不去！現在是毛主席黨中央替你作主，你還怕什麼！」

鄭老師妻子苦著臉，說：「我不會說話啊，上去那裏，前言不搭後語，倒給大家丟臉了。」

高立群說：「那我們找兩位同學來，幫你整理好發言稿，你照著唸就行了。」

她還是低頭不語。坐在一旁的雅琴笑說：「我陪你去，給你壯膽。這世道，人家不讓你活，你偏要好好活給他們看，這才是道理對不對？」

她看我一眼，又說：「有件事我本來不想說。鄭老師去世那天晚上，工作組派人在她家門板上貼了兩張標語，一張寫『坦白從寬，抗拒從嚴』，一張寫什麼『鄭經天死不悔改自取滅亡』，我出門看見了，一口氣頂在心口。那天半夜，我悄悄把標語都撕了，提一桶水把門板洗乾淨，回家後心裏舒服，踏踏實實睡了一晚好覺。」

鄭老師妻子抬起眼來，驚詫地說：「還有這樣的事！你也真膽子大！」

「不然怎麼樣？由著他們糟蹋人？」雅琴反問。

離開時雅琴問我們的姓名，說批判會那天好去找我們。學校鬥完了，總要把鎮裏的工作組也揪回來，滿鎮上受迫害的人家，都等著這一天呢！

雅琴站在鄭老師妻子旁邊，比她高出一個頭來。兩個女人，一個身子佝僂形容淒苦，一個筆挺地站著，神采飛揚。

我悄悄對高立群說：這個女人有點意思。

第四章 聞道人須整

文革後流傳老共產黨員夏衍的一首順口溜：「聞道人須整，如今盡整人。有人皆要整，不整不成人。整自由他整，人還是我人。試看整人者，人亦整其人。」

夏衍在文革中受盡折磨，見慣生死，這首順口溜心情複雜，有一點苦澀，又有一點豁達，有一點諷刺，又有一點自嘲。

一個「整」字，真是那時代的「偉大」發明啊！它包含了公開的鬥爭，私下的拷問，包含審訊、栽贓、逼供、哄騙，包含肉體的折磨，精神的摧殘，包含株連親友，清算祖先，所有一切能想得出來的、對於人的尊嚴的踐踏。

所有折磨人的花招，都是人想出來的，有些野蠻無人性，有的簡直巧奪天工。中國人的聰明才智用在害人取樂之上，如此細緻，富於創意，簡直登峰造極，這是我們這個民族災難深重的原因之一。

整過別人的葉培禎也挨整了，批判大會在排球場上召開。

第一場秋雨剛剛下過，乾渴的泥土不消片刻吸乾了零落的雨水，地上有一點潮氣，大家也顧不得講究，都席地而坐，由著砂土硌疼屁股。

葉培禎臉色灰敗，站著做了四五十分鐘的檢討，有幾次甚至還哽咽起來，剛停了停，就有同學大喝：「接著說，裝什麼蒜！」有人在遠處喊：「葉培禎老實交代，別想蒙混過關！」他又趕緊打起精神，照著稿子唸起來。

排球場上坐滿四五百個師生，那年頭的鬥爭會都大同小異，葉培禎垂頭喪氣站在台側，主席台上坐著高立群、鄭秋實和曾沛然，一臉的威嚴慍怒。

檢討、揭發、批判，喊口號，「坐飛機」，有人痛哭流涕，有人跺腳捶胸，有人揮拳踢腿——程序大同小異，而人們樂此不疲。被鬥的人次次不同，參與鬥爭的都是「廣大群眾」。

最先上台控訴的是一個在工作組辦公室工作過的同學，他揭露葉培禎如何指導他們羅織罪名，編造材料，如何在教師和同學中做政治排隊，誰是左派，誰是中間派，誰是右派，誰要團結，誰要利用，誰要鬥爭，工作組成員如何用種種野蠻手段壓迫老師，讓挨整的人痛不欲生。

他講完，口號聲又連番響起來：「葉培禎老實交代！」「徹底批判工作組的資產階級反動路線！」「革命無罪，造反有理！」

第二個上台發言的是曾沛然的妻子姚麗華老師。姚老師說工作組來了後，揪住她伯父是國民黨立法委員這條罪名，葉培禎親自審問，要她交代和台灣伯父的關係，通過什麼人聯絡，有什麼特務活動計劃，如何收買學生，攻擊黨的領導，準備策應國民黨反攻大陸。

姚老師說她一生只見過伯父兩次，一次只有四五歲，一次是抗戰勝利後伯父回鄉過生日，他們大家族，擺酒二三十桌，她遠遠看見他和別人說笑，只怕伯父連她是誰都認不出來。她說，你們有什麼證據就拿出來，判我的刑就好了，沒影的事，你叫我怎麼交代？

但工作組不放過她，威逼利誘，說要鬥爭曾沛然，把他們一個送東北，一個送西北，去勞改做苦工，兩個孩子沒有人敢收留，最後還要連累兩邊的父母親人。她說一次半夜起身上吊，卻不懂得綁活結，一次是投海，水太淺又給浪沖回來。要是死了，今天也不能替自己喊冤……

姚老師說完，底下的紅衛兵都坐不住了，有四五個同學衝上台去，葉培禎兩隻手給扳到身後，有人揪住他的頭髮，把他的腦袋往下壓，有人按住他的肩膀逼他九十度彎腰，有人在他膝蓋彎上踢一腳，他腿一軟就跪倒下來。

口號聲此起彼伏喊起來，一浪高過一浪。

輪到鄭老師妻子上台時，高立群一再邀請她，她卻低頭坐著，不敢站起身。場面變得有點尷尬，高立群、鄭秋實和曾沛然交頭接耳，一時都沒了主意。

這時卻見坐在她旁邊的雅琴站起身來，落落大方走上台，一手抓住話筒，大聲說：「鄭師母說她不會講話，我是她鄰居，我來替她說幾句。」

「長這麼大，從來沒見過一個人像鄭老師那麼好。他寒暑假都不回家，在宿舍裏備課，幫同學補習。學生都尊敬他，聽說他連一張大字報都沒有。他只是讀大學時參加過三青團，就這一點點問題，工作組就不放過他。

「參加三青團算什麼問題？那時參加三青團就和今天參加共青團差不多。鄭老師膽子小，以為大難臨頭了，工作組把他隔離審查，一個多月不讓他回家，他一回宿舍就自己尋短路了。他就是太怕事，再撐幾天，這不是，工作組倒楣了。

「我倒想問問葉培禎，中央派你們下來搞文化革命，是要你們來整死人嗎？把這些好老師都逼死了，你革命事業就早點成功了嗎？

「我也算『老運動員』了，每次政治運動來，我就是鬥爭對象，要是動不動就去自殺，那都不知死過多少回了！我有什麼罪行？我就是嫁了一個老公，這個老公又跟著國民黨的銀行跑了。我十六歲嫁給他，都沒過上十天半個月，他就走了，留下一個老母親讓我侍候。

「每次運動來，都要我交代老公的事，我怎麼知道他有什麼事！他不過就是會算帳，一個銀行小職員，抓一隻老鼠都不敢，他敢反攻大陸？

「你們工作組都不把人當人，毛主席黨中央有交代你們來逼死人嗎？有說把人逼死了你們就立功了嗎？」

雅琴稍歇一下，又說：「我倒要問問你葉培禎，鄭老師做了什麼傷天害理的事嗎？姚老師又做過什麼傷天害理的事了嗎？好的世道不是這樣的，好像我們老百姓沒災沒難，你們倒覺得不對了，老百姓要多吃點苦頭才對，要活不下去才是你們幹革命的目的，我有說錯了嗎？」

我坐在下面，沒想到雅琴說了這麼多條理清楚的話來，但一面聽，心裏又不免嘀咕起來，她那些話脫口而出，但有的話能說，有的不能說得那麼白，有的根本就不能說。把三青團和共青團相提並論已經不妥當，再說到毛主席黨中央派他們來逼死人，那更經不起推敲。她這樣信口開河，會讓人抓到把柄，到時說紅衛兵支持「地富反壞右」反攻倒算，那問題就大了。

事先沒料到她會上台發言，當然也沒有機會提及分寸的問題，現在人在台上，也不能把她叫下來，如此想著，又覺如坐針氈。

「我說太多了，」雅琴回頭看看主持會議的高立群，又再說，「一報還一報，你葉培禎也有今天！不過我也想和這幾位紅衛兵小將說，我們還是不要這樣折磨他，我們折磨他，就和他們一樣了。人都是父母生的，人心都是肉做的，不如我們讓他站起來，我們寬貸他，讓他自己去反省。

我們只想他好好做一個人，也讓我們好好做一個人，那就夠了。」

她似乎準備結束發言了：「毛主席號召我們起來造工作組的反，批判你們執行的反動路線，你要好好檢討自己，重新做人。你年紀還不大，還可以為人民服務。我只要你記住，不要再害人了，害人是有報應的。」

說完，雅琴和主席台上的人點點頭，仍走到鄭老師妻子身邊坐下。場上安靜了一會，那些揪著葉培禎的同學，竟將他放開了，也慢慢走下來。然後接下來發言批判的人，又輪流上台，口號聲一浪接一浪，發言者鏗鏘有力的聲音透過高音喇叭，往遠處操場上傳出去。

批判會結束時，排球場上起了一陣大風，那陣風刮得沒來由，來得猛去得快，風過後，大部分同學都走光了。幾個陌生男人找上高立群鄭秋實，正在商量什麼，雅琴和鄭師母身旁，一個有點面善的男人也正和她們說著話。回頭看主席台，只有葉培禎一個人垂頭站著，我朝他走近，喊一聲：「喂，你回去吧，好好檢查，批判會還會再開的！」

葉培禎如蒙大赦，連連點頭，說：「是的是的，你們隨時找我。」說完苦澀地笑笑，走下來。

雅琴帶著鄭老師妻子走過來，那個男人也跟著，走近了才認出來，原來是早先在省城見過的那個張捷。

雅琴問：「我沒說錯什麼吧？」

我說：「還好你上去了，不然場面就有點難看。」見鄭老師妻子很歉疚的樣子，我又安慰她說：「沒關係的，你不慣上台講話，這也不能怪你。」

張捷在一旁插嘴：「沒想到她口才這麼好。」

「你別看我放炮，我小腿肚直發抖呢！」雅琴笑說。

「開批判會，都要說心裏話，這樣才好。」本來想提醒她以後注意說話的分寸，但大家都在興頭上，也不好潑冷水，話到嘴邊，又吞回去了。

張捷道：「你們快點到社會上來發動，群眾一盤散沙，我們也想把工作組揪回來批鬥，都不知道從哪裏做起。」

「我們要盡快研究一下，」我回頭看看高立群他們，說：「他們可能也在談這件事。」

張捷說：「那個高個子是汽車修配廠的林寬，胖胖的是供銷社的張大同，另外一個不認識。」

送走了他們，卻見不遠處跳遠沙坑那邊，孤伶伶坐著一個男人，悶著頭抽煙，衣衫有點襤褸，神色落寞，我想了想，就走過去。

那男人看到我，也站起身來，拘謹地扯扯衣襟，兩手搓著，臉色僵硬。

我盡量輕鬆地笑說：「怎麼一個人在這裏抽悶煙，過去一起談談嘛！」

那人帶點歉意說：「我不會說話，不過看你們批判會開得很好。我們農具廠很多同志也想組織起來，就是都不知道怎麼個做法，正想來請你們幫忙。」

「我們過去和他們一起談談好嗎？」

我介紹了自己，他又點頭，好一會才說：「我是農具廠的李友世。」

走到人堆裏，大家打過招呼。說起批判會，都認為對發動群眾很有幫助。

高立群說：「你們先拉起幾個骨幹，再由這些骨幹去聯繫基本群眾，最要緊是有人，越多越好。我們會派同學到廠裏建立聯絡關係，及時提供一些消息，你們有什麼活動，我們也盡量派人去參加，壯大聲勢，這樣好不好？」

大家都點頭稱是。蕭偉說：「我們手頭有一些傳單，或者先讓他們帶一些回去，也讓工人同志們熟悉一下形勢。」

林寬高興地說：「太好了，我們就缺這些，消息不明，做事情都沒有方向。」看看天色不早了，蕭偉便帶一幫人去總部拿材料，我和鄭秋實落後幾步，回宿舍準備吃晚飯，剩下高立群和白如雲兩個，穿過大操場回家去。

「他們都是鎮上的？」我看著立群和白如雲背影，問鄭秋實。

「是啊，他們還是表兄妹呢！白如雲叫高立群母親姑媽。」

我點點頭，又說：「張捷也來了，他倒是很熱心。」

秋實道：「他前幾天到總部來找過我，說他們老區的人也組織起來了，但多數在農村，他們也要成立農民造反組織。」

「到底老區是怎麼回事？」

「上次他也簡單說了一下。原來他們都是解放前搞地下工作的，解放後做了不同地區和部門的領導，但隨解放軍南下的幹部，和他們合不來，互相之間有不少衝突。後來中央維護南下幹部，以『反地方主義』的名義，把他們都打壓下去，大部分都下放，有的還被開除公職，所以他們一直憤憤不平。」

「那也難怪他們，革命革到自己頭上。」

「不管怎麼樣，他們都是造反派一股力量。」秋實說。

正說著，見一個小同學風風火火迎面走來，手上還抱著一張草蓆，鄭秋實問：「李一飛你又幹嘛？帶張草蓆去做什麼？」

林一飛神秘地笑：「你們要不要來看看？」

鄭秋實說：「這小傢伙，鬼點子多，我們去看看他們在搞什麼名堂。」跟著林一飛到近處教室，一進門不禁啞然失笑。偌大教室像遭劫一樣，桌椅都亂了套，幾張課桌拼起來，用繩子綁緊，桌子上再疊桌子，搭高了兩層，每層課桌之間再用椅子做台階，這樣一直頂到天花板。天花板上揭開一大塊，上面有人從洞口伸出頭來，瞄一眼下面，做個鬼臉，又縮回腦袋去。

林一飛二話不說爬上去，桌椅咿呀作響，還好搖搖晃晃的都沒倒下來。他回頭說：「你們上來看看。」

我和秋實從洞口爬上天花板頂棚，上面已經有三四個小孩子，見到我們，都有點靦腆。只見傾斜的屋梁下，幾根粗大的梁木橫搭著，梁木上鋪了木板，木板上已經鋪了幾張草蓆，一旁放著熱水瓶、水杯、一疊傳單，後面繩子上掛兩三條髒兮兮的毛巾。一條有氣無力垂掛著的電線，尾端吊著一顆燈泡。

「你們在這裏過夜？」

他忽閃著精靈的眼睛，大大咧咧說：「是啊，好玩吧？」

「不怕給蚊子叮死？」

他指指一個鏽跡斑斑的塘瓷碟子，碟子裏一堆蚊香灰。「一個同學父親在蚊香廠看食庫，給我們一大堆報廢的蚊香。」

「好好的家裏不住，再不然，下面學生宿舍還有空房間啊！」

「那有什麼好玩！」

「不用上課，不做作業，一天到晚自由自在，想幹什麼就幹什麼，這樣的革命造反，永遠幹下去也不錯是吧？」我又笑說。

見到地上有一個樹丫做成的大彈弓，秋實問道：「這又是什麼武器？」

林一飛神神秘秘，指著一幅半人高的護墻，悄聲說：「隔三間教室，紅派也有人在天花板上搭鋪守夜，有時我們用大彈弓打石子過去，他們也打回來，互相對射。」

「那又是幹什麼？」

「好玩嘛！好像打仗。」

「好玩？打中你你就破相了，落下個大疤，以後找不到老婆。」我笑說。

回來路上，鄭秋實說：「這個林一飛，他家裏好像也是老區幹部，父親以前在南水縣做縣長，後來也撤職了。」

我想了想，笑說：「你看他們幾個，又像在革命，又像在玩，一個個那麼起勁，以後老了，想起這些日子，不知道作何感想？」

幾十年來，我一直沒忘記當初說過的這句話，時常想起來心口就痛。

想及此，就想起林一飛那個圓圓的小腦袋，他的小平頭，那精光四射的眼睛。他墳頭的青草綠了又黃、黃了又綠，已經榮榮枯枯半世紀。

第五章

遍人間都是怨

我沿著小路往山上走，山頂在高高的雲端。雲開雲合，峰隱峰現，心裏只是焦灼。雲霧開處，山頂浮現一座瑰奇的廟宇，圓頂巍峨，飛檐流金，神秘而又莊嚴。

山路蜿蜒，有時路幾乎沒了，路邊一個石碑，血紅的字刻著：「欲罷不能」。

突然雨下來了，雨點落在臉上，手一抹都是血，黏稠黏稠的，有鐵鏽的腥味。天雨血，百世難遇的異象，讓人忐忑不安。

有人從山道上下來了，一身血跡，一逕搖頭。有人傷了，被同伴扶著，臉苦苦的下去了。再往上走，屍體三三兩兩散落在山坡上，有些斷首殘肢，七零八落，野狗在屍首間狂歡。

突然一個霹靂在腳邊炸開，把我整個人震得飛起來，我往懸崖掉下去，身體失重，手腳落空，風在耳邊呼嘯，眼睛睜不開來……

人一激零，我從夢中醒回來了。微涼天氣裏，背心都濕透了，臉頰邊麻麻的，外面陽光普照，周遭無邊沉寂，我靜靜躺了很久，讓心口的怦然慢慢退去。

一個詭異的夢，讓人心頭壅塞。

比起北京，這個遙遠的南方小鎮子算是平靜，「破四舊」剛開始就結束了，除了圖書館毀了，街上有些舊商店招牌拆掉，街面上沒有太大破壞。北京傳來的消息，郊區大興縣有幾百名「四類分子」被紅衛兵殺害了，有的直接打死，有的抄家滅門。北京城內也有普遍的「打人集會」，「抄家」成了時髦的革命行動。

北京高幹子弟成立「西城糾察隊」，對「黑七類」實行「紅色恐怖」，在學校裏設立「勞改所」、「審訊室」，動用私刑，社會上的暴力風潮開始蔓延。

古今中外沒有一個國家、一個政府，在那麼短的時間內，像倒骨牌一樣倒下一大批高級官員。批判《海瑞罷官》倒下了北京市副市長吳晗，批判《三家村》又再倒下北京市委副書記鄧拓和市委宣傳部長廖沫沙。不久後，石破天驚一樣，竟倒下北京市長彭真、公安部長羅瑞卿、中央宣傳部長陸定一、中央辦公廳主任楊尚昆，簡稱「彭羅陸楊」，他們都是京畿要害部門的老革命。再過幾個月，連中央第二號人物、中華人民共和國主席劉少奇都自身難保了。

廣東的陶鑄突然進京，升到政治局常委第四位，還沒來得及讓人認識他，又悄然下台了。「兩把菜刀鬧革命」的元帥賀龍莫名其妙失蹤了。林彪突然站到台前，江青突然一言九鼎，周總理突然像小學生一樣，跟在江青同志身後出出入入，說盡好話。從前沒有什麼人認識的陳伯達，也成了舉足輕重的國家領導人。

一些人無端冒出來，一些人無端失蹤，再後來，陳伯達犯事了，過了幾年，連林彪也莫名其妙摔死在蒙古的溫都爾汗。一九七六年毛澤東去世後，一夜之間，江青、王洪文、張春橋、姚文元也成了階下囚，照無產階級專政的慣例，很方便地被命名為「四人幫」——那都是後話了。十年風水輪流轉，你方唱罷我登場。

多年後我們才知道，劉少奇被打倒後，曾向毛主席哀求放他回原籍務農，可惜他的要求來得太遲。據說他臨終前，有關部門用藥品讓他苟延性命，一定要等到他親耳聽到中央宣布他為「叛徒、內奸、工賊」，將他永遠開除出黨的廣播，才放他撒手人間。他鄉故鄉，一夢黃粱，到頭來，革命於他，又算是什麼呢？

古今中外，治與亂梅花間竹，從沒有一個統治者是故意將天下搞亂的，唯有毛主席做到了，因為古今中外，也沒有人到達他那樣至高無上的神聖地位，沒有人享有「偉大的領袖，偉大的導師、偉大的統帥、偉大的舵手」那樣崇高的聲望。

一九七零年，毛主席在與美國友人斯諾的談話中，第一次表露他對「四個偉大」的厭惡，他說他只能接受「偉大的導師」一個稱號，因為他做一個教師應該還夠資格，至於「偉大的領袖」、「偉大的統帥」、「偉大的舵手」都是別人強加給他的。但如果他那麼厭惡「四個偉大」，那在第一次聽到時為什麼不制止？以他「一句頂一萬句」的威望，如果他有一丁點厭惡，「四個偉大」早就銷聲匿跡！但他沒有啊，他那麼「委屈」地接受了這「四個偉大」的稱號，直到文革在群眾運動的層面已經結束，紅衛兵散夥，以「臭老九」的惡名，被狼狽遣送到窮鄉僻壤去耕田以後，他才發覺「四個偉大」的荒謬。

但，如果沒有「四個偉大」，沒有「萬壽無疆」，沒有「一句頂一萬句」，還會有千萬紅衛兵熱血沸騰為他的文革賣命嗎？

那時我們都以為自己懂政治，直到很久以後我們才明白，我們連政治的邊都沒有摸到。政治，只有臨終的劉少奇才會明白。

深秋時節天地一片肅殺，從古廟門外望出去，滿眼是收了蕃薯的沙地，灰灰黃黃的，沒有生氣。遠處汽車修配廠的廠房，一色的灰墻灰瓦，夾在古老小鎮那些年深月久的屋群裏，靜寂得像一幅沒完成的畫稿，沒有人知道那裏面正在醞釀風暴。

我和高立群、白如雲到汽車修配廠去找林寬。

田埂狹窄，我們魚貫著往前走，走到半路，白如雲俯下身子去摘路邊淺黃色的野菊花，我們就站著等她，不一會她又去摘一種淺紫色的小花，卻不知道叫什麼名。她說從前放學後，她和同學特地走野地回家，路上摘一束野花，回家後找個小玻璃瓶，裝水養起來，有時可以養幾天。

她將一小束野花用手絹小心包起來，一臉珍重的神色，看上去好美。

曠野上來了一陣風，她的髮梢在風裏揚起來，她抬起頭來，向我嫣然一笑，似乎為自己的孩子氣有點不好意思。

「聽說你們是表兄妹。」我突然說。

「是啊，我叫他母親姑媽。」

高立群笑道：「我可不敢和她比，人家是有錢人，我們家是無產階級，她們家是資產階級。」

白如雲噘噘嘴：「你的意思是，我和你，是你死我活的鬥爭？」

「我說的是階級，不是你和我。」

「那，兩個階級你死我活，落實到我和你，倒要和平共處？」

高立群有點發窘，忙道：「這怎麼說呢？階級是階級，親戚是親戚！」

「那，論親戚就不論階級了？」

「當然要論階級，不過，親戚……」高立群被逼到沒退路了，只好投降，說：「我說不過你，再說下去就成反革命了。」

我在一旁聽他們鬥嘴，竟好像有點羨慕，突然想起一件事，便問立群：「你前天去青州開會，有幫夢蘭買唱針回來嗎？」

白如雲奇道：「你怎麼認識夢蘭？」

我便將上回同車回來的事告訴她。立群說：「還好我記得，改天我帶給阿雲，她去老師家順便帶去。」

我對白如雲說：「你什麼時候去，告訴我一下，我也想去看看他們。」

立群說：「他們兩個好像有故事。夢蘭丈夫去世了，骨灰帶回來家鄉入土，那倒還在理，可她竟住到朱逸思家裏，這有點奇怪哦！」

白如雲說：「外面有人說閒話，我也覺得有點……不過也不敢問。」

立群道：「聽說朱逸思是勞改犯。」

「是啊，他在勞改農場三四年，後來調到大興安嶺林區中學教書，刑滿了還不肯回家。」

「看不出來，他原先是小提琴演奏家。」立群說。

「是啊，有時他拉琴，我們在一旁聽，好像魂魄都給吸走了。夢蘭老師唱《洪湖水浪打浪》，也讓人聽得走神。」

我心裏越發好奇，只說：「一個人有一個人的故事。」

白如雲問：「我們也會有自己的故事嗎？」

「五十年後，別人說起我們，就是說我們的故事。」我有點茫然地說。

進了修配廠，找到鑄造車間，遠遠看見林寬和一個老工人站在樹下，兩個人說話都有點激動，比畫著手勢，臉掙得通紅。見到我們來了，林寬向我們揚手招呼，老工人悻悻走了。

林寬走近來，看著老工人的背影，低聲說：「他是帶我入門的師傅，還是我們車間的黨支部書記，不過他反對我們造反。」

「他是工作組的人？」立群問道。

「唉，說起來也是……」林寬有點欲言又止，「工作組一來就整老廠長，我師傅平時受一點廠長的氣，就帶頭批判廠長。其實廠長抓生產很在行，師傅文化程度低，車間管得亂，廠長有時候會罵他。」

「那你怎麼不跟師傅走？」我好奇問道。

「工作組一來就把技術室主任撤了，把他們手下一個紅人調去技術室，畫下來的圖紙都不合格，做出來都是廢品，我去找技術室計較，他們就說我對抗運動。」

鑄造車間地方很大，天花很高，地上一堆堆的鐵沙，機器零件四處散放著。遠處有一個大火爐，卻熄了火，頭頂軌道吊車也停在那裏，工人三三兩兩在做事。林寬指指近處的空地，說：「就在這裏坐坐吧。」

旁邊七八個工人聚過來，大家都散坐著。

談起當前的形勢，我先大致介紹了北京運動發展的最新動態，毛主席說：「凡是鎮壓學生運動的人都沒有好下場！」北京各大專院校掀起了一波揪鬥工作組的熱潮。十月初，北京召開了「全國在京革命師生向資產階級反動路線猛烈開火誓師大會」，江青同志、張春橋同志都做了重要講話，中央軍委發布了「緊急指示」，指出：「凡運動初期被院校黨委或工作組打成『反革命』、『反黨分子』、『右派分子』和『假左派、真右派』等的同志，應宣布一律無效，予以平反，當眾恢復名譽。」

立群說，現在很明顯就是兩條路線的鬥爭，毛主席、周總理、中央文革小組代表無產階級革命路線，劉少奇、王光美、彭真他們，代表的是資產階級反動路線，兩條路線在各省、地區、縣市都有代理人，直到基層廠校也都一樣，也就是說，人民中學、你們汽車修配廠，一樣有兩條路線的鬥爭。

林寬說：「我們廠的工作組，是社會主義教育運動時派下來的，北京文革開始了，我們這裏社教都還沒有結束，那所謂兩條路線鬥爭，我們這裏算不算呢？」

我說：「社教有個桃園經驗，就是王光美搞出來的，你們這裏兩個運動交叉，但工作組執行的都是劉少奇王光美的路線。」

在座的工人聽說北京的近況，臉上都有興奮的神色，互相交頭接耳。不知不覺，身邊來了很多工人，大家都豎起耳朵聽我們交談。

「工作組在你們廠裏，也幹了不少壞事吧？」立群問。

旁邊一個落腮鬍子的工人說，「工作組一來，就是找『壞人』，我只不過平時喜歡說點怪話，發發牢騷，工作組就去編造一些所謂反動言論，把我鬥了幾場。」

「最可惡是把我們老廠長逼死了！」另一個工人說。

從車間大門口那裏，一撥撥的人走進來，都聚在一旁，稍不留神，已經有一百多男女工友，大家圍成一個大圈子聽我們講話，時不時有人大聲插幾句話。

林寬對周圍的工人說：「我們要趕緊組織起來，把王造華揪回來鬥。」

有人喊道：「你領頭啊，我們都跟你！」

林寬回頭對立群說：「你們有經驗，你來說說該怎麼組織。」

立群站出一步，也落落大方說：「最要緊是別怕，工作組的總後台劉少奇都下台了，有毛主席和中央文革小組為我們撐腰。我們人民中學，也把工作組長叫回來鬥了一場。工人老大哥要組織起來，推舉一個勤務組，把組織的名稱想好，起草一份成立宣言，以後靠大字報和傳單傳播消息，把工作組長揪回來清算，那就開展起來了。」

白如雲說：「成立宣言我們可以協助你們，以後有什麼重大消息和文章，我們也會及時和你們溝通。」

正說著，有個老工人陪著一位中年女人走進圈子裏來，老工人說：「大家聽一聽，秀蓮要說幾句。」

那中年女人未開口已經哽咽起來，她含悲低聲道：「我今天是來向大家請罪的。工作組逼我要揭發廠長，說長興不在了，宿舍要收回，如果不聽話，就要趕我們出去。我實在沒有路走了，兩個孩子都小，你叫我們睡到街上去嗎？」

林寬對我們小聲說：「她丈夫早些日子去世，老廠長看她可憐，一直關心她，有時下了班還去她家裏看看，工作組就污衊他打秀蓮的主意，逼她揭發老廠長耍流氓。老廠長已經給鬥得很慘，他兒子又受挑撥揭發他，再加上多一條骯髒罪名，就上吊自殺了。」

那邊女人淚流滿臉，說：「我不是人，昧著良心害了老廠長，我對不起他……你們把王造華抓回來，我一定上台去揭發他！」

那老工人說：「我們誰不知道老廠長是什麼樣的人！看人不是看一件事，一句話，是看他幾十年怎麼做人。他們工作組下來，不是先調查某人好不好，是先決定要鬥爭誰，才去找他的罪狀。為了找他的罪狀，又胡編亂造，把人逼死了，又沒事人一樣拍拍屁股走掉，這還像共產黨的天下嗎？」

看看車間裏，轉眼已經聚了一兩百個工人，人人義憤填膺，大聲喊叫，林寬大聲說：「我們今天就把組織成立起來，大家同不同意？」

「同意！」「同意！」「早就該成立了！」「就你林寬領頭！」周圍的工人七嘴八舌。

「那你們把組織架子搭起來，我們去起草成立宣言，再找個時間碰頭，然後就開成立大會。」我也高興地說。

送我們出來的時候，經過廠部大門口，那裏有一大片空地，中間一個大圓環，種著花草，圓環四周是車道。立群指著周圍的空地說：「這裏可以立一些大字報欄，以後把傳單抄出來，讓更多工人同志了解文革的最新動態，很多消息都是報上看不到的，中央首長的講話精神也比報上來得具體，這樣更容易發動群眾。」

林寬忙道：「太好了！我們怎麼沒想到？」

一路往外走，林寬又指著白如雲，對身旁的工友說：「她叫白如雲，我們這裏姓白的很少，白得像雲一樣，多好的名字！」

白如雲道：「我們不是本地人，太祖父年代到這裏行醫，後來就住下來。」

林寬說：「我還認識一個姓白的，叫白耀輝，是地委宣傳部的。」

「他是我叔叔。」

「難怪，他也那麼秀氣。」

說說笑笑，大家就揮手道別了。

總部的勤務組有分工，高立群、白如雲主要聯絡工廠，曾沛然、蕭偉聯絡鎮上企事業單位，鄭秋實、黃磊、林敏行聯絡農村，我不屬於任何一組，但隨時可以參加任何一組的工作，也幫忙出出主意。

總部並沒有具體的日程表，每個小組各自安排自己的活動，有的小組也主動結合某一個社會單位，「延安」戰鬥組和食雜系統聯絡，「紅旗」戰鬥組和衛生系統聯絡，「雲水激」和小學教師聯絡，如此等等。總部宣傳組按時提供各種資料，各組拿到新的消息就通過自己的渠道散發出去，而鎮裏每個角落發生的事，也隨時通過各小組的同學回饋到勤務組來。

沒有人定規則，八仙過海，各顯神通，有些事做下去蔚然成風，有的做做就無疾而終了。總部需要開會或統一行動時，就敲鐘集合，聽到鐘聲，大家就知道要議事了，很快集中到古廟大廳裏來。

那口鐘是從前學校上下課時敲的，林一飛他們自作主張，從校務處拆下來，吊在古廟走廊邊上。有了鐘，倒好像總部才有了指揮權，誰有急事，和勤務組的成員一說，就去敲鐘。鐘聲一響，人都到齊，那時該幹什麼就幹什麼，幹完又散去，只等下一次鐘響。

那一天鄭秋實急急去敲了一次鐘。

我們正和張捷、雅琴商量成立「平反委員會」的事。社會上一些不歸屬企事業單位的群眾，找不到互相倚靠的組織，大家都有點有力無處使的煩惱。張捷有老區背景，但老區勢力多在農村，他平日四處串連，手下卻沒有兵；雅琴很想做事，但單槍匹馬，也不知怎麼下手。他們兩個就來找我們商量，想把鎮上受過迫害的人也串連起來，成立一個「平反委員會」，大家聚在一起投入運動。

對於「平反委員會」這樣的組織形式，曾沛然有點擔心，畢竟很難界定誰應該平反，誰沒有條件平反，搞得不好，「地富反壞右」都擠進來，成員複雜，隨時被老保抓到把柄。

但高立群卻說：成立平反委員會是手段，不是目的。兩條路線鬥爭是當務之急，群眾起來了，先取得鬥爭勝利，平反是以後的事，到時會有適當的機構和程序來處理平反的事。

雅琴聽了立群的說法，高興得直點頭，說我們就是這樣想的，反正「平反委員會」成立後，領導權要掌握在我們手裏，我們幾個人商量決定，其他人要參加當然歡迎，不參加，他們自己去另搞一套，那和我們又沒關係，他們不用「平反委員會」的名義就行了。

我們坐在西廂房最裏邊勤務組的小房間裏，一張課桌擺在窗前，張捷挨著墻邊，時不時用他陰騺的目光瞄瞄我們，說話字斟句酌。雅琴卻端端正正坐著，兩隻手悠閒地放在桌上。她有一雙很漂亮的手，我從來沒有仔細看過一個女人的手，但那雙手太漂亮了，使我管不住自己的眼睛。

那雙手手掌薄薄的，又不覺得瘦削，手指纖長細緻，指關節若有若無，整隻手白裏透著淡淡的鵝黃。她手指微微彎著，很舒展地半伏在桌面上，那種委婉的、恬靜自在的姿勢，和她時不時激昂的陳述之間，有一種奇妙的不協調。

很久以後，我和她提起最初發現她那雙似乎不屬於這個粗糙時代的手時，內心湧起微微的罪惡感。雅琴笑說：「那是我母親遺傳給我的，我父親常說，他是先看上我母親的手，才看上她的人。」

那天關於平反委員會的商量，給鄭秋實敲鐘打斷了，大家即時都聚到大廳裏來，秋實大聲說：「紅派在圖書館鬥盧志遠，我們怎麼辦？」

高立群問：「誰說他們在鬥盧志遠？」

林一飛站出來說：「我親眼看見的。」

大家都奇怪，「你怎麼看見？」

「圖書館後面有幾棵桉樹，我剛剛爬上樹去看，裏面正在開鬥爭會。盧志遠站在當中，有人押著，周圍有四五十個老保的同學。」

「你也吃太飽了，去那裏爬樹做什麼？」大家都笑起來。

林一飛有點委屈，說：「就想看看他們在幹什麼啊！」

「盧志遠不是去做工作組長了嗎？什麼時候回來的？」我問。

曾沛然說：「回來兩三天了，說是紅派把他叫回來的。」

蕭偉說：「我們鬥葉培禎，他們鬥盧志遠，他們這是替葉培禎出口氣吧。」

曾沛然說：「盧志遠是校長，嚴格說起來，紅派鬥盧志遠也沒錯。不過我看背後還是有人在搞鬼。」

「誰在搞鬼？」秋實問道。

曾沛然說：「運動初期工作組重用吳清平，目標是鬥倒盧志遠。現在我們鬥葉培禎，他們就鬥盧志遠，應該是吳清平在背後指使。」

「吳清平根本就是紅派的黑後台。」黃磊說。

大家這才恍然大悟，但不得不承認，確實沒什麼理由反對紅派鬥爭盧志遠。

「那就由得他們去鬥嗎？」林一飛急道。

林敏行說：「說實在的，盧志遠跟我們也沒什麼關係，讓他接受一下批判，也沒什麼大不了。」

蕭偉不同意，說：「如果他們的後台是吳清平，他們又衝著我們鬥葉培禎而來，那就有關係。」

高立群突然說：「我們去把他搶回來！」

大家都愣住了，鄭秋實奇道：「怎麼搶？」

「把人召集起來，直接衝進圖書館去，把盧志遠搶回來。」高立群胸有成竹。

「那道理講得過去嗎？」林敏行有點擔心。

大家又都靜了一下，你看我我看你，的確，人家鬥走資派，說得上名正言順。突然白如雲說：「就說他們鬥得差不多了，輪到我們來鬥了。」

滿大廳先靜了一下，隨即閧堂大笑，大家紛紛贊成，都說這個主意好。

鄭秋實於是又敲了一遍鐘，兩道鐘聲顯得事不尋常，更多同學來了，粗略估計有過百人，立群一揮手，大喊一聲：「走！」大家就從古廟門口出來，沿小路上學生宿舍，從學生宿舍中間過道一上去，就是大操場了。

一百來人腳步匆匆穿過大操場。晌午的陽光白亮，風靜靜，兩三隻麻雀在草地上啄食，遠處操場上沒有人影，耳邊只聽到沙沙的腳步聲。還沒等走到籃球場，鄭秋實突然大喊一聲：「衝啊——」所有的同學都呼應著「衝啊——衝啊——」喊叫起來，大家一路急奔衝上圖書館前的台階，推開中間閱覽室大廳的門，一百來人叫囂著蜂擁擠入廳裏。

紅派的同學被突如其來的衝擊嚇得不知所措。盧志遠站在圈中，旁邊兩個高大的同學押著，他也不知道發生什麼事，連頭都不敢抬起來。

鄭秋實站到圈中，大大咧咧說：「你們鬥得差不多了，輪到我們鬥了。」他手一揮，大聲嚷道：「把盧志遠帶走！」

旁邊上來四五個造反派同學，推開兩個紅派的人，把盧志遠架著，逕直向門外走去。紅派的人一個個目瞪口呆，沒有人出聲，更沒有人敢衝出來阻止，眼睜睜看著我們把盧志遠帶走。廳裏廳外一百多名造反派同學，也跟在身後慢慢撤出。

我和高立群走在最後，回頭看看滿室的紅色孩子，一個個驚魂未定、手足無措坐在那裏，我和立群相視一笑，揚長而出。

當晚盧志遠就被轉移到青州大學，那裏有我的中學同班同學劉建成，他是青州大學八二九造反總部的頭頭之一。劉建成將盧志遠安置在學生宿舍，有人輪流陪伴他。盧志遠在那裏待了幾個月，等他回來時，造反派和保守派的鬥爭已經白熱化，他成了我們鎮上八二九造反總指揮部沒有名分的總指揮。

—葉培禎—

葉培禎做紅燒肉有一手，他在宿舍走廊那頭燜紅燒肉，我們在這頭都聞到香味。那陣香味內容豐富，有豬肉的油脂香、醬油的甜香、桂皮的芳香，在缺油少葷的清貧年代，這陣香味使我們對他「資產階級反動路線」的仇恨，頓時消解了幾分。

我和鄭秋實從膳廳取回蒸飯，秋實貢獻了他從家裏帶來的鹹菜，我有半碗麵豉肉醬，打算就此對付了晚餐。這時葉培禎來門口探了一下頭，很謹慎地問一句：「我今天做紅燒肉，做多了，你們要不要幫我消滅一點？」

我和秋實對望一眼，正在猶豫，葉培禎忙再解釋說：「我不敢用一點紅燒肉來收買紅衛兵小將，不過實在做多了，這種秋老虎天氣……」

秋實「刷」一下站起來，說：「走！紅衛兵大風大浪都不怕，還怕一點紅燒肉！」

我也捧著飯碗站起身，說：「吃歸吃，鬥爭會還是要照開的哦！」

葉培禎趕緊點頭，說：「當然當然，我正在寫新的檢討，一定更深刻在靈魂深處鬧革命。」

三個人坐到他宿舍裏，滿滿一大海碗紅燒肉，一塊塊軟顫顫挑在筷子尖頭，黏糯的肉汁澆一點在飯裏，簡直是人間天上的美味。

一面吃一面閒聊天，葉培禎說紅燒豬肉最要緊是有耐性，要燜到軟爛才好吃。豬肉要挑「不見天」的部位，先用滾水去一去騷味，至於調味，那是各人好惡的問題。有條件的話，再加一點墨魚乾，豬肉吸一點海產的鮮味，感覺鮮味香味互相滲透，各取所長，好像把山海精華都吃下去。

「其實豬肉和墨魚乾都是粗賤的東西，不過互相滲透，味道更美。」

鄭秋實頂他一句：「你倒說得輕巧，我們鄉下人辛辛苦苦養大一頭豬，賣得一點錢來，要支撐一年的開銷。」

說起那天的鬥爭會，葉培禎說：「我很感激你們，你們很文明，最多就是幾個同學把我按住『坐飛機』，時間也很短。後來那位女同志上來一說，你們就放開我了，此外從頭到尾，都沒有人動過我一根手指。」

鄭秋實說：「那也要看你的態度，態度不好，革命群眾揍你，我們也管不了！」

「我老婆那天給我帶衣服來，她聽說北京打死了很多人，叫我要小心。我說怎麼小心，犯了錯誤，群眾打你，你只好受著。打死了只當命該如此，打不死還是一條好漢。」

我笑說：「看來你倒是老運動員了。」

葉培禎苦笑一下，說：「參加革命十幾年，自己整別人，別人整自己，都慣了。」

「那你認為工作組有沒有犯錯？」

葉培禎小心地掂量了這句話，緩緩道，他和盧志遠等一大批文化教育系統的幹部，一起集中到縣裏開了幾天會，傳達了桃園經驗，於是到各中學去領導文化大革命，搞階級鬥爭，上面的精神就是把矛頭對準學校領導層。

「還好盧志遠不是派到我那個學校去，不然的話，就是我在這裏整他，他到我那裏去整我。」

「我老家搞社教，工作組把我們家的成分，從中農一下子劃成富農，我突然變成『地富反壞右』的子弟，我找誰說去！運動來了，上面叫幹什麼就幹什麼，幹還要賣力幹。運動過去，上面又說搞錯了，那就要做檢討，檢討還要深刻，從來都是這樣。」

秋實說：「搞運動也不能逼死人啊！鄭經天老師是你害死的吧？」

葉培禎搖頭歎息，半晌不語，好一會才悶聲說：「他自殺那晚，我整晚都沒睡著，逼死了人還能睡得著，那我也真是狼心狗肺了！他參加三青團本來也沒什麼，我們只是想從他嘴巴裏掏出更多情況，什麼人領導，有什麼人一起活動，都做了些什麼與左派學生作對的事情，多逼兩下他就想不開了。」

「你們會折磨人嘛。」我說。

葉培禎又搖頭，說：「每一次運動手段都差不多，有人挺住了，有人挺不住。」

「那我們用同樣的辦法折磨你，你又怎麼樣？」秋實又問。

「反正都是這樣，看誰碰上。不過我不會自殺。」

「前幾天紅派鬥盧志遠，你聽說了嗎？」我問道。

「聽說了，你們不是把他搶回來了嗎？」葉培禎道，「盧志遠是好人，他最多也就是白專道路，重用教學經驗好的老師，有些是右派，有些有思想問題，但抓教育本來就是這樣。我在自己的學校也是絞盡腦汁，巴不得有一兩個同學考上清華北大。不過運動來了，上面要整當權派，誰敢說個不字？」

離開葉培禎房間時，一鈎上弦月已經升到中天，遠近盈耳的蟲聲，聽上去像一片海。葉培禎送我們走出來，笑說：「一點紅燒肉，換來一晚有意思的談話，還真不錯！」

秋實板起臉來凶他：「別以為你的檢查就過關了！」

「是是是，」他又陪笑，「我明白的，聊天歸聊天，檢查歸檢查。」

葉培禎生就一張青蛙一樣扁扁的臉，五短身材，人到中年胖起來，臉上的肉沒地方放，都擠到脖子後去了。從背後看他，他的腦袋好像直接安在肩膀上，脖子沒有了。

運動慢慢轉入兩派鬥爭，工作組的問題淡化了。葉培禎一直乖乖待著，沒有人留意葉培禎是什麼時候離開的，也不知道是誰讓他離開的。

一九七三年年底，我從勞改農場回來，當時到處缺教師，我先在村裏勞動，後來就到小學代課，再後來有一個機會轉為正式教師，我就到縣教育局去辦手續。

教育局有一條長長的走廊，走廊外種著幾棵香蕉，寬大的綠葉在薄薄的陽光裏浮著一層毛茸茸的光，那時轉過頭來，竟看到葉培禎遠遠端著茶杯走過來。故人相見，多少都有點驚喜。葉培禎說，他已經調到教育局一年多，年紀大了，不想在外面過單身漢生活，現在每天回家吃飯，飯後喝杯茶，點根煙，翻一下報紙，洗洗睡覺。

在他辦公室坐了一會，他問起我這些年來的情況，也不免有點欷歔，說我被捕後好久，他才偶然聽人說起，現在回來了，一切從頭開始，好好工作，爭取表現。雖然彼此地位懸殊，他也沒有擺出一種居高臨下的姿態，只是一味搖頭。

葉培禎說：「你還記得嗎？有一次我們談起劉少奇鄧小平，我說中央清除了這一批修正主義隱患，以後不會再有大規模的政治運動了，應該集中精力搞建設。那時你說：階級鬥爭會以一波一波的形式，永遠繼續下去。看起來還是你說對了，這不是，又來了林彪事件。」

「這幾年消息閉塞，林彪的事，我也是不久前才聽說。」

葉培禎搖搖頭，說：「政治的事，真是你死我活，我們還是老老實實，做一點實際工作就好。」

我苦笑一下，說：「可惜你不去找政治，政治會來找你啊！」

臨走前，他說他讀過我寫的那張大字報，後來作為批判材料，印發給一些幹部討論。他說他同意我的一些觀點，但在現時的政治氣候底下，那些話都太出格，一旦公開了，當然是有政治後果的。

他握著我的手說：「你吃苦了，不過還好年紀輕，受一些磨難，不一定是壞事。」我笑說：「是啊，現在重新做人。」

葉培禎笑了笑，拍拍我肩膀，說：「有上縣裏來一定來找我，我們好好聊聊。」

世事難料，最後一次見葉培禎，已經是一九八二年了。我從香港回去看母親，到家隔天要去縣裏辦戶口登記手續，順路去了教育局，才聽說他退休了。也是合該有緣，就在去汽車站路上，迎面見他牽著一個小男孩在街上蹓躂，我上前打招呼，他有點認不出我來，想了一下，才迎上來握手。聽說我去了香港，他連連點頭，說：「出去了好，出去了好啊！」他指指旁邊一幢小樓，說他家就在二樓，要不要上去坐一會？

他明顯有點老態了，一級一級吃力地往上走。進了門，家裏倒整潔，四下裏卻瀰漫一種濃得化不開的冷清。兩張木製沙發中間，一個小小茶几，茶几上放了幾份《參考消息》，他沖了茶，把報紙拿走，陪我坐下來。

「我老婆去年走了，兒子兒媳另外住一個地方，我有空幫他們去幼兒園接送孩子，順便散散步。你這樣也去了幾年了？」

「我是七八年出去，也有三四年了。」

「都做什麼工作？」

「先在電子廠當工人，後來進一家書店當門市店員。」

「你是清華出來的，大材小用啊！」

「我在清華也才上兩年課，沒學到什麼。再說，香港是商業社會，做事都要看專業資格，還是一步步來吧。」

「那裏生活也不容易啊！」

「是啊，我父親給一點支援，結婚才一年，沒有孩子，我們租一個小房間住，也還過得去。最重要是沒有政治干擾，自己想幹什麼就幹什麼。休息天到圖書館借書，看一場早場電影，有幾個朋友來往，也就可以了。」

「那是資本主義社會，和我們這裏正相反。」

「最難得是自由，政府從來不管一般人在做什麼，除非他犯法了。那樣做政府多省事啊，不用操心市民的思想，不用搞什麼政治學習，互相揭發批判，不必這個運動那個運動地沒完沒了。你老老實實去賺錢好了，賺得多是你本事，賺少了你只好認命。」

葉培禎神往地點點頭，說：「我們這裏也折騰得差不多了，再折騰下去，國家都要垮了。」

「現在胡耀邦趙紫陽搞改革，國家對外開放，日子會慢慢好起來。」

葉培禎沉吟著，只說：「盼就盼這樣，但我未必看得到了。」

我笑說：「你別太悲觀，退休再活個二十年沒有問題。」

「累啊，就是覺得累，好像力氣都使完了，現在爬兩層樓上來，要喘半天。」

道別時他送到樓梯口，我下幾層樓梯再回過身去，他還站在門口，揮揮手，滿眼的蒼涼。我知道他還有一些話要和我說，但他似乎連說話的氣力都不多了。

第六章

小提琴與棍棒

勤務組裏擠著一屋子人，看我進來了，白如雲挪開一點，讓出一角椅子來給我。

高立群說：「都到了，幾件事討論一下。秋實先說你的。」

鄭秋實道：「昨天『風雷激』一個同學在教室樓那邊，和紅色總部的人碰上，互相對罵，被他們打了一頓。傷是沒什麼大傷，現在在家裏躺著。紅派佔了圖書館、實驗室、音樂室那一大排房間。我們是不是也把教室裏的同學都撤下來，安全一點，不然上面發生什麼事，我們都照應不到。」

蕭偉說：「都撤下來，這裏會擠一點。」

我想了想說：「學生宿舍上面還空了好幾個房間，離古廟也只有幾步遠，不如讓他們搬過來，那樣我晚上睡覺也踏實一點。」

大家都笑起來，說一舉兩得，保護一下方宇程。

高立群又說：「另外一件事牽涉比較大。就是社會上的造反派群眾，一直組織不起來，除了汽車修配廠比較像樣，其他的都一盤散沙。剛才我們幾個閒聊，突然想到一個主意，我們可不可以把一些零散的小廠都組合起來，成立一個八二九工人造反總部？」

曾沛然點頭：「這個主意好，但要把那麼多單位捏起來，還要多做工作。」

白如雲說：「他們都覺得力量單薄，像鐵器廠的李友世，苦惱得不得了。」

「我們很多小組一直都和社會上有聯繫，都有一些基礎了。」蕭偉補充。

我想了一下，提議道：「不如召集他們一起談談。」

高立群點點頭，說：「如果大家都同意，那林寬那裏我去談，各小組也分頭接觸一下。」

開完會，看看人散得差不多了，白如雲悄悄扯一下我，說：「等一下我去學琴，你要不要一起去？」

「好啊！現在就走嗎？」

「我還要回家拿一下提琴，不過是順路。」

「那好，我們一起走，」我又想起來：「立群給你唱針了嗎？」

「給了，我帶著呢！」

白如雲家是一幢紅磚樓，大門虛掩著，推門進去，一個六十多歲的老太太從廳口走下來。大門進去是一個透天的天井，天井兩旁兩條走道有瓦遮頂。天井往上是大廳，大廳兩側各有一間大房。大廳外走廊兩側，各有一個側門，右邊側門向著小巷，左邊側門外大概是廚房、浴間等等了，有一些人聲傳過來。

大廳後側有樓梯上二樓，二樓有多少房間，一時就看不清楚了。

老太太笑咪咪走下來，白如雲說：「這是我祖母。」又向老太太介紹說：「這是我們學校的校友，北京清華大學下來的，他叫方宇程。」

老太太目光灼灼打量著我，連連點頭，說：「清華大學，好好好，不簡單。」

白如雲對我說：「我去樓上拿琴，馬上下來。」

老太太一直打量我，問道：「你也是安平人嗎？」

「也算安平人，家在山前村，現在搞運動，都住在人民中學。」

「父母都在山前村嗎？」

「父親在菲律賓，家裏就我和母親。」

老太太連連點頭，說：「都是這樣，阿雲她父母親在香港，也好多年沒有回來了。」

老太太回頭看看樓上，說：「這些日子她都在外面瘋，問她她也不說，現在是什麼世道，都不讀書，以後怎麼辦？」

「全國都是這樣，你別擔心，她很好，大家都喜歡她。」

老太太又再端詳我，只說：「和你們在一起，我都放心。」

白如雲一路小跑下來，一手拿著提琴盒，我們就告辭出來。

老太太跟在身後，連連說：「這麼快就走了？有空再來啊！陪我說說話。」

走出巷口進小街，一路向南。我說：「你家裏好大，就你和祖母兩個人，不怕太靜？」

「家裏長年都有兩個鄉下親戚住著，幫忙做一點家務，祖母私底下也拿一點錢給她們。我叔叔一星期總要下來住一兩天，有時一家子下來，嬸嬸帶兩個堂弟一個堂妹，也很熱鬧的。她有問你家裏的事嗎？」

「有啊，問我父母親，住在哪裏。」

白如雲掩嘴笑：「來一個男的，她就要查人家家底，生怕我嫁不出去。她要你常來坐，看起來對你印象還不錯。」

「那都是客套話吧？」

「才不是，各人待遇不同。上次我一個同學來，臨走她淡淡的不說話，我們前腳出門，她在後面砰一聲把大門關上了。」

「老太太有意思。」我也笑說。

「立群來得多，畢竟大家是親戚，有時我們在房裏找書，她就端一張椅子坐到房門口，冬天說是有陽光照著暖和，夏天就說有穿堂風涼爽，其實就是怕我們兩個在房間裏不規矩。」白如雲吃吃笑。

「老人家，守著一個小孫女，這年頭世道亂，也難怪她擔心。」我又問，「你是每星期學一次琴嗎？」

「本來兩次，近來事多，就少了一次。」

「學多久了？」

「學一年多了。有四五個年輕人跟他學。我們這裏，也沒什麼專業小提琴家，他算是權威了，聽說早年跟過蘇聯專家。」

半下午日頭還很毒，我們走進「雨腳架」。南方夏天日頭毒雨水多，街兩邊樓房，習慣都將臨街店鋪往裏縮，在店鋪外留出一條路來，這樣行人在樓底下走，就不怕日曬雨淋，我們把那種有頂蓋的人行路，叫作「雨腳架」。

「他這人怎麼樣？」

白如雲答道：「人有點嚴肅，一本正經，一般都是他講，示範給我看，然後我練琴，他在旁邊看著，隨時糾正我的姿勢。回家要記認五線譜。」

「你怎麼會對音樂有興趣？」

「前幾年我爸媽給我帶了一個收音機，可以收短波，以前電台有古典音樂節目，聽得多了，雖然不懂，但覺得心裏很舒服。後來有同學說朱逸思在教琴，我就去報名了。」

「有一樣興趣培養起來，那是好事。」

「現在古典音樂都是封資修了，以後還能不能學也不知道。」

「這場運動，我最不理解的，就是把很多好東西都禁了，那都是我們喜歡的啊！文革前我看很多翻譯小說，都是經典，現在都毀了，往後都沒有書看，想起來也有點苦惱。」

「我家裏有書，都是我叔叔藏著的。文革前搬下來，藏在樓上房間裏，以後你有空，可以來找書看。」

「太好了，現在晚上沒事，有時也很悶的，總不能天天背毛主席語錄吧。」

白如雲又笑：「可以朗誦大批判文章啊，像什麼『東風吹，戰鼓擂』、『四海翻騰雲水怒，五洲震盪風雷激』，『世界是你們的，也是我們的……』。」

我打斷她：「好了好了，你這麼有心思，你每晚去朗誦好了。」

說說笑笑，來到逸思家。那是一排老舊的街邊厝，樓下一個小木門，側身進去，室內幽暗，四下裏箱箱籠籠堆放著，有一層曖昧的味道在空氣中浮動。一個很陡斜的木梯上樓，吱吱呀呀響，扶手搖晃著，讓人有點心懸。

夢蘭迎到樓梯口，身邊站著她兒子，再遠一點臨街的窗邊，坐著一個乾瘦的男人，應該就是朱逸思了。

走近前打個招呼，他揚揚手，說：「夢蘭一直提起你。」

我說：「都是巧事，在火車上碰到夢蘭，在人民中學認識白如雲，原來白如雲又跟你學琴，原來夢蘭又住在你這裏，兜一個圈，可能就為著要認識你。」

朱逸思頷首，似乎笑了一下，說：「以後多來，我們好好聊聊。」

說著，白如雲將唱針拿出來，夢蘭喜道：「你們還記得呢！」拿著唱針盒，向逸思揚了揚，說：「你的好事來了。」

白如雲和逸思去學琴，夢蘭便帶我到一旁坐下，沖了一杯茶，說：「你們都好嗎？運動怎麼樣？」

「一直都在大字報上打筆仗，正準備幫外面工廠的工人組織起來。」

「社會上也要分兩派了？」

「早晚是這樣。」

「那我們暫時也回不去了，孩子也沒地方上學。」

「沒有一兩年，總是安定不下來的。」

夢蘭指指旁邊的留聲機，說：「你喜歡音樂嗎？他有一架唱機，還藏了很多唱片，有空可以來聽音樂。」

「我不太懂，不過換換腦筋也好——就是貝多芬、莫札特那些吧？」

「他還有一些蘇俄和東歐的，柴可夫斯基、蕭邦、拉赫曼尼諾夫。還好以前帶一些回來，要是放在原單位，早就沒了。」

「放在單位怎麼會沒了？」

「反右後他去勞改，宿舍裏一些寶貝都給人抄走了。」

我點點頭，說：「我也聽說這件事。」

夢蘭看看逸思，說：「以後讓他自己告訴你，他倒好，不忌諱這些事。」

「你也難得，那麼老遠的地方，特地跑來看他。」

「我丈夫周誼民，和他是結拜兄弟，在音樂學院，我們三個最要好。」

「原來是老同學。」我恍然大悟。

「我們的事也夠寫一本長篇小說了。」夢蘭突然也歎息了一下。

「你們有故事，我們這一代太平凡了，或許以後文化大革命會是我們的故事。」

「是啊，」夢蘭幽幽道，「做人都有故事，等到別人說你的故事，你也老了。」

臨走時逸思問：「你在清華是修什麼專業？」

「我在物理系，不過也才去兩年，中間又要下鄉勞動，又要軍訓，也沒正經讀什麼書。」

「我在東北時，有一個難友也是清華的，空氣動力專家，早年從美國回來，可惜成了右派。」

「哦，你在東北待過，那裏冰天雪地啊！我們東北同學說，冬天到野地裏撒尿，尿還沒撒到雪地裏，就結成冰了。」

白如雲掩嘴笑，夢蘭說：「那也太誇張一點。」

「我們在農場勞動，晚上睡覺要把外衣鞋子都焐在被窩裏，不然第二天一早穿不進去——都凍硬了。雨雪天衣服濕透，放一個晚上，褲子都可以自己站著。」

我看著他乾瘦的臉，說：「你也吃過不少苦。」

逸思笑了笑說：「什麼都能習慣，苦也能習慣，日子久了，苦就麻木了。」他看看天色，說：「今天沒準備，不敢留你們吃飯，改天一起吃飯，我請你們喝酒。」

回來路上，我和白如雲都悶悶的，想起東北勞改農場，化外世界，非人間的，不可想像。一個音樂家，於冰天雪地求生，汗血塗地，長夜難明，當其時，該如何去領略那些撼動心靈的旋律呢？大概也只有親身經歷的人才可以明白了。

那年頭每天情緒高漲，革命席捲人間，造反是時髦，上有毛主席和黨中央，下有億萬革命群眾，人在大集體裏有安全感，以革命的名義殺人放火，大家都理直氣壯。

更深人靜時，偶爾心之一角會有些微忐忑，但那種善良本性偶然流露，很快被目為小資產階級的軟弱，於是冷血起來又心安理得了。革命需要的是刺刀見紅，是陷陣與犧牲。對敵人的仁慈，就是對人民的殘忍，列寧如是說。

這一天，我和雅琴、曾沛然在勤務組裏商量居民造反組織的事，外面的鐘聲又急急響起來，雅琴笑說：「我上次來你們敲鐘，這次來你們又敲鐘，你看，我一來就沒什麼好事。」

「那證明你很重要啊！」我笑說。

「這一回不同，鐘聲響得很急。」曾沛然沉著臉站起來。

我們都趕緊往外走，周圍的同學也都往大廳口跑去，遠遠的已經聽到立群的聲音：「老保在操場上追打林一飛，趕快，找些使得上的傢伙，上去把他救出來！」

有人已經往外跑了，我回頭跟雅琴說：「你先回去，我下午去找你！」

等不得她回答，我也轉身跑出來。學生宿舍裏有一些從教室裏抬來的桌椅，有人將桌椅砸開了，把桌腳椅腳拆出來，分給趕上來的同學。

圖書館前面的籃球場上，十幾個人在那裏追逐。跑在前面的是林一飛，後面一大夥人包抄著追他。林一飛左右穿插，個子小人靈活，跑得又快，後面的人揮著木棒追打他，都挨不到他身上。

這邊造反派的同學已經呼嘯著衝上去，眼看追近了，紅派的人就給衝散開來。與此同時，圖書館上邊，也有一些紅派同學拿著傢伙跑下來。兩邊都喊叫著，手上各自拿著長木棍、竹枝、石塊、磚頭，見到對立派的人就追打。

人太多，急切之際很難互相辨認，有的眼看一棍棒打下來了，趕緊大叫一聲：「是自己人啊！」對方這才把木棒放下來，抱歉地笑一下，又去找新的對手。有的大叫：「這傢伙是老保，別放他跑了！」周圍便有人追上來圍毆。

喊叫聲、喘息聲、沙沙的腳步聲、棍棒接觸時的撞擊聲，混成一片。初冬的天空雲層厚重，一陣風捲過，沙土迷人眼。

我跑到林一飛身邊去，一把揪住他，問道：「傷了沒有？」

林一飛喘著氣，一張臉紅撲撲，手上只有半塊不知從哪裏撿來的磚頭，說：「沒什麼事，就是手臂上挨了一下。」他抬起手臂給我看，小臂上有一道紅紅的瘀痕，倒沒見血。

「別打了，回去看看有什麼藥水搽一下。」

林一飛看看操場上廝打的人，似乎還有一點不解氣。我說：「我們人多，他們都在往回撤了，沒什麼好打了。」

果然老保陸續都撤回圖書館門外，幾十個人站在石階上。我們的人追到石階下，上下對罵著，有人撿了石頭往上扔，那邊躲過了，又撿了扔下來。

我把林一飛帶回總部勤務組，也不知去哪裏找藥水，林一飛說：「別找了，這麼一點小事，過兩天自己好了。」

我又問：「你又去招惹他們幹什麼？」

「沒有啦，閒著沒事，到操場上走走，看到他們大字報欄上貼著什麼『戰報』，說成立『紅色農民造反總部』，一看火都上來了，心想你也配稱『造反』，就把戰報撕下一半來。誰知後面有老保的人看到，追上來理論，吵兩吵就打起來。他們人多，我就跑，他們就追，給我在操場邊撿了一塊磚頭，還回身砸他們一傢伙。」

他好像很過癮似的，還笑起來。

我在勤務組桌上倒了一杯水給他，說：「以後一個人少到那裏，現在情況不同了，動不動就會打起來。」

林一飛點點頭，說：「要準備打仗了。」

人陸續回來，我們也走回大廳。同學們聚在那裏，大家還都七嘴八舌議論剛剛的群毆，立群大聲問：「有沒有受傷的？」看看沒有人吱聲，知道都安全，便說：「大家可以散了，該幹什麼幹什麼，勤務組開個會。」

討論後確定幾件大事：一是將分散的人員收縮，全部集中到古廟來，學生宿舍住的人也搬下來，古廟這邊騰出兩三個房間來，設上下鋪，多留一些人過夜。二是古廟裏外要巡視一下，四周圍墻、出入的正門偏門、向外開的窗子，都要隨時能關閉上鎖，保證堅固厚實，預防有人來偷襲；三是設立夜間值班制度，輪流巡查；四是準備一些應急的武器，木製鐵製都要，另外設急救箱，儲存必要的外傷藥品器具等等。

在地勢上老保有利，他們在高處，易守難攻，但他們那裏沒有圍墻，無險可守。我們雖然地處下風，但四周有圍墻，只要加強巡查，不怕有失。

立群說：「形勢變得險惡，要準備建立一支有戰鬥力的隊伍，召集體格較好的同學，隨時可以出動。這件事我來負責，我去物色人，和他們交底，就是要有流血的準備，我想暫時有二三十個就夠了。」

鄭秋實道：「我來處理巡查的事，白如雲去準備藥箱。」

蕭偉說：「我和黃磊、敏行去安排宿舍，看看需要留守多少人。」

立群說：「很好，這件事盡快處理，我們不主動去打對方，但人家打來，我們也要保護自己。」

看看大家沒什麼意見了，他又接著說：「成立工人造反總部的事，林寬、李友世都同意加入，其他各企事業單位也都協調得差不多，關於平反委員會……」

曾沛然插嘴說：「這事我還是有保留，各人情況不同，不能一概而論。萬一有問題的人都進來了，會招人口舌，內部也會爭吵，不如先放著，你們看怎麼樣？」

我說：「上午和雅琴談了一半，她說社教時全鎮評了兩百多戶資本家，有一家做炒花生做出了名，在街上擺個小攤子，也給她安了個資本家的成分。像燒酒成，也給歸類成壞分子，有個女人叫愛玉，聽說和一些男人有關係，也是壞分子，類似情況總有幾百人。」

「被工作組迫害的人不少，這也是一支不小的隊伍。」蕭偉也同意。

白如雲道：「不用平反委員會的名稱，那可以嗎？」

立群沉吟有頃，突然說：「那不如把他們組織起來，就叫作『安平鎮八二九居民造反總部』，不談平反，只談造反，平反的事等以後文化大革命成功了再來談，這樣就可以避免誤會了。」

曾沛然大笑：「還是立群腦筋好用，平反有點敏感，造反是名正言順啊！」

鄭秋實老氣橫秋：「立群這是山人自有妙計啊！」

「那我下午去和雅琴談談。」我說。

立群朝白如雲說：「不如你也去走一趟，幫幫宇程，你口齒伶俐啊！」

「對對對，你們男人打生打死，我一個小女子，就剩一張嘴有用。」

立群也笑了：「好像是馬克思說的，要有批判的武器，也要有武器的批判。」

黃磊道：「這是什麼意思？」

曾沛然說：「意思是文的武的，都是武器。」

白如雲說：「我當不得什麼武器，不過，我也喜歡雅琴。」

「好吧，我想一切都準備成熟，我們要開一個隆重的成立大會，大造聲勢，把局面打開。」立群說。

「『安平鎮八二九工人造反總部』成立大會，開完會把隊伍拉出去，在街上大張旗鼓遊行一圈，那就士氣大振了。」蕭偉也興奮地說。

鄭秋實說：「圖書館下面的籃球場夠大，就在那裏開大會！」

「紅派在上面，會不會又打起來啊？」林敏行有點擔心。

立群笑道：「這倒是好主意！那天人一定很多，他們膽子再大，也不敢亂說亂動，只怕我們還沒開會，他們都要把門窗鎖好，一個個跑回家去躲起來了。」

說得大家鬨堂大笑。

雅琴家是南方典型的「官衙房」厝。一條小街，街兩旁的地劃成一長條一長條並排的宅基地，相鄰兩家的墻共用，各家開一個門對著小街，沿街看過去，就是很有規則的、一個個幾乎相同的木門。

雅琴家像鄭老師家那樣，入門一個小天井，天井進去一個小廳，小廳後一個前房，房側一條走廊，往裏去是一個後房。然後又是一個小天井隔開，裏頭又是一個小廳，廳後一個前房，走廊進去又一個後房，然後就是廚房廁間之類。有錢人家一口氣買下兩塊宅基地，那就多一點迴旋餘地，可以破格設計，別有洞天了。

一條石板路幾百歲了，路面長長短短不規則的石板，砌成中間高兩側低的路面，以便雨水流入路兩邊的排水溝。小街被幾百年的車馬行人踩踏，雨水洗刷，石板都光滑溜溜。夏天暴雨過後，街面水洗一新，小孩子赤腳在街上嬉耍，腳底下那種溫潤舒服的感覺傳上來，有一種難言的細細的喜悅，浸潤在心間。

幾百年來，挑水的姑娘經過，賣菜的小販經過，娶親的花轎經過，殯喪的鼓吹經過，生老病死在一條小街上搬演。有人說笑有人哀吟，東家長西家短，石板路若有記憶，那些穿越世紀風雲的雜沓回聲，會刻寫在深深石縫裏，傳之永遠。

那天和雅琴談得不錯，張捷也在場，反應卻沒有那麼熱烈，一雙眼睛在我和白如雲臉上轉來轉去，有時死死盯著你看，看得人不自在。

雅琴起初也有點抗拒，說：「你們怕壞人混進來，那我算不算壞人啊？」

我給她這句話堵住了，白如雲腦筋轉得快，想了想，笑嘻嘻說：「就憑你批判葉培禎那些話，只怕我們都不如你，你是天生的造反派。」

一句話把雅琴逗笑了，說：「你這小姑娘，我就是喜歡你。」

白如雲說：「我也喜歡你啊！」

雅琴沖了茶，一個胖肚茶壺有棗紅花朵圖案，四個一套的小茶杯簇擁著，茶水清醇，更有玫瑰香。她說後園有幾棵玫瑰，花謝了，她都撿起來曬乾，她就喜歡那種清純的香味，沒有一點雜質。

桌上另擺了一個小碟子，盛著一小堆蜜餞，有醃過的桃脯和葡萄乾，旁邊有一小堆牙籤，顯示著一種鄭重其事的待客之道。她說蜜餞也都是她自己醃的，大家試試看。

我笑說：「你倒是事事講究，連牙籤都有。」

「牙籤是有一次去青州買來的，」雅琴看我一眼，說：「窮人過日子也可以講究，那也不花什麼大錢，就是不要馬虎，凡事有一點誠心。我這些茶具，都是早年從南京帶下來的，客人來了，沖一壺茶，客人走了，洗乾淨再小心收好。只要茶具好，感覺就不同了。」

張捷在一旁笑說：「你們還不知道她那些講究呢！人家是千金小姐。」

「還千金呢！」雅琴苦笑道，「我是逃亡家屬，一錢不值。」

她替我們倒茶，我又禁不住端詳她的手，彎彎的蘭花指美美地翹起來，好像能說話，道不盡的殷勤和善解人意。

提起放棄平反委員會的建議，雅琴略有點遺憾，但聽說用「八二九居民造反總部」的名義，可以團結更多有心造反的人，比起只強調平反，倒是把門開得更大一點，她又心領神會，說：「還是你們想得周到，這樣把居民中的造反派都聯合起來了。」

「有的人沒有受工作組迫害，但也反對工作組的極左路線，應該鼓勵大家都起來造反。」我再提醒她。

「這樣好了，我們再到各個街道居委會去串連一下，估計大家的想法都差不多。」白如雲又說：「現在正在籌備成立『八二九工人造反總部』，打算把鎮上大小工廠企業的造反派都統一到一個旗幟下，你們也盡快拉起隊伍來，說不定成為『工總』屬下一個分部，一起參加成立大會。」

「我們不是工人啊！」

我說：「反正都是響應毛主席的號召，都是一條戰壕裏的戰友。」

小廳角落裏擺著一個木架，架上繃著白布，一些淺藍的花鳥圖案印在布面上，已經有一部分用五顏六色的絲線繡過，雅琴見我注視那個刺繡架子，解釋說：「得空做一點刺繡，賺一點錢過日子。」

「很漂亮啊！」白如雲湊近了去看。

「漂亮是漂亮，真正做起來也會累死人，我有時做到三更半夜。」

往外走的時候，我說：「你一個人住這麼大房子，膽子倒夠大。」

雅琴指指前面房間，說那裏租給一個外地來的理髮師傅，兩夫妻，他老婆在理髮店洗頭掃地，都租了十幾年了，也靠他們那點租金，這麼多年都沒有餓死。說罷自己先笑起來。

「這是她丈夫祖上留下來的房子。」張捷在後面補一句。

「我婆婆原先住我隔壁那間，她都去世十年了。」

「那就等你們的消息了，」臨走前我說，「估計工人造反總部成立，也就是十天半月之間的事了。」

往回走的時候，白如雲突然說：「我叔叔上次回來，說請你有空去家裏坐坐。」

「是嗎？」我有點奇怪，「他也是造反派嗎？」

「他們宣傳部也有兩派組織，但我叔叔說，他是逍遙派。」

「那他想跟我談什麼呢？」

白如雲低頭一笑，說：「我也不知道啊！大概我有提過你是清華大學井崗山紅衛兵，他可能對北京的事有點興趣吧。」

「那好啊，跟他聊聊天也不錯，聽你的口氣，他和你感情很好。」

「我就這麼個叔叔啊，半個父親那樣，甚至他比我爸更親。我爸回來，我只是怕他，動不動叫我不能這樣不能那樣，好像我天生就是一個有問題的女孩。我叔叔從來不教訓我，他一來就和我談看書，談音樂，談他大學剛出來參加工作那些事，我就喜歡和他聊天。」

「有這樣的叔叔多好啊！我就沒有這樣的福氣。」

白如雲靜了片刻，幽幽地說：「你以為我很有福氣是嗎，家裏有錢，不愁吃穿，祖母又疼我，可是我也有自己的苦，沒有人知道。」

我笑起來：「你有什麼苦？最多就是少一兩個知心朋友吧，立群很好啊，我覺得他以後會有出息的。」

「可惜他又是表哥啊！」

「表哥又怎麼樣？」

「托爾斯泰說，表親是一種危險的關係。」

我略微一怔，看她一眼，說：「托爾斯泰一部小說幾十萬字，你怎麼就在意這一句啊？」

「因為我也有表親啊！立群一來家，我祖母就擔心我們，好像我們會幹什麼壞事。」

「那你還可以交其他朋友啊！」

「交朋友容易，可惜知心人難找啊！」

我尋思著這句話，不得不同意，說：「你說的也是，知己難求。」

白如雲突然掩嘴：「咦，我怎麼把什麼事都跟你講了？」

我笑說：「這都是你自動招供的啊！」

「算了算了，」她若有若無輕歎一聲，「反正你總要回去的，以後各走各的，就讓你知道我一些秘密好了。」

「這算得上秘密嗎？」我苦笑一下，兀自搖搖頭。

第七章

大遊行

到最後，宣告成立的不是「安平鎮八二九工人造反總部」，而是「安平鎮八二九造反總指揮部」，那時在指揮部之下，不但有工人、農民、學生、居民，還有食雜、醫藥、供銷、銀行、水電等系統的造反派組織。

那年月遊行是家常便飯，事無大小，最直接的做法就是遊行。毛主席最高指示發表要遊行，「兩報一刊」重要社論發表要遊行，反帝反修要遊行，慶祝大會要遊行，抗議活動也要遊行。遊行是表達意志、展示實力、提振士氣、凝聚民心最有效的手段，又是最方便的形式。

成立大會後，果然舉行了一場安平鎮有史以來最盛大的群眾大遊行，多年以後，這場遊行還讓鎮上的男女老少津津樂道。

成立大會前，發生了一點波折，雅琴氣急敗壞跑到古廟來找我，把我拉到小房間裏，悄悄說：「張捷突然提出來，想讓居民造反總部加入到老區的組織裏去，說是老區在鎮裏力量大起來，鎮裏就有兩個大的群眾組織，聲勢更大。眼看成立大會都要開了，他才來節外生枝，把我急死了。」

「你自己的想法呢？」

「我當然希望參加八二九這邊，可是他一開始就和我一起做，又不知道怎麼說服他。」

「那居委會底下的人呢？大家怎麼看？」

雅琴猶豫著説：「這倒還不太清楚，不過我想大部分人都不會贊成。」

我便建議她去摸一個底，也順便做做説服工作，爭取大部分人支持了，就召集大家來討論這件事，必要時投票決定。

雅琴一聽大喜過望，連連説：「這樣好這樣好，這樣他就沒什麼話好説了。」

我打趣道：「你可要有把握才開會，不然開會時大家都支持張捷，那時你就沒戲唱了。」

雅琴笑著站起身，説：「我做事情還不至於這樣沒譜。」

古廟這邊全力以赴在籌備成立大會的事，先後開過幾次勤務組擴大會，指揮部的架子也初步搭起來。盧校長從青州回來了，也沒經過什麼正式選舉，理所當然地進了指揮部勤務組。

盧校長生就一張老牛一般的面孔，體型也像牛一樣高大敦實，坐在那裏不動如山，説話字斟句酌，每句話都有分量。開會時他一般都先聽別人發言，坐在一旁抽煙，等到大家七嘴八舌各自發表高見了，他才做出總結，説兩三點意見，都是要害，通常也都是一錘定音。

他一口不那麼地道的本地話，鼻音很重，一根香煙夾在指縫裏，煙灰長長彎著，搖搖欲墜。他用不拿煙的手做出種種手勢，拿煙的手卻紋絲不動，他是一個能把自己控制得很好的人。

預備進入指揮部勤務組的有汽修廠的林寬、農具廠的李友世、供銷社的張大同、居民造反總部的張捷。中學紅衛兵這邊，加入指揮部的有高立群、鄭秋實、曾沛然，我仍舊不算指揮部的人，但隨時可以參加他們的會議。

經過雅琴做工作，居民造反總部的各基層頭頭，都不贊成加入老區組織，理由很簡單，沒有人是老區的人。基於投票的壓倒性結果，張捷也只好少數服從多數了。

這年冬天天氣很冷，我們在古廟開會時，把房門關得嚴嚴實實，一絲絲冷嗖嗖的空氣，還是從門縫裏鑽進來。除了林寬之外，李友世、張大同、張捷、盧志遠、曾沛然都抽煙，開一個會，整個房間就像著火一樣煙霧騰騰，初時把我們幾個年輕的嗆得連連咳嗽，到後來慢慢習慣了，沒聞到煙味倒覺得不正常了。

因為參加指揮部的會議，大概一兩個月後，我和立群、秋實也都抽起煙來。開會開到半夜，眼皮撐不住，那時李友世就把一根捲好的紙煙遞過來，剛開始還推辭，後來終於忍不住，接過來吸一口，濃烈的煙味嗆進氣管，咽喉一緊，忍不住連番嗆咳起來，大家就都看著我們笑。事情也怪，就咳第一次，第二次就順口了，第三次就連夾煙的手勢都學上了，然後煙來煙去，都成了同道中人。

自從盧校長來了後，開會都不太一樣，有事則長無事則短，不會一堆人坐在那裏窮聊，聊到最後什麼都沒聊出來，大家散夥吃飯。盧校長的風格是，今天有什麼事，一件一件來，每件都談出結果，有人負責執行，然後到第二件。

每次把事情談妥，就宣布散會，該幹什麼幹什麼，沒事幹的人要留下來閒扯，那是另一檔事了，誰也管不著。

會開完，工作有沒有落實，他會惦記著，隨時找人問一下，知道進度，也了解有什麼困難，有困難就下手幫幫他。

這都是長期領導工作積累的經驗。不知為什麼，自從盧校長回來，勤務組好像有了主心骨，大家心都定了一點，知道不管發生什麼事，有盧校長在，總不是什麼大問題。

成立大會的籌備工作緊鑼密鼓進行著，古廟大廳裏、過道上、各組的房間裏，都擺滿開會和遊行用的橫幅、標語、彩旗，紅衛兵袖章突然緊缺，要臨時加印。成立大會宣言由立群草擬，印好一大疊放著，準備遊行時沿途派發。司儀指定是白如雲，大會主席由高立群和林寬一起擔任，以防有突發事件沒有人拿主意。在成立大會上發言的，有高立群、林寬、張大同、雅琴，還有青州市八二九總司令部派來的代表。

立群說：「這麼大的場面，遊行也要走半天，按理應該拍一些照片，以後我們老了，都是一種紀念。」

我急忙說：「那容易啊，能找到照相機嗎？我會拍照片。」

秋實說：「你倒是十八般武藝樣樣精通。」

「我在大學參加攝影興趣組，有攝影家專門來教我們。」

立群說：「好像白如雲家裏有一架相機，等我問問她。」

「這年頭能買到膠卷嗎？」我有點懷疑。

「照相館還在，外面買不到就去那裏想想辦法。」蕭偉篤定地說。

連著下了幾天雨，大家都有點擔心，誰知道臨開會前一天，天卻放晴了。張大同鄭秋實帶了人，到圖書館前面去布置會場。正如立群預料的，紅派的人早就得到消息，人去室空。林一飛他們幾個孩子，跑到圖書館走廊上，隔著玻璃窗往裏面張望，回來說：「悶得要死，都沒一點氣氛。」

圖書館正門外，臨時搭起了一個牌樓，紅底黃字的橫幅高高掛著：「安平鎮八二九造反總指揮部成立大會」。主席台兩側各豎起一塊標語牌，都是紅底黑字，一邊寫著：「徹底批判劉鄧資產階級反動路線！」一邊寫著：「把無產階級文化大革命進行到底！」

圖書館正門前有一塊空地，作為臨時主席台。主席台前十幾級台階，望下去是五六個籃球場那麼大的會場，足可容納數千人集會。主席台上安放了一張長桌，供指揮部勤務組成員就座，旁邊一張高台講桌，上面放好話筒，以備發言者使用。主席台兩側的灌木叢邊，一溜插起五色彩旗，西北風起處，彩旗同時向一邊展開，遠遠看去，有一種莊嚴熱烈的氣氛。

鄭秋實派人晚上值班看護，以防有人破壞。

那晚林寬和雅琴在古廟待到半夜，各自為他們的發言稿傷腦筋。那年月的文字都有一些定式，其實並不太難，兩報一刊社論、北京各大院校傳單上的文字，略微參考一下就可以了。可既然是地方上的成立大會，總得加入一點實際的東西，不能太空洞，有些表述要斟酌，沒有經過文字訓練的人，難免無從下手。

立群和白如雲幫林寬，我和蕭偉幫雅琴，弄到三更半夜才散。林寬是復員軍人，在部隊做過副排長，講話比較有條理。雅琴膽子大，她說在老家南京也讀到初中畢業，把稿子讀出來沒有問題，只是文字組織比較生疏。

看看差不多了，大家都鬆一口氣，我突然說：「哎呀，肚子有點餓了。」

立群說：「現在到哪裏找吃的？」

林寬也撫著肚子，說：「路口那裏有一家小館子，不過也老早關門了。」

「把他叫起來給我們炒一碟米粉吃好不好？」我說。

蕭偉笑說：「你一說我也餓了。」

「走，看看去，叫不起來就各自回家。」林寬也說。

一行人走出古廟，黑幽幽的路上，沒有路燈，冷風迎面撲來，人人都縮起脖子。走到路口，只見一間小小土屋，黑燈瞎火，看上去有點陰森。林寬上前敲門，裏頭咕咕噥噥有人應著，半晌燈亮起來，悉悉索索門開了，六個人擠進去，幾乎轉不開身。

那老店主睡眼惺忪，勉為其難到廚下忙去，我們幾個挨著小桌子擠坐下來，身上漸漸有了一點暖意。

不大一會，端上來一盆滷麵，一碟炒米粉，六個小碗六雙筷子，濕漉漉的，白如雲和雅琴掏出手帕來，把碗筷小心抹了一遍。

從來沒吃過那麼可口的滷麵和炒米粉，佐料也不過是一撮菜絲，幾條肉絲，三五粒海蠣，大家一邊吸溜著麵條米粉，一邊讚不絕口。人餓到半夜，對食物有分外美妙的想像，替那兩盆普通至極的粉麵加了分。

吃完了我掏出錢來，雅琴說：「我也有錢啊！」

白如雲說：「你那是辛苦錢，別爭了。就我和宇程分擔。」

林寬笑說：「我們工人階級很慚愧，要讓你們破費了。」

我說：「你們領導我們，我們要有點表示啊！」

立群道：「你不是要腐蝕革命群眾吧？」

「要腐蝕也不是炒米粉啦，總得有山珍海味。」

離開小館，林寬突然問：「說實在的，山珍海味是什麼？」

立群和蕭偉都說：「那真不懂，大概就是雞啊魚啊那些吧。」

白如雲說：「你這就沒見過世面了。聽我爸說，他們在香港吃魚翅，那是鯊魚背上的鰭割下來曬乾，再浸泡，然後抽出來一條條軟骨，再用熬雞肉豬肉和火腿的湯去煮。還有一種鮑魚，手掌那麼大，要燜煮得裏頭都起糖心才叫正宗。人家那裏吃的魚蝦都是活的，還有西餐，那我就不懂了。」

蕭偉道：「說得我口水都流出來了。」

林寬歎一聲：「人家那才叫共產主義。」

我糾正他：「他們那是資本主義，我們到共產主義時，有土豆燒牛肉，這是赫魯曉夫說的。」

「這個主義那個主義，過好日子才是好主義。」林寬突然感慨起來。

這句話說得似乎有點不對頭，哪裏不對頭，也不及細想。黑天半夜，滿天星斗默默俯視著，幾個人悶悶地在路口分手，踽踽走進夜色中去了。

第二天上午空氣莫名地緊張起來。

先是燒酒成跑來找我，說街上來了很多農民，三三兩兩聚在角落裏悄悄說話。不大一會林一飛也從外面跑回來，說看到有人挑著一大綑鋤頭柄歇在街邊。再過一會兒，張捷也神色有異跑來了，說老保從郊區各條村裏，調來幾百個農民，準備衝擊遊行隊伍。

勤務組臨時開會，改變了遊行隊伍出發的次序，汽修廠走前面，紅衛兵在中間，其他企事業單位殿後，林寬說：「這樣好，我們挑一些大個子去扛旗抬橫幅。」

「主要保護女同學，請各廠抽調一些人出來，兩邊護著她們走。」盧志遠交代。

張大同說：「那沒問題，我們來安排。」

「最壞的打算，可能會動武，我們不能兩手空空啊！」

李友世道：「農具廠門市部在街上，還有醫藥公司、食雜店，先放一些傢伙，需要時就近可以拿出來。」

林寬站起身來，有點當兵的作風，說：「剛才商量好的趕快去辦，其他的都照原計劃，不用慌張，說到底我們人多。」

成立大會預定下午兩點鐘召開，十二點多就陸續有隊伍到會場來。洋鼓隊嘭嘭嘭架式十足，民間器樂隊鑼鼓喧天，高音喇叭裏播放革命歌曲，人群中此起彼伏喊口號。老朋友見面挨肩搭背説笑，新相識也一見如故互相打氣。

白如雲拿著一張程序紙，一個人躲在主席台一側預先做準備。雅琴帶著幾個女人，在主席台長桌上鋪紅布，安放茶杯，擺好椅子。青州八二九總司的朱可誠帶著幾個人也到了，立群、秋實、蕭偉和他們坐在台階上交流一些情況。

我脖子上吊著相機，按天氣光線情況調好光圈和快門，這裏那裏試試角度。白如雲這個徠卡相機，鏡頭有廣角，功能是很好，但好久沒有擺弄了，希望不要誤事。想起和清華大學攝影興趣組的同學，到頤和園拍照片，湖光山色，柳影槳聲，滿眼的山水美意。眼下場面雖熱鬧，內裏卻劍拔弩張，拍照就不能那麼寫意了。

臨開會前來了兩個陌生男人，説要見負責人，我便帶他們去見立群和林寬。那個中年人一見林寬就問：「聽説你們開完會要遊行？」

林寬點點頭，問道：「有什麼問題嗎？」

「那不行，不能遊行！」來人斬釘截鐵。

「你是哪裏的？」立群問。

「我們是派出所的，上級派我們來通知你們，不能遊行！」

「那你的上級又是誰？」

「鎮黨委啊！你以為大家都在睡覺！」來人氣焰囂張。

「鎮黨委？好啊，正想去他們那裏造反。」立群撇撇嘴角。

「你們堅持要遊行的話，後果自負。」

「會有什麼後果啊，你說說看。」

「一條街子那麼小，人那麼多，到時一打起來，誰負責？」

「打人的負責啊！」林寬答道。

「打人的要負責，組織遊行的也要負責。」那人沒有退讓的意思。

我在一旁插嘴說：「你請回吧，我們還有很多事要做。告訴你們上級，遊行照遊行，該怎麼負責就怎麼負責。」

中年人瞪我一眼，悻悻地說：「這可是你說的！」

看看時間差不多了，林寬和立群打個招呼，說開始吧，說罷也不理兩個派出所的人，逕自向白如雲走去。

白如雲宣布成立大會開始，會場裏喧嘩的聲浪即時平靜下來。我舉起相機，拍下這個歷史性的時刻。一共準備了兩筒膠卷，可以拍七十二張照片，應該足夠了。

我走近講台，將鏡頭對準白如雲，小心對焦，她的臉在鏡頭裏清晰起來。我再稍微移動了幾步，讓她的臉在鏡頭裏略呈半側面的角度。她有一張輪廓分明的臉，眉眼清秀，鼻梁比一般南方人要高挺，修剪得很整齊的短髮，稍稍掩住小半邊臉頰，她神態自若站在那裏，渾身有一種掩抑不住的英氣散發出來。

在她眼神抬高的剎那，我按下快門。

發言的人一個接一個，多數人都沒怎麼注意他們慷慨激昂在說些什麼，人們沉浸在一種難得的共同的興奮中。每次發言結束，場邊總有人領頭喊起口號，人太多，口號聲像波浪一樣，從台前往外擴散，直散到空曠的操場上，那冬日稀薄的陽光霧一樣浮動的空氣中。

我在會場後面慢慢巡走，一個中年人鬍鬚僨張，皮膚黝黑，臉上稜角分明，我給他拍了一張特寫。一個少婦托著孩子的小屁股將他高高舉起來，我又趕緊對準了按下快門。幾個中學女生站立的位置，形成一種頗富美感的對應關係，我也適時拍了一張。

台上立群正在發言：「……我們紅衛兵小將，是無產階級文化大革命的先鋒，我們要聽毛主席的話，緊跟中央文革小組，橫掃一切牛鬼蛇神，建立一個紅彤彤的新世界。『紅雨隨心翻作浪，青山著意化為橋』，我們代表歷史前進的方向，未來是屬於我們的！」

同仇敵愾的人海，昂揚的鬥志，共同的理想和獻身精神，我們生活在這麼一個千載難逢的歷史關頭，共產主義將在我們這代人身上實現。如此想著，心頭不禁激盪起一種前所未有的自豪感。

半下午，台上的發言結束了，白如雲宣布：「遊行馬上開始，請造反派戰友們聽從指揮，遵守秩序。如發生什麼意外情況，指揮部有專人處理，請大家保持隊形，不要自亂陣腳！」

下面口號聲洋鼓聲民樂聲又響成一片。

我跑到前面去，只見最前面是兩男兩女四角平拉著一面國旗，國旗後是一塊大橫幅，紅底黃字寫著「安平鎮八二九造反總指揮部」幾個大字，橫幅後面，約有二三十支彩旗，花花綠綠一片旗海。彩旗後面，是三支洋鼓隊，三個大鼓十二個小鼓，全部節奏統一敲打起來，聲勢懾人。

緊接洋鼓隊的，是汽車修配廠，他們開來一輛解放牌卡車，車上鑼鼓喧天，車兩旁插著彩旗，車斗前一塊牌匾，寫著「汽車修配廠八二九造反總部」。車後男女工友都穿著工作服，女工手上拿著小紅旗，男人竟都手握扳手和小鐵錘。這大概又是林寬的主意：鐵錘扳手代表工人階級，必要時又是武器。

汽修廠隊伍後面，便是人民中學紅衛兵，前面牌匾寫的是「人民中學八二九造反總部」，人人手臂上都繫著紅底黃字的紅衛兵袖章，立群安排女同學走在一起，交代大家一走到街上，就互相勾起手來，那樣更整齊抖擻，也防止被人拉扯出去。

有些男同學手上舉著紙牌，每人舉一個字，幾個人前後連起來就成一句口號，寫的有「革命無罪，造反有理」、「一不怕苦，二不怕死」、「打倒劉鄧陶，保衛毛主席」等等。立群交代說，有工人造反派保護女同學隊伍，大家盡量保持隊形。

盧校長、曾沛然和一批老師走在隊伍後面，一面漫步走著，一面手勢多多不知在談些什麼。人民中學自己有一隊洋鼓隊，插在隊伍中間，起著統一步調節奏的作用。

人民中學後面，是各企事業單位的隊伍，那就八仙過海各顯神通，隊伍有長有短，陣容有整齊有散亂，鑼鼓敲打起來節奏輕巧，嗩吶尖著聲吹出沒有人懂的小調，整支隊伍洋溢著喜慶的氣氛。

遊行隊伍像一條長蛇，蜿蜒走出操場，沿公路往南去，在僑聯路口右拐，直插入三里小街。我事先跑到十字街口，借了張矮凳站高一點，準備捕捉遊行隊伍前導的鏡頭。小街兩邊已經擠站著很多人，不知道有多少是鎮上居民，又有多少是準備衝擊遊行隊伍的紅派農民。我站在路邊，有如芒刺在背，不知會有什麼事發生。

遠遠的洋鼓聲、口號聲，像潮汐一陣陣湧過來，慢慢看到最前面的國旗，幾乎佔盡小街寬度的大橫幅，黑壓壓人群望不到頭。來到小街上，洋鼓嘭嘭聲被兩旁的樓房夾住，更顯得澎湃震撼，口號聲歌聲此起彼伏，街面的氣氛頓時振奮起來。

正在這時，跑來二三十個彪形大漢，都空著手，穿著汽修廠的工作服，他們將擠站在十字路口的人群往外驅趕，騰出街面來，然後一字排開，守在人群前面，狹窄的街面頓時寬敞起來。

遊行隊伍迤邐而行，國旗和牌匾緩緩轉彎，我抓緊機會，用廣角鏡將國旗、牌匾、彩旗和後面的隊伍，一起捕捉進鏡頭中去。

路口有人推搡，汽修廠的工人回身喝斥他們，人群就稍靜一點，過一會又有人不安分，工人又一起彈壓，如此擾擾攘攘，將遊行隊伍安然掩護過街口。

我再往前面趕去，小街兩邊商鋪樓上，隔幾座建築物，就有布幅標語從樓上陽台或窗口垂掛下來，上面分別寫著：「熱烈慶祝安平鎮八二九造反總指揮部成立！」「堅決執行毛主席的無產階級革命路線！」「革命無罪，造反有理！」我將鏡頭拉闊，把標語連同遊行隊伍一起拍了一張。

汽修廠工人在前面開路，隊伍很順利地經過狹窄的街道，這時卻見一個農民挑著滿滿兩桶餿水，正準備擠過人群，打橫穿過遊行隊伍，旁邊有人勸阻他，他也不管，直往街心搖搖晃晃走去。遊行隊伍中的女孩子們，見到兩大桶餿水，都嫌惡地往一旁躲開，隊伍眼看有點亂了。

這時旁邊閃出李友世，一手拉住那人的扁擔，厲聲道：「你幹什麼！你給我放下！」那人說：「我要過去啊，我要回家。」李友世斥道：「你沒長眼睛啊！你給我放下，等遊行完了才過去。」

街旁有幾個陌生農民擠上前去，說人家要趕著回家，路又不是你的，你也太霸道了！又說你憑什麼不讓人過去！當下一人一句，眼看要吵起來。這時護在女同學旁邊的工人，即時圍上來七八個，李友世厲聲道：「你給我老實一點，我知道你想幹什麼，你過去試試！到時不是你挑了擔子回去，是你給人抬回去！」

那人眼看佔不到便宜，只好放下擔子，旁邊想惹事的人，見造反派人多勢眾，也都不敢放肆。李友世等女同學隊伍走完，這才交代自己人說：「留幾個人看著他，他不老實把他綑起來！」

我跟著遊行隊伍跑前跑後，又拍了幾張近景和特寫，卻見燒酒成跑上來，喘吁吁笑著說：

「前面已經到街尾白塔腳下，這裏還沒走完，厲害啊造反派，有氣派，場面大！」

我笑著問他：「今天沒喝酒？」

「喝！怎麼不喝！我也幫你們慶祝一下嘛！」

我走前兩步，一回頭，將鏡頭對準他，以遊行隊伍為背景，咔嚓一聲拍了一張。燒酒成沒料到自己也進了鏡頭，摸摸臉頰，笑說：「早知道你拍我，應該剃一下鬍子。」

我說：「你算了，再怎麼剃，都是酒鬼一個。」

「剛才前面也有人在拍照啊，」燒酒成突然說，「不過那人我不認識。」

我想了想，說那可能是青州下來的造反派朋友，說不定他們也想拿些照片回去做宣傳吧。

到隊伍的尾巴，隊形慢慢散了，有些人走慢下來，稀稀拉拉的，有一截沒一截，有的家庭婦女見到熟人，竟離隊嘮家常去了。隊伍中有自行車穿過，有買菜的老太太穿過，有放學的小孩子跑過，洋鼓聲在前面遠處，沒有人領頭喊口號，我看著這樣的遊行隊伍，也只有苦笑。

不料近處卻有人吵起來，十幾個大漢彼此推搡著，女人們尖叫起來，我離遠了看見雅琴也在人堆裏，趕緊跑過去，將她拉扯出來。

這時卻見張捷幾個箭步湊近來，不知怎麼沉聲一喝，馬步一紮，手肘一橫，就踉蹌倒下一個農民。還沒等周圍的人看清楚，他又打斜裏掃一腳，又有一個農民哀叫著蹲下身子。張捷大喝一聲：「都給我住手！不怕死的上來！」

看他個子不高，聲音卻有內力。那些正在糾纏的農民，轉身看到倒下的兩個，又被眼前男人的氣勢懾住了，紛紛住了手。

這時不防有個人影從斜刺裏撲過來，他個子比張捷高，身壯如牛，泰山壓頂一樣撞過去，張捷沒有防備，這一回只怕要吃虧。誰知張捷兩腿一挫，側身一閃，肩膀一聳，肩頭恰好著著實實撞上那農民的心口。那人慘叫一聲，半個身子掛在張捷背上，張捷順勢一抖，撲一聲將他頭朝下摔在地上。旁邊造反派的男女，見到這樣的陣勢，禁不住都喝起采來。

那農民掙扎著從地下翻身爬起來，嘴角流著血，他悻悻朝張捷看了一眼，直往人群後跑走了。這邊廂隊伍又重新集結，人人臉有得色，說笑著趕上前去。

我對張捷說：「沒想到你還有這一手。」

張捷說：「一點皮毛功夫，治治這些人還是可以的。」

雅琴也感激地說：「今天沒有你，我們就吃虧了。」

我跟他們一起趕上隊伍，一邊問道：「你這是哪一派的功夫啊？」

「早年幹地下工作時，跟一個老和尚學的，是南派少林。」

雅琴笑說：「看不出來，你還有一手功夫。」

「這叫真人不露相嘛！」我笑說，「以後到古廟來，開一個班，我們都拜你為師。」

「別開玩笑，我師父交代，徒弟不能亂收，好功夫教給壞傢伙，那是會害人的。」

說說笑笑，我們也走到街尾了。小街盡頭豁然開朗，遠處是海，右邊不遠處是白塔，白塔再出去，就是聞名天下的五里橋了。夕陽西斜，正貼近白塔尖頂，西天火燒一般彤雲堆積，一隻烏鴉站在白塔飛檐上，傲然四顧。我突想起「鴉背夕陽」四個字，此情此景，倒真有點詩意，心中不由一樂。

遊行隊伍在小街盡處往東去，直插海八路，往北到橋聯旁邊解散。

大路拐彎處，見到夢蘭和她的孩子，站在人叢中，遠遠的向我招手。

—愛玉—

遊行那天拍照片，拍到愛玉在人群中喊口號，這成為我「組織地富反壞右向黨進攻」的罪狀之一。

雅琴有一次問我：「像愛玉那樣的，可以參加平反委員會嗎？」

「聽説她是暗娼，暗娼怎麼平反？」

雅琴輕歎一聲説：「好好一個女孩落得這樣，也真是她的命。」

深秋的細雨在窗外低語，古廟裏意外的靜，運動好像在很遠的地方，雅琴也好像在講另一個朝代的故事。

愛玉原先在糧店工作，家裏只有一個母親，母親罹患嚴重哮喘，天氣一變就發病，積攢的一點錢都花在醫藥費上，有時病急了還要住院，那就只好東挪西借了。

糧店賣米賣地瓜乾，憑戶口本供應。一個主任是復員軍人，北方人高頭大馬，一個老職工管帳，晚來早走，閒來抽悶煙。愛玉一大早開店，傍晚關店，在店口照料，街坊來了就和人拉拉家常，愛玉以為自己的日子就會這樣天長日久地過下去。

愛玉一上班就掃地，掃到最後總會有一些米粒從角落和磚縫裏掃出來。愛玉有心，將垃圾收到倉庫裏，等積了一小包，就和主任説，垃圾裏有米，想拿回家篩出來，省得丟掉可惜。主任只笑了笑，説那也值得嗎？你想要就拿回去好了。

愛玉拿回家，篩去塵土，淘洗幾次，也可煮一鍋稀粥。愛玉讀書時，記得「誰知盤中飧，粒粒皆辛苦」，更不用說米也是錢買來的，省下一頓米的錢，小錢搭小錢，可以對付一些零用。

愛玉身上背著病懨懨的母親，親戚朋友都躲得遠遠的，怕她來借錢，更怕去討債。愛玉二十三四歲了，還沒有人來提親，母親心裏急，半夜歎氣流淚，愛玉都聽到了，她也不知道怎麼安慰母親。

主任很凶，平常板著臉走進走出，一大早倉庫裏巡一回，店面巡一回，就回樓上去了。有時外出，大半天不見人，回來後酒氣薰天，指天罵地，愛玉和老王都躲著他，看著西斜日頭在店口徘徊，巴不得早早關店下班。

那天愛玉關了店門，正想下班，卻聽見主任在倉庫裏喊她。愛玉在倉庫門口站著，問有什麼事，主任說你來幫我抬一抬這包米。愛玉走進去，也沒等搞清楚抬哪包米，就被主任掀倒在米包堆上了。

主任一言不發，只是動手，愛玉想叫叫不出聲來，手腳又都像失去知覺，等到褲子給扒下來，她也只顧得叫：「死了……要死了……」

主任把事情幹完，一翻身抽起褲頭，再看愛玉一眼，一言不發回身走。愛玉在米堆上躺了很久，明白自己活到頭了。

天黑透了，沒有燈，倉庫裏黑得像地獄，愛玉把衣服穿好，摸索著開燈，四下裏張望尋找，找到屋梁上垂下的一條繩子，原本是吊大秤用的。她搬一張椅子來，站上去打一個活結，把脖子套進去，剛想一腳蹬開椅子，突然想起還沒煮晚飯呢，回家順路還得買一點菜，母親昨晚咳了半夜，還得熬一點粥給她吃。

她死了，老母親也是死，她要活，又怎麼活呢？

很久以後愛玉才明白，人要想活，怎麼難都活得下去。愛玉從此死了嫁人那條心，每天照常上班。主任叫她上樓，她磨蹭不動，叫她進倉庫，她也躲著。有時店裏沒人，兩個人拉拉扯扯，愛玉就叫起來，叫什麼她也不知道，叫完也沒用，她死命抵抗，手腳都磨破了，終於還是擋不住主任熊一樣的身手。

有個小學老師姓趙，每次來都只買幾斤米，一個月總要來好幾次，一來一去熟了，有時站著說幾句話。愛玉看到他來，暗自就歡喜，秤米時又悄悄拿高了一些秤頭。那年愛玉母親終於熬不過清明，去世時虧得這個趙老師裏外幫忙，愛玉更感激他，慢慢當他是知心朋友。

主任要調回老家去，愛玉以為自己轉運了，每天回家就給母親牌位上香，盼母親保佑她早日脫離苦海。誰知道主任臨走前向上級報告，說愛玉破壞國家糧食供應，每次秤米都故意撒一些米在地上，好讓自己掃回家去，等於盜竊國家財產。也沒怎麼經過審訊，就由上級下令，把她開除出來。

愛玉沒了工作，又背了一個壞分子的名，真是青天霹靂，走投無路。這關口上趙老師卻不離不棄，時常上門噓寒問暖，有一天來家裏就大膽表白了，說他不相信愛玉會貪心，也不怕她背著壞分子的惡名，他要娶她為妻。

愛玉看著這個年輕的男人，說不上俊秀，人卻實在可靠，是可以過日子的那種男人。她心裏煎熬，只說給她一晚時間，她想清楚了，明天回覆。

那晚愛玉折騰到天亮，最終還是拿定主意不嫁。她心想，自己不乾淨也就罷了，不能讓一個好男人替她擔污名。

那晚趙老師來了，拿出一枚薄薄的金戒指，巴巴地看著她。愛玉將它推回去，狠心說：「我想清楚了，我不能嫁給你，我也不怕對你說，我已經不是清清白白的女人了。」

於是將怎麼被主任糟蹋，怎麼被他生安個罪名開除，一五一十都告訴趙老師。趙老師走了魂一樣，什麼話都沒有，只是將腦門往墻上撞。愛玉心疼他，把他抱住，說我不嫁給你，但你隨時可以來找我，我們可以像夫妻那樣，只要你願意，我也願意。

趙老師是好人家的孩子，怎麼說都不肯，愛玉就站在他面前，大大方方把衣服脱下來。她從來不知道自己的身子有那麼好看，簡直連自己都喜歡了，她跟趙老師說，我就是要給你，你別不要我，我身上不乾淨，心裏乾淨得很。

從此趙老師就當愛玉這裏是半個家，有事沒事上門來，兩個人煮一小鍋地瓜乾，幾樣小醬菜，剝一小碟花生米，吃得像小夫妻一樣。愛玉住的地方獨門獨戶，門開在一條小巷底，傍晚時分來，神不知鬼不覺。愛玉和趙老師過了一年多神仙一樣的日子。

可惜趙老師家裏催逼他結婚，他終於拗不過，說了一門親事，到底還是成家了。成家之前，愛玉跟他說，從今以後，你是你我是我，就當我們從來沒有認識過，我在街上碰見你，也不會打招呼，你就好好去過自己的日子，早日生下一男半女來，對你的父母有個交代。

趙老師捨不得她，說你以後日子怎麼過啊？

愛玉說，天不叫我死，我就死不去。

趙老師結婚後，有一個姓張的男人，有時候會來找她。這男人有四五十歲了，沒有家室，坐著說說話，有時帶點吃的東西來，有時買幾斤地瓜。男人和趙老師不同，眼神裏滿是意思，有時藉故挨身，話中有話。愛玉心裏也明白，他說是趙老師的朋友，趙老師是把她交託給這個姓張的男人了。

事情到底還是發生了，她也實在太孤單，好像一個人在深深夜裏，伸手出去都撲空，只要有什麼東西抓住，她都不會鬆手。姓張的男人有時便在她這裏過夜，清晨醒來，將她摟在懷裏，說你要活下去啊，世道會變的，我一個人養不活你，現在困難時期，不要說吃肉了，吃米都吃不起。鎮上很多男人娶不起老婆，有的老婆跑了，他們都需要女人啊！你不要白做，你要他們給錢……

愛玉長歎一聲說，要這樣，我不如餓死算了。

老張也歎口氣，說這年頭，什麼都難，就是死容易啊！男人也都苦，賺一點可憐的錢養家，可是沒有女人在身邊，也活得豬狗一樣。他們到你這裏來，不只是貪你的身子，他們也需要一點溫暖啊！

人心太冷，冷得讓人想死。你陪他們說說話，他們有苦水，就到你這裏倒一倒。他們和你親熱完，覺得還有人知疼著熱，回去後又多一點做人的力氣。你能這樣，就大慈大悲救苦救難了。

愛玉給老張這麼一說，心想主任也糟蹋過了，趙老師也溫存過了，現在老張也成了熟客，這副身子早就髒了，既然髒了，多幾個張三李四，也沒有太大分別。如果像老張說的，算是互相可憐，得回一點錢來，把日子過下去。只要不偷不搶，憑自己的身體吃飯，名聲不好，就臉皮厚一點，儘管活下去，看看世道會怎麼變。

自此以後，愛玉把心一橫，就做起接客的生意，晚上有人敲門，就把人迎進來，門反鎖。後面又有人來，看到窗裏有燈光，門又鎖著，明白裏面正在辦事。來人站在巷口點一根煙等著，聽到暗夜裏門咿呀一響，有人低著頭匆匆出來，他便揿熄了煙頭，施施然走過去。

愛玉的事情慢慢傳開。陽光下人間自有一套法則，一到暗夜，男人剝下白天一張臉皮，內心的不安分又蓬勃生長起來，摸黑悄悄出門，熟門熟路走到愛玉的小巷子來。在那裏，愛玉款款笑著，替他們寬衣，沖一壺熱茶，坐著說一回話。男人們說起世道艱難，兀自搖頭不止。愛玉坐在一旁，將身子依偎過去，一隻肉肉的手在他們胸口掃著，說：有什麼氣，有什麼苦，都到我這裏來說，我知道你們的難處，我心疼你們。

男人們當下心都軟了，眼裏有淚光，說世界那麼冷，就你這裏溫暖。

雅琴一邊講愛玉的故事，一邊咳聲歎氣，說：「我要不是有一兩間房子租出去，做一點刺繡，我說不定也要走愛玉的路。」

「那她怎麼不做刺繡賺錢呢？」

「那時還沒有刺繡這種活做，那是三年困難時期，活過來都不容易。她那種事，做下去就沒法回頭的了。」

我想了想，說：「按理，她被主任當作壞分子開除，這事是可以要求平反的，至於做暗娼，那是事實。」

「沒有被人糟蹋迫害，怎麼會弄到要做暗娼？」雅琴一句話堵住我。

其實我一直都沒見過愛玉，拍照片時鏡頭裏一大堆人，誰是誰我根本不知道。我和愛玉一起在派出所關著的那二十幾天，她關在我隔壁，每天有公安來審她，也是沒見過她，我真正見她一面，那已經是文革後的事了。

派出所的房間都是木板隔成，隔壁人聲聽得一清二楚。審我的時候，只有一兩個公安，審愛玉時，聽聲音站了一屋子人，問些不三不四的問題。愛玉倒也不慌不忙，有問必答，聲色自若，好像和那些男人說家常。

公安問她鎮上都有誰去找她，愛玉說人家有家有小，我不能害人。

公安拍桌子說，不給你試試無產階級專政的厲害，你都不知死！

愛玉說：我怎麼不知死！我都不知死過多少回了！我跟你說，來找我的，什麼人都有，公家單位的、工農兄弟、復員軍人，有的人來了，我問都不問，有的多來幾次，大家熟悉一點，會說點話，那就知道了。

每次收人家多少錢？

那倒不一定，有送錢的，也有送東西的，有錢沒錢，我也不能趕他走。

你還有菩薩心腸呢！有人口氣譏諷。

愛玉也不客氣，說：是人都有點菩薩心腸，難道你沒有？

對階級敵人，講什麼菩薩心腸！

哦，我忘記了，你們講階級不講心腸。

有人拍桌子：對你這種人，就要殘酷鬥爭，無情打擊！

愛玉說：我現在不正被你們打擊著嗎？

有年輕聲音怯生生問：你老實交代，是先收錢呢，還是先辦事？

愛玉想都不想，說你來一次就知道了。

那邊鬨堂大笑，一個蒼老的聲音說：小子，你也想試試嗎？

愛玉說，年輕人，不要裝，你在想什麼我都知道，人就是這麼回事。男人女人，誰不想在一起？不想就有毛病了！別看你們一個個很革命，晚上睡下，身邊沒一個女人，你還不一樣折騰？

突然有人說：所長你來了。

一個聲音惡狠狠地嚷道：幹什麼？好意思啊？這叫審問嗎？都給我出去！晚上開個小組會，好好檢討自己！

一屋子的人便都靜悄悄散了，這裏所長厲聲對愛玉說：你給我老實一點，別想裝神弄鬼！以你的問題，就該送到大西北去勞改，到那裏冰天雪地，看你還逞什麼能！

愛玉委委屈屈說，這又不關我的事，他們一夥人圍著我，問這問那，我要不配合，他們又要殘酷鬥爭我，你叫我怎麼辦？

所長道，你給我老老實實待著，別要花樣。

是是是，我都聽所長的，所長大人，給點水喝吧。

隔壁門砰地一聲關上，我好像聽到愛玉掩著嘴吃吃笑的聲音。

多年以後，我已經從勞改農場回來了，先在村裏監督勞動，後來村小學缺人，村支書把我找去代課，慢慢恢復自由。

有一天到鎮上看電影，也忘記放的是什麼片子，那年頭，大概就是故事片《創業》，或樣板京劇《沙家浜》之類。大熱天，身前身後都是紙扇撖風的聲音，煙味、汗味、炒花生的香味混作一團，在日子淡出鳥來的七十年代，看一場電影就像過一次節。

正等著開映，觀眾席上起了一陣騷動，只見一個穿著怪異的女人，施施然走進場內，居然就在我坐的那一行，靠近中間人行道邊的位置站著，低頭看看座位，用手拂掉什麼，大大方方坐下來。

我也跟所有人一樣，轉過臉去看她。看上去她有四十來歲了，穿一條藕綠色的短袖斜襟上衣，底下一條深色窄身褲子。那條上衣布質很薄，剪裁又特別緊身，讓她胸部的輪廓誇張地挺起來，手臂被袖口勒緊了，顯得臂膀白皙豐滿。那年頭女人夏天最多是穿一條淺色的對襟上衣，寬鬆到幾乎不合身的地步，像她那樣藕綠色緊身斜襟，擺明是要招惹他人的眼光。

她知道全場的人都在看她，她也知道自己渾身的妖媚招惹人，她享受這種大庭廣眾受人注目的待遇，嘴角有一絲不易覺察的笑意，下巴微微抬起，雙目平視，旁若無人。

這時，坐在她身旁位置上的一個男人站起身來了，男人好像很不好意思地低頭沿著過道往外走出去。我明白了，坐在她身邊，她那種囂張的、放浪的作派，讓一個規矩男人受不了了。與她挨肩坐著，在黝黑的電影院裏，萬一她故意動作張揚起來，那可是百口莫辯的事，好人家的男人，不敢與她為鄰。

那女人嘴角有一絲不屑的笑意，她還是仰起頭，坐在眾人的目光裏。

不大一會，與她隔一個空位的另一個男人也站起來了，低著頭，好像幹了什麼壞事，心裏有愧，在眾人的目光審視下，苦著臉也走出去了。

緊接著，又有一個男人站起身走出去，第四個第五個也都陸續避開她，好像她身上帶著什麼惡菌，多坐一會都有被傳染的可能。

在這個女人身旁，無端端空出五六個座位出來，而女人仍舊無動於衷，嘴角一逕噙著若有若無的笑意，那神色姿態，倒像她清貞高貴，讓身邊一眾猥瑣男人自慚形穢了。

又有兩個男人跟著離開，全場觀眾比看電影還更興致盎然地觀賞這齣奇特的人間喜劇。我與她之間，現在除了七八個空位之外，只剩仍舊坐著、心裏七上八下、正為要不要離座而內心交戰的一個男人了。而我自己，也開始為萬一我與她之間全都成了空位，是否也要起身離開而掙扎起來。

那時我已認定她就是愛玉，在安平鎮，沒有第二個女人像她那樣放肆。她目中無人的姿態，在革命風雲橫掃一切的年代，簡直鶴立雞群。直到今日，我仍不得不承認，在那當下，我也被她的氣派壓倒了。

幸好，電影院的人來了，兩個男人拘謹地站在她身邊，微微俯下身子，兩隻手不知往哪裏放，好言好語細聲勸說。她起初紋絲不動安坐著，過了好一會，大概覺得自己擾攘得差不多了，終於一言不發站起身來，挺起胸脯，抬起下巴，在數百個觀眾目送下，泰然自若沿中間過道走了出去。

那晚電影散場，滿街木屐聲，嘩啦嘩啦像海潮一樣，木屐聲沿著小街，散入一個個小巷子，散入故鄉人愁苦的夢中。那晚放什麼影片，人們很快都會忘記，但只要在場，沒有人會忘記愛玉那一身如入無人之境的神氣。

多年來我離鄉背井，每次回去見到熟人，總要問起愛玉。八十年代後改革開放，她也年長色衰了，大概很難再重操舊業。聽說先前受過她撫慰的那些男人，時常偷偷接濟她。在那些為苟活一條賤命而偷生的年代，她的身體曾是某些男人的救命良藥，因為留戀她溫暖的懷抱，使遭遇生活重重打擊的陌生男人們，多一點掙扎生存的意志。

愛玉去世後，聽說有個神秘男人拿出一筆錢，幫她辦了一場算是體面的喪事。道士為她做了三天法事，左鄰右舍聚在她家門外張望，一應喪禮上該有的也都有了，缺的只是為她披麻帶孝的親人。出殯那天，一隊鼓吹、一具棺木，棺木上罩著描金繡鳳的堂皇頂蓋。一個奇異的隊列，仍舊如入無人之境，泰然走過我家鄉那條千年古街，那條承載著鄉親們的血淚與哀吟的古街，讓愛玉和這個折磨她一生的人世，做一番決絕的永別。

她始終沒有得到平反。

第八章
春節來了軍代表

初見白耀輝，我吃了一驚，我還從來沒見過這麼好看的男人。他那種秀氣，幾乎是女性化的，五官精緻，皮膚細潤，眉梢眼角雖有些滄桑了，但那種滄桑又像不關歲月的事，只是用來平衡他不經意流露出來的嫵媚。

大冷天，白耀輝穿著一件灰色棉襖，底下是深藍色長褲，圍著一條鼠灰色方格圍巾，全身一絲不拘。一股莫可名狀的書卷氣，冉冉罩著他，嘴角有溫和的笑意。

我握著他的手，內心竟有點虛怯。

我們在二樓客廳裏坐下來。一套四張黑木椅子，泛著沉沉的蠟光，中間一個茶几，几上一套造型古雅的工夫茶具。白如雲提著一瓶熱水進來，俯下身子，身手熟練地沖泡工夫茶。

我抬起頭看這客廳，四壁都是沉香色的厚長木板隔成，屋頂是斗拱梁木，對著正門的墻上，掛著一幅水靜山幽圖，兩旁的玻璃框裏裱著一副對子，寫的是「三山半落青天外，二水中分白鷺洲」。對聯下面是一張高架長桌，長桌上有一個筆架，筆架上吊著幾支大毛筆，旁邊一個青花筆洗，幾塊灰綠色鎮紙。長桌下是一張四方桌，桌前圍著一塊紅底金絲雲紋的布幃，桌上放著一個四聯盒。白如雲將沖好的茶放在我們面前，回身取過四聯盒來，打開是幾樣精緻的蜜餞和魚皮花生。

右邊墻上有一個巨型的掛鐘，古色古香的，長長的鐘擺左右搖著，悠悠歲月無聲搖過。

白耀輝奉茶示意，客氣地說：「一直想請你來聊聊天，聽說你都很忙。」

「都是一些雜亂的事，遊行過後，倒是清閒一點了。」

「遊行很成功，安平鎮史上沒有過這麼成功的遊行，造反派聲勢大振啊！」

我點點頭，卻說：「現在形勢複雜，最近北京有大學生貼大字報，批判周總理和江青同志，看來背景都不簡單。」

白耀輝眉心微微一皺，說：「還是你消息靈通。學生不都是造反派嗎？怎麼會炮打周總理和江青同志？」

「不同派別的學生後面，都是高層政治勢力在較量，最近好像有一股保守勢力反撲的潮流。」

白耀輝略作沉吟，只說：「毛主席威望那麼高，老人家一句話拍板定案，我看保守勢力掀不起大浪來。」

「我想也是，但各省發展不平衡，也只有邊走邊看了。」

白耀輝笑說：「我們機關也分兩派，不過我基本上是逍遙派。」

「你們家白如雲，是八二九的一員幹將，性格和你不同啊！」

坐在一旁的白如雲說：「我都給大人寵壞了啊。」

白耀輝笑笑說：「她啊，她身上有些東西是我們白家沒有的，想是她媽媽的遺傳。我和她不同，我有一個壞習慣，不明白的事不想做，一直都是這樣。」

「毛主席和中央文革小組，每一步都有指示，我們都明白了，怎麼你會不明白？」

白耀輝苦笑了一下，說：「表面看都明白，細想下去都不明白。」

「我們思想簡單，毛主席怎麼說，我們就怎麼做。」

「那你說說看，造反派說聽毛主席的話，保守派也說聽毛主席的話，可兩派鬥得死去活來，毛主席不知道底下兩派都聽他的話，又都鬥個沒完沒了嗎？」

我倒從來沒想過這個問題，隨口答道：「那不同的，我們真聽話，保守派是陽奉陰違。」

「保守派也會說你們陽奉陰違啊！」

「我們造反啊，他們一開始就死保走資派。」

「可照我知道，有些造反派反工作組，卻去保當權派，有些保守派雖然保工作組，卻去反當權派，那究竟誰才算聽毛主席的話呢？」

白如雲在一旁笑，說：「我們就是反工作組，保當權派。」她看我一眼，又說：「我們不是保了盧校長嗎？他現在還是我們指揮部的勤務組成員。」

我一時語塞，急切之際，想找個理由出來，卻找不到個說法。白耀輝笑說：「這也沒什麼，人人都以為自己明白，其實沒有真正明白。」

「運動總要搞下去啊！兩派已經對立了，只有輸贏的問題……」話沒說完，我突然靈機一觸，說：「我明白了，文革的鬥爭方向，就是鬥走資本主義道路的當權派，鬥反動學術權威，鬥牛鬼蛇神是嗎？這個走資本主義道路的當權派，總後台就是劉少奇，劉少奇派工作組鎮壓學生運動，我們反對工作組，就是和劉少奇資產階級反動路線鬥，所以我們才是造反派。」

白耀輝點頭微笑，說：「看來你對中央的精神領會得很透徹。」

「他比起我們，總是看得深一點。」白如雲說。

我問白耀輝：「你做逍遙派，平常都在做什麼？」

「機關總還是有點日常事情要處理，有時間到街上看看大字報，拿到傳單也看看，此外就看看書。」

「現在還有什麼書看，你不怕別人說你沉迷『封資修』？」

「有時間看一些『毛選』，解放戰爭中主席指揮各大戰役，注釋裏有很多歷史資料，《矛盾論》、《實踐論》這種，真讀下去也受啟發。另外也看魯迅啊！魯迅看了過癮。」

他又問起北京文革初期的一些事，王光美在清華大學蹲點時的「形左實右」政策，紅衛兵西城糾察隊的暴行，「老子英雄兒好漢，老子反動兒混蛋」的「血統論」，東拉西扯的，話題越拖越遠。

「主席大氣魄，古今中外，統治者都怕亂，亂起來動搖政權的穩定，只有毛主席不怕。」白耀輝感慨地說。

我說：「古今中外，也只有毛主席有那麼高的聲望。林彪同志說，毛主席的話一句頂一萬句。他威望那麼高，六億人民都聽他的，所以他說：天下大亂，越亂越好。」

「亂起來，免不了死人啊！」

「幹革命，死人的事是經常發生的。」我又順口說。

白如雲笑吟吟唸道：「為有犧牲多壯志，敢教日月換新天嘛！」

白耀輝突然臉色一變，斥道：「你懂什麼犧牲？不要亂說！」

白如雲怔了一下，吐了吐舌頭，扮一個鬼臉。

看看時間差不多了，我起身告辭。他們兩叔姪送我出來，走到側門邊，白耀輝說：「阿雲下個月要做生日，她祖母說請一些朋友來吃飯，到時我們再聊。」

我看白如雲一眼，笑說：「好啊，我們一起來賀賀她。」

「今年是她十六歲生日，我嫂嫂寫信回來，說要好好慶祝一下。」白耀輝一手搭著她肩頭，笑得很燦爛。

回來路上，想著白耀輝這個人，心想：有個這樣的叔叔真不錯。

一九六七年，全國上下過的都是革命化的春節。年三十晚我回家陪母親吃一頓年夜飯，大年初一一大早，母親又領著到左鄰右舍給長輩拜了年，回家也顧不上吃午飯，騎了自行車又回鎮裏來。

立群家在小街北邊，一幢典型的「四房看廳」，已經很殘舊了。前門進去一個下廳，兩旁各一間房，下廳進去是天井，天井上去就是上廳，上廳兩側也各有一間房。

立群、秋實、蕭偉、白如雲、黃磊、林一飛都在廳口坐著，冬日薄薄的陽光，在天井邊勾出屋檐的陰影，石階下有散落的鞭炮花。

一張矮桌子，上面放著一碟糖果、一碟瓜子，一個白瓷茶壺配七八個形制不一的茶杯。眾人互相恭喜。

我看看大家，笑說：「都在這裏，古廟今天就放空城了。」

立群一驚：「你不說我也忘了，大年初一，沒有人會回去啊！」

秋實道：「我們也沒什麼值錢東西，老保進去拿一點傳單，就讓他們帶回去學習一下也好。」

林一飛站起來說：「我去看看。」說罷，一溜煙跑了。

「大年初一，都沒什麼過年氣氛。」我找話說。

白如雲說：「我祖母什麼都做齊全，還硬拉著我去磕頭……」她突然想起什麼，站起身說：「我去去就回來。」說罷，也逕自去了。

這裏大家又聊起來，說起遊行，都還意猶未盡，黃磊說：「遊行過後圖書館就沒來過人，老保挪了窩了。」

「聽說這些日子汽修廠很多人加入造反派。」蕭偉也說。

「前途是光明的，道路是曲折的。」秋實拿腔捏調地唸道。

社會上造反派成氣候了，林寬有大將之風，李友世埋頭做實事，張大同篤實膽子大，張捷人有城府，見過大世面，那個朱雅琴行事潑辣，能帶領群眾。鎮上的造反派頭頭各有本領，以後都在一個指揮部轄下，事情好辦多了。

不大一會卻見林一飛跑進來，喘息著站定，說：「古廟好好的，有幾個女同學回去了，帶了年糕糖果，正在聊天。」

大家便都放心了，黃磊說：「你怎麼那麼快？難怪叫林一飛。《水滸傳》有神行太保戴宗，你不是他轉世來的吧？」

林一飛道：「你少賣弄，好像看過《水滸傳》很了不起。」

「那你看過嗎？」蕭偉也笑問。

「當然看過，武松外號行者，林沖是豹子頭，宋江叫及時雨，我問你，劉唐外號叫什麼？」

黃磊想了想，剛要開口，卻咿咿唔唔說不出來，他有點發窘，說：「明明都在嘴邊了，怎麼又忘了？」

大家都大笑，說：「早知道林一飛厲害，就不該取笑人家。」

我說：「你們別說，劉唐的綽號我也忘了，你這小鬼，真是熟讀《水滸傳》嗎？」

林一飛摸摸脖子，笑說：「我是看小人書的，昨天才看到『赤髮鬼醉臥靈宮殿』。」

大家便笑得東倒西歪，黃磊欺過身去，一手把林一飛脖子勾過去，夾得林一飛哇哇叫。

等黃磊鬆了手，林一飛卻說：「街口那裏貼了一張大字報，不知是誰寫的，擠了一大堆人在看。」

秋實道：「誰那麼誠心，大年初一還寫大字報？」

正說笑著，門口走進來兩個解放軍。一個年紀輕的走在前面，年紀大一點的沒有戴軍帽，頭髮有點花白了，嘴角帶著淺淺笑意。

士兵遠遠問道：「高立群是住這裏嗎？」

立群站起身來，說：「我是高立群。」

「我們徐科長來看看你們。」

徐科長幾步走上來，握住立群的手，說：「部隊首長派我們來了解一下文化大革命的情況，遲一點會派軍代表來，黨中央毛主席指示軍隊，要執行『三支兩軍』的任務。」

立群高興地說：「我們也聽說了，歡迎歡迎。」

大家都坐下來，徐科長巡視一下旁邊的人，問道：「你們都是人民中學八二九的？」

我說：「除了我之外，他們都是。」

徐科長笑說：「那你一定是清華大學下來的，叫方宇程是嗎？」

我笑說：「原來你早就做過調查研究了。」

「你在這裏大名鼎鼎啊！」

「還好不是臭名昭著。」我笑說。

立群問道：「解放軍支持左派，主要工作是什麼？」

徐科長說：「中央連著發了幾個文件，規定解放軍支左、支農、支工、軍管和軍訓五項工作，主要還是要穩定基層，保護無產階級革命派。政策給了，還是要具體問題具體分析，所以我們打前站，先來摸摸底。」

秋實說：「在安平鎮，我們就是無產階級革命派，你們支持我們就對了。」

徐科長笑說：「不要急，慢慢來。聽說你們剛剛搞了一次很有規模的遊行，成立總指揮部？」

「是啊，」立群說，「學生和社會上的造反派聯合起來，力量更大了。」

徐科長點點頭，說：「希望以後多多聯繫，有什麼需要我們協助的，也儘管提出來。」

正說著，白如雲走進來了，手上提了一個藤籃，和解放軍打過招呼，就從藤籃裏拿出幾個塑料盒子，打開來是蒸得熱騰騰的碗糕、筍包，炸得金黃的炸棗，煎得香噴噴的蘿蔔糕，一樣樣擺在桌上。

立群忙將桌上的茶壺和茶杯收走，到廚房拿來一把筷子，分給各人，徐科長和小兵也各自拿了筷子，卻說：「這幾個盒子漂亮。」

蕭偉道：「這一定是她父母親從香港帶回來的，我們這裏哪有這種東西！」

「你們見過紅色總部的人了嗎？」秋實問道。

「沒有啊，你們是我們見的頭一批群眾組織。」徐科長說。

「畢竟是解放軍，一來就深入群眾！」我笑說。

徐科長聽出我話裏的意思，委婉地解釋一下，說他們先見過鎮黨委，了解一些基本情況。

蕭偉提醒道：「鎮黨委的話不能聽。」

「他們是紅派的後台老闆。」白如雲也說。

徐科長笑說：「什麼人的話我們都聽，聽了也不代表就同意他們的看法，知己知彼，百戰百勝嘛！今天大年初一，不耽誤你們太多時間，你們慢慢聊天，過兩天我們到古廟來找你們，到時再詳談。」

黃磊笑道：「連古廟你都知道了。」

徐科長詭秘地眨眨眼睛，說：「我們知道的，還有很多你們都不知道呢！」說罷起身告辭，走下天井，我們一路送出來，在大門口揮手道別。

往回走的時候，白如雲問我：「想去給逸思老師拜個年，你去不去？」

「好啊，正想去看看他們。」

立群道：「你們去好了，黃磊帶了一副新撲克牌來，我們要大戰三十回合。」

我和白如雲走出來。陽光很好，冷冽的空氣裏有一股清新的味道，大正午的，街上行人少，店鋪大都關門，走在街上有一種新奇感覺。

「你叔叔回來沒有？」

「回來啦，他們一家都回來過年。我們家一年裏就幾個節日熱鬧。」

「我就是奇怪，他怎麼做了逍遙派？」

白如雲笑道：「我也不知道，他沒什麼脾氣，做什麼都慢條斯理的。」

「其實，我們就真的看透了嗎？」

白如雲不假思索道：「我就是跟你們啊，你們認準了造反，我當然也造反。」

正說著，突然有人從後面拉住我，回頭一看，竟是林一飛，他跑得大口喘氣，說：「立群叫……你們……回…回去，有……有急事……」

「什麼事？」我一怔，知道事不尋常。

「林寬他……他們來了……好像是大……字報的事……」

大年初一街上有大字報引人駐足，本來就有點奇怪，林寬他們又找上門來，看起來事情不小。我和白如雲趕緊回頭，急急直奔立群家來。

一大夥人擠在立群房間裏，七嘴八舌說著話。我和白如雲進去，林寬見到就說：「宇程來了，大家商量一下怎麼辦。」

原來大字報是紅派貼出來的，揭露大遊行的隊伍裏，有不少牛鬼蛇神，包括投機倒把分子莊明祺、貪污犯陸沖、逃亡家屬朱雅琴、壞分子張捷、暗娼許愛玉等等，大字報說八二九藏污納垢，為牛鬼蛇神撐腰，鼓動他們向無產階級專政反攻倒算。

林寬說：「群眾反應很強烈，說造反派隊伍不純潔，給老保鑽了空子。」

李友世也說：「鎮上議論紛紛，老保乘機串連，說我們要替牛鬼蛇神翻案。這小半天很多人來找我，大家都想不通。」

我心頭有點亂，慢慢鎮定下來，緩緩說：「這事要稍微分析一下。社教工作組執行『形左實右』的錯誤路線，不少人一肚子冤屈，以前的運動也有整錯的，這些人現在要求平反，我覺得是正當的，問題只是我們的解釋工作沒有跟上，被老保鑽了空子。」

立群說：「我也是這個想法，我們不能被老保牽著鼻子走。」

林寬說：「下面群眾不理解，反應強烈，我們說不清楚啊。」

張大同愁眉苦臉說：「這個問題處理不好，會失去群眾。」

我說：「我們搞一次遊行，也不能對每個人都做政治審查，也不能說這個可以去那個不行。即使有一兩個壞人，也不能就說大遊行有問題，道理是這樣吧。」

張大同說：「可事實是有些壞分子混進來，一顆老鼠屎壞了一鍋湯。」

白如雲說：「北京五大學生領袖本來都是壞人啊，那還是毛主席和中央文革小組親自平反的。」

「那怎麼辦呢？底下議論紛紛，影響士氣。」林寬憂心忡忡。

立群果斷地說：「兵來將擋，水來土掩，我們也寫一張大字報還擊，就貼到他們大字報的旁邊去。」

我說：「這是好主意，事不宜遲！」

大家也都贊成，但大字報怎麼寫，有沒有説服力，一時又心裏沒底。

立群對林寬他們說：「人多口雜，談不出什麼來。你們先回去，我和宇程起草，大家再看看，今晚貼出去。」

一時大家都散了，我和立群在房間裏斟酌，看看都下午兩點多了，心裏不免有點急，我說：「先理出幾個頭緒來。」

立群說：「你剛才說的，不可能對每個參加遊行的人做政治審查，這本來就是事實。」

「對，這也是常理，大家容易理解。」

「應該強調遊行的大方向，不能以枝節問題否定大方向。」

「大方向是響應毛主席的號召，廣泛發動群眾，參加文化大革命。」

「要不要承認個別有問題的人混入遊行隊伍？」立群問。

我想了一下，說：「承認這一點，就等於老保說對了。」

「但也沒辦法證明他們沒有問題啊！」立群皺起眉頭來。

兩個人商量很久，都沒有結果，立群凝神思索，突然說：「剛才阿雲說，北京五大學生領袖都曾經是壞人，他們也是先站出來造反，後來才由中央替他們平反的。」

「你的意思是……」

「既然人家受過迫害，那他們要求平反，也是名正言順的吧？」

我略一斟酌，也想通了，興奮地說：「對對對，社教是劉少奇搞的，工作組是他派的，現在劉少奇都倒台了，那工作組整錯的人，當然有權站出來要求平反？照他們的邏輯，鄭經天老師、姚麗華老師都是壞人，那我們還造什麼反？」

於是立群執筆，我們湊了六條出來，回到大廳裏，向勤務組介紹一下，大家都贊成。立群說：「一飛跑一趟好嗎？拿給盧志遠和林寬他們看看，我們這裏再商量一下，要組織一些同學到企事業單位去說明。」

大字報傍晚時分貼到街口，正在老保大字報旁邊，一時圍觀的人裏三層外三層。指揮部又油印了傳單，四處散發，一場風波，總算暫時平息下來。

第九章

台灣密信

白如雲生日那晚，最終也只是請了一桌子人，她祖母說不想妨礙年輕人聊天，自己和兩個親戚在廚房裏吃。白耀輝充當主人，我和立群、秋實、蕭偉、曾沛然、黃磊和林敏行做了客人。

菜式都很精緻，全是我們沒吃過的。一個瑤柱魚肚羹，人人一面喝一面叫好。蟹肉拆出來炒雞蛋，說叫桂花蟹，蟹肉和蛋都炒得碎碎的，再加一點豆芽，口感豐富。不知去哪裏買了新鮮黃花魚，每塊都有手臂那麼粗，煎得金黃，蒸糯米飯，真是說不盡的山情海意。

屋外北風呼嘯，客廳後面的木窗那裏，時不時咯噔幾聲。一個木炭燒的火爐擱在牆角，上面坐著一把水壺，隨時加水沖茶，小廳裏暖融融的，笑語喧嘩。寒夜暖屋，美食醇酒，知己話投機，此情此景，令人不知今夕何夕矣。

一面吃飯一面聊天，大家都喝了一點酒，連白如雲也與眾同樂，喝得臉頰暈紅，一種少女嬌羞的情態，很難得地流露出來。她有一種罕見的清純氣質，不是那種站出來讓人眼前一亮的美，她是什麼都恰到好處，這裏那裏看上去都好像平常，但合起來卻驚人地協調。她的美經得起看，經得起推敲，乍看不怎麼樣，越看越有味道。她對自己的美沒什麼自覺，不知道那種若有若無的美，時常不經意地擾動男孩子，使他們內心毫無提防地牽動一下，驚覺自己片刻的癡迷。

長這麼大，家國大事從來沒有離我們這麼近，年輕人突然發覺自己在歷史的風口浪尖上，隨著巨流奔湧，逐浪前行。一想到自己的所作所為，關係到國家命運、世界未來，頓覺個人如微塵草芥，生死無關痛癢，唯有因應時勢，匯入偉大革命洪流裏，才能實現個人價值，想及此，又覺得活在這樣的時代，真是千載難逢的幸運。

味蕾興奮人也興奮，七嘴八舌縱論天下大事，忘記話題從哪裏說起，立群突然提起馬克思的「剩餘價值」理論。他說政治課接觸過「剩餘價值」，知道資本主義社會，資本家靠剝削工人的「剩餘價值」來發財，也就是說，工人創造的價值，只有一小部分是他們拿到的微薄工資，大部分都落入資本家的口袋。這對工人當然是很不公平的。

白耀輝說：「就是因為在資本主義制度下，工人受壓迫剝削，所以馬克思才提出無產階級革命的問題。」

立群問道：「那無產階級革命成功了，工廠收歸國有，工人成了國家主人，那工人的勞動，還存在剩餘價值嗎？」

我心裏一動，說：「這問題有意思。」細想片刻，又說：「我覺得社會主義的工人，剩餘價值還是有的，這部分價值沒有落進資本家的口袋，而是上繳國家，由政府統一分配。」

立群又問：「按理少去資本家剝削這部分，工人上繳的剩餘價值，用來提高工人的生活水平，工人應該生活得更好，但實際情況是這樣嗎？」

大家都靜了，也都明白這不是一個簡單的問題，可惜你看我我看你，都不知說什麼好。好一會白耀輝說：「我想，國家建設要花錢啊，我們一窮二白，底子薄，修水庫開公路，到處都要錢。一個國家那麼大，要養六億人，這個家不好當啊。」他又問秋實、蕭偉幾個：「你們怎麼看？」

秋實摸摸脖子，笑說：「我沒想過這麼深奥的問題。」

我說：「國家建設規模大，另外我們也沒有經驗，像早些年的大煉鋼鐵，農村搞密植，放高產衛星，看來都造成浪費，這恐怕也耗去不少錢。」

曾沛然沉著聲說：「這種話不能亂說，那都是黨中央毛主席領導的。」

我說：「很簡單啊，如果是正確的，怎麼後來都不做了？」

白耀輝點點頭，說：「是啊，從社會主義往共產主義過渡，誰也沒有經驗，一切都要摸索，正確的就做下去，發現有問題就停止，這也很正常啊！」

曾沛然再提醒一句：「剛剛談的都是敏感話題，國家大政方針，輪不到我們胡說八道。到外面去，千萬把嘴巴看牢一點。」

白如雲嗔道：「今天是我生日，你們講了半天剩餘價值，看來我的生日也沒什麼剩餘價值。」

立群打趣說：「你的生日當然有剩餘價值，就是提供一個機會，讓我們在這裏討論剩餘價值。」

白耀輝解圍，問白如雲說：「那你說說，你有什麼生日願望？」

秋實道：「生日還要有什麼願望嗎？」

白耀輝解釋道：「我抗戰後到上海讀大學，同學中有個有錢人家的小姐，他們家是信上帝的，她過生日請我們一起去慶祝。家裏給她做一個很大的蛋糕，上面插蠟燭，大家點起蠟燭，唱生日歌，她要先許一個願，再吹熄蠟燭，然後大家分吃蛋糕。」

林敏行神往地說：「這樣過生日還真有意思！」

「你有生日願望嗎？」白耀輝又問白如雲。

白如雲調皮地說：「當然有，不過那是秘密，不能告訴你們。」她抬起頭來，視線從立群臉上掠過，我看在眼裏，心中有點牽動，也不及細想，大家又都笑開了。

白耀輝恍然說：「那也是，我忘了規矩了。記得那女同學也是閉起眼睛來許願，誰也不知道她許了什麼願，更不知道她的願望後來實現了沒有。」

最後上來的甜點，是每人一碗煮得糜爛的花生湯。

夜深了，大家都有了倦意，告辭出來時，白如雲突然有點傷感，說：「謝謝你們，雖然很高興，到最後還是要散場。」

「《紅樓夢》有一句話，千里搭長棚，沒有不散的筵席，」我說，「悲觀了看，是筵席總會散場，樂觀點看，是散了舊的一場，又會有新的一場。」

白耀輝說：「對對對，這樣想就好了，好事情永遠在將來。」

大家揮手道別，立群、蕭偉、黃磊、林敏行各自回家，曾沛然回宿舍，我和秋實結伴往古廟走去。

北風在耳邊呼嘯而過，我們都縮起肩膀，手插到口袋裏，沿著深深的巷子走回去。

酒意上頭，話意上心，這個尋常的冬夜，彷彿很不尋常。

就在巷子口，三個男人堵住我們的去路，為首一個欺身過來，沉著聲問道：「是方宇程嗎？」

我站住腳，剛想認一認對方，旁邊兩個壯漢已經一左一右夾住我，我想掙開，往後退了兩步，手臂卻給對方緊緊擒住。我急忙叫道：「你們要幹什麼？」

秋實在我身後，也衝上來要推開他們，大聲喝道：「你們是哪裏的？要幹什麼？」

領頭的那人沉著聲推開秋實，說：「我們是派出所的，我們所長找你去，有點事情問你。」

「派出所？派出所可以隨便抓人嗎？」我站定了再問。

「沒説抓你，只是請你去談談。」為首那人説。

我使勁將他們的手甩開：「既然是請我去，我也可以不去。」

「那不行，今天一定得去！」那人狠狠地説。説著，對旁邊兩個示意，我又被他們夾著，往前推了幾步。

秋實又追上來，説：「三更半夜談什麼？要談明天我們去派出所找你們談！」

為首那個把秋實推開：「你給我滾遠一點，你再跟著來，連你一起抓。」

知道是派出所，我心想不會有什麼危險，便對秋實説：「你先回去，告訴立群，明天到派出所來要人！」

秋實還想追上來，他身後又走過來三個高大男人，秋實知道寡不敵眾，也明白我的意思，便站住了。我被他們推著走，拐個彎進旁邊巷子，回頭看，秋實已經不見了。

長這麼大，我還從沒進過派出所，當年到北京上大學，要遷戶口，也只在外面窗口那邊辦手續。這一晚被幾個人押著，從側門進去，穿過一條長長的甬道，過一個月亮門，迎面大院子中間有一個花圃。抬起頭來，清冷的夜空星光疏落，高高的院墻上懸著一輪將圓未圓的月亮，此景此情，彷彿在夢中。

我心口噗噗跳，呼吸有點急促。

再往前走，孤伶伶一幢瓦房，開了門進去，過道兩旁有四個房間。屋頂燈光昏暗，窗口裝有鐵欄杆，屋裏撲面而來一股濃重污濁的氣息，夾雜著尿味、煙味、不見天日的霉味。房間裏沿墻三張床，靠窗那張床上躺著一個人，見到我們進來，那男人翻身坐起來。

昏沉沉的燈光下看去，那是一個身形瘦小的中年人，一頭長髮似乎很久沒有修剪過，臉頰凹陷，下巴尖削，倒是兩隻眼睛清亮。

派出所那人指指旁邊的床，說：「你就睡這裏，枕頭棉被都有了。」說罷回身就走，鐵門「咣啷」一聲關上。

我在床上坐下，和中年人點點頭，那人認出我來，說：「你不是北京來的紅衛兵嗎？怎麼你也進來了？」

「我也不知道，大概因為我是北京下來的吧？你是……」

「我叫莊明祺，原先做點小買賣，社教時給定了一個投機倒把分子。」

我點點頭：「老保大字報點了你的名。」

我在床前坐下，順手掀開棉被，一陣久經歲月的惡臭從棉被裏烘出來，我厭惡地說：「哇！這麼臭的被子！怎麼睡？」

莊明祺說：「過兩天就慣了，落到他們手裏，就是這種待遇。」

一點睡意都沒有，心裏空空的，腦海裏翻騰不休，躺到夜深，我才突然恐慌起來，確信自己被派出所拘留了。從小到大，從沒有想過自己會成為一個犯人，這可不是做噩夢，是千真萬確的事情。

風傳北京有紅衛兵炮轟周總理和江青同志，看來抓我這件事，不是空穴來風，是山雨欲來。萬一中央文革小組也失勢，那我在這裏就不是十天半個月的事了。

半夜凍醒了，棉被太臭，只稍稍掩在胸口，兩個肩膀都凍麻了，手腳冷冰冰，整個人微微抖著。

早晨起來嘴巴發苦，是隔夜酒的副作用，沒有水喝，口乾唇焦，還好早餐是稀薄的蕃薯粥，一小撮鹹菜醒嘴，喝下稀粥，人精神了一點。

昨夜秋實一定即時通知指揮部，連夜部署的話，估計晌午就會有動作，我和莊明祺有一搭沒一搭地說話，尖起耳朵聽外面的動靜。

半上午有公安進來將莊明祺帶走，然後兩個人走進來，那年輕的說：「我們劉所長有事問你。」

劉所長還未開口，我就說：「那天是你來叫我們取消遊行的吧？」

劉所長靠到椅背上，搭起一隻腳，閒閒道：「要是聽我的話，你怎麼會在這裏？」

我也閒閒道：「把我抓進來容易，放出去就難了。」

他鼻子裏哼了一聲：「我做公安十幾年，經手抓的壞人數不清楚，就算把你抓錯了，放你走就是了，還能把我也抓起來嗎？」

「那很難說，連劉少奇都抓起來了，他還是共和國主席呢！」

「少廢話！」劉所長吼一聲，「你們搞這場遊行，安平鎮的牛鬼蛇神都出籠了，你們是準備為他們翻案嗎？」

「這一點，我們在大字報上都回答了。」

「你給我徹底交代，誰是平反委員會的骨幹？你們有什麼計劃？你在遊行中拍了那麼多照片，準備做什麼用？你和海外反動勢力又有什麼勾結？給我老老實實交代，坦白從寬，抗拒從嚴，這條政策你懂吧？」

聽到和海外反動勢力勾結，我心裏咯噔一下，我說：「這我就不懂了，海外反動勢力，和我有什麼關係？」

劉所長冷笑一下，道：「那我告訴你也可以，你父親在菲律賓，參加親國民黨的同鄉會，他在那裏很活躍。」

「有這樣的事？那我要和他劃清界線。」

劉所長盯著我，看了幾秒鐘，說：「遊行時你拍了那麼多照片，地富反壞右傾巢而出啊，你是準備把情報給台灣，裏應外合搞破壞吧？」

「我拍的照片，還在照相館裏，你可以去查查，看看那裏有什麼陰謀詭計？」

劉所長從外衣口袋裏掏出一疊照片來，摔到桌上，厲聲道：「你自己去看看，有多少個牛鬼蛇神在裏面！最要緊的，要徹底交代你們的計劃，和誰聯絡，有什麼部署，每一件事都要交代清楚，否則，你別想出去！」

我看一眼散在桌上的照片，都是遊行的場面，顯然是他們拍的。想起燒酒成說的，遊行那天有人拍照，看來就是公安局的人了。

劉所長站起身往外走，又回頭交代那年輕公安：「給他找一點紙筆來，讓他交代。」他背影有點怪，右邊肩頭鼓起一個大肉瘤，我對著那個傾斜的背影，狠狠打了兩個噴嚏。

照此看來，抓我就是拍照這件事，加上我的海外關係，雖然無中生有，但牽涉到海外反動勢力，最容易定你的罪。

半上午了，外面一點動靜都沒有，我有點奇怪，總部沒有準備來派出所要人嗎？

莊明祺在午飯前回來，說也是要他交代遊行的事，他挨了幾個耳光，臉頰上一片瘀紅。

午後隔壁房間又關進來一個人，聽聲音是個女人，公安吆吆喝喝，那女人倒也不慌張。後來那邊進來好多公安，男人的聲音嘈雜，卻都問一些不三不四的問題。莊明祺從桌上的照片中翻找，找到一張照片，指指照片中一個女人，又指指隔壁，努努嘴，我再聽下去，終於聽出一些蛛絲馬跡。

後來姓劉的所長趕到，那些年輕公安一哄而散，隔壁房間才靜下來。

這晚我將毛衣也穿上身，被子蓋在胸口下，上面是我自己的棉衣，這樣感覺自在一點。想起一輩子頭一次坐牢，還是坐共產黨的牢，不免有點感慨，即使在共產黨的天下，幹革命原來也不容易。

監禁是讓一個人屈服最省事的辦法，只要有一個地方困著他，困到他意志瓦解，他就會乖乖聽話。監禁的成本又很低，每日給三餐就可以了，有空審一審他，沒有心情就將他晾著，必要的時候，用種種刑罰讓他吃皮肉苦，到最後，他自我的防線就會崩潰。

我能經得起監禁之苦嗎？關一個月應該沒問題，關一年呢？十年呢？用苦刑逼供呢？

隔天一整天都沒有提審，下午有人拿一個包袱進來，說是我母親送一些換洗衣服來，看到那兩三套摺疊得整整齊齊的內外衣褲，突然有點傷感，在家裏那幢空曠磚樓裏，她一個人捱過不眠之夜，擔心兒子在牢裏吃苦。

晚上有人把莊明祺提走，稍後又是那幾個人，把我從被窩裏拎起來，隨後劉所長施施然進來，在椅子上坐下，沉著聲問：「準備好交代了沒有？」

因為冷，身子微微抖著，我盡可能調整好呼吸，說：「我沒什麼好交代，不如你直接告訴我犯了什麼罪吧。」

所長板著臉說：「問題不在照片，問題在照片後面的陰謀。你們平反委員會、街道八二九、總指揮部，都不是孤立現象，都是有組織有背景的，我們掌握大量證據。」

「那就把證據拿出來啊！那樣省事。」

「這可是你說的！」劉所長冷笑著，從身上掏出一封信來，在手上揚了一下，說，「這是從日本寄來的，收信人叫方宇程，地址是山前村你的家，你叫方宇程沒錯吧？」

我頭皮突地發麻，怎麼會有人從日本給我寄信？

接過信來，看看信封，果然寫的是我的姓名，把信紙抽出來，昏暗燈光下，只見寫的是：

尊敬的方宇程先生：

冒昧致信，還請包涵。素仰先生是北京清華大學井崗山紅衛兵，遠道而來，在安平領導八二九紅衛兵，反抗中共暴政，鄙人及同僚深感欽敬。眼下大陸烽煙四起，社會動盪，正是青年人大有作為的時候，還望先生與當地百姓同心同德，抓住歷史時機，經營一番事業。

目前國際反共形勢大好，中蘇交惡，中印交惡，從日本到韓國，再到台灣、菲律賓、新加坡以致整個東南亞，形成半月形包圍圈。再加上中共自己內部分裂，內鬥無以復加，江山震盪，生靈塗炭，中共政權搖搖欲墜，正是我輩反共義士起事之機，先生高瞻遠矚，必當早有籌謀。

大陸民間早對中共暴政深惡痛絕，受壓迫的同胞期盼自由，如久旱之望甘霖，先生登高一呼，定然應者雲集。先生素有大將之風，足堪重任，還望於關鍵時刻領導民眾，幹一番大事業。

敝處雖遠在海外，但與先生等義士心心相連，有需要提供任何協助，請隨時聯絡，來信可寄香港郵政總局信箱三二六八號，定當及時回應。

謹此奉達，並頌大安！

羅啟民上
一九六七年一月三日

一面讀信，一面覺得背脊下一陣陣寒意升上來，看完了信，久久出不得聲。劉所長很有耐心地等著，我抬起頭來，探詢地說：「這不是真的吧，是你們造出來的？」

劉所長冷冷一笑：「你看看那信紙信封，那樣的紙質印刷，你再看看信封上的郵戳，我們在辦案，不是在開玩笑。」

「我根本不認識這個什麼羅啟民，我也從未跟海外反動勢力有任何聯繫。」

「那這個羅啟民，不給我寫信，也不給別人寫信，為什麼偏偏給你寫信？他知道你的姓名，又知道你的地址，還說你高瞻遠矚，有大將之風，應該是多年好友了，你說你不認識他！」

我真的有點慌張起來，這不是遊行的問題，也不是拍照片的問題，甚至不是為牛鬼蛇神翻案的問題，這是通敵的問題，是現行反革命的問題。

劉所長看我臉色不對，知道擊中要害了，有點得意地看著我，慢條斯理說：「我們偶然截到這封信，沒有截到的一定還有不少，你和海外反動勢力的聯絡，不是今天才開始的，你在安平的所作所為，都是在配合台灣特務的破壞活動。」

本來就是他們的眼中釘，再加上平反委員會，再加上大遊行拍照，再加上這封通敵信，我是跳進黃河也洗不清了。但，事實就是事實，沒有聯絡就是沒有聯絡，我也不能無中生有承認什麼。

如此想著，心稍定，我便說：「這個羅啟民，他要寫信給我，我沒辦法阻止他，為什麼寫這種信給我，那也只好去問他，在我來說，我問心無愧。我響應主席的號召參加文化大革命，和他一點關係都沒有，我要說的就是這些了。」

劉所長冷冷地瞪著我：「那你是準備反抗到底了？」

旁邊有個人大喝一聲：「少跟他囉嗦，先把他吊起來再說！」

我把心一橫，鎮定地說：「你把我打死，我也是這句話！」

「那你就不要怪我了，這是你自己找的。」劉所長說。

旁邊隨即上來兩三個人，把我兩手反扣到背後，有人拿來一條手指粗的繩子，準備把我綁起來。

劉所長突然說：「慢點，我們對紅衛兵還要分別處理。你再想想，你和階級敵人只有一線之差了。你要頑抗到底，那後果自負，你要主動交代，我們自然會寬貸處理。」

劉所長說完，自己先走出去，公安將我推到床上，一個個也出去了。

天快亮了，一夜折騰，疲累到極點，躺到床上，回想剛剛發生的那一幕，眼前又浮現那封日本寄來的信，內心一陣慌亂，只聽一個聲音說：看來沒有那麼容易出去了。

莊明祺一整天都沒有回來，說不定帶出去審，被人家打慘了。半下午姓劉的所長又來了一趟，看桌上的紙，空空的一行字都沒有，狠狠地瞪我一眼，背著手來回走了幾趟，冷笑一下，又返身出去了。

他走後我想，與其受皮肉之苦，不如應酬一下寫點東西給他。你叫我交代，我交代便是，至於我交代的是不是你想要的，那就不關我的事了。

我便坐下來，將紙鋪開，先擬了幾條題綱，然後開始「交代」。一邊寫，一邊回想運動以來的大小事，覺得自己一腔熱血可對蒼天，任你老保用什麼卑劣手段來對付我，用毛主席的詩詞來回答，就是：「敵軍圍困萬千重，我自巍然不動。」

第十章

革命的肺炎

半下午房間門突然開了，一個人踉踉蹌蹌跌到門內，嘴裏喃喃咒罵著，站起身來，我一看，原來竟是燒酒成。

燒酒成歪歪斜斜站起來，回身罵道：「他媽的你推我……幹……什麼？你老爸我認……識，我叫……叫他揍死你……」

我趕緊扶著他，到床上坐下，低聲說：「燒酒成，你怎麼也進來了？」

「他媽的，我打……打架，那、那又怎……樣？我和劉所……所長是……是老相識……」

我替他倒了一杯水，遞給他，他卻推開了，搖搖頭，伸手從褲腰裏摸出一張紙條來遞給我。

我又驚又喜，接過紙條，打開來看，是立群的筆跡，有點潦草地寫著：

宇程，辛苦了。你進去的第二天，本來我們是準備去派出所要人的，都計劃好了，後來有人說不知道你犯了什麼事，會不會你個人有什麼問題，公安才抓你，如果以造反派的名義，出面去派出所搶人，可能會造成被動。指揮部開過會，盧志遠、林寬和李友世他們，也都認為不要衝動，看幾天再說，因此搶人的事只好按下。

這幾天形勢也有變化，解放軍支左，其實支持的是老保，北京造反派日子不好過，省裏八二九總司令部也受壓，有幾個頭頭也被捕了，看來形勢比較嚴峻。我們內部也有分化，秋實他們幾個，主張就大遊行中混進「地富反壞右」向鎮黨委請罪，我和白如雲都反對。指揮部裏也分成兩派，盧志遠的意思，不要大家都去請罪，由我們中學紅衛兵派一些人做一點表示，他們昨天已敲鑼打鼓去請罪了。

我們都擔心你會不會受苦，不管怎麼樣，盡可能保護自己，原則問題堅持，小事情上不妨靈活處理。我相信困難是暫時的，你再堅持十天半個月，我們就會來接你出去。

我們正在想辦法，看能不能找到一個內應，送點東西給你。

最高指示：我們的同志在困難的時候，要看到成績，看到光明，要提高我們的勇氣。

致以革命的敬禮！

立群

二月十四日

看完字條，我悄聲對燒酒成說：「謝謝你。」

燒酒成點點頭，又大聲叫道：「怎麼沒有酒？叫人拿酒來！」一面狡黠地朝我扮個鬼臉。

我低聲問：「你為送信給我，特地去找個人打架？」

燒酒成也壓低嗓門，說：「你們那個阿飛來找我，問有沒有認識派出所的人，我說這事容易，我三天兩頭就進來一次。」說罷，嘿嘿笑。

「那倒連累你了。」我抱歉地說。

「說不上連累。我雖然不是你們造反派，不過我還分得清好人壞人。」

晚飯來時，燒酒成又吵，說那不是給人吃的，是給豬狗吃的，又瘋瘋癲癲，叫人來拿錢，到街上替他買一碟炒米粉。

隔壁那女人輕輕敲幾下木板墻，說：「成叔，你還是吃一點好，不知道要關多久呢！」

燒酒成大大咧咧：「愛玉，我知道你也在這裏。你放心，我明天就出去了，他們才不會把我養在這裏。」

晚上睡下時，燒酒成突然感慨起來，說：「世道不好，壞人橫行，好人受苦，大家都只好忍一忍。」

我說：「既然要造反，吃點苦沒什麼。」

誰知燒酒成說：「我才不管什麼造反派保守派，那是你們的事。我幫你們，因為你們都是好人。世上只有兩種人，一種是好人，一種是壞人。」

「那也是，造反派都是好人，保守派都是壞人！」

燒酒成嘿嘿笑兩聲，有點不屑：「年輕人，你不懂。造反派裏也有壞人，保守派裏也有好人，好人壞人不是這樣分的。」

「那應該怎麼分啊？」

「很簡單，害人的是壞人，幫人的就是好人。」

這樣說似乎也有點道理，不過，幹革命，消滅反動派，你不能說是害人吧？

燒酒成道：「莊明祺有害過人嗎？隔壁愛玉有害人嗎？還有雅琴、張捷他們，都是牛鬼蛇神，他們害過什麼人！我們認識的很多人，本本分分，都被當作壞人，連我也是壞分子呢！」

我想起莊明祺，希望他不會給折磨得太慘，想來燒酒成說的，也有點道理，於是便再問：「那依你說，怎麼分辨好人壞人呢？」

「很簡單嘛，好人一定心腸軟，壞人一定心腸硬。你要糟蹋別人，沒有一副硬心腸，你做不下去。」

想一想，又似乎有點道理，這種話題，往深裏談有點危險，我便說：「不早了，你也折騰了大半天，早點睡吧，我們明天再談。」

「明天一早我就出去了。」燒酒成嘿嘿一笑，「街口吃一碗線麵糊，再去找酒來喝！」

我將棉被棉衣都堆在身上，還是覺得寒意一陣陣從身子下升上來，喉嚨口有點發癢，不禁咳了兩聲。

第二天一早，果然燒酒成就出去了，一上午我都在寫「交代材料」，寫了滿滿兩張紙，寫一點，站起身來繞室走幾步，喝一口水，發一會呆。隔壁愛玉又給帶出去一陣子，回來後也沒什麼異樣。

因為她是暗娼，總覺得應該保持距離，偶爾她敲板壁，我也沒有回應。她也明白，畢竟大家不相識，我又是北京來的紅衛兵，後來她也不再敲板壁了。

突然間她輕聲哼起歌來——「春季到來綠滿窗，大姑娘窗下繡鴛鴦，突然一陣無情棒，打得鴛鴦各一方……」歌聲宛轉起伏，聲口細膩，大出我意料，唱到後來，竟有些悽愴。我走到窗前，隔著鐵欄杆，一邊聽著，一邊走了神。

她不知道《四季歌》早在被禁之列，一首「靡靡之音」，倒唱得情真意切，萬一給公安聽到，又要吃苦頭。但說實話，此景此情，她唱起來又分明打動了我。

跟著幾天都沒什麼事發生，有人來將我的「交代材料」收走。來人都板著一張臉，問他什麼都不回答，要求什麼也都不答應，或許這也是他們一貫的「鬥爭策略」。

我的咳嗽似乎嚴重了起來，有時連著咳，咳不出一口痰來，有時又咳出一口濃痰，淡黃色黏黏稠稠，咳出來似乎舒服一點，但過一陣子又來。

隔壁愛玉有一天說：「你咳得凶，要看醫生了。」

我不太想和她搭訕，隔了好久才說：「謝謝。」

剛進來還算著時間，第三天、第五天，後來記憶就亂了，房間裏沒有日曆，問公安也不理睬。進來那天是白如雲生日，記得是二月四日，如有日曆，就能推算關了幾天。後來我也放棄了，反正進來就進來了，該出去時自然就出去。

窗外日出日落，陽光普照時沒有暖意，陰雨下來又心情灰暗。很遠的地方有高音喇叭，隱約傳來歌聲和口號聲，白天有蟑螂大搖大擺公然橫行，夜裏老鼠在屋梁上悉悉索索搶食交歡。我長時間在房間裏踱步，保持一點身體的活動，有時在窗前站一會，有時又靠到床上發悶。

從小到大，從來沒有這樣長時間地與人隔絕，時間變得驚人的漫長。上午陽光照著半個房間，一點點往外移動，盯緊陽光最邊緣的位置，看久了，幾乎感覺到光線在動，在退卻，整片陽光像潮水一樣，用幾乎難以覺察的速度往外收縮。我突然醒悟，我是在看著地球自轉啊！陽光移動是地球自轉的緣故，看得見陽光移動，也等於看著地球自轉。巨大的天體，微塵似的人，在一條光暗邊界上有了交集，那真是一種奇妙無比的感覺。

這天中午來送飯的是一個生面孔，人沒有那麼倨傲，開門進來還和我點點頭，把飯菜都放好後，突然朝窗外張望一下，從褲袋裏摸出一張字條來，交到我手上，一面示意我不要出聲。他附在我耳邊說：「他們都在開會學習，我是廚房裏的，你自己小心。」我接過字條，小聲道了謝，他又匆匆返身出去了。

打開字條，還是立群的筆跡：

宇程，辛苦你了。我們都知道抓你的原因了，聽公安的人說，台灣特務寄策反信是常有的事，郵局經常都截到，也不能把收信的都當作特務來辦，你堅持不認帳就沒事。

北京的情況又有變化，毛主席和中央文革小組察覺這一次保守派的反撲，已經定性為「二月逆流」，正展開全面反擊。省裏抓進去的都放出來了，造反派又重新振作，形勢向好，你再耐心等幾天。

外面兩派已經劍拔弩張，現在都在十字路口安了高音喇叭，每天對峙，偶爾有零星衝突，看來免不了有一些大事發生。軍管會成立了，上次我們見到的徐科長來當軍代表，我們會施加壓力，力爭早日把你接出來。

我們還有計劃，準備接你出來時再搞一次遊行，向老保示威。

秋實他們上次向鎮黨委請罪，明顯是錯了，現在都很後悔，不過他們也是真誠地檢討自己，是認識的問題，我們也都不計較。

毛主席說：世界是我們的，也是你們的，但是歸根結蒂是你們的。你們年輕人，朝氣蓬勃，希望寄託在你們身上。

藉此與你共勉。

致以革命的敬禮！

立群

一九六七年二月二十三日

看了一遍，又看一遍，心裏暖暖的，一片澄明。形勢向好，我的監禁日子不會太久了，想起出去的一天，便覺內心起波瀾，渾身上下突然來了力氣。我翻身站起來，在小小房間裏走來走去，走到窗口，抓住鐵欄杆使勁搖幾下，走到門邊，突然抬起腳來，朝那個關得死死的木門踹了一腳。

隔壁愛玉有點膽怯地問：「沒什麼事吧？」

這一次我沒有猶豫，當下就回答：「沒事，我們就快放出去了。」

「我有點擔心明祺呢！」她小聲地說。

「我也擔心他，不過，放了我們，也要放他。」

信是二十三日寫的，假設拖了兩天才送進來，那今天是二月二十五日，白如雲生日是二月四日，這樣我關進來已二十一天。時間過得真快，中間好像發生了很多事，又好像什麼事都沒發生。

想起外面，街頭兩邊高音喇叭對峙，革命歌曲雄壯高亢，口號聲震耳，滿街群情激憤，火藥味漸濃。想及此，就像戰馬聞軍號聲，前蹄奮起，嘶鳴裂空，一身的血脈僨張。

晚上咳嗽凶猛起來，連珠炮式的咳嗽，濃痰堵在喉嚨下出不來，好不容易咳出來一口痰，片刻喉嚨又再發癢，吞一吞口水，滿嘴的腥臭。

時睡時醒，昏昏沉沉的，聽到開門的鐵鎖咣噹聲，睜開眼睛，床前竟站著穿軍裝的徐科長，他身邊是姓劉的所長和那個小兵。徐科長俯下身子來，說：「方宇程，我們看你來了。」

我稍稍抬一抬頭，徐科長說：「你吃苦了，我剛聽說這件事，我們正在安排讓你出去。」

我冷冷一笑：「讓我出去還要安排嗎？」

徐科長說：「抓人是派出所執行的，他們有上級機關，有些手續要辦一下。」

「抓我不要辦手續，放我倒要辦手續，這是什麼規矩？」

徐科長被一句話噎住，愣了一下，說：「我們盡快了解一下，盡快放你出去。」

我感覺疲累，又連著咳了幾聲，徐科長問道：「你病了？」

「不知道。」我閉上眼睛。

「我們趕緊請醫生來看看。」徐科長說，看我沒有反應，又說：「那好，你休息吧，等你出去，我們再見面。」說罷，三個人就離開了。

吃過午飯來了個醫生，替我檢查了一下，對陪同來的公安說：「我懷疑他有肺炎，但在這裏也沒辦法確定。先開點藥消炎止咳吧。」

半下午，藥拿來了，公安口氣緩和很多，倒了水，說：「你起來吃藥好嗎？」

我搖搖頭，連眼睛都沒有睜開。

過了一會，徐科長和劉所長又來了，徐科長說：「縣公安局已經批准了，馬上讓你出去，你收拾一下就送你出去，趕緊看醫生。」

我說：「我有裏通外國的嫌疑，還沒搞清楚呢！」

劉所長臉色灰敗，解釋說：「抓你是上級指示，我們也沒虧待你，事情過去了，希望你諒解。」

此處非久居之地，當然越早出去越好，但立群他們沒接到通知，我一個人灰溜溜自己走出去，豈不是證明抓我放我，道理都在他們那裏？

我便説：「我起不來，你們通知一下人民中學八二九總部的高立群，讓他們找三輪車來接我。」

徐科長連忙説：「我這裏有車，我們用吉甫車送你回家，你在家裏好好休息一下。」

「坐你們的吉甫車大搖大擺出去，那我成了什麼了？」

劉所長説：「那我們替你找一輛三輪車來，車費我們負責。」

我冷冷地説：「讓你們破費我不敢。很簡單，打個電話通知一下高立群，他們會來接我。」

徐科長説：「何必興師動眾？搞不好今晚出不去。」

「我進來時説過，抓我進來很容易，放我出去就難了。現在我倒不急著出去了。我可以等，你們先把莊明祺和愛玉都放了。」

劉所長一臉的倒楣樣，説：「他們是他們的事，和你無關，你就別為難我們了。」

「你關我這麼久，這一點點要求算為難你們了嗎？他們的事正正和我有關，我們不搞大遊行，他們不會給抓進來。」

徐科長和劉所長打了一個眼色，又説：「那我們去安排，你再休息一下。」

他們走後，愛玉在隔壁敲木板墻，低聲説：「宇程，謝謝你了。」

「不用謝，應該的，你出去後，找機會看看莊明祺，看要不要幫幫他。」

「我會的，你放心。」

天慢慢暗下來，我覺得身上冷，後腦發熱，人很累，看來那醫生的懷疑有可能是真的。從小到大沒試過患肺炎，這一次感覺病得不輕。按理應該在派出所裏大鬧他一場，可惜身體又不聽使喚了。

傍晚遠遠響起口號聲，口號聲越來越近，外面有腳步聲跑來跑去，我知道立群他們來了，心裏有些激動。我環顧四周，心想這個監禁了我二十多天的囚室，應該一輩子記住它。

大門意外沒有大響動地開了，一時湧進來七八個人，徐科長劉所長和公安之外，還有立群、秋實、蕭偉，三個戰友看到我，都有些激動，秋實眼裏竟有點潮紅。

大家都不說話，扶我坐起來，睡下時根本沒有脫外衣，把棉衣再穿上，套上鞋子站起來，我身子搖晃了一下，立群忙扶住了。

一路被他們扶著往外走，立群小聲地附在我耳邊說，外面有三四百個造反派戰友來接你，我們會一路遊行到醫院，你今晚就住院做做檢查，明天看情況再商量。

秋實也說：「趁你出來，我們要大造聲勢，好好清算一下專政機關的反動逆流。」我說：「需要我做什麼，你們安排就是。」

蕭偉說：「你就是好好休息，盡快把身體恢復過來。」

走到派出所門口，周圍的同學都擠過來，白如雲、曾沛然、林寬、李友世、張大同都在人叢裏。白如雲上來和我握手時，眼睫上也盛著淚水，她哽咽著說：「我們都擔心死了，他們有對你怎麼樣嗎？」

「那倒沒有，就是感冒了，可能有點肺炎。」

「出來就好了，我們會照顧你。」她貼心地說。

掌聲潮水一樣湧來，口號聲此起彼伏。立群站在台階上大聲說：「造反派戰友們，我們的方宇程戰友，被公安機關無理抓捕，在派出所裏關了二十三天，今天終於出來了。我們熱烈歡迎方宇程平安歸來。他堅定不屈，在裏面孤身戰鬥，表現了一個革命造反派的堅強意志，他是我們學習的榜樣。另外，我們也要強烈譴責公安機關的倒行逆施，他們稟承走資派的意旨，鎮壓造反派的革命行動，這筆帳，我們會慢慢和他們清算。」

他停了一下，又說：「方宇程病了，沒什麼力氣，我們就不請他說話了。請大家記住，任何來自保守勢力的鎮壓和破壞，都不可能動搖我們的意志。我們一定要緊跟偉大領袖毛主席，掃清一切前進道路上的障礙，把無產階級文化大革命進行到底！」

底下口號聲又浪一樣湧起。

三輪車就在路邊，立群扶我上車，秋實兩手攏在嘴角，大聲叫道：「現在我們出發，送方宇程到醫院去。」口號聲中，三輪車啟動，隊伍從派出所小街上緩緩走出來。

剛轉入大街，突見雅琴從人叢裏擠過來，她也有點激動，喘著氣說：「我剛剛才聽說，你出來太好了，好好休息一下，還有很多事商量。」

我說：「莊明祺在裏面可能吃苦，你去看看他，有什麼需要幫幫他。」

雅琴說：「我等一下就去看他。」

我說：「我沒什麼事，就是感冒，現在去醫院檢查一下。」

雅琴也突然哽咽，說：「都是我們害了你，我們對不起你。」

「不能這樣說，公安就是要殺雞儆猴，不是抓我，也可能抓你，總有人要吃點苦頭，這也不算什麼。」

隊伍緩緩沿大街往北走，十字路口，老保的高音喇叭放盡音量播放革命歌曲，造反派這邊也不遑多讓，再加上口號聲、歌聲，整條街子沸騰了一樣。街邊夾道站著很多人，很多造反派群眾朝我招手鼓掌，我覺得眼角也有點潮濕起來。

如此的人民，如此的革命情懷，如此熱血沸騰的夜晚！

那晚睡得很香。醫院造反派安排了一間兩人房間，只供我一人住。先後做過一些檢查，醫生開了藥，又掛了吊瓶打靜滴，咳嗽很快就緩解了。棉被上有剛漿洗過的甜酸味道，周圍靜寂得護士的腳步聲清晰可聞，多日積下來的疲累，霎時都跑出來清算。

自由驀然降臨，無形壓力轟然倒下，病房幽靜舒適，整個人鬆下來，彷彿在另一個夢中。立群將所有人都趕回家，把門輕輕帶上，很快我就迷糊了。半夜有護士來為我量體溫測脈搏，似夢似醒，但一顆心放下來，天塌地陷，我只管酣然大睡。

出獄後第一天清晨，醒來後是一種很奇妙的溫馨感。醫院四壁都是白色，被褥也都是白色，窗子關得嚴實，玻璃窗外一角藍天一縷白雲，看上去有如一個畫框。

一大早白如雲就來了，帶來漱口杯、新牙刷、新毛巾，打了水來，讓我刷牙洗臉，又倒了一杯熱水來，放在床前小桌上，然後看著我，說：「你瘦了。」

我笑了笑，說：「裏面伙食太差，被子太臭。」

「鬍子長出來了。」她也笑了。

我摸了摸下巴，說：「是嗎？我平常一個星期刮一次，難怪了。」

「別刮了，長了鬍子好看。」

「那不好，留個山羊鬍子，像《半夜雞叫》的地主。」

白如雲吃吃笑，說：「還能開玩笑，證明關了二十多天，你還挺得住。」

「沒想到跟著毛主席幹革命，還要坐共產黨的牢。」

白如雲點點頭，說：「我叔叔問候你，說等你休息夠了，再約你去聊天。」

「我沒什麼，今天就想出院了。」

「不要逞強，聽醫生的。」

說話間，早餐送來了，薄薄的白米粥，一個鹹鴨蛋切半、一撮醬菜、一小碟五香花生。看到鹹蛋，我的食慾馬上來了。白如雲將小桌子移到床前，把鹹蛋小心挖出來。我端起碗來，連著喝幾口粥，又吃了鹹蛋，長長吁出一口氣來，直覺天下美味無過於此了。

剛吃了一半，雅琴進來了，看我在吃早餐，連忙說：「等一下，先別喝粥了，我煮了豬肝線麵來，你現在要補充營養。」說罷，把手上的提籃放到桌上。提籃打開後，一條厚厚的舊棉襖抱著一個搪瓷飯盒，她取出飯盒，將線麵小心挑出來，又倒了點湯，夾了幾塊豬肝，遞給我說：「快吃！就怕有點冷了。」

豬肝線麵的味道，比起鹹鴨蛋，又是另一個層次了。看我吃得狼吞虎嚥，雅琴歎道：「真是的，無端端受一次罪。」

「就是感冒了，沒有力氣。」

一大碗豬肝線麵居然給我一口氣幹掉，吃完撫著肚皮笑說：「要是在派出所天天有豬肝線麵吃，那多住幾天也沒關係。」

白如雲嗔道：「你又來了！那是人住的地方嗎？」

上午來探病的人一撥又一撥，立群他們一直陪著，半上午我母親也來了，看到我，忍不住垂淚，大家忙著給她讓座，我說你這麼快就知道了？

母親說：「一大早有個小孩子騎車子來告訴我，話說完就跑了，叫什麼名字都不知道。」

秋實笑說：「準是林一飛！」

「你做了什麼事，給人家抓去關了這麼久？」母親問道。

白如雲搶著說：「你兒子得罪了壞人，又碰上形勢不好，他替我們去受罪。」

「對對對，」雅琴連聲說，「他是替我們去受罪的。」

「我也不懂你們在做什麼，不過，傷天害理的事不能做。」母親說著，滿臉憂色。

立群忙笑說：「你看看我們，都像壞人嗎？」

母親這才笑起來，說：「他是大學生了，有什麼做得不對，你們要勸勸他。」

白如雲說：「你放心，我們都聽毛主席的。」

在醫院住了三天，探病的人絡繹不絕。軍管會徐科長一早來過，說一些慰問的話，言不由衷。聽他說支左部隊住在鎮黨委，我說：「你們不會和他們穿一條褲子吧？」

「哪裏哪裏，他們是他們，我們是我們。」

「有人說，部隊支持老保。」我故意刺他一下。

徐科長有點窘，乾笑兩聲，說：「你就喜歡開玩笑，毛主席指示我們支持左派。」

「那我們是左派嗎？」

我淡淡的，他覺得沒趣，坐一會就走了。

盧志遠和指揮部的林寬、李友世一起來。大家談起最近的「二月逆流」，都覺得毛主席英明果斷，擊退這一波保守派的反攻倒算，重振革命造反派的氣勢。談起目前的運動，盧校長說，毛主席反擊幾個軍頭的猖狂進攻，從上到下，形勢翻轉，我們趁你重獲自由，要大張旗鼓，把老保的氣焰壓下去，把一些觀望的群眾爭取過來。

張捷和雅琴也結伴來，對我因大遊行中的「牛鬼蛇神」而吃了這一番苦頭，一再表示歉意。我說那不關你們的事，大局如此，總得有人背這個黑鍋，這樣也好，讓我試試專政機關黑牢的滋味。張捷苦笑說：「那你還差遠了，真正的苦牢，你連邊都沒有沾上。」

問他們如何處理隊伍裏的「五類分子」，張捷說：「也不好太委屈他們，只私底下提醒一下，在一些公開場合，都低調一點。」

「這樣好，反正運動後期，總有機會還他們公道。」

雅琴說莊明祺沒受什麼刑，只是給移到另一個房間去關。「他想來看你的，又擔心你這裏不方便，說以後再找機會見面。」

白如雲替我找幾本書來，閒來我就看看書，在房間裏走一走，有時站在窗前看看外面，只覺身體裏的力氣一點點回來了，巴不得馬上就出院，回到鬥爭的第一線去。

冬天風緊，醫院花園裏的樹枝在風裏搖擺，地上有落葉翻飛，遠天雲蒸霞蔚，天地一片寧靜。人間的喧囂退去好遠，心裏的波瀾卻此起彼伏。

出院那天，醫生交代出去後多休息，按時服藥，不要太操勞，也不要說太多話，讓氣管和肺部都休整一下。

醫生走後，大家又都進房來，母親要接我回村裏去，我說那不行，指揮部開一次會，我要來回折騰，我還是回古廟去住。

立群說：「住古廟不好，三餐不方便，人來人往也不好休息。」

「去我家吧，我們有很多空房間。」白如雲說。

我連忙說：「那不好，你祖母一個老人家，親戚也都是外人，不好辛苦她們。」

雅琴說：「不如到我那裏，我有空房間，我也可以照顧他。」

「我能走能跑，還不能照顧自己？」

雅琴道：「三餐要吃熱飯，也要補充一點營養。」

張大同連連點頭，說：「這是道理。」

張捷猶豫著說：「你一個單身女人，怕不方便吧？」

雅琴橫張捷一眼：「什麼單身不單身的？我那裏還住著一家理髮師傅，白天晚上鄰居來來往往……」

立群想了想說：「雅琴那裏也好，住十天半月的，身體恢復了才回古廟。」

母親臨走掏出兩張十塊錢的紙幣，塞到雅琴手裏，雅琴忙推辭，我說：「你還是收了吧，不然我怎麼去白吃白住？」

結果很快辦好出院手續，帶好四五種西藥，大家就陪我出院了。

雖覺身子還是軟弱，但我再也不肯坐三輪車了。一群人陪我慢慢走，走到路口，先讓母親雇一輛自行車回村裏去，再走一會，張大同和秋實、蕭偉也先走了，剩下立群、白如雲、張捷和雅琴，一路閒話，一路和碰面的造反派戰友寒暄，直往雅琴家慢慢走去。

冬日正午，陽光暖洋洋，天高雲淡，我深深吸進一口氣，但覺神清氣爽，轉念一想，從上午起好像都沒怎麼咳過了。如此看來，這一番歷劫歸來，磨練了自己，造反派趁勢重振，雖說吃了一點苦，卻也是值得的。

—李友世—

李友世一張臉就像是用刀刻出來的。

他眼眶生得比別人高，眼珠凹進去，鼻梁從眉心下隆起，往下到鼻尖鼻孔，邊緣都輪廓分明。他的顎骨和下巴線條硬朗，人中特別深，一張嘴平常總是緊緊抿著，嘴角微微往下撇，好像永遠憋著一股氣。

他平日總是穿一件對襟的粗布衫，顏色曖昧，鼠灰裏隱隱透有一點枯黃。上衣用的是布紐，有時扣一兩顆做做樣子，有時乾脆中門大開，風一來，兩扇衣襟隨風揚起，露出裏面一條灰污的汗衫。

他的褲子褲頭寬大，腰圍拉開可以塞進一顆籃球。通常他將褲腰扯開再對摺，掖在粗壯的腰上，用一條細繩子綑住。兩條褲管也特別寬鬆，寬到簡直浪費布料，夏天他把褲管摺高了，露出筋肉稜稜的小腿。

一年四季他幾乎都打赤腳，冷天很難得會趿一雙破布鞋。他赤腳站著和人説話時，十個腳趾頭都張開，穩穩當當站在那裏，像一尊泥塑的金剛。

李友世平常默不作聲，指揮部開會時你一言我一語，他埋頭坐在一旁，偶爾插一句嘴。有時多説幾句，意思就亂了，前言不搭後語，説完了抬頭看看大家，好像在徵求意見，大家通常對他的意見都沒什麼意見，於是他又悶頭捲煙。

他捲的紙煙我也抽過不少。他手指笨拙撕下一張煙紙，把劣質煙絲捏成一小卷放在長方形的紙上，把紙捲起來，在紙沿沾一下口水，將紙黏住，然後塞給我。那一兩年裏，我不知道吃了他多少口水，不過在那年月，大家都無所謂。

平常總見他在指揮部進進出出，又見他這裏那裏奔波，好像很忙，但在忙什麼，也沒有人知道。只是在需要集合起人來的時候，他又總能帶來一隊人馬。他在前後照應，有人和他悄悄說話，他只是聽，聽完說一句什麼，將手舉高了往斜裏一劈，別人得令走了，他撣撣衣襟，胸有成竹似的，又去張羅別的事。

有一天我和立群到他家裏去，一進門見到一個年輕人跪在他面前，他板著臉端坐在小廳正中一張椅子上，正在訓話。

看到我們進來，李友世意猶未盡，喝斥道：「毛主席教導我們：誰是我們的朋友，誰是我們的敵人，這是革命的重要問題，你給我記住，好好去想清楚。」

那年輕人低著頭囁嚅著什麼，灰溜溜地走了。

我說：「李友世，毛主席說的是，『這是革命的首要問題』。」

「什麼叫首要問題？」

「首要問題是第一要緊的問題，和重要問題意思是不同的。」

立群問：「那是你兒子嗎？」

「是啊，這小子在他們學校參加紅派，回來還跟我嘴硬，我剛剛揍了他一頓，叫他跪在那裏。」

「友世，這種事要說服，不能壓服。」

「我是他老子，我還不能壓服他？」

後來才知道，他兒子正在讀青州師範學校，是他們學校保守派的小頭頭。

直到文革結束，李友世都沒能說服他兒子改邪歸正。後來李友世參加安平鎮三結合領導班子，擔任鎮革委會常委，他兒子竟然也進了師範學校的革委會，也擔任了常委。

文革後期，先是八二九造反派掌握權力，那時紅派給壓得喘不過氣來，李友世兒子自然也被關進學習班，在大會上做檢討。過了幾年，「四人幫」倒台，八二九造反派樹倒猢猻散，李友世也給關進學習班，也在大會小會上做檢討，被人指著鼻子臭罵。那時他兒子又神氣活現，坐著學校的小汽車回家來，在小廳裏端坐，把帶來的一些吃的用的，一包包堆在桌上。那時李友世早已沒什麼底氣教導兒子了，只好躲到房裏，一個人悶頭抽煙。

很少見到李友世笑，更別提那種開懷大笑，笑得差點岔了氣的笑。他一張臉苦苦的，皺紋爬在不同部位，沒有規則可言。冬天他鼻子下甚至會垂著一溜濃稠的鼻涕，他把鼻涕吸進鼻孔裏，不大一會鼻涕又溜下來，這樣來回幾次，終於他有點惱火了，兩個手指將鼻涕捏住，抹下來，一甩甩在墻角，順手在褲腰上抹一下，如此解決了問題。

有一次我和他在路上走，他突然抬起頭來看天，我以為他發現了什麼稀奇事，誰知他瞇起眼睛乾瞪著太陽，瞪了半晌，鼻頭一抽一抽的，狠狠打了兩個噴嚏。我說你這是幹嘛？李友世說：你不懂啊？噴嚏打不出來，對著日頭看，看兩下就打出來了。這種神奇的民間智慧，我從未聽人說過，該打噴嚏就打，打不出來就由它去，為什麼非得把一個噴嚏逼出來不可？這個問題，始終也沒有機會問他。

有一次開完會，走的走睡的睡，指揮部橫七豎八倒好幾個人。李友世捲了煙讓我抽，我問：「你又怎麼會走到造反派這邊來了？」

李友世想了想，說：「共產黨對我有恩啊！」

「原來你是來報恩的。」

於是李友世說起他的身世。他自小父母雙亡，解放前靠給一個有錢人跑腿，蹭三餐一宿。臨解放有錢人跑了，他無家可歸露宿在街頭。冬天天冷，他裹一堆撿來的破爛躲在「雨腳架」背風的地方過夜，一個解放軍連長看到了，帶他回部隊駐地，給他熱湯喝，讓他吃飽飯。後來他就在部隊伙房幫忙，白天有三餐落肚，夜裏就在廚房裏拼兩張長凳睡覺。那些日子，他說是有生以來最自在的日子。

一年多後部隊要調走了，連長為安置他發愁。正巧鎮裏籌備農具廠，連長和鎮上的人說了，就把他招進農具廠去，學了幾個月，漸漸上手，成了一個熟練的鐵匠。後來，就憑著一份正式的工作，他討了老婆，生了兩個孩子。

五六年前老婆去世了，他咬緊牙關把兩個孩子帶大。大兒子初中畢業，為省學費，考去師範學校，本來好好的，做了學生幹部，評上三好生，每次回家來，總是關心父親，幫忙做家務，教弟弟功課，左鄰右舍都說這孩子將來有出息。

誰知道文革一來，兒子卻成了老保，不但是老保，還是鐵桿老保，還是老保的頭目。於是兩父子一見面就吵，各自用毛主席語錄交鋒。李友世為對付兒子，央求識字的工友，一字一字教他背毛主席語錄，理解最高指示的精神。兒子雖然怕他，但他有另一套理解毛澤東思想的思路。文革當中，左右兩派都說是保衛毛主席，都是聽中央文革的，但各自聽完，又各自理解。八二九背後有一條線，直掛到省裏，紅色總部背後也有一條線，也直掛到省裏，至於省裏掛到中央的是哪條線，中央那條線又是否掛到毛主席那裏，那就沒人知道了。

李友世和他兒子之所以吵不出個名堂來，原因就在這裏。

我又問他：「那你怎麼就認定了自己要做造反派？」

社教時工作組來，查到李友世解放前服侍的有錢人，原來是國民黨省黨部的頭目，臨解放跑到台灣去了。於是李友世成了國民黨狗腿子，連著被鬥了幾個月，家也不准回去，工作組死扣著他，要他交代和台灣的關係。

李友世百口難辯，他說做跑腿的年月，他才十三四歲，什麼都不懂，只是混一口飯吃。他上面有管家，管家上面還有二太太，二太太上面還有大太太，一年三百六十五天，和有錢人說不上一句話，他和主子能有什麼關係？

工作組鬥得他抬不起頭來，廠裏的工友見到他都繞道走。他想胡亂編一些故事來交代，好歹過關，可惜那些交代顛三倒四，漏洞百出，往往才說兩三句話，工作組就識穿他，於是把他吊起來，打得更狠。

那些日子只道一輩子完了，兩個兒子頂著反革命父親的罪名，永遠都別想有出頭之日。想起解放初那個解放軍連長，北方人，堂堂正正一張臉，笑起來很親切，把他從泥坑裏扶起來，給他溫暖，教他做人，沒想到自己竟成了反革命，如此怎對得起那個救命恩人？

幸虧，工作組撤了，走得無聲無息。那晚他被放出來，大街小巷都陌生了。大兒子在學校，小兒子見到他，怯怯的不敢叫。洗臉時拿起一面小圓鏡照，才發覺兩三個月隔離審查，頭髮又長又糾結，鬍子像亂草，臉色灰敗，乾皺如苦瓜，他把兒子摟緊了，放聲大哭。

文革一來，聽說工作組倒楣了，李友世絕處逢生，到處奔走，只恨一身氣力沒處使。後來和八二九抱成一團，才明白世上只有毛主席英明，知道他有冤屈，給他一個報仇雪恨的機會。

秋實他們敲鑼打鼓到鎮黨委去請罪時，李友世是反對的，反對的理由是，要請罪只能向毛主席請罪，鎮黨委不配。他是堅定的造反派，他相信毛主席發動文革，老人家一定都部署好了，如果毛主席沒有讓我們請罪，我們就不能隨便請罪。

六八年底我給老保抓去那一回，傷筋動骨躺在擔架上，大清早被老保抬到橋邊放下。李友世第一個得到消息，他俯身小跑著到擔架前面，把我扶起來，喘著氣小聲說：「不要怕，我來背你回去。」

李友世將我背著一路小跑，跑了一陣，氣力不繼了，只好急步走，後來急步也不行了，只能歪歪斜斜挪步，呼吸聲越發急促粗重，腳步越發不穩，終於膝蓋一軟倒了下去，我也就跟著他滾到公路上去了。

他撐起身子來看我，胸口激烈起伏，嘴角都是泡沫，一團團白汽從他嘴裏噴出來，他看著我好久，滿眼的悽愴不忍。

聞訊趕來的造反派戰友，把我抬上一輛自行車，幾個人扶著，慢慢走到醫院去。後來聽說，李友世因為用力過度，回家後還咳了幾口血，那年月，這都不算大事，我又剩下半條命，也沒有機會向他道謝了。

文革後期，李友世「三結合」進了鎮革委會，做了保衛股負責人，所謂保衛股，就是類似派出所的工作。

有一次我表哥家裏出了一件事，家人都外出了，一個朋友上門來，竟然欺負十六七歲的表妹。事情發生了，表哥來找我，我就請李友世這個革委會常委到他們家裏，具體處理案情。

李友世到了那裏，表哥一家恭敬讓座，李友世一腳蹬到高凳上，蹲在那裏聽案情陳述。表哥一家人七嘴八舌罵那個「不是人」的朋友，說是把表妹追到水井邊，壓到地上。小表妹從頭到尾躲著，李友世悶頭蹲在凳上抽煙，表哥一家見他沒反應，就把「壓在地上」說了無數遍。我坐在一旁，真想把李友世拉下凳子來，對他說：「你好歹也開一下金口啊！」

李友世終於下地來，喃喃說一句：「好吧，我們查一查。」

整個事情到此為止，壞人逍遙法外，小表妹含冤莫白，表哥一家永遠背著這份恥辱，而李友世甚至對我也從沒有一個交代。

他至少可以憑革委會的權威，把那個「不是人」的男人找來，把事情盤問清楚。男人承認了，他要向受害的表妹賠禮道歉，罰他掃街一個月；男人不承認，至少把他叫到表哥家去，當面做一番對質。

可是李友世什麼都沒做，幾乎連個態度都沒有，但那時誰會計較？他是造反派，進了革委會，總得分派他做點事。管政治他不行，管生產也不行，他為人正派，又有階級覺悟，管公安保衛至少靠得住。但說句不好聽的，如果哪裏發現「反動標語」，人家報了案，他趕到現場去，那反動標語究竟寫了什麼，他也認不出來，那他能保衛什麼？

但毫無疑問，他是一個好人。

從此以後，我再沒有見過李友世。一九七八年我臨去香港前，到安平見幾個老朋友。立群和秋實都在中學教書，蕭偉在街上開一個修理手表收音機的小檔口，黃磊讀完大學在縣物資局工作，林敏行在鎮上做中醫，那時曾沛然也調到鄰鎮中學去做校長了。

吃飯時問起林寬，立群說林寬還在汽修廠，做車間主任。紅派當權後，稍微被衝擊一下，居然輕易過關，現在一心抓生產。再問李友世，立群便說：他失蹤了。

我大吃一驚，說好端端的，怎麼會失蹤？

立群說，七六年毛主席去世，李友世喪魂落魄，一見面咳聲歎氣，說毛主席不在了，我們怎麼辦啊？又說造反派完了，幹了幾年，落得這樣的下場，現在老保掌權，我們都不要指望翻身了。

秋實說，每次見到他都是這樣，他像祥林嫂，自言自語，唸唸叨叨。後來社會開始鬆動，鄧小平把舵，中國這條老舊破船正開始艱難轉彎，人人正從政治沒頂之災裏掙出一張嘴來深呼吸。李友世卻如喪考妣，見人搖頭，說有人又在跑單幫了，滿街是做小買賣的，毛主席不在，鬥私批修也不搞了，資本主義復辟了。

立群說，前不久有一天他兒子到處打聽，說他一大早出門就沒有回來，親戚朋友處問遍了，都沒有下落。現在算來，都有半個月了。

到香港一兩個月後，接到立群的信，說地質測量隊的人在深山裏找到李友世的屍體，還掛在樹上。那座山人跡罕至，根本沒有路可走，李友世一個人摸索到近山頂的地方，選中一棵老松樹，在那裏獨自一人上路。

想他最後在樹下捲一根煙，太陽下山了，滿山歸鳥嘈雜，遠處一兩聲野獸嚎叫。他捲好一根煙點著，深深吸一口，瞇起眼來，讓一口煙在嘴巴和鼻腔裏來回湧動，那伴隨了他一生的微微的辛辣，成了他對生命的最後體認。然後他悠長地把煙細細地噴出來，或許苦苦一笑，看著一縷煙在面前淡淡化去，那是他在人間唯一不捨的東西。

很遠很遠的地方，黝黑下來的天際，有朦朦朧朧的一片紅光，那是他就要離開的人間。紅塵百丈，一番歷劫，辛苦幾十年，到頭來一場空，他唯一可以做的，就是去見毛主席了。

沒有人知道，他見到毛主席後，會和主席說什麼，更不知道主席會和他說什麼。

第十一章

春雨幽幽

從醫院那天早上一碗豬肝麵線開始，之後一個多月，是我有生以來最有口福的一段時間。

本來在雅琴家休息幾天就可以回古廟了，但雅琴說，拿了我母親二十塊錢，只用了幾塊錢，除非我三餐還在她那裏吃飯，否則她只能把錢退給我。

錢用得少，因為白如雲也時常買東西來，有時拎一隻自家養的母雞，有時買水果，晚飯前她和立群一起來，順手在街上買點滷味，大家一起吃飯閒聊。

雅琴下廚的手藝，和我母親不可同日而語，我就不再堅持了。只是和她說定，吃到錢用光，我就回古廟去。

租房的理髮師傅，兩夫妻早出晚歸，晚上九點左右就熄燈睡覺了。有時在走廊或廳口看到他，一個四十多歲的中年人，個子不高，幾乎有點靦腆，點點頭，逃跑似地回房裏去。

雅琴說他們三餐都在理髮店裏吃，這裏只當作一個睡覺的地方。理論上小廳是歸他們的，不過很少見他們在廳裏活動。

探病的人慢慢少了。剛開始人還虛弱，我半靠在床上和他們說話，後來精神好起來，就在小廳裏泡茶。有人來，雅琴很高興地裏外張羅，人走了我回房裏看書，雅琴又時常倚在門邊，問這問那，意猶未盡的樣子，我猜她也從沒有如此門庭熱鬧過。

她白天要出去參加居委會造反派的活動，又要買菜煮飯，打理家務，早晚忙得興致勃勃。倒好像把我接到家裏來服侍，不是給她麻煩，竟是什麼好事從天上掉下來似的。

我永遠記得這個多雨的早春，雨有時下得很大，屋頂嘩啦啦響，天井屋檐口的雨水像一道簾子，看久了讓人失神。白天我有時到廚房裏坐一會，看雅琴手腳麻利做家務，一邊有一搭沒一搭地閒聊。晚上在房間裏看書，雨聲在頭上，周圍倒顯得靜，我把棉被拉高了，一個人徜徉在書中的世界。白如雲給我帶來《大衛科波菲爾》、《戈雅》、《被侮辱與被損害的》，我閒來一頭鑽進書中世界，領略異域的生老病死、風雲變色——寒夜閉門讀禁書，果然是人生快事。

偶爾想起我正在看的，都是「封資修」，這些資產階級的文化糟粕，居然都讓人著迷，那究竟，什麼是好？什麼是不好？

下雨天，總部也沒什麼事做。有些同學冒雨到工廠裏去串連，開開會，介紹各地的動向。街頭大字報小半天就給雨水淋花了，傳單印好也不知往哪裏分發，兩派都在等，又不知在等什麼，這是自運動開始以來最沉悶的一段時間。

我問立群：「你們怎麼會知道日本寄給我的信？」

立群說：「都是雅琴打聽來的，她好像有個親戚在派出所上班。」

「等她回來我問問她。」

台灣特務機關，大概有專人做這種策反工作，反正寄一封信不要什麼成本，寄一百封，有一封起作用，他們就可向上報功了。立群笑了笑，又說：「恐怕我們也有專門機構在做這種事。」

白如雲說：「安平一定有潛伏的國民黨特務，把你的姓名地址提供給外面吧？」

我說：「你中有我，我中有你，政治鬥爭永遠都是這樣。」又對立群說，「還好有你那封信，不然我真以為自己裏通外國，跳進黃河也洗不清了。」

有天上午曾沛然冒雨來了，閒談中說起到鎮黨委請罪的事，說當時他也是贊成的。大家對文革都沒有什麼認識，犯一點錯誤難免，造反派應該大氣一點，正確的要堅持，犯了錯就承認，幹革命就要這樣坦坦蕩蕩。

我笑說：「除了毛主席，誰敢擔保自己不犯錯！北京蒯大富他們幾個學生領袖，運動以來不斷檢討，連周總理都在萬人大會上自我批評。請罪只是小事一樁，別的都沒什麼，只是白白便宜了鎮黨委。」

曾沛然說：「中央支持造反派，中央派來支左的部隊，卻支持老保，這是什麼道理？讓人想不通。」

我說：「林副主席不是說了嗎？對最高指示，理解的要執行，不理解的也要執行。部隊和我們一樣，站在哪一邊都是有原因的。徐科長他們，本來就和舊縣委有千絲萬縷的聯繫，自然傾向紅派。再看吧，或許慢慢會改變。」

「我家裏那個，是堅定的逍遙派，死都不肯參加。說她父親老早說過，天底下最骯髒的東西就是政治。我問她，那我們學校這些紅衛兵，他們都是骯髒的嗎？」

我哈哈一笑，問道：「姚老師怎麼說？」

「她說他們自然是乾淨的，滿腦子理想，但他們懂什麼政治？」

我聽了一愣：「咦，她可能說對了哦，真正的政治在上面，我們只是政治的外圍。」

「你是說，上面的權力鬥爭才是骯髒的？」

「政治是你死我活的鬥爭，只有論輸贏，沒有論乾淨或骯髒的。」這句話說出來，我自己也嚇一跳。

曾沛然走後，我在床上發呆，突然像觸電一樣坐起來——照我自己的說法，豈不是意味著，我們這些不知天高地厚的年輕人，一腔熱血，竟是為骯髒的政治打生打死？

這晚我靠在床頭看書時，雅琴掀開門簾探一下頭，招招手，努努嘴，我就心領神會套上鞋走出來。

走進廚房，雅琴悄聲說：「我煮了湯丸，你來吃一碗。」

我抬頭看雅琴，不覺呆了一下。她穿了一件棗紅色暗團花的斜襟棉襖，邊角都緄了墨綠的緄邊，一排布紐斜斜扣著，衣領有點高，顯得她脖子頎長。那款式是從未見過的，腰身略收，下襬略放，顯得上身玲瓏，下身修長，穿在她身上，有一種說不出的情韻。

雅琴把湯丸端上桌，看到我的眼光，便笑說：「我十六歲那年離開南京時，我母親特地請師傅幫我做的。天冷拿出來，在家裏穿穿。」

「那都穿了十幾年了，看起來還像新的一樣。」我驚歎道。

「當時穿著嫌寬，現在卻嫌窄了。」

「還是以前的人講究，這多好，人都精神起來。」

「我那些舊東西，都很小心收放，也不敢穿出門。每年在家裏穿幾次，就是安慰自己。」說罷，彷彿輕歎了一聲。

我一邊吃，隨口問：「說真的，你怎麼會嫁到這麼遠的地方來？」

雅琴也為自己盛了一碗，坐下來，說：「那都是命啊！那時解放軍已經到了江北，城裏人心惶惶，我父親就說：你還是走吧，南京遲早又要死人。」

「那你父母為什麼不一起離開？」

「父親得了肺癆，已經咯血了。我丈夫和我爸在同一家銀行，我爸覺得他人不錯，請中間人去說，他來過我家裏，見過我，心裏也願意。就那樣匆匆忙忙在教堂裏結了婚，過兩天就讓他帶我回安平來。我丈夫在家裏也才住十天八天，又回南京去了，這一去就再沒有回來。」

「他就跟著銀行撤出去了嗎？」

「臨走前寫了一封信回來，說先到香港，以後會去台灣，吩咐我孝敬婆婆，稍後會來接我出去。狗屁呢！從此連一封信都沒有，由著我自生自滅。」

「那你父母親他們呢？」

「父親四九年就去世了，那時兵荒馬亂，等我接到信，都走了兩個多月了。我帶了一點錢還要過日子，車船票也買不起。」

「母親還在嗎？」

「母親捱到六二年也走了。剩下哥哥嫂嫂，在紡織廠工作。我一個逃亡家屬，也不敢去連累他們，最多是一年半載一封信，報個平安。」

「這麼多年，你也不容易。」

雅琴搖搖頭，幽幽道：「我那婆婆，五十多歲人就發呆，在床上躺了幾年，都是我服侍她。她去世後，我替她送終，那天從山上回來，我癱倒在床上，長長吐一口氣出來，心想我的苦也到頭了。」

「你是替你丈夫盡孝心。」

「是啊，我後來想，我對婆婆好，對丈夫好，我沒兒沒女的，以後也沒有人來對我好，我再不對自己好，就要冤死了！」

我一聽這話，心裏不免也頓一頓。是啊，做一個人，身上有無數擔子，男人要做別人的好兒子、好孫子、好丈夫、好父親、好親戚、好學生、好朋友，對任何人都要好，但幾時想過也要對自己好？

「好吃嗎？」雅琴見我沒出聲，就抽空問一句。

「好吃，」我說，「對了，正想問你，敵特寄信給我那件事，聽說是你打聽來的。」

雅琴道：「是啊，我想起我丈夫有個堂弟在派出所，就跑去問他，他才悄悄告訴我，還說這種事時常都有。」

「按理這也算他們內部的機密，他也很幫忙了。」

雅琴苦笑一下：「你以為他真有那麼好！這傢伙一直在打我的主意，每次拿言語來挑逗，都給我罵回去。這次求到他頭上，我只好硬著頭皮，給他一點笑臉，做了八個肉包子送去。和他坐在廳裏說話，拍拍他膝蓋，他就像觸電一樣，坐不安穩了。」

我笑說：「原來是這樣，不過，便宜了他八個包子。」

雅琴恨恨地說：「我命不好，丈夫一去不回，偏又招惹男人！初時就是躲，後來躲不過了，只好厚起臉皮來，有人敢輕薄，我撕下臉來就破口大罵，把他罵得灰溜溜跑掉。大家慢慢都知道我凶，惹不起，那些人也就不敢亂來了。」

我一聽又笑：「這倒也是個辦法。」

「辦法是好，可是長久這樣，把性情弄壞了。我年輕時可不是這樣，左鄰右舍都讚我乖巧溫順。可是我孤伶伶一個人，誰有個壞心眼，不把我生呑活剝下去！我不凶，我成了愛玉了。」

她瞄一眼我的手，突然說：「哎呀，你指甲那麼長了，快剪一剪。」

她站起來，那一側身，電光石火的，我一眼掠過她棉襖上，胸前明顯隆起的弧度。棉襖有點緊身，那兩彎曲線更顯得張揚，就那一眼，看得我心頭怦然。

我的眼光跟著她，那背影裊裊婷婷，彎下身子在一個抽屜裏抄，抄到一支指甲鉗，回過身來嫣然一笑，說：「我還有這個好東西，也讓你見識見識。」

她把指甲鉗給我看，說：「這也是當年南京帶下來的，我媽想得周到，這把小鉗子，我也用了十幾年，還那麼好用。」

我拿起指甲鉗來看，果然做得很精緻，小小巧巧的，通體錚亮，也不由歎道：「怎麼以前的東西都這麼好？」

「這都是美國進來的，那時我們家，裏外都是好東西。」

我拿起指甲鉗要剪，雅琴卻搶過去，說：「我來幫你。」

「我又不是殘廢，連指甲都剪不動了嗎？」

雅琴笑說：「這你就不懂了。從前我媽，還外面請人到家裏來幫她修甲，我們小孩子有時也是修甲師傅剪的。」說罷，不由分說，捉住我的手。

她一邊剪，一邊捏捏我的手，說：「論男人的手，你也算不錯了。男人最怕長一雙單薄的手，手掌沒肉，手指尖細，那是爛賭鬼的手。」

我笑說：「這倒沒聽人說過，我們鄉下人，祖輩下地種田，都是粗笨的手。」

「當然，太粗笨也不好，要厚實一點，又要有點靈氣。」

「你的手才好看呢！」我脫口而出。

雅琴把一隻手抬高一點，五指張開，自己端詳一下，說：「我這手像我媽。我媽說，我爸當年娶她，說是先愛上她的手，才愛上她的人。」

她一邊剪，一邊又說：「不管男人女人，指甲都要剪得好，一雙手伸出來，別人看到的，不只是指甲，是他整個的人。一個人指甲都剪不好，他那個人，再好也有限。」

剪好十個指甲，她將指甲鉗扳一下，翻出一面銼刀來，小心又將十個指甲邊都銼一銼，然後再一個個輕輕摩挲一下，掃掉粉屑，說：「你自己看看，是不是比你自己剪好一點？」

我看看自己的手，說：「那自然好多了，不過也不能剪一下指甲都來煩你。」

「這有什麼？你來就是了。」她將桌上的碎指甲輕輕掃到手心裏，扔到旁邊的畚斗裏去。

那晚意外地睡得不好，回房後想看一回書，卻老是心神渙散。迷迷糊糊的，總覺得心裏有一點騷動，一些莫可名狀的火苗這裏那裏竄來竄去，分明睡下了，還覺得自己老是在翻身。

第二天一早醒來，雅琴不在，想是出門買菜去了。我洗漱好，看看天放晴了，也顧不上吃早餐，就拉上門出來。

好些日子沒出門，走起路來還有點頭重腳輕，石板路濕漉漉的，空氣中水汽氤氳。走到巷子口，迎面碰上張捷。兩個人走走談談，到街口那邊一家小吃店，叫了兩碗線麵糊，再叫兩根油條，找了靠裏邊一張小桌子，張捷喝一口線麵糊，問道：「在雅琴那裏住得還好嗎？」

我笑說：「當然好，她能做菜。我母親給了二十塊，看起來能用好久。」

「這麼多年，她也不容易。我和她談得來，有時到她那裏坐一會，人都好過一點。」

「都是落難的人，大家互相關心。」

「她對人也真心，有時說一些體己話，說得我眼淚都要掉下來。」

我聽著好像明白了什麼，便問：「那你家人呢？都在安平？」

張捷點點頭：「母親在這裏，我從前結過婚，後來因為『地方主義』問題下放，老婆看不起我，就離了。」

我說：「書上看來一句話，說『革命吃掉自己的兒女』。」

張捷滿目蒼涼：「我離家那天，都天黑了，外面下大雨，我還以為她會勸我過一晚再走。她端坐在那裏，一聲不響。我只好說，那我走了。她竟然說：自己的東西拿齊了，不要再回來多跑一趟。」

我脫口而出：「其實你和雅琴，你們兩個……」

「我都問過她，她總是說丈夫還在外邊，說不準什麼時候回來，也沒有辦離婚手續，不能亂來。」

「說不定她丈夫都不在了。」

張捷也苦惱地點頭，說：「就是這樣，不生不死。」

「兩個苦命人，互相扶持，總好過沒有。」

張捷又苦笑，說：「天天見面，又不能在一起，那更折磨人。」

我想這也是大實話，突然又想起昨晚那一幕，雅琴胸口的那種溫柔起伏，如果他們成其好事，那她身上的神秘與美好，都只屬於張捷的了。念頭一閃，突覺得自己有點下作，趕緊轉移話題，問道：「你們老區，最近都有什麼活動？」

張捷道：「我還差點忘了，我們老上級想請你有空去談談。」

事。」

「他是誰啊？」

「他叫蔡明溪，原是地下游擊隊的政委，一直都在省裏工作，不過也降職不受重用了，現在是他在領導我們老區這一批人。」

我說：「你們的目的，也是要求平反嗎？」

「大家都希望站在毛主席革命路線這邊，為文化大革命盡一分力。至於平反，那是以後的事。」

「中央也不是一團和氣，這一回不是把劉少奇打倒了嗎？劉少奇是白區工作出身，反『地方主義』他也有份領導吧。」

張捷說：「有空去我們那裏談談。」

和張捷分手，我便朝古廟慢慢走去。半路上碰到林一飛和幾個小同學，大家嘻嘻哈哈一路說笑。風過處，路邊桉樹上隔夜的雨水落到脖子窩裏，冰涼冰涼的，田野上過冬的蕃薯地，野草一蓬蓬長出來，春天在敲門了。

古廟裏人很多，大家見到我都上來問好，一張張熱情洋溢的笑臉，如兄弟姐妹般的親切。聽到聲音，勤務組裏跑出來立群、秋實、白如雲、曾沛然，意外的還來了盧志遠。一大夥人簇擁著，慢慢到勤務組裏坐下，白如雲替我倒來一杯熱水。

盧志遠問道：「身體都好利索了？」

我說：「本來是小毛病，大家關心，讓我休養了這麼久，也該回來了。」

立群說：「身子好了，也不要悶在家裏，出來走走，累了就回去休息，這樣更好。」

我笑說：「雅琴説我母親的錢還有一大半沒用完，我就再享受幾天。」

說著大家都笑，秋實說：「我還巴不得有這種好事呢！」

盧志遠說：「這段時間比較靜，我們正在商量抓緊做幾件事。一是深入農村，成立農民造反派組織的事；二是組織幾個寫手，深入批判『二月逆流』；三是要根據鬥爭的需要，成立直屬指揮部的幾支隊伍，分工負責，免得臨急抓瞎。」

立群說：「批判『二月逆流』那邊，既然你回來了，你多用點心。」

我說：「那沒問題，不過我要先補補課。」

「我這裏有一些新的傳單，我給你找幾份。」白如雲說。

秋實說：「鄉下農民組織渙散，老區和我們爭奪群眾，我們也缺乏有組織能力的頭頭。」

「張捷剛才找我，說有位他們老區的老上級請我們去談談，不如約一個時間，我們去談一次。」

盧志遠說：「你接觸一下，先摸摸底。」

曾沛然道：「最近上海造反派奪了權，成立人民公社，運動的最終目的，看來是解決奪權的大事。」

正說著，雅琴探頭進來，看到我便說：「我就猜你在這裏，病剛好，不要太操勞啊。」

我說：「我要出來走走，不然肺炎好了，又悶出肝炎來。」

「又亂說話！」雅琴嗔道，「會開完了沒有？要不，和我一起走？」

盧志遠道：「大家閒聊，那你們先走吧！」

我想一想，覺得出來大半天也有點乏了，就站了起來。白如雲從旁邊抽屜裏找出幾張傳單來，說：「這都是最新的。」

我接過傳單，說：「那我就在家裏寫一寫，再請你們看看，行的話再抄出去貼。」

白如雲笑說：「你不行，這裏都沒有人行了。」

大晌午了，陽光意外清朗，漫山遍野初春氣息，心頭也豁然開朗。雅琴走在我身邊，竟和我身高差不多，她閒閒道：「我看白如雲他們，都很崇拜你哦！」

「她開玩笑的，他們幾個，都很有思想。」

「我和張捷，還都比你大，怎麼你就懂那麼多事情！」

「我就是在北京讀書，見的世面多一些，你們懂得的，很多我也不懂。」

雅琴又有點走了神，幽幽道：「當年要是不嫁到這裏，解放後在南京升大學，我的命又不知道怎麼樣了。所以有時候想，老爸害了我一輩子。」

「那誰知道？他也是為你好。再說，你父親在國民黨中央銀行，解放後免不了要清查他，你能不能上大學，那還難說。」

「再壞也不至於做逃亡家屬吧。」她恨恨地說。

第十二章 燃燒的慾望

生命的原動力是慾望。慾望在心裏燃燒，燒出巨大能量來，人就有激情去做事，把事情做成，就實現自己的生命價值。

文化大革命是以六億中國人的共同慾望來驅動的，那就是：緊跟偉大領袖毛主席，為在中國和世界範圍內實現共產主義而奮鬥。

毛主席雄才大略，他手上有三件武器，一是億萬崇拜他的群眾，二是數百萬全副武裝的軍隊，三是「兩報一刊」輿論陣地。民眾主攻，軍隊主守，輿論陣地搖旗吶喊，攻能攻得上，守能守得住，又有輿論陣地指導思想，如此主席便立於不敗之地，在神州大地呼風喚雨。

造反像一種高效病毒，在極短時間內，感染了全國億萬民眾，紅衛兵橫衝直撞，工農大軍呼嘯湧進，毛主席運籌帷幄之中，決勝千里之外，中國人在當代世界上，演出了這麼一場披肝瀝膽、震古鑠今的歷史大戲劇。

在雅琴家靜養的日子裏，有時間思前想後。春雨綿綿的午後，拿一本書到廚房裏，就著後院的光，消磨那些恩怨情仇的故事。雅琴在一旁忙這忙那，一邊不著邊際和我說話，稍遠處屋後空地上，一株桃樹上，已有星星點點的粉紅花苞，墻角葡萄架上，灰黑的枯瘦枝條間，這裏那裏綻出粉綠的葉芽。雅琴見我注視園裏的花樹，便說：「那都是他們祖上傳下來的，平常就是我的伴。」

「這麼多年，孤孤單單，也真難為你。」

雅琴眼底裏有點悽愴，說：「我昨天晚上還在想，你來這幾天，可能是我最開心熱鬧的日子了。」

「可惜又讓你多操勞了。」

「這你就不懂了，忙不會忙出病，悶才會悶出病來。」她突然幽幽地說：「我要是遲生個十年八年就好了，我就可以和你們一起造反了！」

「現在我們不是一起造反嗎？」

「這你不懂。這麼多年，沒有一個知心的人。就是你明白我的心，你說的話，每一句都到我心裏，從來沒有人這樣的。」

我感覺這句話好像有點分量，稍微掂量一下，便說：「只要你喜歡，我們以後就多聊天，那也是很開心的事。」

那天早晨吃過早餐，我隨意走到街上來。十字路口，一早還冷清清，我在街口大字報欄前瀏覽了一會。大字報已經不時興了，很多消息都已經過時，批判文章只剩火藥味，更有一些被連日雨水泡得字跡模糊，邊角捲起，大片脫落；有的連抄文章都懶了，乾脆刷上大標語，一連十幾張墨汁淋漓的大字，攔腰覆蓋在大字報欄上。

有造反派熟人見到我，湊上來聊幾句，說起運動，都感覺迷茫，不知道往後怎麼搞。我說中央大概也在觀察，分析形勢，會有新的戰略部署，大家都休整一下，也是好事。

正說著，頭上高音喇叭刺耳地響起來，「我們走在大路上，意氣風發鬥志昂揚……」雄壯的進行曲，一時把小街填得滿滿。歌聲音量調低後，一個女孩子聲情並茂地宣布：「金猴奮起千鈞棒，玉宇澄清萬里埃！革命造反派戰友們，人民中學八二九造反總部廣播站，現在開始今天的播音。下面先播報今天最新消息……」

廣播站設在百貨商店樓上，三個高音喇叭朝向三個不同方向，回過頭來，見到斜對面食雜商店樓上，也同樣架設了三四個高音喇叭，那自然就是老保的廣播站了。過一會，當老保也廣播起來，七八個高音喇叭同時運作，那整條小街要吵翻天了。

有人扯我後面衣角，回頭一看，是一個面熟的小孩子，他在我耳邊悄聲說：「林一飛給老保抓去了，你快來看看。」

我心頭一凜，忙跟著他走過來。他指著對面說：「剛才他在那邊門口，不知做什麼，給三四個人拖進去，已經有一陣子了。」

「他自己一個人？」

「沒看到有別人。」

「他在人家門口做什麼？」

那小孩子搖搖頭，只問：「怎麼辦？要不要去叫人來？」

我想了想，說：「你去通知一下立群和秋實他們，我上去帶他下來，如果我也給他們扣住了，就讓立群他們帶人衝上去。」

那小孩子聞言點點頭，回身就跑。我往樓上看一眼，稍微定了定神，穿過小街，直往食雜店大門走進去。

未上樓已聽到上面爭吵的聲音，沿樓梯往上走，畢竟身體虛弱，走起來還有點喘。剛走上樓梯口，就看到十幾個紅派的人把林一飛圍在當中，正七嘴八舌罵他。林一飛身陷重圍，臉色有點青白，稍微頂撞著，口氣也有點虛怯。

有人發現了我，大家都轉過身來，林一飛也看到我了，我和他打一個眼色，離遠了說：「這麼多人圍攻一個小孩子，算不上什麼好漢吧！」

那些人慢慢包抄過來，有個年紀稍大的，蠻橫地逼近來，說：「他鬼頭鬼腦在我們門口偷看，我們連問一下都不行嗎？我怎麼知道他在打什麼主意，是想搞破壞吧！」

「你們門口有貼一張『不准觀看』的告示嗎？如果我走過你門口，往裏面看一眼，你都要把我抓進來？」

旁邊那些老保又哇啦哇啦亂叫一通。

人堆後有人大叫一聲：「少廢話！把這傢伙也扣下來！」我身邊即時圍上來七八個人，另外有幾個繞過我，守在樓梯口。

我看那個架式，竭力鎮定自己，泰然道：「我們總部的人都知道了，正在召集人，扣下我沒什麼，要考慮一下後果。」

「我們還怕你嗎？」

「怕不怕是你的事。只算我們古廟，一來少說七八百人，再通知企事業單位，一兩千人不成問題。你們的人都在農村，遠水救不得近火，要踏平你們這裏，不用十分鐘。」

幾句話把老保們都鎮住，各人你看我我看你，都沒了主意。我朝林一飛招招手，說：「一飛你過來。」

林一飛想走過來，旁邊有人揪住他，他掙扎兩下，還是掙脫不開。

「好吧，你們要等，那就等好了。」我見有一張椅子在墻邊，便走過去坐下。

為首那個傢伙，和旁邊的人交頭接耳一番，回過身來說：「放他走可以，他要承認錯誤。」

我笑了笑，說：「他犯什麼錯？在你門口張望一下，算是打探軍情？你這裏有什麼不可告人的秘密？」

「那也不能讓他大搖大擺走回去！」

「讓他走是便宜了你們，等我們的人衝上來，一個個紅了眼，人多手雜，把你這裏搗毀了，把你們打趴在地上起不來，那你說是誰佔了便宜？」

那些人又一個個面面相覷，我又朝林一飛招招手，說：「一飛你過來。」

林一飛略一掙，向我走過來，這一次沒有人揪住他。

我站起身，一手搭著林一飛肩膀，兩個人沿樓梯往下走，那些老保眼睜睜看我們離開，各人都一臉晦氣。走了一大半，林一飛回過身來，朝站在樓梯口的老保們扮了一個鬼臉，然後幾步急走，已經跳到街上去。

我也回過身去，跟上面的人揚揚手，大搖大擺地走到街上。

街對面，已經有一大堆造反派同學和居民站在那裏等候，看到我們出來，大家都高興地鼓起掌來。

林一飛臉色恢復正常，興奮地說：「宇程大哥太厲害了！他上去，幾句話把他們罵得灰頭土臉！」

不大一會，立群也帶著百來個同學跑來了，見到我們已經安全，大家都鬆口氣。白如雲擠上來，關切地問：「你們沒怎麼樣吧？」

「諒他們不敢。」

白如雲怨道：「你也真是，等大家都來了才上去嘛，一個人上去，他們衝動起來，不是白白吃虧？」

「我就算準了他們不敢。」

「你算準了？」白如雲嗔道，「你是諸葛亮，神機妙算？」

大家說說笑笑，慢慢散了，回頭找林一飛，想警告他一下，早已不知去向。

晚春的雨下了又停，停了又下，就像我們投身的運動，一時造反派神氣，一時又老保翻天。去看逸思那天，去時還下著毛毛雨，回來時天已放晴，白塔邊往西望，紅霞像消解彌天大恨一樣佔了半邊天，好久沒看到這樣囂張的晚霞了。

夢蘭不在家，只有逸思一人在抄樂譜，見到我，很開心地迎上來握手，笑說：「一直想去看你，又擔心我這個身分給你添麻煩。」

我說：「你什麼身分？你是公民身分。」

逸思說：「我是低等公民身分。」

突然想起燒酒成，我說：「我關在派出所時，燒酒成進去送信，他跟我說，世上只分好人和壞人，好人心軟，壞人心硬。我看你也是軟心腸，所以你是好人。」

逸思想了想，笑說：「這個燒酒成，倒也不糊塗。」

我拖張椅子坐下來，逸思倒了一杯茶給我，他也坐下來，端詳我兩眼，說：「看你恢復得差不多了，肺炎現在不是什麼大事。」

我說：「這陣子住到雅琴家裏，好吃好睡，再住下去要喪失革命鬥志了。」

逸思笑說：「你那二十元的故事，全安平人都知道了。」

「你還是老樣子？」我問他。

「我啊？」逸思似乎遲疑了一下，又說：「我們兩個算是交淺言深，但我覺得和你談得來。有件事可以跟你說，我和夢蘭準備要結婚了。」

「好啊！」我又驚又喜，「那是大好事啊！」

「現在兵荒馬亂，今天不知明天事，我們想，或許將來又有什麼變化，到時連結婚的機會都沒有，不如現在了了這番心事。」

「那當然，遲辦不如早辦。那是不是要先登記，然後按這裏的風俗過門？」

逸思說：「沒有那麼多折騰了啦！夢蘭丈夫去世快一年了，要到他們那裏補一份證明，證明來了就可以登記，登記完就完了。」

「到時我們一些朋友湊在一起熱鬧一下。」

「那當然，到時約你們，就在家裏，吃吃飯。」

我試探著說：「夢蘭那麼老遠的帶著孩子來找你，她也真難得！」

逸思點點頭：「我們的故事很長，慢慢再和你說。」

「你在東北待了好多年？」

「我是五八年發配去的，去年我母親病重才回來。其實勞改年期已滿了，不過我那時想待在那邊，不想回來。」

「那又為什麼？」

「刑期沒滿，我就給借調到林區中學教書，那是一個幾千人的小鎮子，學生都是林區工人子弟。那裏人都很純樸，又都很尊重我，沒有人當我是勞改犯，我在那裏過得很自在。回安平來，處境怎麼樣反倒不知道，索性就打算長期住下去。」

「比起勞改農場，那自然好得多了。」

逸思點點頭，轉過臉，又像看到很遠的地方去，他緩緩道：「那真不是人待的地方，我們同一批去的，在那裏埋掉一半都有。」

「我剛到鎮上那天，一身臭烘烘的，就去澡堂泡一個澡。那裏的人都脫光了下浴池，我脫下衣服，發現滿澡堂裏的人瞪著我看。一開始還奇怪，後來看看自己，再看看別人，才發覺我瘦得皮包骨頭，瘦得離正常人太遠，簡直像一具骷髏，怪不得別人看著害怕。」

我聽呆了，卻見逸思嘴角有點笑意，說：「所以調到小鎮上，對我來說已經是天堂。」

「從死裏走出來，沒有什麼可以摧毀你了。」

逸思苦笑：「我也沒剩下什麼可以給人摧毀了。」

我一聽又呆住，這句話說得真是徹底的悲涼。我想了想又說：「在那種地方，沒有堅強意志，會撐不過來。」

「這要感謝音樂，是音樂讓我撐下來。每天晚上，我都在心裏哼樂曲，在被窩裏打拍子。古典音樂殿堂很大，有歡快的，也有雄壯的，有沉思的，也有憂傷的，就是沒有絕望的。」

在慘絕人寰的鬼域，靠那些千古流傳的樂曲，支撐孤絕無援的生命，那情景想起來，竟有一種悲壯的意味。

我說：「這是精神的力量。」

「沒有那些音樂，我可能會自殺。太痛苦了，看不到出路，徹底的絕望。」

我內心突然一揪緊，一個聲音說：逸思的苦難，不也是革命鬥爭的結果嗎？不都是毛主席領導的反右運動造成的嗎？如果逸思的苦難不應該發生，那反右又是應該的嗎？

我突然問：「五七年是怎麼給打成右派的？」

逸思說：「那說來又話長了，那要從我和夢蘭，和她丈夫周誼民的關係說起，那時候……」正想再說下去，卻見白如雲從樓梯口上來了，手上提著小提琴盒，逸思笑說：「你早到了，打斷了我們的談話。」

白如雲站住了，遲疑著問：「那我等一下再來？」

「不用不用，」我說，「我們機會還很多，我只再問一句，你為什麼不出來參加運動，好像雅琴他們那樣，以後爭取平反？」

逸思閒閒道：「罪名是政府安給我的，判刑是政府判的，該服的苦刑我也服完了。我從沒有覺得自己犯過罪，我不需要他們替我平反。」

我一聽又怔住：「啊？原來你是這樣想的？」

「我沒有謀財害命，沒有做任何傷天害理的事，天地良心我都過得去，我該受的苦也受完了，我不需要誰來替我平反。」

我斟酌著，不得不承認他的想法有道理。我點點頭起身，說：「你還要教琴，那我先走。」

白如雲道：「你再坐一會，等我一起走吧！」

逸思便站起身，帶我到房間裏，在墻角書架上挑出一張唱片來，放到唱機上，搖了搖手柄，放下唱頭，說：「這是拉赫曼尼諾夫的《第二鋼琴協奏曲》，很好聽的。那年音樂學院畢業，暑假帶一些唱片回來，還好那時留一手，現在要找都找不到了。」

音樂響起來，小房間裏頓時被無數音符的精靈佔領了，那些精靈舒展手腳，悠然起舞，變幻不同的隊形，帶動不同的情緒。我在一張粗藤搖椅上躺下來，閉上眼睛，讓那些音符的精靈把我托起來，在一片陌生神奇的國度遨遊。

那晚臨睡前我去上廁所，經過雅琴房外，見她房間裏燈還亮著，回來時卻聽見她叫我，我掀開門簾進去，見她靠坐在床邊，床頭桌子上放著什麼東西，雅琴說：「你來看看，這都是我以前拍的照片。」

桌上十幾張照片，有雅琴四五歲時和她父母哥哥拍的，有在花園裏和她母親坐在草地上拍的。她十一二歲背著書包，好像剛從學校回來。十五六歲她和一個女同學站在門外，笑得很燦爛。此外就是她結婚時，穿著婚紗，和一個模樣拘謹的年輕男人的合影，有時兩個人併肩站著，有時雅琴坐著，她丈夫站在她身旁，還有分別和不同親戚朋友的合影。另外還有一張，是她單獨拍的，手上捧著一束花，不知為什麼，神色有點張皇，笑得勉強。

我把她單獨拍的那張，拿在手上端詳了一會，抬起頭來看她，說：「好像你不太自在。」

雅琴幽幽地說：「那時就是心慌，突然間跟一個陌生男人走，連根拔起，往後能不能再見到父母親也不知道，而當真，從此就見不到他們了。」

「你穿婚紗很好看。」

雅琴苦笑道：「租來的，就穿一天，第二天就還回去了。」

她也拿起照片，端詳好一會，歎口氣說：「十幾年，做夢一樣就過去了。」

我說：「人都是這樣，我到北京上大學那天，村裏幹部和族裏輩分高的老人，一起送我到村口，還放鞭炮，一轉眼也都兩三年了。」

雅琴怔怔的，也不知在想什麼，我就站起身，說：「不早了，你也休息吧。」

雅琴卻說：「你坐著，我有話問你。」

我又坐下來，有點詫異，卻聽雅琴說：「臨走前那天晚上，我母親交代我說，以後不管什麼事，先問自己想不想要，要的話就自己去爭取，不要指望別人幫你。」

「這話倒有道理。」我說。

「我昨天晚上想，這麼多年，我從來沒有為自己爭取過什麼。別人都以為我為丈夫守活寡，其實我早就當他死掉了。很多男人討好我，我要隨便一點也很容易，但那都不是我喜歡的啊！」

她轉過臉來看著我，說：「過兩天你就要走了，以後最多來這裏吃一頓飯，我就想，我該把一些話都和你說明白。」

我笑說：「有那麼嚴重嗎？有話隨時可以說。」

雅琴看我一眼，癡癡的，只管說：「這些日子來，我就覺得你好，怎麼好，我也說不清楚。我比你大好多，按理是做不成什麼的，我也不敢要求你答應我什麼。我只問你，如果我想跟你好，不是造反派戰友那種好，也不是姐姐弟弟那種好，是男人女人那種好，你肯嗎？」說罷，她目光灼灼看著我。

我腦門上像被什麼敲了一下，心口突地怦怦跳起來。那些話聽來都不真實，但意思又清楚明白。她一點都不扭捏，不做什麼暗示假託，甚至連一點鋪墊過渡都沒有，她就直截了當，把話倒出來，她只要我給一個態度：要，還是不要？

我一時大半個腦袋麻了，不知道怎麼回答，只囁嚅道：「你的意思……」

雅琴直視著我，說：「我不想轉彎抹角，你猜我我猜你，反倒多一些誤會。再過幾天你走了，以後回來都像客人一樣，要開口更難了。拖延下去，也就是一句空話。」

我吞吞吐吐：「我也很喜歡你，但……」

「但是我大你很多是嗎？」

「那沒關係。只是以後我拍拍屁股走了，你……」

「你只要告訴我你肯不肯，我以後怎麼樣，那是我的事。」雅琴決絕地說。

「我知道你一直對我好，你那次說，你父親是先喜歡上你母親那雙手，才喜歡上她的人，其實，我也是這樣。」

雅琴聽到這句話，好像放下心來，嫣然一笑，說：「換了別的女人，說不定搞出好多花樣。我媽那時也教我，要讓男人喜歡，要怎樣怎樣，可是我不要那樣，我不要讓你瞧不起我。我只問你肯不肯，肯就好，不肯就各走各的，以後見面還是朋友。」

「就這樣，證明你和別的女人不一樣。」

雅琴便伸過手來，將她的手交到我手心裏。我將她的手捧著，端詳那五根修長細潤的手指，白得幾乎透明的細膩整潔的手背，我俯下臉去，在她手背上輕輕吻了一下。

雅琴輕輕拉我，我就挨近去，她抬起臉來看我，眼神有點迷醉，我什麼都顧不得了，俯下臉去，親在她嘴上。那是我的初吻，上氣不接下氣，人有點暈，周身百骸都失去感覺，好像整個世界都「轟」地一聲塌下來，天地茫茫，只剩嘴唇上一陣陣溫潤軟糯的輕啜深吮，銷蝕了我的魂魄。

我們手忙腳亂脫衣服，我突然心頭一凜，急道：「前面那個理髮師傅……」

「放心，他們都不會到後面來……」

那晚我就睡在雅琴房間裏。第二天醒來，雅琴已經醒了，她撐起半個身子看著我，手指插在我頭髮裏，輕輕梳著，說：「你真好，你讓我真正做一回人了。」

我把臉湊近她白膩的脖子窩裏，深深吸進一口氣，一種新鮮的甜美的肉香讓人迷醉，我的手不由自主伸進她內衣裏去，在她胸前，那溫軟的乳房，對我來說，已不是禁地。

只記得昨晚她一直喃喃：「慢一點，不要急，不要急……」

在我平庸而缺乏色彩的生命裏，如此猝不及防，居然飽嘗了男女歡好的甜美滋味，人生的奇妙之處，就是隨時有驚喜的事情發生。

不知有多少次，我想像和自己心愛的女人享受愛的歡娛，那時紛繁世事都拋卻，腦子不在，心也不在，只有感覺在。一張嘴像自由自在的魚，雙手直如饑餓的獸，全身每一個細胞都興奮地叫囂。你不明白那種迷醉是怎麼發生的，那種生命極深之處的騷動從何而來。

黑暗中摸索，身手時而不協調，呼吸急促有窒息之感，喃喃細語含混不清，如此一路辛苦糾纏，直到最後，如登極頂，如墜深淵，那時山奔海立，日朗天清，萬物都在腳下。

只記得雅琴全身鬆弛下來後，長長吁出一口氣，說：「現在死都可以了。」

第十三章

起事容易收攤難

中午過後，外面突然傳來一陣急速的敲門聲。

一般人家朝街的木門上，都裝著左右兩個鐵環，鐵環對下又各嵌一粒小小的鐵突，將鐵環提起扣在鐵突上，會發出一種銳利的聲音。深夜裏誰家門上響起敲門聲，整條小街上的人都聽得到。

雅琴細心，中午進房前先把前門關上了，以免有人突然闖進來。

我們像新婚夫婦一樣，總覺得兩個人在一起時間太少，晚上不必說了，白天出門，只想著早點回家。吃過午飯，雅琴把外面的門關了，她進房來，我已經在床上等她。

男女之間的事，一回生兩回熟。第一回都心急，更不知道各自的需要和感覺，事後只知結果，往往模糊了過程。雅琴並不是初夜，但當年匆匆幾日，未等摸索出感覺來，男人已經走了。她說丈夫本就是拘謹的人，新婚夜簡直狼狽，後來幾天，一進房來就緊張，躺在床上不知如何下手。直到臨走前兩夜，才把事情從頭到尾做完，雖然做完了，她也沒什麼感覺。

古人形容男女床事，有「欲仙欲死」的說法，那真是極之精闢簡潔的一個詞。在那個巔峰上，人就像騰雲駕霧，又像突然間一腳踏空墜落深淵，一時快活如神仙，一時又虛脫如瀕死。之前肆意摸索，漸入佳境，及至絕頂在望，神思迷醉，飛流直下，痛而大快，世間最甘美酣暢的事，無過於此。

高潮過去，人慢慢回魂，四肢百骸歸位，呼吸慢慢平伏，那時還互相摟著，耳鬢廝磨，說一回悄悄話，然後不知不覺睡了過去。

有一天醒來後，我突然想起逸思的話，說：「那天逸思和我說一句話，好像在我腦袋上狠狠敲了一下。」

「哦，什麼話這麼厲害？」

「我問他為什麼不出來參加運動，以後要求平反？他說右派罪名是政府安給他的，政府認為他有罪，他不認為自己有罪。」

「哦？有罪無罪，不是政府定，是自己定的？」

「他說他沒有殺人放火，也不小偷小摸，他做的事過得了天地良心。政府判他勞改，他也勞改完了，他不需要政府再為他平反。」

雅琴靜了很久，恨恨地說：「這樣說起來，我又犯了什麼罪？」

「是啊，我就想問你。你也沒有殺人放火，也沒有小偷小摸，你犯了什麼罪？」

「不就是那個死鬼丈夫跑到台灣去了嗎？」

「你跟他結婚才十天八天，連他的樣子都沒記清楚，你要替他背這個黑鍋，背十幾年？」

雅琴長歎一聲：「逸思說得對，平反來做什麼？你有罪沒罪，自己心裏明白，平反了，政府也不會給我發工資，我還不是得養活自己！」

「是啊，所以我說，他一句話把我敲醒了。」

雅琴怔怔的，好久好久，才說：「不管了，今天能開心，先開心了再說。」

這天敲門聲響起來時，雅琴正準備脱衣服上床，她匆匆跑出去應門，稍後回來，坐在床前悄聲說：「是白如雲找你，我說你吃過午飯就出去了。找得你很急，說是廣播站的器材給人搶走了，指揮部在商量採取什麼行動。」

我一聽趕緊起床，穿好衣服往外走，雅琴跟在我身後出來，叮囑道：「晚上回來吃飯，我買了新鮮蠔，我們煎蠔煎吃。」

指揮部搬到醫藥公司樓上後，地方大了很多，一張放著乒乓球桌的大房間，四散著放一些靠背椅子，桌上有熱水瓶和茶杯，誰來了拿個杯子倒水就喝，也不管那個杯子誰用過。

平常有些人常駐，盧志遠、林寬、李友世、張大同、張捷等，這個來那個走，有時我們也上去，商量完就散了。不管什麼人，來了儘管坐，指揮部開會時，便常有一些閒人在旁聽，偶爾還插插嘴，但也沒有人說：你不是指揮部的人，請你出去。

實際上老保派個人來，也能旁聽指揮部會議。

那天我上去，大家正在商量對策，我坐下來就問：「派人去軍管會報告沒有？」盧志遠說：「秋實帶了兩個同學去了。」

原來廣播站的擴大器壞了，播音的女同學請一個男同學幫忙，抬了擴大器去修理。街上沒有修理電器的鋪子，他們打聽到懂修理的人，索性抬到他家裏去。誰知就在一條小巷子裏，給四五個凶神惡煞的男人搶走了。

他們不認識那些人，也對付不了，只好眼睜睜看著器材被搶走，空手回來報訊。

盧志遠說：「有人提議衝擊老保的廣播站，正拿不定主意。」

林寬說：「一定是老保幹的，一般人搶那個東西做什麼！」

我說：「沒有證據，先別急著去衝擊他們。」

立群說：「眼下衝擊他們廣播站，是有點師出無名。」

李友世道：「那就白白便宜他們了？」

白如雲在一旁說：「不管衝不衝，先要把廣播站恢復起來，要不街上就只有老保的聲音了。」

「對啊，到哪裏去找一套器材來？」我問道。

大家面面相覷，盧志遠問林寬：「你們廠裏有嗎？」

林寬道：「廠裏是有廣播室，等一下帶廣播站同學去看看，如合用，搬過來就是。」

我想了想，說：「如果我們搞一次遊行，到軍管會去示威，要求軍管會追查，這樣行得通嗎？」

「對啊，應該要求軍管會出面處理。」張大同先贊成。

「遊行是好，不過遊行回來就散了，又好像不解氣。」立群卻說。

白如雲突然說：「外地紅衛兵有時會搞靜坐，如果遊行回來，在街上靜坐示威，那影響會大一點。」

大家都靜了片刻，突然又都叫起來：「這個辦法最好，靜坐士氣高，也可以擴大影響。」

蕭偉卻問道：「靜坐到最後，如果搶器材的人也沒抓到，那怎樣收場？」

大家又都靜了，起事容易收攤難，蕭偉問得及時。

好一會，立群說：「這樣吧，結束前開一個聲討大會，再拉隊到軍管會遊行，走回來解散，那可算是一個戰役打完了，鳴金收兵。」

這一來大家都同意了。立群又補充說：「那索性直接就靜坐，遊行留到最後。靜坐由我們紅衛兵來，企事業單位做後盾，不要投入太多。」

白如雲問：「白天晚上都在街上，下起雨來怎麼辦？」

「我們找工友來，搭一些布棚擋雨水。」李友世隨口說。

林寬說：「我們廠前些日子修廠房，留下一些大竹竿，再到百貨公司倉庫看看，有沒有報廢的布，綑綑紮紮就成了。」

事情商定，大家分頭做事。白如雲湊近來問道：「是雅琴告訴你的嗎？」

「是啊，我一聽說就趕來了。」

「她說不知道你去哪裏。」

「吃過飯我出來隨便走走，走到鎮子西頭，那邊有一些水田，又有一條小河，天氣也不熱，小橋流水，風景挺好的。」

「是嗎？我長這麼大，還不知道安平有好風景。」

「你是嬌小姐嘛，十指不沾陽春水，不會到外面野。」

白如雲翻翻眼，說：「給你這麼一說，倒好像我很不中用。」

小橋流水那一套說法，是在來指揮部路上想的，有時候，人真無法不講假話。講假話無可奈何，最要緊是不要害人。不害人的假話，叫作善意的謊言，然則，善意的謊言畢竟還是謊言，即使是善意，也不表示謊言就是好的，也不表示可以謊話連篇。

傍晚我回了一趟雅琴家，她正準備煎蠔煎，這天買來的蠔很新鮮，季節快過了，再過些日子，就沒有又肥又鮮的蠔了。吃過蠔煎，又喝了小半碗稀粥，簡直心滿意足了。鮮美的蠔、蒜葉的辛辣、蕃薯粉煎出來的焦香，如此豐富多層次的口感，把食慾挑逗起來，然後那碗稀粥，清湯寡米的，又將所有的紛擾刺激都按下，心頭澄明，世界又恢復了秩序。

雅琴正在洗碗，我走過去，湊在她脖子窩裏，深深吸了一口氣，雅琴回過臉來，正對著我的臉，兩個人又深深吻了吻，吻了再吻。雅琴兩手濕漉漉滴著水，攏著我脖子，我正待往她身上伸手，她卻把我推開了，說：「去去去！外面有正經事。」

我說：「這也是我的正經事啊！」

「那我還懂得分輕重。今晚要在街上過夜了，夜裏涼，多穿一件在裏面。明天早上回來吃早餐，到時再補一覺。」

「那你會陪我嗎？」

雅琴睨我一眼：「我陪你，你怎麼睡？」

「你不陪我，我怎麼睡！」

雅琴膩膩地把臉頰挨近來，挨著我的臉，悄聲說：「先把正經事辦好，我都隨你。」

回到街上，整條小街中心地段，都已坐滿紅衛兵。有的同學在唱歌，有的喊口號，有的三三兩兩交談。「雨腳架」柱子上，沿街貼了不少新刷上的標語，這裏那裏大紅布幅從商鋪樓上垂掛下來，有同學正用大掃帚蘸白灰漿，在馬路上寫大標語。

再往十字路口走，同學直坐到老保廣播站樓下，將整座大樓包圍起來，只在門口留出一條肩膀寬的窄路。

看到曾沛然和白如雲在街口站著，我便走近去，問道：「誰想的好主意，存心要逼走老保廣播站？」

白如雲說：「本來他們樓下一截都空著，立群一來就說：為什麼不坐過去？有人說那邊就留給他們好了。立群說：為什麼要留給他們？秋實說：讓他們好出入。立群說他們搶我們的器材，我們倒要讓他們好出入？沒這個道理。後來他就指揮大家坐過去，只留一條小路給他們。」

我和曾沛然相視一笑，對白如雲說：「你去告訴秋實，等他們有人出入，就組織大家大喊口號，看他們明天還敢不敢來！」

白如雲「哎」地一聲，笑著跑去了。

我對曾沛然說：「這一來，老保的廣播站也站不住腳，算是報他們搶器材的一箭之仇。」

曾沛然說：「立群腦筋轉得快，不愧是領袖人才。」

「是啊，他做事有決斷，又有大氣。」

「『二月逆流』這一波，看起來又過去了。」曾沛然若有所思說。

我說：「最近中央有一個對安徽問題的決定，規定不能隨意把群眾組織宣布為反革命組織，不能把群眾打成反革命，不能隨便抓人，有抓了人的一律釋放。」

「所以派出所也要把你放了。」

「文件還要求軍隊不能片面地支持一方，反對另一方。《人民日報》前幾天也發表了《正確對待革命小將》的社論，也是為紅衛兵撐腰的。看起來，運動還有很長的路要走。」

曾沛然說：「前些時《人民日報》發表『中小學復課鬧革命』社論，我就奇怪，現在怎麼復課？誰會回來上課？」

「看起來中央也在試，這一條走不通，就走另外一條。現在說要正確對待革命小將，那就是說，革命小將的任務還沒完成。」

「但往後……」曾沛然的話被頭上的高音喇叭打斷了，我高興地說：「廣播站恢復了！」

「大海航行靠舵手，萬物生長靠太陽……」雄渾的歌聲席捲小街，街上的造反派同學都歡呼起來。

正在這時，老保廣播站下面的大門被悄悄推開一條縫，有人在門內探了探頭，不大一會，就有兩個女孩子互相摟著低頭走出來。

站在門前的秋實，突然往前衝幾步，舉起拳頭高呼：「嚴懲凶手，還我器材！」周圍的同學都跟著大喊：「嚴懲凶手！還我器材！」

「革命無罪，造反有理！」

同學又跟著高呼：「革命無罪，造反有理！」

兩個女孩子給樓下的陣勢嚇壞了，跌跌撞撞往外走，走到一半，見面前黑壓壓一片，手臂如林舉起，更膽戰心驚，不約而同停下，互相抱在一起，不知如何是好。

口號聲海浪一樣將她們包圍，她們腳下只有肩膀寬的地面，稍不留神，就踩到別人身上，她們進退兩難了。

我走上前去，勸大家讓出一點路來，然後走近那兩個女孩，對她們說：「走吧，回家去，別再來了！」

兩個女孩如蒙大赦，手牽著手，急急走出重圍。一到街面上，誰也顧不得誰了，鬆了手各自撒腿就跑，一眨眼都跑得無影無蹤。這裏坐在街上的同學，又鬨堂大笑，紛紛鼓起掌來。

等到小街上慢慢靜下來，夜也深了，電廠工人臨時安裝了一些大燈泡，把大半條街子都照得通亮。有的同學靠在「雨腳架」柱子邊打瞌睡，有的三三兩兩在聊天，有的甚至帶了撲克牌和象棋，準備通宵鏖戰。我在保健院門口看見立群和蕭偉，就在他們身旁坐下。

我對立群說：「你的辦法好，老保的廣播站也要收攤了，現在整條大街都是我們的天下。」

立群說：「遲早整個安平都是我們的天下。」

蕭偉說：「鎮上的企事業單位，幾乎全都是造反派佔壓倒優勢，以後要辦什麼事，都會容易很多。」

立群從口袋裏摸出一張傳單來，我側頭去看，標題是：「無產階級革命派聯合起來」，立群指著一段黑體字唸道：「從黨內一小撮走資本主義道路當權派手裏奪權，是在無產階級專政條件下，一個階級推翻另一個階級的革命，即無產階級消滅資產階級的革命。」他接著說：「奪權是接下來要做的一件大事，沒有奪權，運動就沒有成果。」

「這是《紅旗雜誌》評論員文章，」我說，「黑體字說不定是毛主席親自加的。」

「奪權？怎麼奪啊？」蕭偉又問。

立群眉心微蹙，說：「要有思想準備，多了解北京上海的經驗。」

我說：「上海成立人民公社，張春橋姚文元做正副主任，但人民公社的提法，近來好像又不多見了。」

「五八年也有人民公社，現在又人民公社，是有點混淆。」立群說。

為適應較長時間的靜坐，總部勤務組做了分工。白天事多，立群值白天班，我值晚上班，曾沛然、蕭偉和我一班，白如雲、黃磊、林敏行跟立群。指揮部也分兩班，晚上事少，就盧志遠在旁邊小房間搭一張帆布床，李友世就在乒乓球桌上和衣而睡，有事起來應對，沒事一覺睡到天光。其餘勤務組成員按平時習慣，白天裏外照應著。

靜坐第六天來了一場颱風，風勢助雨勢，連日不停。布棚上積太多水，有的支撐不住傾倒下來，同學們都擠到「雨腳架」裏，士氣卻不減。總部派出一支小分隊，冒雨行軍去青州城，向市軍管會提交抗議書，要求軍管會派人調查事件真相，盡快處理問題。同時也在青州城廣泛宣傳，把安平造反派的影響力進一步擴大。

老保的廣播站再沒有人來了，喇叭死寂一片，整條小街上只有造反派的廣播獨霸一方。大家都說，老保沒料到我們有這一招，真叫賠了夫人又折兵，現在整個小鎮的主旋律，都是八二九的了。

初夏清晨，滿街有一種清正新鮮的氣息，沿街小販正在準備自己的攤檔，有早起的婦女挎著菜籃子姍姍走過，小孩子惺忪睡眼，坐在店鋪門口張望，賣早餐的門口，飄過來炸油條的香氣。生活在我們身邊悠然展開，即使革命風暴席捲全國，即使派性張狂，氣氛肅殺，在生活最底層，還是柴米油鹽男歡女愛，千年不變其宗。

回到雅琴家，一鍋熱騰騰的蕃薯粥已經等著我，雅琴一邊張羅，一邊說：「居委會造反派也組織好人，隨時可以出動聲援，我們也會保證茶水供應，做一些點心給值夜的同學。」她笑咪咪看著我，「大家都很高興，這一來把老保的廣播站搞掉了，樂得耳根清靜。」

看我吃完了，雅琴催我說：「去吧，趕緊睡一覺。」

我說：「那你來不來？」

「你去睡，睡醒了我來。」

「你先來，你不來我怎麼睡？」

「你啊！」雅琴假嗔道，「你先進去，我去把門關了。」

我躺在床上，看雅琴掀開門簾進來，嘴角噙著一絲欲逝未逝的笑意，她站在床前，轉過身去脫衣服，我說：「你轉過身來。」

雅琴轉過身來，慢慢將外面的衣服脫了，她一身玲瓏站著，腰肢細俏，手腳頎長，胸前鼓鼓的，把內衣撐起來，渾身上下，是飽滿得溢出來的少婦成熟的風韻。

我往床後挪了挪，讓她躺下來，迫不及待地就將她摟住了。

一切都輕車熟路了，那些身體優雅的起伏中隱隱的顫抖，鼻端若有若無的異香，熱呼呼的嬌矜的喘息，那些不見天日的敏感角落，手指滑過肌膚時妙不可言的彈性，每一個瞬間人都不自覺關上所有的感覺器官，只留下觸覺，全身心地去領受快感。

不知為什麼，雅琴一到床上就全然變一個人，她不再那麼咄咄逼人，不再強橫霸道，她變得像小女人一樣，乖巧順從，軟軟的迷醉。她將整個人都交出去，毫不設防，任由即將發生的事情，把她帶到即將抵達的地方去。一時間，她像迷失了自己的本色，或者她在那些時刻裏本色才真正回歸了，她幾乎變成了十六歲的雅琴。

醒來已是下午兩點多，屋裏靜得像空山幽谷，神思遊走了好一會，腦畔上好像還有剛才那一場酣暢淋漓的歡好的餘緒。我把手舉在眼前，想起不久前竊在我掌心裏的雅琴溫順的乳房，心想：男歡女愛，真是世上最酣暢美滿的一件事。

雅琴在廚房桌上留了字條，她的筆跡稚拙中有隱隱的秀氣，寫道：「我去居委會一下，米粉在鍋裏，冷了要再熱一熱。」

一大碗米粉坐在鍋裏，小半鍋熱水煨著，吃起來還有熱氣。吃完了把碗洗乾淨，急急走出門。

到最後，結束靜坐大會的名義變成：「勝利驅逐紅總司廣播站祝捷誓師大會」，立群代表八二九紅衛兵總部宣布靜坐行動勝利結束，盧志遠代表指揮部致賀詞，還有林寬、張大同代表各企事業單位表決心，白如雲代表廣播站發言，表示堅決佔領革命宣傳陣地，邀請造反派戰友提供戰鬥檄文、編寫説唱劇本，以活躍宣傳內容。

十字路口四條小街都坐滿了人，整個街面喜氣洋洋，像過節一樣，發言結束後，還安排了宣傳隊的演唱和舞蹈。造反派戰友互相道賀，互相鼓勁，最後在高音喇叭播放的革命歌曲聲中，隊伍緩緩走出小街，繞著軍管會駐地派出所遊行一圈。

遊行隊伍仍在僑聯路口解散，我和立群、白如雲站在路口，目送所有隊伍走完，三個人結伴走回古廟。

天黑了，沿路有不知名的花香，空氣中有颱風留下的濕意，天街夜色涼如水，人間鏖戰猶酣。

—蕭偉—

用改革開放後「一切向錢看」的觀念來看，那真是不可理喻的時代。沒有任何利益誘因，全國數億人自動獻身，投入一場不知來龍去脈的政治運動。互相對立的兩派打得你死我活，居然都有相同的出發點——保衛毛主席，保衛黨中央。

既然都有共同的目的，又為何要纏鬥不休？這個歷史的謎團，可能永遠沒有答案。

蕭偉說：「毛主席讓我們造反，我們就造反，老保對抗運動，陽奉陰違，那為什麼毛主席不直接宣布保守派都是反動組織，勒令即時解散？那時造反派成立新的領導班子，不是解決了所有問題？」

那是靜坐的第三天晚上，夜深了，我們巡視了一回現場，看看同學都歇下了，便走回保健院門口，看到地上有兩個麻袋，我說：「就在這裏躺躺吧。」

蕭偉是一個深思的人，平常想的比說的多，往往閒說一句，又比別人的長篇大論有意思，每次和他閒談，我都要格外打醒精神，生怕接不上他的話。

「如果運動目的是要打倒中央和地方各級政府中的走資派，現在基本上都打倒了，照你這樣說，由毛主席一錘定音，倒真是省事多了。但為什麼主席不這樣處理？我也想不通。」

「老是說揭開階級鬥爭蓋子，蓋子都揭開了，該打倒的打倒了，只剩我們和老保鬥個沒完。」

「大概毛主席認為鬥爭還不夠深入吧。」

「外省都開槍了，真打起來，我們能消滅他們嗎？或者，他們把我們消滅？消滅了倒簡單，消滅不了又怎樣？」蕭偉一肚子問題。「老保說他們堅持無產階級革命路線，我們也說緊跟毛主席的戰略部署，那不是變成無產階級革命路線自己在打自己？」

我苦笑一下：「可惜大家只顧著打，沒顧上想。」

蕭偉道：「那天立群說，運動最後是奪權，那是我們奪權，還是老保奪權？」

我又搖搖頭，望著頭頂的燈，燈光之上，是一條窄窄的夜空，星光暗淡。身子底下的麻布袋，濕氣透背，泛起一陣腥鹹的臭味。

蕭偉還在自言自語：「奪權只有兩種可能，要嘛我們奪，要嘛老保奪。我們奪，老保輸，老保奪，我們輸，沒有兩派都不輸不贏的道理。」

「到最後總得有個結果吧。」

「從小我爸就教訓我，害人的事不能做，萬一有一天，我們要打人殺人，我們能下得了手嗎？」

「但是，對敵人仁慈，就是對人民殘忍啊！」

靜坐結束那晚，大家都回古廟來，古廟裏燈火通明，人進人出，比平常又熱鬧很多。起先大家都興奮說笑，後來有同學提起，說有一些紅派同學為老保農民進城，暗中策應，一時大家火氣都湧上來，於是成群結隊到鎮裏去，不久後，陸陸續續抓回來七八個紅派同學。

我和立群都知道這件事，大家在氣頭上，攔也攔不住，再說，也不見得會發生什麼大事。幾個人在勤務組裏聊了一會，待我再出來時，抓來的人都已經關在不同房間裏，正在受審了。

一路往外走，只見有的房間關了兩三個，有的單獨囚禁著，只有一個房間擠滿了人，近前一看，十幾個總部男同學圍成一個小包圍圈，把一個女孩子圍在中間，各人爭先恐後逼問她，又大聲喝罵，有的甚至把手上的什麼東西往她身上扔。

看那女孩，我也不由得暗自喝一聲采，那真是氣質靈秀的女孩，容長臉雙目幽深，眉宇間有書卷氣，在眾人的圍攻下居然神色從容，回答問題不卑不亢，雖然是老保，但也算是一個出色的老保。

這時身後來了蕭偉，他也探頭朝裏看，悄聲問：「這是在幹什麼？」

「我也不知道，是在審她吧？」

「審問人家，也不用擠進去那麼多人，」他站著看一會，在我耳邊說，「十幾個大男人，圍攻一個小女孩，這樣不太好吧？」

蕭偉說得在理，造反派也不能以強凌弱，欺負一個女孩子。

當下便擠進去，對眾人說：「這樣審不出什麼來，你們都出去，讓蕭偉來處理。」房間裏的男同學，一個個互使眼色，訕訕退出來，我便悄聲對蕭偉說：「你去問問她，其實也沒什麼好問，做個樣子就是。」

蕭偉果真去拿了一本筆記本，一本正經端張椅子坐下，也讓那女孩子在桌子對面坐下了，然後問一句，低頭寫幾個字，一時側頭沉思，一時又拿著鉛筆在手背上無心敲幾下。我看著那個場面，心裏好笑，便走開了。

不大一會，蕭偉回勤務組來，倒了一杯水，說：「水還是要給人家喝的。」

「是的是的，不要為難她。」

臨出門，他又回身說：「我看這些人關著也沒什麼意思，人家一個女孩子，三更半夜被人抓走，家裏也會擔心。」

我想了想，說：「等天亮再處理罷，剛來就放了，也不好交代。」

蕭偉深思，突然說：「萬一消息傳出去，明天一早老保調農民來古廟搶人，那又多生一件事出來。」

我一聽，又覺他顧慮得有道理，連忙到古廟大廳去，見很多同學還聚著，便將蕭偉的想法解釋給大家聽。起先還有人不同意，不大一會立群和白如雲也都來了，大家再商議一下，都覺得扣留這些同學沒什麼意思，招惹農民來衝擊更得不償失，於是都同意放人。

被扣留的三個女孩，由蕭偉和白如雲，帶幾個男同學護著，都給送回家去，其餘被扣的男同學，也結伴離開古廟，事情總算妥當處理了。

我和立群回到勤務組，我將剛才的事告訴他，立群笑說：「見到漂亮女孩子，都情不自禁了吧？」

「還好蕭偉提醒我，他這個人，心地善良，想事情很周到。」

「他喜歡動腦筋，在我們班上，大家叫他才子。」

「燒酒成說，世上沒什麼造反派保守派之分，只有好人和壞人之分。」

立群想了想，道：「沒錯，革命有革命的是非，人間有人間的是非。」

「他說好人都心軟，壞人都心硬。因為壞人要害人，心不硬不行。」

立群點點頭：「好像也有點道理。」

「依燒酒成的邏輯，蕭偉一定是好人。」

立群說：「我們都是好人。」

夏天很快來臨了，田野一片青蔥，風裏有遠海的氣息，知了在樹葉深處叫起來，東一聲西一聲，好像在試嗓子。

武鬥在幾個月間迅速升級，先是街頭遭遇互動拳腳，後來老保調動農民進城偷襲，一來幾百人，如蝗蟲過境，勤務組討論即將來臨的武鬥問題，我便說：「江青同志最近提到『文攻武衛』的原則，所謂『文攻』，就是拿起筆做刀槍，以文字為武器批判舊世界；所謂『武衛』，就是當老保武裝來犯時，我們要以武裝鬥爭來保衛自己，保衛毛主席的革命路線。」

大家聽了都紛紛道：「就是這個原則，人不犯我，我不犯人，人若犯我，我必犯人。」

六七年秋天，武鬥已經是家常便飯，我們到八九六七部隊搶了槍來，成立了武工隊，又在古廟東邊的油庫那裏，建立了一個哨站。那時老保已經從鎮裏撤走，糾集在與油庫遙遙相望的糖廠裏，糖廠後面是東頭村，村裏保守派農民佔絕對優勢。

除曾沛然、白如雲之外，勤務組成員都自動成為武工隊隊員，那年頭有什麼衝鋒陷陣的事，你不身先士卒，會讓人瞧不起。我們有一支五六式衝鋒槍、一支五四式手槍，還有幾支七九式步槍，甚至有一支老掉牙的駁殼槍。此外還有一支汽手槍，裝很小的子彈，嶄新錚亮，造型別致，人人喜歡。

油庫二樓平台上裝了一個探照燈，夜裏把燈打開，可以照亮遠近幾百米的野地。白天從油庫可以遙望糖廠高高的煙囱，如果順風，老保廣播站的音樂聲也會飄過來。兩軍對壘，各自割據，戰爭從來沒有離我們那麼近。

有一天蕭偉在擺弄那支汽手槍，突然砰地一聲巨響，大家都嚇了一大跳，人人面面相覷，都不知發生什麼事。正在這時，卻見林一飛倒在床上，臉朝下，一手捂著肚子，嘶著聲叫：「打中我了！哎呀，哎呀，痛死了——」

蕭偉全身抖起來，一甩手把槍丟到地上，顫著聲說：「怎麼會這樣？怎麼會……」

大家都傻了，趕緊扶起林一飛，沒想到他一掙身子又倒下去，嘴裏喃喃：「要死了……我要死了……」

眾人臉色蒼白起來，手足無措，都沒了主意。

秋實大聲說：「趕緊找個擔架，抬到醫院去！」

「現在哪裏去找擔架？」立群說，「我來背他！」說著，回身去看林一飛，卻見他一動不動躺在床上，好像沒了氣息。

立群將他翻過身來，見他手捂著肚子，卻不見有血滲出來，微閉的眼睛瞇著一條縫，嘴角卻泛起一絲笑意來。

正疑惑間，林一飛突地一翻身跳下地，滿室亂跑，嘴裏又大叫：「我要死了！我要死了！」

大家都明白上當了，蕭偉不由分說，上去攔腰將林一飛抱起，一摔摔到床上去，然後整個人撲上去，按著他揮拳打。

這裏大家哄笑著，也下手去捶林一飛，在他腳底搔癢，有人去扯他的頭髮，折騰了好一會，才放他起身。林一飛很滿足地笑著，撫著胸口，喘個不停。

自此以後，每次武工隊出動回來，蕭偉都要問：「子彈都卸下了沒有？」

後來有一天，我和蕭偉從街上回古廟，在街角迎面碰上不久前給抓到古廟的那個女孩，雖然見過面，但大家分屬對立派，我也沒想要理睬她，沒想到那女孩卻在我們面前站住了。

她說：「喂，告訴你們，我已經退出紅派了。」

我們一時都反應不過來，好一會蕭偉說：「那好啊，你來參加八二九吧！」

女孩搖搖頭，說：「我兩邊都不參加。」

「是嗎？那你是逍遙派了。」蕭偉笑道。

「無所謂逍遙不逍遙，就做點自己喜歡的事。」

「那好，有什麼需要的，隨時可以找我們。」我也覺得這女孩有點意思，如果她選擇退出，一定有自己的理由。

「好啊，」女孩笑說，她笑起來，嘴角有兩個淺淺的酒窩。她揚起手打個招呼，往前剛走一步，突然說：「謝謝你們，你們都是好人。」

她走後，蕭偉突然問：「她怎麼說我們都是好人？」

我拍拍他肩膀：「我們不是好人嗎？」

戰事冷不防臨頭。那天中午飯剛吃過，我們在古廟門前列隊，秋實挎一把七九式步槍，身短槍長，看著像一隻笨拙的企鵝。他板著面孔喊口令：「立正——向右轉——齊步走！」

我背著五六式衝鋒槍，只覺胸口發悶，接連乾嘔了幾次。那是內心緊張時的身體反應。以前在學校打籃球，未上場比賽前，總有作嘔的感覺，上了場反倒沒事。

站崗的同學望遠鏡裏發覺老保武工隊在活動，遠處野地裏，有些人俯身跑動，在河邊草叢裏埋伏，時不時有冷槍射過來。他們擔心老保要來突襲，趕緊派人來報告。我們迅速集結，並派人通知指揮部。

前些日子連著下了幾場暴雨，把蕃薯地都泡得鬆軟，一腳踩下去一個深坑。我們一路小跑，去到一個小高地，立群說：「就在這裏好了。」大家就分頭找掩蔽的地方臥倒。

前面遠遠的野地裏，有一條小河，河岸有高高低低的樹叢，隱約見到有幾條人影不斷在變換位置。秋實大搖大擺在地頭上走來走去，這裏蹲下看看，那裏又臥倒觀察，蕭偉說：「秋實你少逞能，子彈不長眼睛。」

秋實笑說：「我個子小，他們不好瞄準，倒是立群宇程他們那種高個子要小心。」

我說：「是啊，一上戰場高個子就吃虧。」

立群笑說：「部隊徵兵應該優先錄取秋實這種人，五短身材，別人想打中他，要浪費不少子彈。」

「諸葛亮草船借箭，用的是稻草人，我們派秋實上陣就夠了。他在陣地走幾個來回，子彈永遠打不中他，等老保把子彈都打光了，我們就去抓俘虜！」黃磊也笑說。

大家嘻嘻笑。秋實也不以為忤，他這人，也叫作寵辱不驚。

正說著，後面來了指揮部的人，一個退伍的營長、一個參謀，另有一個普通士兵，三個人大大咧咧站著討論地形，就在那時，一串子彈裂帛似的從頭頂飛過。

退伍營長身軀肥大，行動有點笨拙，但卻談笑自若，對著遠處指指點點，又把我們的人調過來調過去，一切安排妥當了，三個人坐下來抽煙。

遠處人影慢慢移近，每次有人躍起，後面的退伍營長就叫道：「射啊！射啊！為什麼不開火？」

我將臉貼著五六式衝鋒槍，透過準星瞄準遠處小樹叢後的人，屏息著氣，待他躍出時，就輕輕扣動扳機，霎時只覺肩頭猛地給撞了幾下，三四發子彈已經飛了出去。

其餘同學手上的武器也都開火了，一時間陣地上槍聲大作，與此同時，也有對面打過來的子彈，挾著尖利的嘯聲從我們頭上飛過。

「停一停！停一停！」後面傳來營長的喊聲，「仗不是這樣打的，沒有瞄準亂開槍，只是浪費子彈。剛才五六式衝鋒槍那幾發點射，就比較像樣。」

身邊的蕭偉悄聲說：「誇你呢！你受過軍訓嗎？」

「打靶場上打過幾回。」

「讓我試試你那支五六式。」蕭偉說。

我把五六式給他，換來他手上的汽手槍，那支小手槍中看不中用，在這樣的野地裏，距離那麼遠，子彈飛出去，半路就掉下去了。

蕭偉挨下臉去，煞有介事對著準星，一扣扳機，十幾發連珠響，到最後，後座力撞得槍口都朝天翹起。好不容易射完，蕭偉臉色有點蒼白，把五六式衝鋒槍還給我，說：「算了算了！我玩不起這個。」

戰事持續到下午三四點鐘，我們一直臥在地裏，對方也沒有寸進。敵人在遠處，子彈互相問候，打打停停，難分勝負。慢慢的大家都有點發悶，秋實發現有一隻田鼠跑過，乾脆丟了槍去追，大家回過頭去看他，指著他笨拙的身手發笑。

正在那時，又是「咻咻咻」的一串子彈飛過，大家也沒怎麼留意，看看營長，還是無所事事在那裏抽煙。

突然黃磊大叫一聲：「蕭偉——」

我回過臉來，見身旁的蕭偉臉伏在手臂上，頭上的軍帽穿了一個洞，血正從那洞口汩汩流出來。

我大吃一驚，急忙搖搖他肩膀，蕭偉已經沒有反應。

「蕭偉受傷了——」我大聲叫起來，心口一陣狂跳。身後的營長、參謀和小兵都跑過來，營長摘下蕭偉頭上的軍帽，滿滿一帽子血，蕭偉腦袋歪著，已經不省人事。

營長趕緊脱下外衣，把裏頭的背心脱下，撕開來，勉強將蕭偉半個腦袋包起來，連忙説：「快！把他背回去！」

我和黃磊扶起蕭偉，立群半蹲下身子，把蕭偉背好，四五個同學護著，沿小路往回跑。跑了一陣，立群喘不過來了，又換我背，幾個人輪著，一路小跑，大家都悶不作聲，只聽見喘息聲此起彼伏。

好不容易送到醫院，外科醫生檢查了一會，説：「傷了腦，骨頭都碎了，可能有些碎骨頭在裏面，我們這裏處理不了。」

「那怎麼辦？」我們都心急如焚。

醫生搖搖頭，説：「縣裏恐怕也解決不了，市裏或許可以，也未必有把握，萬一他們也處理不好，反倒更耽誤了時間。」

「那怎麼辦啊？快想想辦法，求求你了！」我們差點都要哭出來了。

那醫生想了想，説：「你們等等，我去打個電話。」

我們手足無措等著，看看病床上的蕭偉，臉色白得像紙一樣，頭髮散亂覆在額前，被流出來的血滲透了，結成一塊。

轉眼間醫生回來了，説：「六七八五軍醫院同意收他，我已調救護車來，你們出去，我們處理一下傷口，節省時間。」

我和立群護送蕭偉，搭乘救護車往軍醫院，一路風馳電掣，我們還嫌太慢。擔架上的蕭偉一直在翻動身子，一隻手舉高了，好像要抓什麼東西來使力，陪同我們的醫生説：「按住他的手，別讓他抓到傷口。」

我按著蕭偉的手，感覺他手臂上傳來的勁道——人神志不清了，可是求生的意志力還很驚人。到了軍醫院，有中年軍醫出來，與陪同來的醫生交頭接耳一番，把蕭偉推進去了。

天正在黑下來，想起下午蕃薯地裏那些情景，只覺心頭揪成一團。

終於等到軍醫出來，也是說傷勢險惡。不過他又說：「有兩件事幸運，一是他身體素質不錯，又年輕，經得起大手術。另一個幸運是，我們醫院剛接收了一部開腦手術的儀器，正好派上用場。」

我們都如釋重負，又將信將疑地問：「那是說，你們決定收他了？」

那軍醫說：「我們是人民軍隊，不管哪一派的人受傷，我們都要救。你們先回去休息，明天再來，希望有好消息。」

那晚回到古廟，很多人都在等消息，大家巴巴地朝我們望著，滿臉的憂色。白如雲走到立群身邊，一手扯住他的袖口，欲言又止。我們把基本情況向大家交代了，剛坐下來，才發覺折騰一天，又累又餓，手腳瘆軟。

白如雲憂心忡忡說：「怎麼辦啊？這樣打下去……」

我看看立群，立群一張臉繃著，什麼反應也沒有。

第二天一早，我們又再到軍醫院，蕭偉父母親也都來了，兩個樸實的中年人，神色悲戚，見到我們，略微點頭，也不想多說話。

做過手術的蕭偉仍在昏迷中，頭頂被白色的繃帶包住，鼻端輸著氧氣，手臂上插著靜滴管，臉色竟像比昨天還要慘白，嘴角微微張開，一根管子從嘴角插進嘴裏，在吸他喉嚨裏的痰涎。

軍醫告知，蕭偉的腦骨給切去一大塊，裏面的碎骨都盡量取出來了，現在僅僅有一層薄薄的皮膚縫緊覆蓋傷口，所以一定要小心，不能讓硬物碰撞。按他的傷勢，至少還要兩個星期才能度過危險期，之後再休養幾個月。身體狀況許可的話，半年後可以到上海去，在頭骨上補一塊有機玻璃，那樣才能保護腦袋，讓頭髮正常生長起來。

「他能恢復正常嗎？」我們小心地問。

軍醫搖頭，說：「不知道，傷了小腦，可能影響身體行動，但影響到什麼地步，現在還說不上來。」

從那以後，我們輪流著去看蕭偉，他慢慢清醒了，眼睛轉來轉去找人，然後他臉上有了表情，眼神空洞，嘴角有時有難以察覺的笑意。再後來，他能坐起來了，說幾句簡單的話，有時右手舉起來拂了拂額前的頭髮，左手總是平靜地放在被單上。

大概過了一兩個月，蕭偉出院回家了，那時武鬥已經白熱化，慢慢的，也不能時常去看他，到後來，就聽說他到上海去裝有機玻璃頭骨了。我再見到他，已經是一九七三年從勞改營釋放回來後的事了。

因為身體落下殘疾，蕭偉沒有去上山下鄉，他在大街上一個眼鏡鋪門口，擺了一個修理手表和收音機的小檔口，有客上門就做，沒有人來就坐著看書。傍晚收檔，把工具箱蓋好，底下的木支架收攏了，凳子和支架寄放在眼鏡鋪裏，他背著工具箱收工回家。

那天我陪他在檔口聊了很久，他問我幾年勞改營生活的遭遇，說起這些年來的掙扎。看他神情，倒也平心靜氣，沒有悲觀怨恨，只是對生活遭際的一切默默承受下來，依自己選擇的方式，把日子過下去。

天色暗下來時，有個女人走近來，我以為生意來了，抬起頭，卻見到一個熟悉的面孔，原來正是那日在古廟裏被圍攻的女同學。她見到我，詫異地笑了，說：「原來是你啊！好多年沒見了。」

「是啊，剛剛從勞改農場回來。」

「哦，是的，我也聽說了。」她輕歎一聲。

「你有東西要修理嗎？」

那女孩笑說：「沒有，我也正好下班了，想看看他要不要收檔，幫他把工具箱背回去。那你現在在哪裏？」

「剛回來，在村裏小學代課。」

「勞改犯還能教書嗎？」

「我在農場表現好，是提前釋放的，正好村裏又缺教師，算是運氣好吧。」

她說：「回來就好，以後大家多見面。」

蕭偉竟有點靦覥，回身收拾東西，這邊女孩很熟練地將他的木架子收起來，連同凳子拿到眼鏡鋪裏去，還跟裏面的人聊了幾句。

分手時蕭偉說：「有空來家裏坐坐，我有時也見見立群他們。」

「好啊，以後大家都近了，有空多聯絡。」

我站在路口，看蕭偉和那女孩併肩往巷子口走去，他左腳有點拐，走路一跛一跛的，那女孩背著工具箱，很靈巧地走在他身旁。兩個人的背影看過去，好像他們一起在這條路上已經走了無數回。

我這才想起來，我連那女孩的名字也還不知道。

不知為什麼，後來竟也沒有太多聯繫，一九七八年我來香港前，本來約了大家見面，蕭偉也沒有出現，只聽說他結婚了，妻子就是那個一直照料他的女孩，那女孩名叫董欣欣。

八十年代初我從香港回去，倒是在街上他檔口那邊又見面了，站著閒話幾句，知道他有了一個女兒，董欣欣在汽修廠當會計，小日子過得緊迫，但對他來說，已經無憾了。

那時我身上帶著剛上市不久的電子計算機，拿出來給蕭偉看看，蕭偉擺弄幾下，驚奇得連聲歎息，道：「以前我們苦讀數學，記公式記得吐血，現在按幾下都有結果了，還保證不出錯。」

我見他喜歡，便說：「那你留著吧，你跟人講價錢好用。」

蕭偉說：「我這種零頭生意，心算就夠了。」

「沒關係，我回去就另外買一部，很方便的。」

蕭偉有點不好意思，說：「那今晚到我家裏吃飯，見見我女兒。」

我也不客氣，就幫他收檔，背了他的工具箱，跟他回家去。

那晚董欣欣特地去街上買了一點燻腸、五香，下廚忙了半天，做出幾樣小菜來，又倒了酒，我和蕭偉邊吃邊聊，談到夜深。

他們的女兒才兩三歲，像母親那樣清秀，很乖巧地張著清亮的大眼睛看我，我對董欣欣說：「最難得是你，你沒有嫌棄他。」

董欣欣笑說：「我有什麼本事嫌棄人家？」

「你那麼漂亮，嫁一個有錢有地位的，那還不容易！」

「我嫁人，只嫁好人，他是好人，我就嫁給他。」

蕭偉笑說：「那幾年也真是折騰！她父親氣得幾乎要吐血，我父母也不同意，說我跟她做夫妻，一定到不了頭。人家那麼漂亮，你一個跛腳的，你高攀不上。我說又不是我去高攀她，是她來俯就我。」

「我父母說我發神經。」董欣欣笑說。

「你們也真不容易，但，就因為古廟那次，你就喜歡他了嗎？」

董欣欣說：「我也不知道，不過一直都覺得他人好。後來聽說他受傷了，我還偷偷哭了幾回，心想為什麼不打中別人，偏偏要打中他。」

我笑說：「你這樣說我會生氣。當時我就在他邊上，子彈偏一點點，就打中我了。」

「這都是命啊！」她輕歎一聲。

「但如果不是他的命，他又怎麼娶得到你？你同情他，每天幫他背工具箱，背幾年，就夫妻雙雙把家還了。」我又打趣道。

自此以後，再沒有見過蕭偉，後來聽說他請人從香港帶計算機回來，轉手賣出去，再後來乾脆到廣交會訂貨，和一個香港廠家認識了，就那樣拿了貨往北方去銷售。兩夫妻一起出差，董欣欣發揮她的外交手腕，慢慢建立起自己的生意網絡。過幾年計算機生意沒落了，他又及時轉型，開廠生產電子手表，做汽車零件，最後竟踩入地產行業，一二十年間，建立了自己的企業王國。

命運是很奇怪的東西，好事與壞事互為因果，中間種種變數如何運作，沒有人知道。只知一個人跟著感覺走，本色當行，老老實實，做到什麼是什麼，有時結果差強人意，有時遭逢變故一落千丈，有時又一步步漸入佳境。人碰到逆境少不了要掙扎，但長遠來說，面對命運卻要順著來。蕭偉面對殘酷的生活變故保持本色，一點點順著來，順到最後，命運給了他獎賞。

第十四章

古廟保衛戰

靜坐過後不久，安平鎮內成了「解放區」，保守派不聲不響撤走了，在東頭村邊上的糖廠裏安營紮寨。

東頭村是保守派農民的天下，糖廠又是老保控制的少數企業之一，廠與村互為犄角，握成拳頭，對於被迫撤離的保守派，那是聰明的選擇。

安平往外唯一的公路幹道，從糖廠門口經過，那正好在一個不小的坡道上。坡下一個六角亭，亭子邊有幾棵上了年紀的大榕樹，榕樹下有賣茶水點心的小販，往來的車馬鄉民，一般都在六角亭歇腳。從六角亭向南，有一條小公路通往另一個小鎮東井。

六角亭交通方便，糖廠居高臨下，扼住公路要衝，如此一來，截斷了造反派對外的聯絡，以致鎮內的造反派要出入，都得繞過向北的小公路。

造反派得了鎮內人口集中之便，有事一呼百應，無事照常生活。根據地糧草充足，各單位權在手中，籌集物資順手牽羊，以不變應萬變，每天翹首引頸，等待毛主席最新的戰略部署。

上午十點多鐘，先是林一飛從外面跑回來，喘得無法把話説齊全，斷斷續續聽到的意思，是老保農民來了，大概有二三百人，都拿著傢伙，也不喊口號，一路急急往古廟這邊趕過來。

還沒等再問清楚，李友世也趕來了，臉色大變，說：「老保調農民，像是朝古廟來，快做準備。」

我對身邊的秋實說：「快敲鐘，給指揮部打個電話，報告情況。」

立群還沒回來，蕭偉、白如雲、黃磊、林敏行倒都在，粗略估計一下，古廟裏約略一百人，扣掉二三十個女同學，大概也只有五六十個有戰鬥力的。我心頭有點慌，見眾人都目光灼灼盯著我，只好強打精神，說：「先把門窗關好，找個人在門外守著，見到他們到路口，就趕緊報告！」

黃磊先跑去了，我對白如雲說：「你把女同學都召集起來，全部進古廟大堂裏去，把門關死，不管外面發生什麼事，都不要出來。」

白如雲遲疑著：「我們也能幫忙啊，先別進去吧！」

我斬釘截鐵道：「不行！事情亂起來，還要顧著你們，反倒礙事！」

白如雲快快地去了。我問李友世：「我們只能死守，最危險是什麼地方？」

李友世四下看看，說：「外牆倒是夠高，我剛才看了，幾個門窗都結實，最怕他們爬牆進來，只是扔扔石頭，也不大能傷到我們。」

我對蕭偉說：「趕緊把男同學都叫過來！」

秋實跑過來了，說：「報告了盧志遠，他們緊急調人來，叫我們撐住！」

「我們有一些木棒、磚石，但數量也不多。」林敏行說。

我略一沉吟，說：「他們不攻進來，木棒沒有用，磚石扔出去，外面那麼大，人在哪裏都看不清楚，先別亂扔。」

我想集中精神，但心頭一陣緊似一陣，強敵逼近，兵力單薄，千鈞一髮之際，腦袋空空，只覺從來沒有的慌張。

男同學都聚攏來了，大家都有點不知所措，正在這時，立群回來了，大家一見到他，都如心頭放下一塊大石。

立群跑過來，喘息未定，說：「他們已經快到路口。我剛才在路上想，最要緊是別讓他們爬牆進來，所以我們要集中火力，大家分頭找地方掩護，保護好自己。只要盯緊牆頭，見到有人翻牆探頭，就把手上的磚頭石塊，全對準最先探頭的傢伙。記住，一定要把最先上來那個傢伙打下去！打下去一個，頭破血流，其他的也就不敢上來！」

大家都覺得他說到點子上，紛紛點頭。立群又說：「高大強壯的同學，可以貼牆根站著，手裏都拿棍棒。貼牆站不怕受傷，一旦有人翻牆進來，就和他肉搏。第一手是從牆上把他打下去，第二手是萬一被他翻進來，就地把他制服。」

「太好了！就是這樣！」大家紛紛贊成，臉上也都多了自信。

立群果斷地說：「趕快準備，互相照應。」

大家分頭散了，我跟立群說：「我讓白如雲把女同學都集中到大堂裏去，把門關死，不管外面發生什麼事，都不要出來。」

立群點頭說：「很好，應該這樣。」

正說著，黃磊跑回來了，說：「他們到路口了！」

立群大喊一聲：「老保到路口了，大家準備好！」

我見到林一飛，突然心生一念，把他叫過來，說：「你那個大彈弓在這裏嗎？」

林一飛道：「在啊。」

我指指稍遠處庭院邊一棵龍眼樹，說：「你帶點磚塊，爬到樹上，掩護好自己，從那裏用彈弓把磚頭射出去，給他們吃點苦頭。」

林一飛笑說：「好啊！」

「射兩三發就跑下來躲著，過一陣子再上去，懂嗎？」

龍眼樹在古廟大殿側邊，老保扔石頭，不會扔到那裏去，從那裏射磚塊出去，老保也不容易察覺。

外面已經有了動靜，腳步聲、嗡嗡的人聲，一點點逼近，空氣中有沉重的壓迫感，我們都屏聲息氣，等待交火的一刻。

突然古廟木門上一聲巨響，一塊拳頭大小的磚塊飛進來，打在木門高處。說時遲那時快，石頭磚塊像雨點一樣密集地飛進來，撞擊聲響成一片。有的磚塊在地面上彈開，飛出去好遠，有石頭擊中大堂上方的小玻璃窗，「砰」地一聲，玻璃碎片四散落下來。

外面的吶喊聲一陣高過一陣，有人來撞門了，木門沉重地鈍響著，一聲又一聲，聲聲都撞在我們心上。萬一木門受不了被撞開，外面數百人一擁而進，那時面對面肉搏，寡不敵眾，難免要吃大虧了。

突然聽到外面有人大叫：「大家小心！裏面有石頭扔出來！」

我心頭一喜，知道林一飛得手了。遠遠看去，龍眼樹上卻見不到他的身影，老保不容易察覺磚塊是從樹上射出來的，也不知道林一飛手上有特製的一把大彈弓。

外面稍稍定了一下，隨即石頭又蝗蟲一樣飛進來，有同學被斜刺裏飛來的石頭砸傷了手腕，有同學被大殿彈回來的石頭砸傷了後腦，血流了下來。

我側身躲在大石柱後，見前面不遠處，李友世、立群和一幫同學站在牆根下，手上都拿著課桌上拆下來的木棒，抬起頭緊緊盯著牆上。

突然離他們不遠處，有兩隻手從外面伸了進來，扳在牆頭，顯然有老保攀牆，正準備借力爬上牆頭，翻身進來。我一急，大聲叫李友世，李友世回過頭來，我向他指指前面牆頭上的手，李友世一抬頭看到，即刻會意。他三兩步趕到牆下，不由分說，掄起手上的木棒，對準扳在牆邊的那隻大手，猛地砸下去。

只聽外面慘叫一聲，那隻手迅即縮了回去，李友世回過身來，抹抹鼻子，很難得地朝我笑了笑。

我心想，這一來，大概不會有人再來試試爬牆的滋味了。

突然外面有人慘叫一聲，有人大叫：「龍眼樹上有人丟石頭出來！」

我知道林一飛又得手了。遠望龍眼樹那裏，林一飛正手腳輕靈溜下樹來，貓著腰躲在樹幹底下，剛蹲下，石頭已嘩啦啦打到龍眼樹那邊去了。

前後僵持了半個多鐘頭，慢慢的，外面丟進來的磚石疏落了下來，估計他們帶來的彈藥也接近用盡。撞門聲零零星星傳來，聊備一格，只是出出氣而已。

後腦受傷的同學正好向我轉過臉來，我悄聲說：「後面勤務組房間裏有急救箱，去包紮一下。」

那同學一手捂著傷口，俯下身朝後面跑去，後頭的同學接應著，陪他進勤務組去了。

外面慢慢靜了下來，再過一陣子，同學們先後從掩蔽的地方探頭出來，手腕受傷的那個同學也去包紮了。立群和李友世從牆根走過來，立群吩咐旁邊的同學：「找幾個同學繼續監視著，不要大意。」

古廟大門悄悄開了一條縫，白如雲探頭出來，臉色青白，先看到立群，焦急地問：「都沒受傷吧？」

立群道：「有兩個輕傷，沒什麼事。」

「聽到那些聲音，都以為這一次躲不過了。」白如雲手撫著胸口。

立群道：「有個人要爬進來，讓李友世一大棒子打回去了！」

這時外面有人敲門，有人大聲喊著：「我是林寬，老保撤走了，快開門！」

側門打開，湧進來幾十個人，然後中門和東邊側門也都開了，一兩百個彪形大漢一時間裏裏外外都站滿了，大家互相問候，把地上的石頭磚塊都用腳掃到階下去。林寬走近來，說：「我們已經盡快趕來了，可惜還是遲了一步，還好你們撐住了。」

立群說：「謝謝你們！一定是看到你們來了，老保才撤的。」

林寬說：「指揮部要開個會想個辦法，老保搞突然襲擊，我們很被動。」

我說：「主要是情報，最近張捷他們也掌握不到老保的動向。」

一抬頭，卻見張捷和雅琴一起趕來了，我對張捷笑說：「正說到你呢。」

張捷奇道：「說我做什麼？」

林寬說：「正在說我們情報差，老區也沒有消息，老保突然殺到，我們會吃虧。」

「聽說他們都是臨時通知，也不說幹什麼，人一齊就出發，到約定地點集合。上回他們在安平小學，聽說今天分四五個地方集中，約定時間到古廟來。」

「看起來有高人在後面指揮啊！」蕭偉說。

立群對林寬說：「帶大家走吧，這裏不會有什麼事了。我們清理一下戰場，今晚去指揮部碰碰頭，聽聽盧志遠的意見。」

林寬便帶人走了，雅琴悄悄挪到我身邊，扯扯我衣角，說：「你沒事吧？」

我回頭笑笑，說：「沒事！」

「今晚回家來吃飯。」

「剛才立群說，要去指揮部開會。」

「開會也要吃飯啊！」

「那不太好，開完會沒什麼事，我早點回來。」

雅琴只好點點頭，說：「那我先走了。」

武鬥氣氛緊張，我已經回古廟住了，和立群、秋實幾個人在勤務組過夜。夏天到了，古廟大堂一到深夜，四仰八叉倒了幾十個同學，有的在拼起來的課桌上，有的乾脆鋪幾張報紙，席地而臥。一座古廟，就成了我們的聚義堂。

指揮部會議開到晚上九點多，也沒有結果，只希望通過八二九和老區農民，注意周圍村子的動向，另外也提醒郵局裏的造反派郵遞員，派信時多觀察一下各村裏的動靜，此外只有看運氣了。出來後，和立群、白如雲都心情沉重，立群提起教室樓，說那邊平常人少，要再分配一些人手上去。

我說：「那天我去看了一下，同學們很聰明，把很多課桌交叉堆在樓梯口，互相用鐵絲綁緊，等於堵死了樓梯口，只留了一個小小通道出入，萬一有人來攻，把那小小過道再堵死，那就一夫當關萬夫莫開了。」

立群說：「我也去看過了，明天我們再一起去，和他們再商量一下。」

白如雲笑說：「那天我去，看到有同學家裏送飯來，他們用繩子吊到樓上去，大家都覺得很好玩。」

走到路口，我說：「有點累了，我就不回古廟了。」

白如雲說：「雅琴那裏近一點，快回去歇歇。」

「她說我那二十塊錢還沒用完，剛才還叫我去吃晚飯。」我解釋說。

立群笑道：「我看你母親那二十塊錢永遠都用不完。」

「沒有的事，」我有點發窘，還好人在燈暗處，「我要問清楚，不能佔她便宜。」

白如雲說：「古廟人多吵鬧，你在她那裏休息好一點。二十塊用完，再交錢給她，別管人家說閒話。」

「外面有什麼閒話嗎？」我有點心虛。

立群道：「沒有啦，不就是二十塊錢嗎？大家都覺得好笑。」

回到雅琴家裏，外面理髮師兩夫妻已熄燈，我摸到自己房間裏，開了燈，磨蹭片刻，就急急往後面進去。

雅琴正在燈下剝花生，見我來了，喜孜孜迎上來，兩個人當下抱在一起。吻了又吻，雅琴怨道：「你都不想回來了！」

「看你說的！形勢緊張，大家都守著，我也不好一個人整天往你這裏跑。」

「還整天跑呢！你都整整一個星期沒有回來了！」

「好好好，」我將她往床邊推，「以後爭取隔天回來一次。」

「隔天那麼好！你別騙我！」

雅琴把我按在床邊坐下，說：「你坐著，給你看一樣東西。」說著，轉身掀開床側布簾，走了進去。

女人家房間裏，床側都安一個布簾，裏面放著馬桶，夜裏有需要就在那裏解決，平日換衣服，也有個避人的地方。

雅琴在裏面悉悉索索不知做什麼，一面說：「你坐著好了，別來偷看啊！」

「你放心，我不做偷偷摸摸的事。」話是那樣說，終熬不住好奇，我悄悄站起身，正想去簾縫邊瞄瞄看，冷不防雅琴一掀布簾走了出來。

剛抬起頭，就被眼前的情景震懾住了。雅琴穿一件略嫌窄身的旗袍，淡淡的湖水綠底色，上面壓著粉粉的白色細方格子，領子高企，斜襟上扣著布紐絆，半袖收腰，下襬在膝下三寸，開衩處直到腿彎。

雅琴笑吟吟問道：「知道這是什麼嗎？」

我呆呆地上下看她，說：「我知道，這是旗袍。」

雅琴奇道：「你怎麼會懂這個？」

我笑說：「有什麼是我不懂的！運動初我們鬥王光美，有一條罪狀是她陪劉少奇訪問東南亞，就穿著旗袍，戴了珠項鏈，後來給江青同志罵得狗血淋頭，禍根就是旗袍。」

雅琴嬝嬝婷婷在房間裏走了一個來回，顧盼自憐地說：「這是我母親當日特地找了裁縫來家裏幫我做的。一共做了三件，一件是當時穿的，這件說是給我二十五歲後穿，還有一件是準備給我三十五歲後穿的，都特地做得鬆一點。我媽說：你還要長，以後也會胖一點。」

我說：「你母親想得真周到，這樣穿起來好看極了，這件素淨嫻雅，好像剛出校門的大學生，正好配你這個人。」

雅琴輕歎一聲，「這麼多年來，都沒穿出門過。每年夏天，我把它們從箱底翻出來，深更半夜裏穿起來給自己看看，也沒有大穿衣鏡，脱下來拿衣架掛在門邊上，呆呆的看半天，看了再穿，脱了又哭，末了收起來，再等下一年。」

說著，眼角又潮紅了。

我把她輕輕攬住，在她耳邊説：「從今以後，穿給我看。」

雅琴輕輕掙開了，説：「你再等等，不要偷看哦！偷看就沒意思了。」

説罷，又回身進布簾裏去。好一會，她又掀開布簾走出來，這一次身上穿的那件，款式又稍稍不同，斜襟略開下一點，袖口齊肩，下襬僅及膝頭，開衩處更在大腿上了。這件是灰綠色的底，上面鋪滿墨綠色暗團花，整個看上去，便多了成熟的風韻，多了一種貴氣。

我讚道：「三十五歲，差不多正是你現在的年紀。你母親真會替你打算。」

雅琴道：「可惜人再能算，也算不過天啊！到最後，二十五、三十五，都穿不出門，到四十五，讓我穿都不敢了。」

「你母親喜歡綠色，兩件都是綠的，不過綠得來又不同。」

「是啊，當時我說要一件銀紅的，我媽說，紅的俗，你不懂。綠色水靈靈，就襯氣質好的女孩。」

我端詳著她，感慨地說：「現在什麼都學工農兵，灰不溜湫，其實，資產階級才真有美的東西——」話一出口，又覺得這想法有點出格了。

雅琴緩緩在床沿坐下，説：「抗戰後回南京，那幾年聖誕節，銀行都開舞會，我爸媽帶我去，他們在舞池裏跳舞，我就在邊上看。那時滿舞池男人都西裝領帶，女人都是各式做工精細的旗袍，還有外國女人，都穿那種露肩低胸的晚禮服，美得讓人不敢正眼看。大家敬酒說笑，那種場面，一輩子都忘不了。」

「那是另一個世界了。」我坐到雅琴身邊去，將她摟住。

我將她的手掌捧住，來回摩挲她的手，把嘴湊上去，輕輕吻她的指尖，然後，我小心將她放倒了，好像放倒的是一個精美的薄胎瓷器，稍微粗心就會打破。

我俯下臉去，看著她。她眉毛細長，鼻子挺起來，下巴尖尖，使她的臉有一種彷彿來自異域的鮮明輪廓，我說：「你家祖上可能有外國人。」

雅琴道：「不會吧，沒聽說過。」

我解開她胸前的布紐，一顆，又一顆。雅琴一隻手臂慵懶地平伸，攤在床上，另一隻手撫著我的臉，說：「你啊……你啊……」

她胸口敞開，露出裏面的胸衣，我說：「這也是你媽給你帶回來的？」

雅琴點點頭：「穿旗袍一定要有的。」

要脫下她的旗袍還費了點事，雅琴這裏那裏抬高身子遷就我，等一切都就緒了，雅琴說：「把燈關了吧！」

我說：「不關，就要看著你。」

我輕輕用手指拂過她的眼簾，她把眼睛閉上了，我又在她嘴唇上緩緩抹過，她的嘴微微張開，然後手指沿著她的下巴往下，經過細長的脖子，爬過她兀然而起的乳房的坡度，然後再往下，去她平坦細白的腹部，在我手指經過時，她的身子這裏那裏漣漪似的輕微顫動……

當我們都進入忘我之境，雅琴不由自主地喃喃：「我要給你……我要給……你……」

一宿無話，睡得全然沒有知覺的深沉。一大早，卻被陌生的人聲吵醒，仔細一聽，竟是張捷。驀然驚覺自己還躺在雅琴床上，想到張捷可能闖進來，不由得怦然心跳。

一早理髮師傅出去開了大門，張捷竟輕易長驅直入。雅琴在廚房，大概也有點愕然，問道：「是你啊！一大早來，什麼事？」

張捷期期艾艾，說：「也沒什麼特別事，不過好久沒來看你了。」

「你真會說笑，我有什麼好看！」

「那來坐坐都不行了嗎？」

「沒說不行，不過，也不用大清早就來啊！」

張捷靜了一會，問道：「方宇程出去了？」

雅琴道：「他都沒回來過。」

「那他現在住哪裏啊？」

「我怎麼知道！你那麼關心，你去問他啊！」

「他搬出去倒好一點，長久住你這裏也不是辦法。」

「住我這裏又怎麼樣了？」

「有人會說閒話。」

「你一大早來我這裏，就不怕人說閒話！」

「那怎麼一樣？他晚上就住在你這裏。」

「我有空房子，他有需要，住著又怎麼樣？」

「你有空房子，我也來住，那可以嗎？」

「本來是可以的，不過我看著你討厭，那就不可以了。」

張捷嘻嘻笑，說：「反正都給你欺負慣了，我不生氣。我只是擔心你的名聲……」

「我的名聲要你擔心？」

「那好那好，我們說正經事。老保現在搞突然襲擊，指揮部開會說要發動群眾，注意老保動向，有懷疑馬上報告。我想我們街道造反派也要開個會，和大家交個底，人人都有親朋戚友在鄉下，各人都有消息來源，大家都提高警惕，有什麼發現就及時報告。」張捷說出一番意見來。

雅琴道：「這我倒贊成，每個街道選一兩個人出來負責，有事彙總到我們這裏，然後你去指揮部通報。」

「指揮部指定張大同負責。」

「那好，等我們這邊決定了人選，再帶他們去見見張大同，臨急也可以直接找他。」

「你看你，」張捷讚道，「辦什麼事都乾脆利落，你都不像家庭婦女，倒像個幹部。」

「你少拍馬屁！事情談完了，你也該走了。」

「再坐一會都不行？」

「我還要吃早飯呢！吃了早飯，我去總部找你，才好開會啊！」

張捷突然說：「哇！一個人，煮那麼多蕃薯粥？」

「我留一點中午吃不行嗎？」

「我看不像，別是等著誰來一起吃吧？」

雅琴突然發作：「你給我滾遠一點！我養著個相好在家裏，我等著他一起吃早飯，你管得著嗎？」

「好好好，」張捷涎著臉，「反正我不受歡迎，我識相，我滾就是。」

腳步聲從房門外經過，張捷嘴裏不知嘟囔著什麼，憤憤不平地走了。

雅琴掀開門簾，見我靠在床上，她倚著門邊，笑說：「你都聽見了？」

我跳下床穿好衣服，一面說：「聽他口氣，對你很有想法哦！」

「他在想什麼我怎麼會不知道，不過他就是不對我胃口。」

「他不錯啊，有正義感，也懂武術，可以保護你。」

雅琴撇撇嘴：「我要他保護？他這人，外面看著有大氣，其實小雞肚腸，一天到晚抱怨，又說他怎麼努力工作，又說他對誰誰誰有多好，算的都是小帳。我不喜歡這種男人。」

「我和他不同，我有大氣。」

雅琴戳戳我額頭，說：「要不你怎麼睡到我床上來！」

出到廚房，我自去洗臉刷牙，雅琴替我準備早餐，又說：「再說了，他會打拳，兩個人一起過，要吵鬧起來，我不給他打個半死！」

我哈哈大笑，說：「哦，這才是最大理由。不過，我雖然不懂武術，但也有鍛鍊哦，你和我過，不怕挨我的拳頭？」

雅琴橫我一眼：「我有說要和你過嗎？」

這句話在我心上刺了一下，是啊，兵荒馬亂的，還從沒認真想過這個問題。

雅琴見我不吭聲，又說：「你放心，我不會纏著你，你年紀輕，以後日子還長著，你該怎麼樣就怎麼樣，不用替我操心。」

我呆呆看著她，不知道說什麼好，雅琴走近來，挨在我身邊坐下，見我悶悶的，便拍拍我臉頰，說：「有一天過一天，不要想那麼多。」

「能不想嗎？」我說。

「要想也是我來想。總之我們好一天算一天，到不能好了就散，各走各的，互不拖欠。」

「你還真看得開，手起刀落啊！」

「有這一回，我已經賺了。」雅琴癡癡地說。

古廟事件後，過了幾天風平浪靜的日子，其間青州八二九總司那裏，把地區專員韋清泉轉移到安平來，要我們暫時看守，說是擔心青州老保把他抓去鬥，活活把他鬥死，那時就舊帳新帳都算不清楚了。

我用了半個多月專門處理這件事，直到再把專員還回去。

青州算是省級市，青州市屬下六七個縣，合起來又稱作一個專區，專區最高行政官員是專員，一個省七八個專區，所以專員的官也算挺大的了。

這天中午從指揮部出來，在路口被一個男人攔住了，定睛一看，卻是莊明祺。自從上次在派出所裏做了難友以後，就再沒有見過，如今道左偶遇，不免有點驚喜，我連忙說：「一直想去看看你，你還好嗎？」

「好，好，」他點著頭，說：「那次在派出所，我沒有挨什麼打，後來雅琴來看我，說你很關心，我也沒機會道謝。」

我說：「那沒什麼，我後來聽說你沒受苦，也就放心了。」

莊明祺突然挨近來，低聲說：「有件事我不知道該不該說……」

「說啊，什麼事都能說。」

「我一個親戚，住丁厝村，村裏都是老保。上午突然到我家裏來借梯子，說是要修屋頂，可我兒子後來騎車在路上見到他，他扛著梯子卻不是回丁厝村，卻去了東塔村，那裏也是老保的巢穴……你說，他借梯子幹什麼？」

我一聽，只覺腦門上「轟」地一響，凝神一想，趕緊說：「你這消息很重要，我要回去安排一下。」說著回身就跑。

半路上碰到一個認識的同學，我叫他趕緊到指揮部報告，就說老保很可能調農民來偷襲，趕緊召集人。

跑到古廟，上氣不接下氣，一時又找不到立群，見到秋實，把情況一說，秋實就去敲鐘。

鐘聲一響，四處的同學都聚攏來，我把情況簡單介紹一下，說：「趕緊準備，也許沒什麼事，不過有備無患。」

正忙著，腦畔上又「轟」地一聲，再定心一想：壞了！老保目標是在教室樓！東塔村緊挨著教室樓，從那裏轉一個彎就把教室樓包圍起來了，事先準備高梯子，準是用來登高強攻……當下心念一轉，告訴秋實，說古廟交給他，等一下立群回來，就聽他的。我臨時帶上十來個大個子同學，一起往教室樓跑去。

到了樓下，上面的同學已經看到了，有小同學將樓梯口的桌椅挪開一條小路，讓我們魚貫上去，上去一看，原來立群和白如雲都在。

我把情況和立群一說，大家都覺得事有蹊蹺，不可不防，於是立群安排同學再將樓梯口的桌椅堆用鐵線加固了一番，二樓走廊欄杆那裏，臨時綁上十幾塊大木板，用來抵擋石頭。

我在樓梯口看了一會，對立群說：「等一下老保來，一定有人想來勾走桌椅，萬一桌椅陣散了，他們的人衝上來，那就全線崩潰。你看……」

立群心領神會，往四下裏觀察了一回，說：「我們把最上面那些桌椅撤掉一些，留下一點空間，有人靠近到底下來，就用石頭砸他，他敢爬上來，就用竹竿、扁擔捅他。」

「這個辦法好！我們打到他們，他們打不到我們。」

立群於是召集人來，再做一些處置。二樓走廊上，事先準備了一些磚石，這裏那裏都預留了木棒和鐵條，萬一被老保攻上來，這些都是肉搏的武器，但對方是孔武有力的農夫，我們卻大都是手無縛雞之力的文弱書生，實力懸殊，勝算渺茫，想及此，不免又乾嘔起來。

處理完樓梯口，我和立群又前後巡查了一下，剛走到走廊西邊盡頭，卻聽東邊有人喊：「來了！他們來了！」

我們趕緊往東邊跑，只見學校圍墻外，一大群農民，正沿著墻根不聲不響包抄過來，人人都小跑著，手上拿著扁擔木棒，有人抬著木梯，有人挑著一整擔碎磚石。人群很快繞過圍墻，聚在樓前空地上，至少有一兩百個農民，個個虎視眈眈瞪著教室樓。

空氣像被無明的火燒著了，蒸騰著聚集能量，樓上樓下都沒有動作，也沒有聲響，彼此默默對峙著，我低聲問立群：「有認識的人嗎？」

立群道：「沒有，都是農民。」

正在這時，突然從人群中飛過來第一塊石頭，拳頭大的石頭正對準我和立群的位置飛過來，我們趕緊俯低身子，石頭「砰」地一聲砸在我們身前的木板上，隨即，乒乒乓乓的亂石聲音四下裏響起來。

有的石頭飛高了，從墻上反彈回來，有的石頭從圍板空隙間飛進來，樓下的人一邊丟石頭一邊咒罵，有時不知打中了什麼，又齊聲歡呼起來。

立群大聲喊道：「我們也要還手啊！砸死他媽的老保！」

一時間樓上的同學也紛紛撿起身邊的磚石，抽空站起身，往底下人堆裏猛力砸下去。可惜距離稍遠，石頭飛出去對方看得清楚，多數閃開身子就避過了，看起來我們不容易傷到他們。

走廊上的圍板始終不高，我們都要彎腰躲著，頭上磚石如雨飛來，要挺身投擲，隨時有被飛來的磚石擊中的危險，因此實際上是我們一直在挨打，並沒有多少還手的能力。

往走廊看去，飛來的石頭撞在背後教室墻上，往斜刺裏彈回來，有的直接砸在同學身上，有的飛墮在腳跟。雖然面前有圍板擋著，但其實走廊上的同學完全暴露在石雨陣裏。

過一會，有點擔心另一邊，我貓著腰沿走廊往西邊跑，感覺密集的磚石一路追著我。跑到半途，斜刺裏一塊石頭飛過來，砸在眼角。只覺太陽穴那裏麻了一下，手一摸，滿手是血。

走廊盡頭只有兩個小同學蹲在圍板前，又見到他們身旁躺著一個人，我心裏一緊：糟糕！有同學受傷了！

跑到他們身邊蹲下，磚石霎時間又「劈里啪啦」砸到身前的圍板上。我湊前看看受傷的人，卻是陌生面孔，旁邊有個高個子同學說：「是農民。」

「啊，攻上來了？」我大吃一驚。

「就上來一個，跟我糾纏了一下子，好像打中他腦袋，就躺倒了。」

我鬆了一口氣，又問：「你們都沒受傷吧？」

那同學說：「還好，一點皮肉傷。」

我自言自語道：「奇怪，怎麼只上來一個人？」

僵持了大半個鐘頭，磚石雨慢慢疏落下來，看來老保們帶來的磚石也用得差不多了，有的撿起地上的小石頭丟上來，輕飄飄的，沒有殺傷力。

正在這時，有同學叫道：「我們的人來了！」

我一聽大喜，忙起身探頭朝外看。遠遠的，黑壓壓的人群從古廟方向吶喊著衝過來，老保已經退出樓前空地了，多數人從墻角轉到野地裏，有的還在墻根那邊窺望。

至少有三四百個造反派戰友，手上都舉著棍棒，嘴裏喊著「衝啊——」，人多勢眾，殺聲震天，眾人一路急奔前來，霎時間佔領了樓下空地。林寬、李友世、張大同都在人堆裏，林寬見到我們，喊道：「你們都沒事吧？」

立群大聲道：「有幾個受傷了，傷勢都不太大。」

我也喊道：「有個老保傷了，找一副擔架來。」

立群跑過來：「怎麼？有老保攻上來了？」

我指指旁邊，說：「上來一個，打傷了，昏了過去。」

受傷的老保還在地上躺著，卻沒有動靜。立群蹲下身子，推一推他，見他沒反應，便又朝底下大聲喊道：「快！找一副擔架來！」

我們點算了一下，樓梯口那裏也有兩個同學受傷了，老保用帶鐵鈎的竹竿從桌椅堆中間捅上來，有同學來不及閃開，臉頰上挨了一下，另一個傷在肩頭。連走廊上傷的三個算在內，有五位同學掛了彩。

不大一會擔架來了，我們將傷者放上擔架，用繩子兩頭吊著，慢慢放到樓下空地上去。擔架吊在半空時，圍墻外的農民看到了，還以為是我們的人傷了，一個勁地歡呼起來。擔架落地，下面的人接著，一路小跑，抬往醫院去了。

我跟立群說：「他們也奇怪，派一個人攻上來，都沒有後援，一個人頂什麼事？要是有兩三張梯子，分幾路往上攻，後面一個個湧進來，那我們就完了。」

立群道：「是啊，怎麼讓一個冒失鬼自投羅網？」

「看來現場都沒有人指揮。」

「頭頭都在糖廠躲著，前面這些，只有一身臭力氣。」

天漸漸黑下來，白如雲幫我把眼角的傷包紮了一下。樓下的造反派戰友還聚集著，我從樓梯口的窄道下去，人們圍上來，關切地慰問我，我一一謝過，慢慢朝醫院走去。眼角那個傷口，下麻藥縫了四針，半個月後才拆下紗布，從此以後，落下一道淺淺的疤痕。

韋清泉

專員韋清泉，在古廟門前跌了一跤。

天晚了，青州八二九總部用吉甫車把韋清泉送到安平來，車身有點高，韋清泉可能坐久了下肢麻木，一下車腳一絆，就坐倒在大路上。

我趕前幾步，伸手要去扶他，韋清泉一手甩開，自己搖搖晃晃站了起來。

簡單交接一下，來人原車回去了。勤務組商量了一下，古廟人多眼雜，還是要轉移出去，黃磊說：「那先去我家住著吧，慢慢再商量。」

夜深後，七個人護著韋清泉去黃磊家。一行人默不作聲走在安平曲曲彎彎的小巷子裏，沿路人家的大門都關得死死的，偶爾有嬰兒的哭聲，在靜夜裏聽來格外分明，韋清泉沉著聲咳了幾下。

到了黃磊家，一座低矮的瓦房，煤油燈點起來，火苗微微跳躍，韋清泉頹喪地四處張望，神色倉皇。

黃磊舉著煤油燈引路，前面有一間空房，一張床只有床板，外加一個枕頭，大熱天，倒也無所謂。韋清泉坐到床上，突然抬起頭說：「誰去幫我買一包煙？」

黃磊冷笑一下：「三更半夜，去哪裏買香煙！」

韋清泉這才苦笑一下：「那，我要洗一下，一身臭汗。」

黃磊便帶大家往裏面走。廚房對出一口井，低矮的井欄，黃磊把一個半邊籃球做的小水桶遞給韋清泉，說：「打了水就在邊上洗一洗好了。」

「有沒有毛巾借一條用用？」

黃磊又回房去，拿了一條顏色曖昧的毛巾給他，韋清泉接到手上，眉頭皺起來：「這是擦臉的吧？」

旁邊一個同學冷冷道：「擦腳的。」

我們便都退出來，在廳裏坐著，我和黃磊說：「你們吃什麼，他也吃什麼，過兩天讓白如雲從總部的帳裏拿一點錢做他的伙食費。」

黃磊道：「那不要緊，我們很簡單的。」

大家便低聲說起這個專員，白白胖胖，倒真像一個資本家，走起路來笨笨的，又很怕死的樣子，做那麼高的官，變成修正主義是合理結果，不打倒怎麼行！

黃磊突然說：「怎麼洗了半天還不見出來？」

我頭皮一麻：「糟糕，不會跳下井去了吧？」

一夥人趕緊往廚房裏衝進去，卻見韋清泉整個人俯身在井口，頭幾乎鑽到井口裏去，不知在幹什麼。大家一擁而上，將他拉回來，紛紛問道：「你幹什麼？」

韋清泉委委屈屈地說：「這個水桶有點問題，怎麼都打不上水來。」

我將他手上的繩子奪過來，掂掂繩子，知道水桶已在水面了，便將繩子往邊上抖了一下，然後輕輕提起來，手上感覺水桶已經滿了，便將繩子給了韋清泉，韋清泉一提繩子，便道：「奇怪了，怎麼我打上來的都是空桶？」

大家便都哈哈大笑起來。

第二天一早去黃磊家，專員正在吃早飯，也是一般的蕃薯粥，幾樣鹹菜花生，我問黃磊昨晚怎麼樣，黃磊說：「倒也沒什麼，就是整晚咳嗽。」

我跟專員說：「你就住這裏，好好檢查你的歷史問題和思想問題，等一下我們給你弄一點紙和筆來。」

專員道：「我沒有歷史問題，也沒有思想問題，最多是工作方法問題。」

「反正有什麼問題就交代什麼問題——你說什麼？你沒有思想問題？我都有思想問題，你一個走資派，沒有思想問題？」

專員道：「我參加工作十幾年，一直緊跟黨中央毛主席，毛主席的思想就是我的思想。」

「那你說運動來了，把你抓起來鬥，你該不該鬥？」

「鬥倒沒什麼，說我走資本主義道路，我想不通。」

「想不通，那不就是思想問題！」我厲聲道。

韋清泉一張臉苦苦的，點點頭，我又說：「有什麼要求，就跟小黃講。」

專員臉埋到碗裏，嘴裏嘟囔著：「幫我買一包煙來。」

黃磊道：「買煙自己掏錢。」

專員便從口袋裏摸出一把鈔票來，撿了一張一塊錢的，遞給黃磊，又交代：「要中華牌的。」

黃磊道：「我們小百姓，哪裏抽得起中華牌？你還說你不是走資派？」

專員一時語塞，只好說：「那就買一些煙絲和煙紙來，你們抽什麼，我也抽什麼。」

我對黃磊說：「他有錢，就買中華牌給他。你這幾天就別去古廟了，好好看著他。」

專員在安平的時候，我每天都去一兩次，有時只是例行公事查看一下，有時就坐下來和他聊聊天。大家一回生二回熟，專員慢慢也卸下心防，點起煙來，遞給我一根，我也不客氣，接過來就抽，拿起桌上他寫的思想檢查，一本正經看起來。

專員說他資產階級思想，講究生活，在機關吃小灶，早晨有雞湯麵、肉包子，中午炒豬肝、紅糟鰻魚，晚上紅燒肉、糖醋魚，看得我滿嘴口水翻湧。

「看你們過的是什麼日子？」我指指手上的紙。

「運動初革命群眾揭發我，都是這些事，但我們當時，都是按級別規定的，並不是我們自己特殊化。」專員解釋道。

「你的意思，有錯也是上級的錯？」

「我不是這個意思，不過從前幹部有不同標準，按級別標準吃小灶。」

「你應該和群眾同甘共苦，去食堂吃大灶啊！」

「這倒也是，」專員承認，「以後要改一改。」

我一時也想不出什麼理由去反駁他，心想就算我，有小灶吃，也不會傻到去食堂排隊打飯吧。看看手上的檢查，又問道：「這裏說你對女同志毛手毛腳，那又是什麼？」

「這也是群眾揭發的。說有一次我找秘書要抽屜鑰匙，秘書正在大掃除，手上髒，就讓我直接去她褲袋裏拿，群眾說我對女同志毛手毛腳。」

「那你說這算不算毛手毛腳？」

「我根本沒想佔她便宜，只拿出鑰匙就走了，但革命群眾階級覺悟高，看出我的錯誤，我當然要承認。」

「你還沒有檢查派工作組的問題。」我說。

專員說：「往後會檢查的，反正在這裏也要住一段時間。」

我笑說：「你做檢查都按計劃來？」

專員說：「沒辦法，多年工作的習慣，你們年輕，以後會懂的。」

專員在黃磊家住了三天，白天倒好，晚上整夜連珠炮似的咳，咳得鄰居都聽到了，問黃磊說，你們家來客人了，還說普通話，哪裏來的？怎麼都沒聽你提過有這門親戚！

黃磊和我商量，說鄰居同情紅派，不知會不會去告密，萬一半夜派一個小分隊摸來，把專員劫走，那就麻煩了。我考慮一下，確實也有風險，回到古廟和大家提起來，白如雲卻說：「那去我們家吧？我們地方大，住樓上，咳得屋頂塌下來也沒人知道。」

立群道：「藏一個男人在家裏，祖母肯嗎？」

「我跟她說，她會肯的。」

我又說：「萬一你叔叔回來，專員算是他的領導，會不會不方便？」

白如雲笑說：「我叔叔是逍遙派。」

那晚深夜，六七個同學又護著，默不作聲穿街過巷，白如雲在側門等著，一行人進屋上樓。樓上早收拾好一間客房，整潔精緻，床上一張素淨的藤席，枕頭上鋪著枕巾，一條薄薄的毛巾被疊好放在床邊，專員滿意地輕歎一聲，在床沿坐下來。

白如雲端來沖泡好的茶，幾只茶盅，還細心地拿來一個煙灰缸，專員看在眼裏，不住點頭說：「麻煩你了。」

我私下問白如雲：「家裏沒有男人，怕不怕？」

白如雲笑道：「他敢怎麼樣？我就在走廊那頭睡，樓梯口有個門，晚上鎖起來，他想跑，要從樓上跳下去。」

我說：「那好，我明天一早再來。」

白如雲道：「我帶他去洗澡房，讓他洗個澡。」

「算了，他也沒有要求，你給他打一面盆水來，讓他擦一擦就好了。」

白如雲想了想，說：「大熱天，也不用燒水，很方便的。人家雖然落難了，也別太虧待他。你走吧，我來安排就可以了。」

回古廟路上，我想白如雲心地好，專員打倒了，人人恨不得多踩一腳，她倒心軟。依燒酒成的準則，白如雲心軟，她也一定是好人。

再見到專員時，他已經吃過早餐，桌上碟子裏，有半塊絳紅色的腐乳、小半碟炒得油汪汪的柞菜肉絲，另外一個空碟子上，有一點炒雞蛋的殘渣。專員撫著肚皮，看著我咪咪笑，大概對早餐十分滿意。

有一個村婦模樣的女人進來收拾，卻轉頭問道：「聽說你是專員？」

專員點點頭，說：「謝謝你，辛苦了。」

「專員是很大的官嗎？」

「在青州地區，也算大。」

「你們當官的，要對百姓好一點。」那婦人眼神嚴厲地說。

「那當然，」韋清泉鄭重答道，「我們一直都關心和愛護群眾。」

「你少說空話！」那村婦厲聲道，「社教那時，你們派來的工作組，把我姪兒抓去鬥，說他做大隊出納貪污了多少錢，要他交代。他沒有貪污，你叫他怎麼交代？」

「哦，有這樣的事！」專員眉毛跳了一下，「那是工作組執行有偏差，政策是不准這樣的。」

「你們工作組冤枉了好人，拍拍屁股走了，我們就背著個罪名，一輩子翻不了身！從前的官衙，還讓人去喊冤，現在呢……我們都有老有小，人心肉做的，你做專員，那麼大的官，你管不管？」

專員的臉色難看起來，我在一旁也追問一句：「是啊，你管不管？」

專員看著我，哭喪著臉：「我都自身難保了，怎麼管？」

「你也有今天！我聽説有人要鬥你，就該狠狠鬥！」那婦人恨恨地説，「你有算過嗎？你們害了多少人？這些老百姓，人人安分過日子，落到你們手上，自殺的死了，受傷的一輩子倒楣，你有想過人家怎麼活嗎？現在我還要侍候你，還要炒雞蛋給你吃……我真恨不得吐口水在你稀飯裏……不過你放心，我們不做這種缺德事，我們還有一點良心。」

專員嘴裏喃喃道：「謝謝你！我會深刻檢討，我會認罪！」

那婦人走了，專員剛享受了一頓美美的早餐，沒想到給那婦人一頓數落，好心情一掃而光，他呆呆盯著床前空地，半晌出不得聲。

「工作組是你派的嗎？」我問。

專員點點頭：「上面政策下來，我們只有照做啊！」

「你知道你們的問題在哪裏嗎？你們當官的，從來不把老百姓的死活放在心上，你們想整誰就整誰，把人整死了也不用賠命，可人家也是一大家子人，有老有小，都要吃飯，都要抬起頭做人。你們把人整了，向上面去匯報領功，被你們冤枉的人，要吃多少苦頭，你們都不管了，是不是這樣？」

專員低頭不語，我又厲聲問：「是不是這樣？」

「看來是這樣，」專員抬起頭，緩緩道：「現在我明白了。」

「我們安平街上，一個醉酒成仙，一天沒有幾個鐘頭清醒，不過他說過一句很有道理的話，他說好人都心軟，壞人都心硬。你們心太硬，下得了手害人，你說你們是好人還是壞人？」

專員道：「我們是壞人，我是壞人。」

白如雲進來了，問道：「什麼好人壞人？一大早討論這麼嚴重的問題。」

我把她親戚剛才說的事複述了一遍，白如雲說：「她姪兒被關了一兩個月，放出來瘸了腿，前不久才好起來。」

我說：「你祖母還讓親戚炒雞蛋給他吃，太優待他了。」

專員忙說：「對對，明天不用了，簡單一點好。」

「我也不知道祖母會炒雞蛋給你吃，她以為你是什麼貴客吧！」白如雲道。

我狠狠丟下一句話：「寫檢查，少廢話！」

此後專員果然很認真地寫檢查，一口氣寫三四張紙，密密麻麻的筆跡，他的字很老練，有點根柢，筆跡規整，文句還有點講究。我也沒耐心去仔細看他的檢查，有時瞄幾眼，揀一兩件事情問問，然後就坐下來，閒扯聊天。

有一次聊起他的家，說他老婆在市委辦公室，一個女兒讀初三，也是八二九紅衛兵，每次見面都連名帶姓叫他「韋清泉」，說文化大革命是觸及人們靈魂的大革命，要他深刻解剖自己，批判資產階級反動路線。女兒說：「我要跟你劃清界線，你是你，我是我。」

女兒回家來，不跟他在一個桌子上吃飯，端飯挾菜到她自己房間去。每次經過他身邊，都橫著眼瞪他，瞪得他抬不起頭來。

專員搖頭歎息：「幹革命幹到最後，成了女兒的敵人。」

「你也可以站到無產階級革命路線這邊來啊！」

「我也想啊，怎麼站？」專員問道。

「好好檢查，挖思想根源，支持造反派的革命行動。」

專員道：「小方啊，我幹革命二十多年，有三成時間在挨整做檢查。延安整風整過，土改評出來的地主富農太少，要做檢查。五七年反右，說我立場軟弱，又要檢查。三面紅旗那陣子，上面要搞密植，農民都說不行，我就拖著，省裏打電話來催，我也不太積極，後來還是要檢查。放高產衛星，我知道都是吹出來的，不太起勁，最後還是要做檢查。這二十年，我做檢查比做政治報告還要多。」

我笑道：「聽來你怨氣沖天。」

專員看著我，好像有點擔心我的反應，又說：「文革來了，做檢查算是優待了，沒把我打死已經算幸運了。」

我說：「我們有碰你一根寒毛嗎？」

專員道：「你們很文明，所以我和你談得來。」

「你是陝西老根據地出來的？」我問道。

專員點點頭，說：「我家裏是大地主，我在西安讀書時參加革命，從此都沒有回過家。土改時父親給槍斃了，家裏寫信來，我想革命容不下私人感情，既然父親是地主，消滅地主階級也消滅了他，那也沒辦法。」

「你還真是大義滅親啊！」我說。

「為了廣大勞苦大眾翻身得解放，個人要做出犧牲，當初參加革命時，就下了這個決心。」

「解放了勞苦大眾，又三天兩頭糟蹋他們，那當初又何必解放他們！」

韋清泉沒想到我突然冒出這句話來，呆了片刻，眼裏露出一種百感交集的神色來，兀自搖搖頭，長歎一聲，說：「每次運動，都是中央的部署，我們怎麼知道中央還有兩條路線？要是有兩條路線，那還可以說我跟錯了，但明明只有一條路線啊！我們不但照做，還要積極執行，等到你做過了，然後又一個運動下來，說你跟的是資產階級反動路線，當然又要檢查。給你來當專員，你怎麼當？」

我笑說：「糟蹋老百姓的事不要做，多替老百姓著想，就這樣當官啊！」

那天下午正閒聊著，突然白如雲和她叔叔一起進來了，白耀輝見到專員，詫異地說：「韋書記，你怎麼來了？」

專員認出他來，說：「你不是宣傳部小白嗎？這是你家？」

白耀輝笑道：「這倒是巧了，青州滿城都在找你。」

專員道：「就是他們造反派把我藏到你這裏來了。」

白耀輝笑著對他說：「原來造反派是保你的！你放心，這裏保證安全。」

我忙解釋道：「我們不是保他的反動路線，我們是保護他這個人，免得他被老保打死。」

專員道：「我也搞不清楚他們造反保守那一套，他們要保護我，我還能不讓他們保護嗎？」

白耀輝一來，我們和專員的關係好像又近乎了一點，那晚四個人一起吃飯，居然都像老朋友一樣隨和了。

專員問白耀輝：「你又是哪一派？」

白耀輝道：「我是逍遙派，兩邊都不沾。」

專員笑説：「你倒聰明，不管哪一派得勢，你都沒錯。」

「逍遙本身就是錯啊！」白耀輝笑説。

「人人都要觸及靈魂，你逍遙派怎麼觸及靈魂？」專員又問。

「每天在家裏閉門思過吧！」

「你是在家坐山觀虎鬥吧，」專員笑説，「從今以後，我也要做逍遙派。」

那晚白家燉了雞湯，黃花魚煎得焦香，小鍋燜五花肉，小魚乾煮芥菜心，專員多日來口裏寡淡，不料有此招待，一時竟感動得有點忘形，話題一拉開，彷彿忘記自己的待罪之身。

白耀輝不住撩專員説話，看來白如雲的凡事問，有部分來自她叔叔。專員既在不設防狀態，白耀輝更輕騎深入，話題慢慢拉開，氣氛活躍，原本應該劍拔弩張的場合，竟有點煮酒論天下的況味了。

白耀輝突然問：「韋書記，你是老領導，有政治經驗，你又怎麼看這場運動？」

專員笑説：「我怎麼看？我就是走資派啊！」

「被人揪出來鬥，你能服氣？」

專員説：「不敢説不服氣，只能説不理解。」

白如雲道：「你説説，怎麼不理解。」

專員猶豫著，我笑説：「你不用擔心，今天晚上説的，以後誰都不會承認。」

專員道：「我和你們不同，我是走資派，你們三個合起來揭露我，我有九條命都不夠死。」

白耀輝道：「既然要討論，就別吞吞吐吐，你人生經驗豐富，你看我們，是那種賣友求榮的嗎？」

專員聽到「賣友求榮」四個字，突然心有所動，感覺三個萍水相逢的人心地善良，倒是落難時可以信任的，終於想了想，說：「我說的是真心話，如果錯了，你們批判，以後你們要揭發我，我也認倒楣就是。」

「你少賣關子，要說就說，不說回你房間去，我們還要聊天！」我見他扭捏，又喝斥他。

專員小心斟酌著，說：「你們看，劉少奇打倒了，他的主要問題不是『桃園經驗』，他的問題是三年困難時期後，提出『調整、鞏固、充實、提高』的方針，提倡農村『三自一包』，這是把前些年人民公社生產生活集體化那些政策抵消掉，又走回個人利益的老路上去了。所謂走資本主義道路，就是從這裏來的。『社教』只是『形左實右』，『社教』沒有走資本主義道路的問題，對吧？」

白耀輝點頭：「這有道理，所以文革算的是困難時期後那幾年，『三自一包』的那筆帳。」

專員輕歎一聲，說：「本來，說劉少奇政策錯了，那再改回去也可以，再走人民公社集體化那一條路子，我們也會照辦，犯不著把我們都打倒啊！對不對？現在一句話下來，我們都變成資產階級代理人，這很冤枉啊！」

我笑說：「看起來你抵觸情緒不少啊！」

「這是我第一個不理解。第二個不理解，就是要打倒我們這些中高層幹部，用不著興師動眾啊！只要像小白你們這些機關幹部發動起來，大字報在機關一貼，把我們拉出來批判，那不就打倒了嗎？何必要發動大中學生、工人農民、所有企事業單位，全國幾億人口統統投入進去，說一句不好聽的，那真有點大炮打蚊子是嗎？」

我說：「毛主席說，天下大亂，達到天下大治嘛！」

「毛主席還說，亂了敵人，鍛鍊了自己。」白如雲再補一句。

專員點點頭：「主席站得高看得遠，我們永遠跟不上，所以我說不理解就是這個意思。說到第三個不理解，現在劉少奇這一幫中央領導打倒了，像我們這種中層幹部也打倒了，可以說達到運動目的了，可是怎麼還不把運動收攏起來，工廠復工，學生復課，社會生活正常化？為什麼運動還沒有要結束的跡象？」

我說：「造反派和保守派，誰是誰非還沒有搞清楚啊！」

專員笑說：「你以為文化大革命，是要計較你們兩派的是非嗎？你們兩派是因為運動才產生的，運動結束，兩派自然也不存在，問題是運動為何還不結束？」

白如雲眼睛忽閃忽閃，突然問白耀輝，說：「阿叔，他這三個不理解，你能理解嗎？」

白耀輝搖搖頭，笑說：「韋書記這種高水平的問題，根本不是我想得出來的。」

我卻說：「他要真是高水平，那就能理解了，他不理解，證明也不是什麼高水平。」

專員笑說：「你這個小方啊！你這話才是高水平。」

「那怎麼辦啊？」白如雲有點發愁的樣子。

我說：「主席高瞻遠矚，到什麼地步，自然會有什麼政策，不用擔心。」

「就是這個說法，」專員說，「我這是向你們交心了，這也證明我的錯誤思想根深柢固，我學習毛主席著作遠遠不夠，我應該更深刻自我批判……」

我拍拍專員肩膀，說：「好了好了，這裏也沒有外人，你別裝了。」

白耀輝也笑說：「專員三個不理解，值得我們好好想想。你放心，我們不是在引蛇出洞，我們自己也是蛇。」

我覺得專員倒也不惹人討厭，自此以後，也就由著他自己去做檢討，有事沒事去看一眼，只等青州城造反派來接他回去。

過兩天，一大早白如雲氣急敗壞跑到古廟來，把我推醒，上氣不接下氣說：「快起來，專員不見了！」

白如雲說，這幾天見專員好好的，她也大意了，昨晚把鎖掛在門上，忘記扣上，今天一大早不見了專員，邊門也虛掩著，人一定是跑出去了。現在怎麼辦？

我一聽心頭一緊，趕緊叫起來七八個留宿的同學，大家急急往街上趕來，分頭四處去找。大清早街上人不多，沿街下去，四下搜尋，都不見專員高大肥胖的身影。我一邊走一邊考慮事情的嚴重性。青州城和安平不同，兩派勢均力敵，互有攻守，在這節骨眼上，萬一專員跑回青州城，被老保扣起來，那就給造反派戰友製造難題了。

在街上跑了幾個來回，都沒有專員的蹤跡，其他同學從偏街僻巷找出來，見了面也都搖頭，我心頭紛亂，覺得事情不妙。

看看時間差不多了，我只好說，那先回去吧，再想想辦法。

大家情緒低落往回走，突然一個同學叫道：「那不是專員嗎？」

大家順著他手指的方向望過去，果然遠遠見到專員，站在「雨腳架」邊，兩手扠在腰上，正一臉悠閒地抬頭看天。我在心裏罵一句：「他媽的，你倒自在！」

我們朝專員跑去，專員遠遠看到了，還朝我們揚揚手打招呼。我跑到他跟前，低聲喝道：「你找死啊？跑出來做什麼？」

專員大大咧咧：「關了十來天了，悶得發慌，出來散散心，吃個早餐。」

「你還散心呢！害我們好找！要出來也不說一聲，你是巴不得老保把你綁回去吧？」我低聲吼他。

專員愕然：「一大早，我也不好意思吵醒她們……」

我壓低嗓門又吼道：「少廢話！跟我回去，回去再算帳！」

大家便都散了，我傍著專員，一言不發把他帶回白如雲家去。

白如雲在廳口等著，見到我們進來，眉心才鬆開來。專員見我板著臉，自知莽撞行事，不斷解釋，說一大早起來心情煩悶，在二樓走廊上來回走，走到門邊，見鎖掛著沒有扣上，便開了門下樓。天剛亮，樓下也悄無人聲，他在天井邊站了一會，突然衝動起來，想到外邊走走，也不及細想，悄悄開了側門出來，只想散散心，吃個早餐，然後回去。

他分辯道：「我不是想偷跑，想偷跑我還敢吃早餐嗎？再說了，我跑去哪裏？回青州城，不是自投羅網？」

我使勁拍了一下桌子，大聲喝道：「你放肆！沒有我們批准，你就不能亂說亂動！我問你，吃完早餐，你懂得怎麼回來嗎？」

專員一張臉突然僵住，他果然沒有想過怎麼回來的問題。

「你記得回來的路嗎？安平雖然不大，街巷拐來拐去，你懂得走出去，不懂得找回來，一個人在街上晃蕩，目標更大，你是自己找死！」

專員頹然坐下，說：「唉，我真的沒想過……」

我譏誚道：「還說什麼多年工作經驗！應該讓你在街上流浪，給老保綁走，一去無回才好！」

我回身往外走，把房門狠狠拉上。下樓來，白如雲笑著迎上來，說：「把他好好訓一頓？」

我說：「他倒不是要跑，關久了，想出去透透氣。本來告訴我們，陪他出去走走也是可以的，他這樣搞，害我們擔心了一上午。」

白如雲勸道：「算了算了，他們當官的，還以為有警衛員跟在身邊呢！」

過兩天，等我氣消了，專員才提起那天早上的早餐，他說在一個賣早點的鋪子裏，因為坐在靠裏的小桌子，所以我們跑來跑去都沒見到他。他吃一碗線麵糊，點了肉絲、鮮蠔、滷豆腐、海帶絲做配料，外加一根油條。以前聽說安平的小點出名，沒想到真的那麼好。

我說：「那是你見識少，安平好吃的東西還多著呢！」

專員好像想起什麼，突然低頭不語，神色愴然起來，半晌緩緩道：「那個早點鋪子，女人撐鋪，她男人帶著一個小女兒，坐在旁邊玩。男人問他女兒：你疼爸爸多，還是媽媽？女兒甜甜的說：我疼爸爸。她爸爸又問：那為什麼？女兒說：爸爸疼我，媽媽罵我。」

專員抬起頭，竟有點憂傷，說：「我女兒小時候，也最喜歡這樣纏著我。我下班回家，她就猴到我身上來，說她最疼爸爸，可是現在，她當我仇人一樣。我寧肯她不要長大，永遠都在四五歲，永遠和我親。可是……」

「那還不是你自己造的孽？」我說。

「怎麼是我造孽了？」

「你要是不執行資產階級反動路線，你女兒也不會造你的反啊！」

專員一聽，好像迎面給人打了一拳，沮喪地低下頭去。好一會，他喃喃道：「做的什麼官啊！還不如人家小百姓，一家子開開心心。」

我突然脫口而出：「這年頭，還有誰家是開開心心的！」

終於到了送回專員的一天，那晚夜深了，臨離開白如雲家時，專員向照顧他多日的村婦，抄下了她村子所屬的公社大隊名稱，以及她姪兒的姓名，說只要將來有機會回到政府部門工作，一定會派人深入調查，萬一真的搞錯了，一定替她姪兒平反。

然後，照舊七八個同學，一路護著先到古廟，然後各人一輛自行車，沿途保護專員，摸黑繞路，騎到南水縣星火中學。由那裏的八二九紅衛兵戰友接應著，在一個人家屋頂天花板下過夜。

那晚蚊子像滿天轟炸機一樣輪番攻擊，我將一條手帕蓋在臉上，像屍體一樣直挺挺躺了一夜。一大清早，也來不及梳洗吃早飯，當地紅衛兵調來一輛大卡車，我陪專員坐在駕駛室，一路神不知鬼不覺回青州城。半個多月折騰，總算平安把韋清泉交回給八二九青州司令部。

一九七三年我從勞改農場回來，到清華大學補辦畢業證書，有一天去京西賓館找一個同學，就在賓館門外，竟然碰到韋清泉。他和三四個年輕人坐在賓館路邊的花圃石壇上，見到我，互相認出來了，急忙站起來握手。

原來專員到北京來申請調動工作，準備回陝西靠近老家的地方，再工作幾年就好退休了。問起我的情況，我說剛從勞改農場出來，回村監督勞動，專員苦笑說：「你也吃了不少苦。」

我附在他耳邊說：「這場運動，誰不吃苦？」

專員點點頭，又說：「白如雲她家那個大嫂，她姪兒平反的事，前不久已經辦好了，我算是還了一點心願。」

我說：「謝謝你，可惜白如雲看不到了。」

專員怔了一下，問道：「她怎麼會看不到？」

沒等我回答，後面有人喊他，我也覺得多說無益，便道：「你去吧，我們有機會再見。」

第十五章

越勇敢越吃虧

多年後我從香港回安平，從青江機場出來，車窗外是連綿不斷的沉悶的商廈和高層民居，已經看不到起伏的赤土埔，看不到地平線遠處的山海與雲空了。我問司機：「六角亭還在嗎？」

司機說：「還在，等一下我們會經過。」

過了一會，他突然指指窗外，說：「那就是了。」

我轉臉去看，好不容易，才在密匝匝的樓群中，辨認出一個醜陋的低矮的小亭子，很怪異地被擠壓在公路邊。周圍的榕樹和桉樹早就砍光了，車水馬龍之中，六角亭猶如一個被遺棄的老頭，無可奈何地站在時代洪流側畔，見證時光的流逝。

六角亭保留在這麼一種狀態中，完全是多餘的，它已經沒有任何存在意義。

當年總部同學步行到青江縣城去，為四九八七部隊送行時，浩浩蕩蕩的隊伍經過六角亭，老保們措手不及，眼睜睜看著我們大隊人馬操兵一樣走過，那時造反派同學心頭的氣概，真是豪邁啊！

當年青江縣駐紮了兩支師級的部隊，一支是四九三七部隊，一支是四九八七部隊，前者是常駐部隊，後者是機動部隊。四九三七部隊因為長駐，與青江縣原政府有千絲萬縷的關係，運動一來，他們就傾向保守派；四九八七部隊因為經常調防，與地方關係不深，反倒同情造反派。可惜安平解放軍支左的任務，是由四九三七部隊執行的，因此儘管四九八七部隊同情我們，但我們得到的支持並不多。

消息傳來，四九八七部隊要調防了。

大家都有點悵然失落，預感從此要面對不利的處境，後來同學之間悄悄流傳，有人提議，總部同學組織起來，步行到青江縣城去，為四九八七部隊送行，一則表達軍民魚水情的精神，另則也是向縣城的老保示威。

起初勤務組都不以為意，但提議卻蔓延開來，聲勢漸大，不可迴避了，勤務組只好開會商討。大家意見不能統一，曾沛然、立群、白如雲都不贊成，林敏行、秋實、黃磊卻大力支持，蕭偉猶豫不決。我不是勤務組成員，他們徵求我的意見，我說：「那是自投羅網，一定會吃虧。」

但幾個支持提議的卻說，歡送解放軍調防，體現軍民魚水情，諒老保不敢怎麼樣，即使吃一點虧，也在所不惜。

僵持了很久，立群說：「那就開總部大會，必要時舉手表決。」

總部大會的情況，與勤務組的小會差不多，也是支持的一方理由充分，反對的一方底氣不足。大部分同學都沉浸在理想主義的激情之中，覺得紅衛兵就要「一不怕苦，二不怕死」，連去縣城送別解放軍都不敢，那還談什麼革命造反？

爭了半個上午，立群眼看勢難統一，只好站起來說：「好吧，兩種意見不能統一，我們來舉手表決一下——贊成去的同學請舉手。」

話音剛落，大廳裏齊刷刷舉起如林的手臂，立群環視一周，淡淡一笑，說：「我看反對的也不用再舉手了，好吧，決議是：我們去！」

那天下午林寬和李友世、張大同趕到古廟來，神色凝重坐在勤務組房間裏，說盧志遠請他們來勸勸紅衛兵小將，不要到青江縣城去，這種行動意義不大，但損失可能很大。

秋實還是那些話，因為表決通過了，說起來更慷慨激昂。

談了小半天，沒有結果，林寬他們也只好告辭了，臨走前交代說：「要想周到一點，把最惡劣的情況估計在內。」

那年月，青春直如揮霍不盡的資產，激情是易燃物，理性等於貪生怕死。人在集體裏沒有恐懼，一不怕苦，二不怕死，越勇敢越革命。

粗略估計，步行要兩三個鐘頭，隊伍大清早就出發了，要不要從六角亭路口經過，事先也討論過，結果當然是明知山有虎，偏向虎山行。

天剛亮，七八百個同學在古廟門口集合，前面是總部隊旗、五六塊橫額，數十支彩旗，中間和隊尾也各安排了幾塊橫額，前面是男同學，後面是女同學，數十個老師在隊尾壓陣。

天剛亮不久，田野上仲夏的濃霧仍未散去，恰好把這一支孤軍深入的隊伍掩護起來了，直到走近六角亭，濃霧後的糖廠煙囱還只隱約可見。隊伍靜悄悄行進，只聽到沙沙的腳步聲，偶爾有人咳嗽，聲音像傳得很遠，驚起樹上早起的鳥，忽喇一聲飛走了。

六角亭在身旁經過，大清早人跡罕至，亭畔幾棵榕樹和桉樹，枝葉間霧氣繚繞。前面就是糖廠外的上坡路了，濃霧深處，好像有危險潛伏著，隊伍中氣氛緊張起來，人人屏聲息氣。

糖廠大門口堆著沙包，墻內有木架子搭起的瞭望台，廠區圍墻上刷著鮮紅的標語：「緊跟偉大領袖毛主席，把無產階級文化大革命進行到底！」

我跟身旁的立群說：「他們的標語和我們是一樣的。」

立群說：「他們也當自己是無產階級革命派啊。」

「我們是革命派，他們也是革命派，我們緊跟毛主席，他們也緊跟毛主席，以後的人寫我們的歷史，都不知道怎麼寫！」

身旁的秋實突然回身向隊伍，大聲喊道：「我們來唱歌！大家準備好——我們走在大路上……預備——起！」

我和立群面面相覷，不知道秋實打的什麼主意。

旁邊的同學即時呼應，大家都唱起來：「我們走在大路上，意氣風發鬥志昂揚……」

歌聲往後面傳去，更多的人應和起來：「……毛主席領導革命隊伍，披荊斬棘奔向前方……」

歌聲在靜靜的晨霧裏，擾動起突如其來的聲浪，糖廠門口站著幾個紅總司的人，有些人聞聲也從裏面跑出來，老保們睡眼惺忪，驚詫地看著這麼一支突然冒出來的隊伍，神色疑忌指點著。

「向前進——向前進——革命隊伍不可阻擋……向前進——向前進——朝著勝利的方向……」

歌聲一波一波地傳出去，因為隊伍太長，前後的歌聲有一點落差，好像到了尾音有一個弧度，彎彎地繞上來。就在雄赳赳的歌聲裏，隊伍通過糖廠大門口，裏面有更多的人擠到門口來，都不知道發生什麼事，也沒來得及看清前面的隊旗和橫額，臉上都露出一種狐疑惶惑的神色，互相低語著。

隊伍上了坡道，公路從東頭村旁穿過，不遠處有一大片瓦房，房前房後一些菜地，一隻老牛在菜地邊吃草。霧氣裏看過去，一個人影都沒有，村民大概都在吃早餐，早餐吃完也好下地幹活了，誰也沒想到，在這個平凡的仲夏早上，一支造反派的隊伍，大模大樣從他們身旁經過。

秋實把手攏在嘴邊，往後面喊道：「好了，現在停下來。」歌聲便沿著行進的隊伍緩緩落下去。公路上又沉寂下來，腳步聲沙沙，路邊樹上有稀疏鳥叫，遠處狗吠兩三聲，濃霧在我們身後，一點點散去。

走過東頭村，隊伍中突然爆發出一陣歡呼聲，平安闖過了一個大關，如入無人之境，簡直是意料之外的驚喜。

我跟立群說：「我到後面看看。」

隊伍保持著隊形，大家見我來了，都熱情打招呼，紛紛說剛才唱歌那一幕好玩。無驚無險闖過六角亭，人人都興奮著，吱吱喳喳說個不停。

走到隊伍最後，見曾沛然在那裏，便過去和他作伴。曾沛然問道：「剛才是誰指揮唱歌？」

「秋實啊，一時衝動自作主張。」

曾沛然笑道：「他這衝動，有時倒來得巧。」

「就怕有時會闖禍。」

「唉，不知道以後的人，怎麼看我們這場運動？」曾沛然突然感慨。

「將來安平的文革歷史，會寫下今天這一筆吧？」

旁邊教體育的黃老師笑說：「再過五十年，共產主義實現了，每年五月十六日，在天安門廣場會舉行文化大革命紀念儀式，國家主席致詞，敲鑼打鼓慶祝，好像現在的國慶節一樣。」

曾沛然問道：「要是共產主義還沒實現呢？」

我說：「那以後的人會羡慕我們，我們有份寫這段歷史。」

曾沛然說：「你想得美！不罵我們就好了，不過，那時我已經去見馬克思了。」

「那時你也不過八九十歲，我會去找你喝酒聊天。」

曾老師突然走神，悠悠唸道：「身後是非誰管得，滿村爭說蔡中郎。」

路程漫長，體力漸次消耗，大家都露出疲態來了，在小山崗上，隊伍停下來歇了十五分鐘。濃霧悄悄散去，日頭慢慢升高，四下裏熱氣逼來，各式汽車從身旁駛過，揚起一陣陣塵土，大家都沒有心思唱歌了。

經過八九三七部隊駐地時，遠遠看到山坡上一列部隊營房，立群和秋實沿隊伍一路喊下去：「等一下萬一走散了，記得都回到這裏來集合。」

有人問道：「萬一給打得趴在地上呢？」

秋實道：「那，爬也要爬回來！」

大家便一陣哄笑。

上了一個大坡，經過幾條村子，遠近的房屋和阡陌都在熾烈的陽光下，田野上水蒸氣裊裊升上來，樹影、山崗和房屋便都在視線裏搖晃著，然後，青江縣城那一片密集的樓房，就在地平線上一點點展開來。

公路從兩三層高的樓房中穿過，遠遠的大路口站滿了人，幾百個精壯的男人，各人手上都拿著傢伙，正嚴陣以待。

立群說：「他們有準備了，這一回不好對付。」

我輕歎一聲，說：「免不了一場惡戰。」

立群沉吟著，突然說：「你去女同學那邊掌握情況，看到前面接觸打起來，趕緊安排女同學往後撤。」

我猶豫著：「她們自己也懂得撤吧？」

「她們會拿不定主意，一耽擱要跑都來不及了。快，你去掌握！」

我只好又往後面趕來，跑到女同學隊伍旁邊，回頭看前面，隊伍前列已經接近路口，那邊的農民嚴陣以待，慢慢朝隊伍逼近來。

我大聲向女同學們喊道：「大家聽著，這個場面，一定會動武的，等一下聽我的指揮，我說撤，大家就往後跑，不要停下來，直接跑到四九三七師部去，在那邊路口集合。大家注意，一定不要猶豫，互相照顧，不要丟下一個人。」

再看前面，先頭部隊已經接觸了，老保農民嘶喊著衝上來，團團圍住最前面的隊旗和橫額，兩邊開始爭持，隊旗和彩旗東倒西歪，有一個橫額給拉扯出來，拆散了丟棄到地上。那些農民揮舞手上的鋤頭柄、木棍，不由分說朝同學們身上亂打，石頭磚塊像雨點一樣往隊伍後面飛過來，黑壓壓的人擠在短短的公路上，老保見人就打，總部同學毫無還手之力。

我看看形勢不妙，朝身邊的女同學們大聲喊：「現在撤！趕快——往後撤回去！」

女同學們連同押後的老師們，一起回頭往公路上跑，白如雲見我還站著，連忙拉一下我，說：「你也撤啊，還站著幹嘛？」

「你先走，」我說，「立群他們還在前面，我去看看。」

白如雲急得直跺腳：「你還去！你去還不是挨打？」

我顧不上多說話，回頭又往前面跑去，跑了幾步不放心，又駐腳回身望望後邊，見所有人都跑光了，只有白如雲一個人站在路心，遠遠朝我看著。我急得直揮手，趕她離開，看她慢慢往後跑了，這才拔腳追到前面去。

前面已是混戰狀態，同學們赤手空拳，根本毫無招架之力，大部分人都被逼到路邊，有的被推倒在路溝裏，我趕緊喊道：「能撤的趕快撤出去！不要站著，往後撤！」

打紅了眼的老保農民，追著同學揮棒，有個同學被打倒在地，弓起身護著頭，農民還往他身上東一棒西一棒亂打，我趕緊衝上去，把他拉起來，周圍那些棍棒，便雨點一樣砸到我身上來。

背上、腰上、腿上不知挨了多少，後腦勺和眼角都火辣辣痛，有片刻工夫好像神志散了。等我回過神來，那小同學已經不在旁邊，自己身旁卻圍著七八個腰圓膀粗的農民，一個個目露凶光盯著我。我心裏發慌，抬起頭，一眼瞄到前面不遠處，有個解放軍戰士站著，我急忙朝他身邊走過去。

那士兵冷冷地目不斜視，像一尊泥塑的雕像。七八個農民跟過來，因有解放軍在，只目露凶光圍著我，氣咻咻，揮舞著手上的傢伙。

隊伍已經崩潰了，同學們被追打著四下裏跑，有的跑遠了孤伶伶被農民圍著打，有的跳到路邊池塘裏去，站在水中以避過拳腳棍棒。大路口已經完全被老保農民控制了，彩旗和橫額散落在地上，被他們踩在腳下。

我跟身邊的戰士說：「解放軍同志，可不可以帶我到武裝部去？」

那士兵板著臉，沒有一點表情。我只好盡可能靠近他站著，不敢擅自走開。聽到旁邊老保說：「這小子是個頭，不能放過他！」

有人罵道：「他媽的什麼東西！找死啊？」

不知道站了多久，只覺太陽穴傷處「噗噗噗」地跳著，陽光毒辣，大路上灰塵飛揚，我腦袋空空，心懸著，不知如何是好。

過了一會，那解放軍戰士轉身往後走去，我心裏一急，趕緊跟著他，走幾步他又站住了，我只好又站住。我只知道他走到哪裏，我一定要跟到哪裏，他站到天黑，我也只好站到天黑。又站了好一會，那士兵終於慢慢往城裏走，我在他身旁緊緊跟著，身後好幾個農民也跟上來。我們穿過大街，只見滿地雜物狼藉，手執棍棒的農民三三兩兩巡遊著，街旁站著很多看熱鬧的居民，人人指點說笑。

再走幾個街口，進了一條巷子，稍微側身往後看，身後已經沒有農民跟著，我心稍定，知道自己安全了。

進了武裝部，大院裏已經有三個同學先到了，見到我都迎上來，一個同學說：「你受傷了，眼睛裏都出血了。」

我摸摸額角，有個地方很痛，手指頭濕濕的感覺，仔細一看，是半凝結的血塊。

正在這時，卻見立群和秋實進來了，大家見面，都有點劫後重逢的感觸。原來他們被農民追入一條小巷，不辨方向拚命亂跑，甩掉後面的老保後，向一個老人家打聽，才慢慢找到武裝部來。

「受傷了沒有？」我問他們。

立群說：「身上挨了好幾下，應該問題不大。」說著舉起手來，只見三四條瘀紅的傷痕，斜斜印在手臂上，撩起上衣，背上也有幾處。秋實也差不多，他也說：「你額角傷了。」

我們便都退到陰影裏，席地坐下。那時才覺得肚子咕咕叫，滿身火燒火燎，大家都垂頭喪氣，也沒心思交談。

下午四點多，五六個武裝部士兵都不帶武器，前後護著我們，一行人專揀偏街僻巷走，走出縣城，沿公路往南，大約半個小時後來到四九三七師部。遠遠看到師部門口聚著一些人，後來都跑下來，在半路上迎上我們。

白如雲先見到立群，憂心忡忡地問了幾句，然後又擠到我面前來，看著我額角的傷，低聲怨道：「你真是，都叫你不要上去，擔心死我了。」

我見有淚花在她眼角，便勉強笑說：「沒事的，過兩天就好了。」

曾沛然和黃老師也都上前來，默默握手，拍拍我肩膀，說：「回來就好！都不知道你們發生什麼事。一個勤務組，只回來蕭偉和黃磊，萬一有什麼事，損失就大了。」

那晚在師部過夜，點算一下，不同程度傷了四五十個人，還有四個同學沒有回來，聽說有親戚在縣城，可能到親戚家躲著。

一群敗戰之兵，沒情沒緒，各自和衣在幾個空房間裏休息。半夜下起雨來，人人聽著雨聲，垂頭喪氣，心事煩亂，幾乎都沒合眼。

第二天一早，用過師部提供的早餐，立群宣布繞山路步行回安平。從師部後山往上，隊伍蜿蜒沿著小路攀登，幾乎上到山頂，然後往西邊橫插，跟山脈走向，一路沉默行軍。天放晴了，雲很低，路很長，人很靜，心很空，挨打的滋味像小蟲一路啃嚙各人的心，這一番偉大的革命行動，在兩個多鐘頭後回到古廟時以慘敗告終。

沒有人宣布什麼，各自散去，我和立群、白如雲、秋實、蕭偉、黃磊、林敏行走在最後，在路口分手時，白如雲說一句：「什麼革命行動？根本是自討苦吃！」

第十六章

武器的批判

我問雅琴：「你從頭到尾都沒有反對？」

雅琴道：「我怎麼反對？你們還舉手表決了，我怎麼反對？」

「你就不擔心我給人家打殘廢了？」

「我擔心啊！」雅琴看著我，摸摸我額角，說：「擔心儘管擔心，你也算一個頭頭，人家往前衝了，你倒往後退，你不怕給別人看不起，我還怕連我也看不起你呢！」

「那我要真給打殘廢了怎麼辦？」

「還能怎麼辦？把你抬回來，幫你養傷，傷好了再出去鬥，那才是我喜歡的男人啊！」

我把她摟過來，親親她，說：「就憑你這樣，你也才是我喜歡的女人啊！」

眼睛裏的血絲幾天後慢慢散了，因為後腦勺上挨了幾下，頭一直有點暈。那天張捷來，在房間裏坐，說起各地的武裝鬥爭，原來縣決戰總指揮部正在籌組一支武工隊，以後不管哪個鄉鎮發生武鬥，都可以調動這支武工隊去支援。現在他們正到處張羅武器，居然還從深山的村子裏，找到早年地下鬥爭時留下來的一些槍枝。

張捷說：「當年地下工作時，我就是機槍手，他們想把我調過去。」

「原來你還真是上過戰場的。」

「我們也死傷了一些戰友啊！我右邊肩頭就挨過一槍，子彈穿過去了，沒傷著筋骨。」

「紅衛兵也要建立自己的武工隊了。」

張捷道：「紅衛兵好辦，你們去部隊搶槍，人家也不敢為難你們。」

隔天立群也來，他倒先說起搶槍的想法了。

立群說：「我們這裏，四九八七和四九三七都不好辦，來去都要經過六角亭，總是不方便。所以我想，不如去八九六七部隊，他們同情造反派。」

「八九六七部隊駐在哪裏？」

「就在豐和鎮外面，豐和中學八二九造反派，和我們一向都有聯繫，請他們幫忙帶路，應該沒問題。」——原來立群已經有一套想法了。

我說：「那要選一些男同學，找幾輛車。」

立群點點頭：「人選容易，車嘛，要問問林寬他們。」他想一想，又問：「你的傷都好了？」

「就是頭有點暈，再休息兩天，搶槍我自然也會去。」

「沒有槍不行，有了槍事情就更大了。」立群自言自語道。

我說：「江青同志早就有『文攻武衛』的指示，前不久流傳毛主席的內部講話，說要『武裝左派』，看起來搶槍的事未必是群眾組織自己搞出來的，說不定是主席的戰略部署。」

「老保根本用不著搶槍，縣人民武裝部就有槍，四九三七部隊也會暗中支持他們，我們只好靠自己。」

「明後天我會回古廟，到時再商量一些細節。」

立群點點頭，突然說：「這一次去縣城，白白挨打，搞什麼舉手表決，這都要怪我。」

我知道他心裏難過，趕緊說：「凡是表決，一定是激進派贏的。巴黎公社當年起義時，曾經為攻打路線起爭論，後來也是表決決定，結果證明，表決的方案是錯的。」

立群尋思片刻，說：「這就像打仗，指揮員決定怎麼打，不能由士兵每人一票表決怎麼打。」

出發去豐和鎮那天，天陰著，風裏有細細雨絲。兩輛解放牌汽車，林寬和一個工友負責開車。五六十個同學分站在車斗上，迎面的疾風，把大家的頭髮都撩起來。起先還唱唱歌，後來都受不了，大家閉起嘴瞇起眼，被顛簸的車子拋得東倒西歪。

到豐和鎮，兩個紅衛兵等在路口，上了駕駛室引路。車子穿過陌生的街道，一溜錯落的樓房，菜檔、小食鋪、理髮店，路邊閃過大字報欄和剝落的標語，一個買賣牛隻的集市裏擠滿鄉民和黃牛——革命與生活彼此交織著，革命也是生活，生活也是革命。

車子上了一個小斜坡，軍營大門突然在坡頂出現，柵門虛掩著，門邊站著兩個解放軍戰士，仔細一看，都空著手。豐和紅衛兵下車去，也不和兩個士兵打招呼，直接就把柵門推開了，他們往後揚揚手，車子長驅直入，開進軍營裏去。

入門處不遠，一個方圓百米的空地，車子在空地中停下，車上的同學也不等指揮，一個個跳下來，大家聚在車後。立群悄聲說：「等一下分開找，所有的兵營、辦公室、伙房什麼的，都不要放過！他們一定把武器都藏起來，大家不要粗心大意，邊邊角角小心找。」

我在一旁插嘴說：「大約一個鐘頭也差不多了，不要單獨一個人行動，起碼兩三個人一組，互相有個照應。進去一起進去，出來一起出來。」

遠處兵營外，三三兩兩站著士兵，朝空地這邊望著，七八輛軍車停在後面空地上，更遠的地方，幾支火炮的炮管斜斜翹高，都披著灰黃色的炮衣。

立群沉著聲下令：「開始！」

大家聞聲便往四下裏散開，三三兩兩各自看準一座平房，快步跑過去。平房外那些閒站著的士兵，都垂手站在走廊上，任由我們衝進房去。

第一間營房明顯是臥室，木板床成列排開，被褥疊得整整齊齊，墻角有一排櫃子，此外就是一兩個低矮的木架，放著面盆茶杯等雜物，整個房間一目了然，看不到有什麼角落可以藏武器。我打開櫃子探看，裏面一格格放著一些雜物，大概每個士兵的私人物品就放在裏面，隨便抄揀了一下，也不見有什麼異常。

連著三個房間都是臥室，都沒什麼發現。

再進另一個房間，估計是活動室，有一張乒乓球桌，墻邊靠著報紙架，一個大玻璃櫃裏立著幾排書，房間很大，東西很少，一目了然，根本藏不住什麼東西。

出門來又拐進一個類似會議室的房間，一張大桌子，旁邊十幾張椅子，桌上有熱水瓶和茶杯，旁邊墻角有一部電話。一個鐵皮高身文件櫃，五六個抽屜，都上了鎖。我巡視一下，也覺得機會不大。

正準備退出來，突然抬起頭看看天花板，遠遠角落那邊，天花板上有一個方形的板塊，看上去有點異樣，一時心血來潮，叫身邊同學抬幾張椅子來，疊高了，我登上椅子，伸高手去推一推那板塊，不料木板竟給推動了。

我將板塊移開，再踮高腳，伸手到天花板缺口處四下裏掏摸，居然摸到一包東西，沉沉的，順手抓出來，原來是一個黑布口袋。袋口用細繩子綁緊，解開繩子一看，裏面有十個八個亮錚錚的槍栓，槍栓上都塗著機油，想是剛從步槍上拆下的，集中藏起來，這樣即使步槍被搶走，沒有槍栓也沒用。

我心頭噗噗跳著，小心抱著口袋，跳下椅子來，與身邊同學打一個眼色，彎著腰，將布袋捂在肚子上，低著頭往外走。

剛出房門就被外面的士兵發現了，有人大喊：「他把槍栓搶走了！」話音剛落，邊上四五個士兵一起衝過來，有人欺身過來搶我手上的布袋，我身子一扭把他掙開了，旁邊同學擋住另外幾個士兵，我想往空地上跑，衣領卻給人揪住了。

外面空地上，一簇簇人也在追逐著，有的同學拖著一支步槍，有的同學抱著什麼，還有的同學拎著一個鋼盔。他們身後，都有士兵追著，也有同學護著，有的扭在一起互相推搡爭奪，有的同學被推倒在地上，弓起身子護著手裏的東西。

我扭過臉對正那個扯住我衣領的士兵，因脖子勒住了，大概面容扭曲得有點可怕，那士兵只好把手鬆開。我身手一自由，突然往斜刺裏一掙衝出去，以百米比賽的步速，甩開後邊的士兵，拚了命往前跑，跑到林寬車前，一把拉開駕駛室車門，聳身鑽進駕駛室去，順手將車門「砰」一聲拉上。

身後五六個同學也跑過來，迅速佔據車窗下的位置，阻止士兵靠近車門。我喘著氣，把小布袋悄悄遞給林寬，林寬打開來一看，驚喜地說：「好東西！看能不能搶幾把空槍來。」

坐在駕駛室裏，可以清楚看到空地上的情形，一團團的人影在營地上糾纏，那些士兵顯然都未盡全力，只是做做樣子，不敢太蠻橫，反倒是我們那些同學，一個個生龍活虎，左閃右躲，一再擺脫士兵的糾纏。陸續有同學跑過來跳上車，就有同學湧上護著他，遠遠看到立群俯著身子跑過來，秋實、蕭偉、黃磊、林敏行各人，也都在同學簇擁下，一個個先後回到車子這邊來。

粗略看過去，同學背回來的步槍至少有五六支，有我手上這個小布袋，所有的步槍都能開火；另外有同學抱著整盒的子彈，有個同學手裏有一把小小的手槍，不知是真槍還是信號槍，看起來這一次行動不會空手而回了。我心頭稍稍安定，只等大家到齊了開車。

稍頃卻見立群來敲車門，我探頭出去，立群急急道：「林一飛沒有回來？恐怕要再出去找他。」

我一聽頭皮一麻。林一飛本不在名單裏，在古廟前上車時，林一飛突然一聳身跳上車去，別人怎麼勸，他都不下去。我和立群說：「算了，他只是個子小一點，有我們在，應該沒問題，就讓他去吧。」

因為我這句話，林一飛就和大家一起上路，但因為我這句話，可千萬別讓他出什麼意外。

我把小布袋交給林寬，跳下車去，立群說：「去一半人，留一半人，把東西都收到駕駛室裏，安排人看守車門。」

隨後，二十多個同學又分頭朝不同軍營跑去。

過了停放火炮的空地，往裏去有一列平房，隱在一片龍眼林裏，我們跑過去，一個一個房間查看。廚房外空地上，幾個士兵正在洗菜，一個在劈柴，還有人在空地上收曬乾的白布。廚房裏有伙伕忙著切菜，鐵鍋裏冒著水汽，但沒有林一飛的人影。

整個軍營都跑遍了，如果再找不到林一飛，那就不知道去哪裏找他了。我心裏不免有點發虛。跑到鍋爐房門口，裏面也空無一人，立群說：「進去看看。」

轉過大鍋爐，卻原來還有一個小單間，門虛掩著，立群推推門，裏面好像有什麼堵著，再使勁推一下，門開了一條縫，有個軍人探頭出來，說：「什麼事？」

立群突然大聲喊:「一飛你在裏面嗎?」

誰知裏面傳來林一飛的聲音:「我在這裏啊!他們不讓我出去!」

一聽聲音,我們幾個人一發力,就將房門擠開,大家一擁而進。房裏有三個士兵,正圍堵著林一飛。林一飛坐倒在地上,見我們進來,當即站起身來,一手護著肚子,大模大樣朝我們走過來。

那些軍人攔著他,說:「把你身上的東西拿出來!」

林一飛張開雙手:「我身上沒有什麼東西啊!」

「沒東西?那我要搜一下。」

「等等,」立群在後面喊道,「毛主席最高指示:要武裝左派。我們來這裏,借幾把槍,都是響應毛主席的號召,都是文化大革命的需要。以後運動結束,我們會全部歸還,請你們不要再為難我們了。」

我也大聲說:「林一飛,你過來!」

林一飛大模大樣走過來,那些士兵不敢再攔著。「毛主席說要武裝左派」,這句話把他們唬住了。

幾個人回身出來,沿大路往外跑,入門處空地那裏,所有的同學都在了,有同學問:「找到什麼好東西?都捨不得走?」

林一飛從口袋裏摸出一個小東西來,眾人一看,都問:「這是什麼寶貝?」

我接過來一看,一個手表一樣的小圓盤,上面有指針跳動,四周有一些刻度,便說:「可能是軍用指南針吧?」

「搞半天,摸了一個指南針來,你是怕在安平迷路了?」

林一飛道：「管他的！反正不要錢，拿回來玩玩也好。」

「這也好玩嗎？」有人笑道。

立群喊道：「再點一次人頭，齊了就出發。」

我把林一飛輕輕一托，把他托上了車。林寬已經點火，發動機隆隆聲裏，車子微微震顫著。正等立群那邊先發車，突然從裏面跑過來幾十個士兵，將我們的車子團團圍起來，有幾個士兵索性站到車前，排成一橫排，堵住我們的去路。

林寬低聲道：「這下壞了！」

我跳下車，只見立群那邊也被士兵堵住了，我朝立群走去，問道：「怎麼辦？走不了。」

立群道：「沒想到他們來這一招。」他沉吟著，緩緩道，「那只有和他們耗下去，反正我們不下車，他們也不敢怎麼樣，看誰堅持到最後。」

我抬起頭看看天空，說：「恐怕要下雨。」

「下雨才好，把紅衛兵堵在軍營裏淋雨，看他解放軍怎麼解釋！」立群嘴角有笑意。站在駕駛室踏板上，我向車上的同學解釋了一下，大家都說：跟他耗下去，一定要帶槍走。

利用這個空檔，我和立群統計了一下，總共搶到八支七九式步槍、一支五四式手槍、一支汽手槍、一支信號槍，還有幾百發子彈、三頂鋼盔，有同學將人家一個急救箱也捧來了。

天傍黑了，雨粒粗大起來，林寬從駕駛室裏摸出一件軍用雨衣，拋到車斗後去，大家把雨衣撐開來，勉強躲著雨。車前那幾十個士兵，一個個站在雨中，一動不動。

立群跑過來，大聲道：「豐和鎮八二九指揮部來人了，正在裏面和部隊首長談判，再等一會，看看他們談成什麼樣。」

「不放我們走，就淋到天光。」

天黑下來了，軍營裏燈亮起來，一個探照燈直射到空地上來，把我們的車和人都罩在白亮的燈光裏。雨線密集從燈光裏落下，雨打在雨衣上，沙沙地響。突然立群他們車上傳出來一陣歌聲：「下定決心！不怕犧牲！排除萬難，去爭取勝利——下定決心，不怕犧牲，排除萬難，去爭取勝利——」

歌聲歇下，我們車上的蕭偉也說：「我們也來唱：世界是你們的，也是我們的……預備——起！」

「世界是你們的，也是我們的，但是歸根結蒂是你們的，但是歸根結蒂是你們的——你們青年人，朝氣蓬勃……」

歌聲中，幾個人從軍營走出來，走進探照燈光下，才看清是兩個軍官，兩個中年人。軍官走到士兵群中，低聲交代什麼，兩個中年人走到駕駛室，和林寬說話。林寬半開了車門往後面喊道：「方宇程來一下！」

我跳下車，幾步跑到車前，一個中年人說：「剛才和部隊首長談過了，天黑了又下雨，先讓你們回去，你們搶走的武器彈藥，要好好保管，怎麼處理等他們請示上級後再說。」

我忙點頭，說：「謝謝你們！沒問題，我們會照辦。」

「那你們走吧，他們把士兵調開了。」

我朝立群那邊喊道：「立群，我們先走，你們跟著！」

於是我又跳上車，林寬稍微掉了個頭，車子就沿大路緩緩駛出來。我低聲交代大家：「等一下出了營房，不要來高聲歡呼那一套，人家給了我們方便，我們也給人家一點面子。」

那晚九點多才回到古廟，在那裏等候的同學都圍上來，立群說：「大家都淋濕了，趕緊回家，武器都集中到勤務組房間，明天開個會研究一下再說。」

林寬隨我們到勤務組房間，取出黑布袋裏的槍栓，往一把七九式步槍槍身裏一套，嚴絲合縫套上了。他輕拉一下槍栓，扣一下扳機，只聽「啪」一聲輕響，林寬笑道：「這就對了，沒有這些槍栓，槍都是廢物。」

白如雲在一旁說：「我們買了一些包子，還有碗糕，不過都冷了。」

秋實道：「大熱天，冷的怕什麼？快拿來，都餓壞了。」

於是大家就著熱水，狼吞虎嚥填了一下肚子。林寬說：「你們先把武工隊架子搭起來，過兩天我來教教你們基本動作。」

立群說：「謝謝你，累了一天了，你也好回去休息。」

林寬臨走前交代：「槍要管好，人命關天的事。」

蕭偉說：「你放心，我們會定一些規矩出來。」

林寬走後，立群說：「你們都回去，我和秋實在勤務組值班，外面還有十幾個同學過夜，應該沒問題了。」我們便都陸續離開。

夜深了，我送白如雲回家，突然想起逸思，問道：「上次逸思說他們要結婚，還說要請我們一起熱鬧一下，怎麼一直都沒有消息？」

白如雲道：「是啊，我也奇怪，但前天去他們那裏，也都沒聽老師提起。」

「恐怕是夢蘭的證明還沒有寄回來，現在政府部門都癱瘓了，辦事不容易。」

「你說的也是，好事多磨。」

「對他們來說，結婚也只是一個形式而已。」

白如雲幽幽道：「我有時亂想，我們以後，會不會像他們那樣，要吃那麼多苦頭，然後，生離死別的……理想也是空，愛情也是空。」

我心頭一凜，趕緊安慰她，說：「你又操心這些！日子總會慢慢好起來吧。」

白如雲說：「我覺得現在有點不對頭，你看，槍也搶來了。看起來，教室樓那一場，只是小兒科了。」

「外省都把坦克開上街了，革命不是請客吃飯……」

白如雲默默尋思著，稍頃突然說：「你知道嗎？我有時覺得，我叔叔是對的，看不通透的事不要做。現在我們越看越糊塗了，但我們還要做下去。」

「林副主席說，對最高指示，理解的要執行，不理解的也要執行，不能半途而廢啊！」

白如雲盯著腳下的路，好像一步一步數著，緩緩道：「我叔叔說，馬克思最喜歡一句格言，叫作『懷疑一切』。但如果懷疑一切是對的，那就不能『不理解也執行』啊！」

我一聽當下愣住，我還不知道馬克思喜歡的這句格言，怔了片刻，只好解嘲說：「你這個問題太深奧了，我要好好想想才能答你。」

白如雲笑道：「我還以為什麼都難不倒你呢！」

我也笑說：「搞了半天，原來你是來為難我的！」

「沒有啦，其實我也問過我叔叔，他也答不上來。剛才不過是碰巧想起來。」

走到白如雲家門口，她說：「你也累一天了，傷剛好，也沒好好休息……」

我說：「幹革命，大家都一樣。」

幽暗路燈下，突然覺得白如雲眼神裏有一種罕見的憂傷，完全沒來由的，好像有一句話到她嘴邊了，卻又說不出來。我便和她揮揮手，轉身離開，走了幾步回頭看看，她還站在那裏，遠遠看著我。在她身後，長長的巷子筆直延伸出去，直融入無邊的深沉夜色。

自此以後，每每神思恍惚時，總覺得回過頭去，都會見到白如雲，一個人默默站在那裏，好像永遠都在那裏。

走出巷口時，我也覺得，剛才好像有一句話在嘴邊，卻怎麼也想不起來了。

白耀輝

我有時想，要是白耀輝不做官，他會做什麼？那麼英俊，可以做電影演員，扮演有書卷氣的文人，一襲長衫，一條長圍巾，言談儒雅，顧盼自如，舉手投足都有民國風範。

他也可以到大學教書，在課堂上侃侃而談，將中西學問冶為一爐，化育學子，那一定會迷死大批女學生。

他也能勝任一個優秀的醫生，以他的專業知識，溫雅的性情，為病人排憂解難，目光炯炯，細心體貼，那也能打動一大幫身心鬱結的女病人。

白如雲有一次說，她這個叔叔，在大學裏就是出鋒頭的人物。歌唱得好，晚會上都是他壓場；他又是校排球隊主力，每次扣球得分，站在場邊觀戰的女同學們就尖叫起來。天下有這麼幸運的男人，好像天地之靈秀，都給他一人佔盡了。

「你嬸嬸也一定很漂亮吧？」

白如雲笑道：「才沒有，嬸嬸長得很一般，但性情很好，他們兩個人，真叫作模範夫妻。」

我點點頭，說：「漂亮的女孩子，有時偏偏嫁給普通的男人，英俊的男人，有時又偏偏娶一個相貌平平的女孩。老天爺總是不讓人世間有十足美滿的事。」

白如雲說：「叔叔說：妻子是用來過日子的，不是用來看的。」

「他比較現實，現實一點也好，成天做夢，夢醒了很痛苦。」

我和白耀輝真正密切起來，已經是文革後期的事了。那時運動開到荼蘼，革委會成立了，紅衛兵們無所事事。盧志遠、曾沛然、秋實、立群他們都進了不同的革委會，各有各忙。本來我也打算回北京去，但聽說北京的情況也差不多，一兩年下來，倒是和安平這些人休戚與共了，這裏的種種又好像比北京更讓我牽掛，於是一天拖過一天。

後來白耀輝回安平，我就常上他那裏坐一會，借幾本書，彼此談得投契，他也就更常下來，每次來就約我上去談。有時立群也在，大家海闊天空，不受拘管，每次談完，都有一種將心中的鬱悶之氣宣泄出來的快感。

有一次他說，反右那陣子，他已經調到機關工作了，正在積極申請入黨。但他對大鳴大放卻一直不熱心，開會時淨說些不著邊際的話，只想蒙混過關。

「機關黨支部書記找我談話，批評我對大鳴大放缺乏熱情。他說，毛主席說：事不關己，高高掛起，說的就是你這種人。他還開導我說，你正在申請入黨，現在正是考驗你的時候，你要爭取火線入黨。」

「不得已，我寫了一張大字報，批評食堂的碗筷經常洗不乾淨，招惹細菌，要是引起傳染病，大家都病倒了，不但影響正常工作，更影響運動發展。」

「大字報貼出去，很多人私底下偷笑，我在路上碰到書記，他板起一張臉，揚長而去。我心知不妙，知道入黨的事泡湯了。」

「不久後風向一轉，反右運動排山倒海，我們機關裏有一些人，言論都很出格，免不了挨批鬥，後來有三四個人判了勞改。只有一兩張大字報罵我，說我態度不端正，拿正經事來開玩笑，但不管怎麼上綱上線，總不好說我是反黨吧。」

「運動後期，給我定一個中右的結論，入黨的事當然也免談了。」

有一次他說：「我年輕時是有理想的，理想是給我治理一個縣，我怎麼挑選幹部，計劃生產，怎麼安排好民間生活各個環節，怎麼利用當地的優勢，發展地方經濟。」

我說：「那階級鬥爭呢？你有什麼高見？」

白耀輝苦笑一下，說：「是啊，階級鬥爭，這才是大難題。」

「那如果現在給你治理一個縣，你又怎麼搞？」

白耀輝又再苦笑，說：「這我真不懂。所以我再也不敢想要治理一個縣了。」

我們都哈哈大笑起來，笑完了，他突然問：「給你治理一個縣，你又怎麼搞？我說的是現在。」

我想了一會，說：「其實跟你差不多，對階級鬥爭，我也不知道怎麼下手。」

「那上面指示下來，階級鬥爭天天講，年年講，你怎麼辦？」

我說：「階級鬥爭一定要整人，整人一定要心硬，我心太軟，不能整人。所以真的做不下去，我只好辭職，遁入空山，找一個桃花源避世。」

白耀輝道：「你想得美！現在山溝裏也沒有桃花源。」

我們通常坐在他那個小書房裏，靠墻兩個書架排滿了書，窗邊一張老式書桌，說是他哥哥早年從香港帶回來的，好木料好油漆，表面浮著一層蠟光。書桌上面有兩層小木架，可以放一些雜物，架子旁還有左右兩面彎曲的護板。木架上沿有一個縫隙，從縫隙裏可以拉出來一塊小木條編成的可以彎曲的護板，把護板拉下來，在桌面上扣緊，可以將整個書桌嚴嚴實實都封閉起來。那真是設計得非常講究又巧妙的一張書桌。

有一次我剛上樓，他從書桌上拿起三本新書來，說：「給你看看好東西！」

我一看書名，《第三帝國的興亡》，就問：「第三帝國是哪一國？」

「就是納粹德國啊！」

我看封面上有「內部參考」的字樣，又問：「這是新書？剛出來的？這種書能出版嗎？」

白耀輝指指那四個字，說：「不然為什麼叫內部參考？」

我如獲至寶，趕緊說：「你看完要借給我看啊！」

「你明天來，我估計今晚開夜車，可以看完第一卷，明天你就來拿第一卷，然後我們車輪戰法，爭取四五天內幹掉它。我也是私下借來的，我這個級別是沒有權看的。」

「為什麼現在會印這種書，給你們當幹部的參考？」我問道。

白耀輝搖頭：「這我也不懂。」

那時真叫如饑似渴，幾乎想兩行併作一行讀過去。兩個人捱夜，把這三卷本的大書啃了下去。

那是一個美國記者，從納粹留下來的檔案中，抽絲剝繭，綜合梳理，用無數零碎的資料，拼湊起一部納粹德國興亡的歷史。各種政府文件、報刊、電報、日記、書信，都是最原始的材料，無可辯駁地呈現一個殘暴帝國的興衰。

對於我們沒有經歷過二次大戰的這一代來說，這本書真有振聾發聵的效果。

那天見到立群，我跟他說，白耀輝手上有一本好書，你快去借來看看。

立群果然也去找白耀輝，硬把書多留了幾天，狼吞虎嚥地看完。

後來有一晚，白耀輝把我和立群約去家裏，一起吃晚飯，事先說好，吃過飯關起門來談第三帝國。

天氣熱起來了，小樓上晚風習習，菜一盤盤端上來，有炒腰花、糖醋帶魚、魚丸扁食湯、清炒高麗菜。白耀輝拿出半瓶汾酒，說你們也喝一點。

汾酒很香，但辣得嗆口，我小小抿一口吞下去，先吃了一驚——酒氣衝鼻，整個人彷彿哆嗦了一下，又好像身子裏有一些什麼東西突然給喚醒了。

立群初時情緒不高，我知道他又想起白如雲了，要是她還在，那多好啊！我和白耀輝初時也情緒低落，在這樣的晚上，這樣的地方，覺得生命若有所缺，而那巨大的缺口，永生永世都無法填補。

吃過飯，在房間裏休息了一下，喝一杯熱茶，說一回閒話，整個人稍微安頓下來，把心事都且放下，那時三個人突然都靜了。

人一生苦樂參半，享受快樂時騰雲駕霧，痛苦臨頭時如墜深淵，但到最後，當你掂量人生，發覺快樂風一樣來去無蹤，不可捉摸，而痛苦卻深深沉澱在心底，像千年沉積岩，那裏面有生命的寶藏。

白耀輝靠在他那張藤椅裏，手上拿著茶杯，眼睛望到遠處，手下意識地在杯底繞圈子。立群手托著腦門，眼睛盯著地上某一點，好像入定一樣。我抬起頭，在墻上四處逡巡，墻上空空，我腦袋也空空。

好一會，白耀輝長長吁一口氣，坐直了身子，笑說：「不是要談納粹嗎？怎麼都沒動靜了？」

我說：「這是個大題目，怎麼談？」

立群也回過神來，說：「千頭萬緒，不如先說說最觸動你的是什麼？」

我說：「有道理。好吧，那我先說。最觸動我的，是納粹燒書。看到那一段，我就覺得彆扭，不是因為他們燒書，是因為我們也燒書，而我們竟然不知道，納粹燒書，也是從學生開始的。」

立群道：「秦始皇也焚書坑儒啊，看來古今中外都有燒書的傳統。」

白耀輝說：「其實燒書是一種儀式，把書堆起來點火，大家圍觀起鬨，大庭廣眾發洩仇恨，讓人們對書裏那些錯誤東西，更加深惡痛絕。」

「問題是書裏那些都是錯誤的嗎？秦始皇短命，納粹也才幾年猖狂。古今中外，一再燒書，可是這頭燒完，那頭書又印出來，書永遠都燒不盡。」我說。

立群道：「歷來統治者都以為把書燒了，就沒有異端思想了。其實他們錯了，人先有思想，才有書，不是先有書，才有思想。」

「思想是書來傳播的啊！把書燒光，思想就傳播不了。」

「他能把書燒盡嗎？只要有一本在，隨時可以重印。」

白耀輝問：「立群你呢？什麼最觸動你？」

立群略一沉吟，便道：「有一點我始終想不通，為什麼一個殘暴的幾乎是瘋癲的傢伙，竟然會得到德國人民的擁戴？難道所有德國人都那麼殘暴，那麼偏激？他們全國上下，就沒有幾個有理智的人嗎？」

我說：「這一點我也想不通。」

白耀輝道：「我想那是有一個過程的。一開始希特勒也是少數派，還給政府抓去坐牢，但德國戰敗後經濟一塌糊塗，人民都覺得沒有出路，於是被希特勒迷惑了。等到他佔上風，有理智的人都不敢多說話了。」

我說：「你是說，時勢造就了希特勒？」

「時勢造英雄，英雄造時勢，這又是一個大話題。」立群說。

「應該這樣說：時勢與英雄是互相造就的，沒有那種時勢，出不了那個英雄，沒有那個英雄，也成不了那種時勢。」白耀輝顯然思考過這個問題。

「希特勒可不是英雄。」我說。

「他那種人，叫梟雄。」立群道。

白耀輝也說：「好像曹操，歷來都説是奸雄。梟雄和奸雄，也都要和時勢互相造就。」

「可是到最後，時勢又拋棄他們。」我說。

立群問道：「那決定英雄和時勢的，又是什麼呢？」

我脫口而出：「人民啊！人民才決定歷史前進的方向。」

白耀輝點點頭，説：「那是不是應該這樣説，英雄順應人民的意志，英雄就與時勢互相造就，英雄違背人民的意志，英雄就會被時勢拋棄？」

我和立群異口同聲說：「就是這個道理！」

我問白耀輝，「那最觸動你的又是什麼？」

白耀輝說：「我是做宣傳工作的，納粹的宣傳，對他們來說，算是很有效果。燒了書以後，很多思想都被歸為異端邪說，戈培爾一人掌握全國的宣傳機器，希特勒說什麼就是真理，戈培爾的信條又是『謠言重複一千次就是真理』。這樣全國上下都給他洗腦了，他是解釋希特勒思想的人。不管怎麼説，他們是成功的。如果仗打贏了，全世界都實行納粹那一套，那我們現在都要喊希特勒萬歲。」

「不管多高明，邪惡的東西總是不能長久。」我說。

白耀輝笑了笑：「這是理想的說法。歷史上某一些時期，邪壓倒了正，可能幾十年，也可能幾百年。我們只有幾十年命，不幸的話，我們就活在正不勝邪的年代，那你也只好認了。」

我說：「我還有一樣不明白，為什麼現在出這本書，這又是什麼道理？」

白耀輝道：「雖然是內部書，但沒有極高層的人拍板，是出不來的。」

立群問：「你的意思是中央文革？」

我說：「甚至是毛主席呢！」

立群道：「那主席又有什麼目的呢？」

「書是內部發行，給幹部看的，幹部都下台了，還給他們看這種書，這也實在想不通。」

「是要我們吸收納粹德國的教訓嗎？」立群問。

白耀輝沉吟片刻，說：「納粹失敗，當然是太殘暴，但最終是敗在與全世界為敵，打仗打輸了。不過一個小小德國，又剛剛打輸了第一次世界大戰，國力衰敝，居然在那麼短的時間內，把自己發展成一個軍事大國，這裏面終歸有一些道理。」

這個問題最終沒有結論。夜慢慢深了，大家都有點倦意，白耀輝說：「我們改日再約，很多事情都沒有談透。」

我說：「可能永遠都談不透。不過也好，留下一些問題，我們有一輩子那麼長的時間去搞通它。」

白耀輝聽了，突然一怔，說：「一輩子沒有那麼長。」

立群心領神會，默默點頭。我明白他們在說什麼，大家便都怏怏的告別。

那晚睡下時，腦畔上長久留著的，不是納粹德國，卻是白如雲。

後來有一段時間，我住到白如雲家裏，白耀輝回家來，我們幾乎朝夕相處。早春不知不覺來臨了，午飯後，寒氣被日光逼退，陽光在樓道上曬出一點點暖意來。我和白耀輝搬了椅子在樓道上聊天，閉起眼來，眼簾上一片淡淡紅暈，人浸在陽光裏，滿身心的安泰。

白耀輝突然說：「天天坐家裏，不如出去走走。」

「好啊，悶了一個冬天，去舒展一下筋骨。」

我們信步沿小巷走出來，上了大街。運動後期，街面還是蕭條，有挑擔的農民經過，小孩子穿的粗布衣裳上都釘著補靪。一個十二三歲的女孩子，看顧著路邊的茶水攤，兩隻大眼睛四下裏張望，臉色青白。

沿公路往北，不知不覺看到古廟。白耀輝笑說：「這幾年老是聽你們說古廟，說得我耳朵都起繭，其實一直都沒來過這裏。」

「那我們進去看看。」

經常是這樣，我們離開一個地方，總以為還會回來，可是偏偏再也沒有機會；有時以為沒有機會了，偏偏又神差鬼使地回來。

這是我一生中最後一次回古廟。

古廟一片空寂，西廂房走廊上，這裏那裏散落著紙片雜物，房門都虛掩著，前面傳達室桌上還放著那部老舊電話機。幾年運動中，對外溝通就靠那部電話機，半夜鈴聲響起來，整個古廟都有回聲。

往裏一間房，先前用來印傳單寫大字報，桌上還有一部油印機，一疊印好的傳單還沒有派出去，我抽起一張來瞄一眼，見寫的標題是：「北京清查『五一六』，軍委辦事組召開緊急會議」。

我把傳單遞給白耀輝，他也瞄一眼，笑了笑，放回桌子上。

再往裏，每間房都像被劫掠過，最裏邊的是勤務組，推開門聞到一陣臭味，靠墻角的床邊，留著一攤不知年月的大便，我趕緊退出來，笑說：「我們都在這裏開會，有時留守就睡在這裏。」

轉到古廟大廳，幾扇大木門都敞開著，大廳邊的房間門上，還貼著各戰鬥組的名：「驅虎豹」、「紅旗」、「風雷激」……大廳當中一張用來開會的大乒乓球桌，桌上地下散亂著標語傳單。抬起頭來，只見屋頂有一個破洞，一線陽光斜斜射進來，屋頂傳來一陣飛鳥撲翅的聲音。白耀輝突然吟道：「十年一覺揚州夢，贏得青樓薄倖名。」

當時每天幾百人出入，人人熱情澎湃，如今革命成了過眼雲煙，古廟空空讓人憑弔。我輕歎一聲。

從古廟門外向東走，一兩百米處就是油庫，那裏重門深鎖，也不見有人出入。我說：「我們武工隊就駐紮在這裏，晚上輪班站崗，白天有情況就出動。」

「油庫也大名鼎鼎啊！」白耀輝道。

「我們有八支七九式步槍，一支五四式手槍，後來青州八二九給了我們一支五六式半自動步槍，火力很猛。」我指了指遠處鯉魚門的山坳，說：「蕭偉就是在那裏中槍的，那時我就在他身邊，子彈稍微偏幾分就射到我頭上。」

白耀輝沉著臉，兀自搖頭。

突然，我指著公路往北一點的小山頭，說：「阿雲的墓在那裏。」

白耀輝轉過頭去，滿目悽愴。我問：「要不要去看看？」

白耀輝猶豫著，我說：「去看看吧，追悼會你也沒參加。」

我看他不置可否，便領前走，兩個人一路沉默著。日頭正在偏西，風突然冷冽，滿山田壟都荒著，山徑上偶見麻雀跳走。

上了一個小坡，白如雲的墳墓立在荒草裏，很大一塊墓碑，上面紅字寫著：「八二九烈士白如雲之墓」。白耀輝呆呆看了一會，突然坐倒在墓側，垂著頭，一言不發。

我把墓坑地上的枯草撿起來，丟到外面去，又將墓碑旁生出來的野草一一拔走，然後也在墓側坐下來，弓起腳，兩手扶著腦袋。

一生中最難過的日子，就是白如雲去世後那段時間。那天我到她家報喪時，在門外站了好久，怎麼都走不進那個小側門，哽咽一回尋思一回，巴不得化作一陣煙，風吹走了事。

我忘記那句話是怎麼出口的，只記得白如雲祖母臉色僵硬，以為聽錯了，再問一句，又以為聽錯了，又再問一句，然後目光發直，身子往後一仰，倒在旁邊親戚手上。

後來家裏的一番慌亂，我都不知道了。白耀輝聞訊從青州趕回來時，我去看過他，他鐵青著一張臉，什麼話都沒說，兩個人呆坐，各自想心事。我告辭離開時，他起身站一站，又坐下去。

指揮部籌劃追悼會時，我正被關在糖廠裏，聽說原先是請他代表家屬致詞的，白耀輝拒絕了，他說：「追悼是你們的事，我們自己會拜祭她。」

如此，白如雲躺在這荒寒的野地裏，也已經半年多了。

好一會白耀輝站起來，拍拍身上的土，再看一眼那個墓碑，轉身就走。我跟在他身後也下山來，走到半坡上，白耀輝突然回身，兩隻眼睛嚴厲地瞪著我，說：「死的死，傷的傷，你們這一場戲也收場了。」

我只覺心口堵得滿滿的，只說一句：「早知有今天，當初就不該——」

白耀輝抬起頭望天，好一會，緩緩轉身，又朝下面走去。突然他好像在跟我說，又好像在自言自語，說：「阿雲有一次說，阿叔，我長大了要當卓婭。」

我在他身後，跟著問一句：「是那個蘇聯女英雄卓婭？」

白耀輝點點頭：「她小學畢業時，我買了幾本蘇聯故事書給她看，有《卓婭和舒拉的故事》，有《鐵木爾和他的伙伴們》。她看得入迷，以後就養成看書的習慣，看了書就和我討論。我們雖然是叔姪，但像朋友一樣——我不該送她那些書，我害了她。」

我約略有點明白他的意思，但這種事，如何計較誰是誰非呢？

那年頭很多事都不確定，我們的讀書會也斷斷續續，立群後來倒興致濃起來，有時都是他找了書來，大家輪流看，然後互相交流。看書使我們從眼下的現實抽身出來，使我們站高一點，反過來審視這場是非難明的文化革命，抽離了現實，抬高了眼界，看到的東西全然不同。

等到我和立群準備將讀書心得寫成大字報，將自己的一些想法公諸於眾時，白耀輝卻打退堂鼓了。他說：「那是你們年輕人的事，我就不沾手了。」

我故意說：「大字報貼出去，會惹麻煩嗎？」

立群道：「那會引起大家討論啊，你們要關心國家大事，要把無產階級文化大革命進行到底。這不是毛主席說的嗎？」

白耀輝說：「我們這是紙上談兵。私底下聊聊無所謂，思路開闊一點，想事情更有深度，但寫出來就是另一回事了。既然有風險，何必去捅這個馬蜂窩？」

結果寫大字報的想法，當然就束之高閣了。

我和白耀輝再見面，已經是八七年從香港回家那一次了。那時他已經是青州市副市長。我到市政府找他，被門衛擋在門口，等了很久，突然見到他從辦公大樓門口跑下來，跑過偌大的庭院，喘著氣跑到我身邊來，熱烈地握手，抱著我的肩頭，和我走回他辦公室去。

辦公室不大，附有一個會客室，一套陳舊的沙發，一張茶几，沙發上都套著布套，茶几上鋪著透花繡的桌巾。一個女孩子捧了茶壺進來，給我們倒了茶，白耀輝笑著問：「回來看你母親？」

「是啊，隔一兩年回來一次，家在那邊，請假又要扣工資。」

「聽立群說，你轉到書店去做了？」

「是啊，初期做店員，現在升了副經理。說起來，年輕時多讀書，還有點用處。你工作很忙啊？」

他笑了笑，泰然道：「現在這個形勢，只有拚了老命幹。對我們民族來說，這是千載難逢的機會。」

「改革開放，到節骨眼上了。」

「最先來的是港資，近年台資也來了，日資也有一些在接觸中，本地個體戶，現在還在積累資本的階段。說起來，真要感謝香港，感謝你們新移民。」

我說：「文革後出去的，現在有能力回來投資的也不多。」

白耀輝說：「是的，但你們帶回來的服裝用品，都成了這裏個體戶模仿的對象，有的廠商回來開廠，也把外面的資金和管理經驗帶進來，這些都是很難得的。」

「最要緊國家的政策好，政策放寬了，民眾自然有辦法。」

白耀輝不住點頭，說：「正是這個道理。」

「最近北方好像有些學生在鬧事。」我試探著問。

白耀輝挺起胸來，自信地說：「這些都是免不了的。現在就是上層建築束縛了經濟基礎，這些會慢慢解決的，要給我們時間。」

「你覺得改革開放這條路，會一直走下去，還是走一走還會回頭？」

「絕對不會往回走了，老百姓不會答應。」

「但是，體制不改變，上層建築還是馬列主義那一套，能不往回走嗎？公有制會真的變成私有制？」

白耀輝想了想，說：「公有制私有制，這只是百分比的問題，英美社會也有一些公有制。」

「會開放言論自由和民主選舉嗎？」

白耀輝自信地說：「最終一定要走到這一步，不然老百姓也不會答應。」

「香港有一句話，叫承你貴言，意思是希望你說的會變成事實。」

白耀輝哈哈笑，說：「我想我們都能活著看到這一天。」

「我們雖然出去了，還都牽掛國內的情況，有好消息奔走相告，壞消息來了，大家都心情惡劣，希望好消息慢慢多起來。」

白耀輝默默點頭，歎一聲：「是啊，愛國有時也是很痛苦的一件事。」

我發現會客室木門已經給人推開兩次，便站起來，說：「你工作忙，我不影響你，我只是來看看你。」

「晚上到家裏吃個便飯吧？」他懇切地說，「好好聊聊。」

「哎呀，那還真不巧，我母親約了舅舅來家裏。」

「那好，我們再找機會。說不定遲一點我會到香港招商，那時我們再見面，往後，我們見面的機會一定越來越多。」

他送我出來，在樓梯口握別，我突然說：「你還記得你的理想是治理一個縣嗎？」

白耀輝笑起來，說：「當然記得，現在就在實踐我當年的理想。」

「現在你不是治理一個縣，是一個市啊！往後，說不定治理一個省，總之，多為老百姓著想就對了。」我再點點頭，揮手離開了。

最終，白耀輝沒有到香港來招商，一年多後，據說因為在政治思想工作上太軟弱而下台了，而我們也再沒有機會見面。

有時候，你和一個人，見一次算一次，命運不會給你很多機會。

第十七章

水渠上的槍聲

六七年晚秋，各地出現割據的局面。

全省以各大城市為中心，分別由造反派或保守派控制，縣一級又以縣城和幾個大鎮為中心，分別由兩派佔據。青州城兩派鋸齒式交纏，各佔幾塊城區，青江縣裏，保守派控制了縣城，餘下全縣各主要鄉鎮，卻基本上都在造反派手上。

那天我和立群、林寬、李友世到縣決戰指揮部開會時，四個人兩輛自行車，一路繞村而行，避開大公路。有時在田間小路上走，穿村過鄉，有時又上了引水渠頂，沿水渠直走，橫穿過公路。

水田裏的秋收都完成了，田裏有一些零落的稻草綑，旱地裏還有未挖的蕃薯，略有一點綠意。遠處一架打水的竹槓桿，斜斜插向清冷的晴空，一架水車停在池塘邊，好像某種生物腐化剩下來的骨架。

迎面的風清新，有秋收原野那種乾燥的淡淡焦味。遠遠近近，村莊寧靜停靠在秋日裏。偶爾我們穿過村莊，村口小賣店有人在打醬油，母豬在路邊搖晃著大肚皮，狗朝我們狺狺地低吠，三五成群的農民蹲在路邊閒話，用狐疑警惕的眼神看我們。

指揮部會議討論毛主席和中央文革最新的指示，「文攻武衛」的基本精神，本省的形勢，縣指揮部武工隊部署的細節，各鄉鎮如何互相配合聯絡的問題。

武鬥已經正式展開，慢慢升級，大家早有心理準備。死人的事經常發生，那年頭，死神一直在人間徘徊，走到哪家門口，做個記號，那家人就要準備辦一場喪事了。

大家都談到武器的問題，我們也匯報了搶槍的成果，只感覺裝備還是不足。指揮部的人說，會向青州城八二九司令部反映，看看他們有什麼辦法。

吃飯的時候有人撞一下我，回頭一看，竟是林一飛。我詫異問道：「你怎麼來了？」

林一飛調皮地眨眨眼：「我是武工隊隊員啊！」

「就憑你？」我笑說。

「真的，」他說，「我負責背機槍子彈。」

我皺起眉頭：「你怎麼自己跑這裏來了，家裏知道嗎？」

「不知道啊！」

「跟張捷來的？」

這一下輪到林一飛吃了一驚：「你怎麼知道？」

吃飯時他說起訓練，眉飛色舞，喋喋不休。問他張捷怎麼不來吃飯，他說張捷在這裏認了親生兒子，兩父子現在有空就私下相處。

大家都嘖嘖稱奇，沒想到兵荒馬亂的日子裏，還真有這種戲劇性的場面。

回程那天，我在前面，後座是林寬，立群在後面，李友世跟他，騎到半途已經快晌午了。一條長長引水渠，穿過沿途十來個村莊，渠底沒有水，泥土都龜裂了，渠頂有一條不到一米寬的路，渠壁很斜，約有兩人高。空空的水渠打橫穿過公路，過了公路大概還有十里路，才走回安平。

引水渠與公路交接處，正好臨近紅派控制的靈源，我們都有點心懸，沒想到剛過公路，就聽到有人在後面大叫：「停下來！快停下來！」

我們沒有理睬，又騎了兩腳，頭上突然「咻——咻——」地傳來兩下槍聲，我們只好下車，四個人回頭看去。

遠遠地認出持槍站在路口的那個人，卻像是我一個中學同班同學，沒考上大學回鄉種田，聽說是紅派幹將。我低聲告訴大家：「這傢伙蠻橫，小心一點。」只見他把槍舉高了，一隻手揮動，大聲喊道：「你們都給我過來，快一點！」

我們都在心裏掂量眼下的處境，過去是不可能的，等於自動投降，但不過去，他手裏有槍，子彈不長眼，萬一不幸打中了誰，那事情就嚴重了，到時四個人就都成了甕中鼈。

正沒主意，立群卻先沿著斜斜的渠壁，小跑著下到渠底去了，李友世跟著他也下去，他們兩個人在渠底小跑。立群有道理，渠道有彎曲處，只要拐過彎，對方就看不到我們了，但渠底泥土龜裂，地面不平，推著車子卻是負累。

我轉念一想，回頭跟林寬說：「上車！我們走！」

林寬有點猶豫，說：「這樣的路，可以嗎？」

來的時候，車速不高，自然是沒問題，一旦加速，那就很難說了，萬一摔下去，跌個鼻青眼腫，車子散了，也只有坐以待俘。但騎車在渠頂走，速度快很多，對方很難追得上，因此我把心一橫，說：「上來！你看著後邊，我管車。」

林寬坐上後架，我小跑兩步上了車，使勁踩三四下，車子飛跑起來。

「追過來了嗎？」

「追來了，要再快一點！」

我又使勁踩幾下，車速更快起來。小路坎坷，車子不時顛簸著，稍微拐彎時明顯感到強勁的離心力。我根本管不了後面的事，一心專注控制車子。

頭上又「咻―咻―咻」傳來三響子彈飛過的聲音。窄窄的渠頂，中間被踩成沙土，沙土外是野草，車輪只能在沙土地上走，一旦偏進草地，就有可能打滑。

車子飛馳時，只覺兩綠一黃三條色帶，在車輪下急速溜後，在我眼裏，好像不是車子在前進，倒像是地面在飛速往後退。

林寬在後面說：「他站住了。」

我稍微鬆一口氣，仍舊不敢怠慢，頭上又傳來兩下子彈飛過的聲音，大概那傢伙心裏晦氣，再開兩槍洩憤。

騎了好久，慢慢放下心來。引水渠到頭了，下了一條村路，天高野曠，遠近村莊在秋空下一片寧靜，我放慢車速，長長吁出一口氣。林寬說：「好險，剛才要是摔下去，那就慘了。」

「我都不敢想，一想就慌，一慌就摔下去了。」

「立群他們不知道怎麼樣了。」

「應該沒事吧，那傢伙顧不上他們了。」

到了安平，我把林寬送回廠裏，再回古廟時，立群已先回來了，被同學們圍著說話。見我進來，大家都湧過來，立群見到我有點激動，白如雲也說：「正在擔心你們，怎麼你倒回來晚了？」

「順便把林寬送回廠裏去，多走了一點路。」

立群說：「真怕你們摔下去。」

我笑說：「我們又怕他追上你。」

蕭偉笑說：「兵分兩路，他一個人顧不過來，才跑得掉。」

「今天算是走運，搞得不好，半個指揮部就沒了。」曾沛然淡淡說。

大家聽了，面面相覷，都明白他在說什麼。

古廟往東兩三百米的農地上，圈起一塊約莫三四百平方米的地，四周壘起高墻，裏面是停車場和加油站。靠邊一幢兩層小樓，樓下是辦公地方，樓上是宿舍，我們全部徵用了。武工隊集中到樓上去，人員出入要經兩道門，上下要經過一個窄梯，足夠安全了。

油庫在鎮子邊上，往北一點是老保把持的東塔村，往東遙望六角亭，正好是造反派的前哨犄角。

不久後，果然青州八二九分派了一支五六式半自動步槍給我們，橙紅色的槍托，黑亮的槍管，槍管和槍托之間，又有一段橙紅色木製槍身。彈匣巨大，彎彎的嵌在槍身下，一條皮帶穿在槍身上，行軍時可以背在肩頭。

這是一支設計精美、很有派頭的半自動步槍，可以連發，也可以點射，當時便成了我們最主要的火力。毛主席說要「武裝左派」，既然如此，五六式半自動步槍說不定也來自軍方。

油庫二樓外有個平台，我們在平台上裝了一個探照燈，晚上站崗時，打開探照燈，強烈的燈光劈開黑暗。燈罩可以轉動，從北到南，搖一個一百八十度視野，把方圓千米的地方都掃一次，那對老保有一點威懾的作用。

下雨的半夜，披一件軍用雨衣，雨水在頭頂沙沙響，滴在鼻尖上，密匝匝的雨線，在雪亮的燈光裏白花花瀉下，站久了，彷彿失去意識，宛如人在黑甜鄉。

武工隊成員白天黑夜都在油庫，輪流出去吃飯，晚上大通鋪，七仰八叉胡亂就寢。白天把槍枝拿出來摸摸弄弄，瞄準墻角的蟑螂，步槍套上刺刀作狀劈刺，都只是好玩。直到蕭偉受傷，人人才知道武鬥的嚴重後果，那時再沒有人拿武器出來開玩笑了。

白如雲說的：教室樓那一仗，只是小兒科了。

沒事的時候，大家聚在鋪上窮聊，也沒什麼正經事做，罵罵老保，說笑打鬧，偶爾回憶起讀書的日子，似乎遙遠得不可想像了。

那時我們都不知道，今生今世，很多人都沒有機會再踏進學校大門。

秋雨綿綿的一天，夢蘭到古廟來找我。我和立群商量點事，白如雲帶著她走了進來。

我們都有點意外，她還是頭一次到古廟來，又是這樣的下雨天，她臉上又有一種少見的憂戚。我們忙站起來，白如雲給她倒了一杯水，我將房門掩上。

夢蘭低頭尋思了一回，大概在考慮怎麼打開話題，然後她幽幽地說：「本來不該來打攪你們，但我也沒什麼人可以說話了。」

我趕緊說：「都是朋友，有事大家商量，沒關係的。」

夢蘭說：「逸思病了，不是小病，叫他看醫生，他又不肯。我也沒主意，想請你們一起去勸勸他。」

我抬起頭，迎面撞上白如雲愕然驚詫的神色。「那是什麼病？」我盡量平靜地問她。

夢蘭緩緩道：「我也不知道。最近他老是說肚子痛，有天晚上我按著他的肚子，問他哪裏痛，結果就按到肝區有一個腫塊，我當時都懵了，他也嚇一大跳。本來商量好第二天去看醫生，哪裏知道他又不肯了。計較來計較去，都有半個月了。」

我和立群、白如雲面面相覷。白如雲臉色大變，囁囁嚅嚅道：「前不久宇程還問我，怎麼沒有你們結婚的消息。」

夢蘭道：「結婚手續倒是辦了，就想找一天約你們熱鬧一下，誰知道就出這件事了。」

立群問道：「他為什麼不看醫生呢？或許不是什麼病也不一定。」

夢蘭搖搖頭：「他說在東北，一個難友也是這樣，摸到肝區一個腫塊，不到三個月就走了。」

我聽了心頭一凜，一時不知道說什麼好。

白如雲試探著說：「你的意思是，……」

夢蘭說：「我也沒主意，他那個人，性格太倔。一輩子都是那樣，自己認定的事，天王老子來都扳不動。」

我和立群對視一眼，我說：「我們去勸他當然沒問題，不過，他知道你來告訴我們，會不會不高興？」

立群對我說：「你和阿雲和他熟，你們去就好了，我不要再攪進去，免得他不舒服。」

「我們去看他，你當面提起他的病，那自然一點。」

夢蘭點點頭，又歎一口氣，說：「他這個人，一輩子沒過幾天好日子，剛剛以為要好起來了，偏偏又這樣……」

「趕緊看醫生，說不定做手術，很快好起來。」立群說。

夢蘭眼睛盯著桌面，突然抬起頭來，說：「不怕和你們說，我這次來安平，就是我丈夫臨走前交代的。他要我回安平來，找到逸思，和他過日子，所以我來了，二話不說就住到他家裏去。我知道外面有人說閒話，我也不管了，現在他得了這種病，更證明我們的想法是對的。有多少好日子，就給他多少，總算是我們對不起他一輩子，一點小小的補償。」

我說：「我也一直猜想你們之間有一些事。」

夢蘭坦然道：「我們的事，堂堂正正，沒什麼不敢講的。」

夢蘭丈夫周誼民，也是安平人，他和逸思在中學時就是知心朋友。周誼民比逸思更接近地下黨，安平解放那天，誼民一大早來逸思家敲門，在門外大叫：「逸思，起來啊？解放了！解放了——」

他們興匆匆回學校去，街上有解放軍戰士列隊整齊走過，他們驚奇地看著那支服裝不那麼規整，人人卻精神抖擻的隊伍，內心升起一種前所未有的新生感覺。

後來他們熱心參與鎮上的慶祝活動，配合新來的政工幹部，到居民中間做宣傳組織工作，成為安平鎮上迎接解放支持新政府的積極分子。

一九五四年，兩個人同時考進音樂學院，周誼民學指揮，逸思學提琴，就在那時，他們一起認識了學聲樂的夢蘭。

夢蘭是山東人，身材挺高，即使是十多年後的現在，看上去還有一種優雅的風韻。夢蘭說，他們都喜歡我，我又都喜歡他們。

三個人起初沒有意識到問題的嚴重性，一步步往深處走，直到彼此都意識到，那時已經泥足深陷了。夢蘭說，大家心裏都明白，但都沒有主意，一天拖過一天，每天都想見面，每天都怕見面。這樣拖了一年多，眼看就要畢業分配了，有天晚上逸思約他們到湖邊，一處僻靜的草地。那天晚上沒有月亮，天上密雲，他們都知道，今晚會有大事發生。

一坐下來，逸思劈頭就說：我想好了，我退出。

周誼民後來對夢蘭說，他和逸思一樣，都在糾結之中，但是他還拿不定主意，沒想到逸思先下了決心。

逸思說：你們兩個畢業後都留校，我會申請去電影製片廠，那裏有交響樂團。彼此離遠一點，不會互相干擾。

當時誼民拚命搖頭，說這樣對你太不公平。

逸思說，總得有一個人要退出的，不是我就是你。

周誼民說：不如讓夢蘭決定。

夢蘭說：如果可以，我嫁你們兩個。

逸思說：你們還是成全我吧！

逸思走得乾淨徹底，沒有留下通訊地址，他後來命運中種種磨難，誼民和夢蘭也只是輾轉得到片言隻語。兩個人婚後雖然情投意合，但永遠活在一個巨大的缺憾裏。

我情不自禁喊出來：「這就像車爾尼雪夫斯基的《怎麼辦》啊！」

夢蘭點點頭：「逸思就是看了《怎麼辦》，才下決心的。」

我說：「那年代的青年，都是理想主義者。」

白如雲問：「《怎麼辦》是小說嗎？」

我說：「這以後再慢慢談。我們先約一天去找逸思。」又問夢蘭，「你說哪天去好？」

夢蘭道：「越快越好。」

我說：「那好吧，你先回去，我們下午來。」

夢蘭走後，我們三個人靜坐良久，大家心裏都酸酸苦苦的，一個好人，剛有點好日子，又要被剝奪了，他生就的什麼命啊！

我說：「我大學裏一個年輕老師，才四十來歲，也是肝癌，也是幾個月就走了。」

「你是說，老師也只有幾個月了……」

我說：「希望不是這樣，但很有可能是這樣。」

立群站起來，一腳踢開椅子，罵一句：「他媽的！這是什麼世界！好人永遠都沒有好報，簡直沒天理！」

下午青州八二九下來了一些人，大家在古廟開了個會。中央文革小組聯絡員不久前到青州來了，傳達了首長的指示，就是要做好長期鬥爭的思想準備，形勢還會有反覆，壓迫到來要頂住。目前看來，各省發展很不平衡，保守派在軍中走資派暗中支持下，掌握了相當的武裝實力，造反派要把內部搞好，加強團結。中央文革小組將通過派往各地的聯絡員，掌握全局，隨時向主席報告。

我和白如雲在街上小店裏，隨便吃一碗麵，就去逸思家。一路上都沒心思，白如雲跟在我身邊，一臉的憂戚。

逸思正在吃飯，看到我們來了，忙放下碗筷，我說：「你吃你的，我們坐一下。」

逸思走近來，勉強笑說：「我都飽了，夢蘭硬要我多吃幾口。」

夢蘭收拾桌子，逸思問起外面的情況，我大致介紹了一下。逸思說：「聽說你差點給老保抓去？」

我笑說：「你也知道了，只是一點小驚險。」

「現在到處很亂，要小心，別吃虧。」

夢蘭在一旁說：「你們也說說他，叫他看醫生，怎麼都不肯！」

我們裝作毫無所知的樣子，夢蘭又從頭介紹了一下，我說：「這我就不懂了，看一下醫生，有什麼不好？」

逸思道：「也不是好不好的問題，是有沒有必要。」

「有了病，看醫生當然有必要。」

逸思說：「別的病我不懂，我這個病，叫作肝癌，沒得治了，最多三四個月命，既然都這樣了，何必再折騰！」

白如雲說：「逸思老師，你又不是醫生，什麼肝癌不肝癌的，到底有沒有這種病，也還說不準呢！去看看醫生，不過一個鐘頭的事，也不花什麼錢，何必堅持呢？」

夢蘭道：「就是說嘛，我都不明白，他就是在和自己鬥氣。」

「無端端的，我為什麼要和自己鬥氣？」逸思笑著問。

夢蘭道：「你不和自己鬥氣，你是在和我鬥氣！」

逸思道：「這更怪了，好好的，為什麼要和你鬥氣？」

我說：「你就算不為自己，也為夢蘭著想吧，她會操心啊，大家都會操心啊！看了醫生，至少心中有數，該怎麼樣就怎麼樣。」

這句話大概稍微擊中他，他沉默了一下，說：「夢蘭說我在和自己鬥氣，這句話有部分說對了。在勞改農場時，有一年秋冬之交，大病小病不停，我都覺得捱不過去了，就索性跟自己說：還有什麼疑難雜症，乾脆都來吧！老子就在這裏等著，該怎麼樣就怎麼樣！」

「看開點是應該，但不要太消極嘛！看看醫生，確定是怎麼回事，能處理盡快處理。待在家裏等病來收拾你，那是仗沒開打就繳械投降了。」我半開玩笑地說。

逸思看我一眼，突然笑了，說：「你倒會講話。」

白如雲說：「去吧！明天我陪你去。」

「我也陪你去。」我也笑說，「人多壯膽。」

逸思道：「我倒也不是沒膽量去。好吧，我去就是了，夢蘭陪我就可以了，你們有正事忙，就不用陪了。」

白如雲堅持說：「我沒什麼正事，我和夢蘭姐一起陪你去。」

「好好好，你們兩個，一個漂亮女人，一個漂亮女孩子，你們陪我在街上走，滿街男人都要嫉妒死了。」逸思強撐著說笑。

白如雲說：「就是要他們嫉妒死！」

大家都笑，笑得很有保留。夢蘭如釋重負，朝我投了一個感激的眼神。

那晚白如雲順便又學了半個多鐘頭琴。她拉琴，雖然還不熟練，但認真專注。她和那把橘紅色的提琴襯在一起，即使沒有美妙的旋律流出來，只有她傾側的臉挨在琴匣邊，下巴尖尖抵在琴上，一綹細髮垂下來，在臉頰上劃出彎彎一道曲線，光是這樣的畫面，已經讓人癡迷。

我和夢蘭在一旁輕聲說話，她孩子在房間裏看書，昏暗燈光下，一個清秀男孩子，全神貫注在書本上。在沒有書讀的年月，饑渴地追尋知識。

「老是忘記問你，他叫什麼名字？」

「他叫周安平，是為紀念他父親的故鄉。」

「很懂事的孩子，很安靜，又那麼用功。」

「他父親去世後，都是他在關心我，有時甚至是他照料我。早晨很早就起床，燒水洗茶杯，掃地抹桌，都是他。」

我點頭讚許，說：「孩子早熟了，童年太早結束，對他來說，不知是好事還是壞事。」

夢蘭輕歎一聲，說：「我就操心他不能好好讀書。我教他一點語文和算術，逸思教他俄文。」

離開時夜也深了。白如雲在路上問：「老師會有事嗎？」

我只說：「但願吉人天相，但，也要做最壞打算。」

白如雲突然哽咽起來，說：「我跟他學琴，其實是跟他學做人。有時空下來，他和我們閒聊，每句話都打動我。長這麼大，一個是他，一個是我叔叔，沒有他們，我都不知道怎麼做人。」

我說：「我們現在年紀輕，總會有長輩離開，生離死別，難免要經歷的。」

白如雲突然飲泣起來。昏暗路燈下，長長的小巷子闃無人跡，她站著，兩隻手掩著臉，肩膀微微聳動著。我靜靜站在她身邊，等她那一陣傷心過去。

我們默默走回去，到她家門口，白如雲突然說：「宇程，為什麼大家都活得那麼苦？為什麼壞事總是不斷來找我們？我才二十歲不到，還有多少傷心痛苦的事在等我？」

我也覺得心頭像堵著什麼。

她又說：「做人這麼難，即使造反派最終贏了，那又怎麼樣？」

「只好樂觀一點往前看了。」

「明天開始，我一半時間在總部，一半時間在老師那裏。」

「我也盡量多抽一點時間來陪他。」

第二天夢蘭和白如雲陪逸思去做了檢查，醫生説很有可能是肝癌，但要到青州大醫院再診斷一下。醫生説，預後不好，病人喜歡吃什麼，盡量做給他吃吧。

逸思拒絕再去青州，他説，沒有死在勞改農場，多活這些年，算是上天多給他的時間。過兩天，在東橋那邊打了第一仗。據説老保把一批運去外鄉的物資攔住，準備搶劫，指揮部下了命令，武工隊急急趕到東橋邊海灘上，與不遠處公路上的老保對峙。

我們小跑趕到戰場，喘息未定，槍聲密集地傳過來。前面稍遠處，已經有指揮部武工隊的人臥在地裏，藉田埂掩護，朝老保那邊開火。其實我們並沒有看到老保的人，只約莫知道方向，前面公路上有影影綽綽的人，也不知道是老保還是過路群眾。槍聲響過，有子彈打在前面的小土包上，揚起一陣塵土。

真是老保搶物資，也老早就搶走了，等到我們大老遠跑來增援，事情已不可挽回。互相射了一陣，也不知道目標在哪裏，雙方都沒有打算進攻，也不像在防守，僵持下去也沒什麼意思，於是也就撤下來，跑到後面供銷社倉庫裏集結。大家都有點驚惶未定的神色，各自對付心頭的狂跳。

不大一會，卻見到張大同跑進來，大口喘著粗氣，胸前外衣上一大攤鮮血。他説指揮部武工隊有個工人受傷了，倒在陣地前面，他跑上去把他背回來。

往回走的時候，初冬的陽光把公路曬得滿眼金黃，經過墟市，見那裏沙塵滾滾，人頭攢動，挑擔的趕車的進進出出。沒有人知道，就在不遠處海灘上，有一個人為保衛毛主席的革命路線倒在血泊裏，他是安平造反派流血的第一人，但他沒有名字。

無產階級革命路線、毛主席的偉大戰略部署、解放全人類的崇高理想，這些旗幟在他心裏飛舞，而他倒下了。

第十八章　有人革命有人消閒

「年輕人，你過來。」靠坐在「雨腳架」柱子邊的燒酒成向我招手。

我和秋實走過去，蹲下身子，微微聞到他身上傳出來的酸臭氣味。

「昨天半夜，有七八個人，都帶著槍，滿街走，那是你們嗎？」

我和秋實對望一眼，我說：「不是我們。」

「是老區的人嗎？」他又問。

我警覺起來，秋實說：「老區武工隊不是都去了東井嗎？」

「那是誰？」燒酒成滿眼紅絲，饒有深意地看看我，又看看秋實。

我突然覺得背脊上毛孔都豎起來。

燒酒成說：「你們在唱《空城計》啊！盧志遠睡在上面，」他指了指醫藥公司樓上，「人家摸上去，把他綁走了，看你到哪裏找人去！」

我一聳身站起來，說：「謝謝你燒酒成，你提醒得好。」

我和秋實一轉身，就往醫藥公司樓上跑。盧志遠、李友世、林寬恰好都在，我把燒酒成的話簡述了一遍，三個人的臉色也都僵住了。

「晚上有幾個人在這裏過夜？」我問道。

盧志遠說：「我在裏間，李友世睡在乒乓球桌上。」

秋實問，「有門鎖嗎？」盧志遠搖搖頭。

我說：「昨天半夜那七八個人，是老保來摸底了，還好燒酒成提醒我們，我們太大意了。」

「我們幾個戰鬥組，都在街上駐紮，要不晚上集中一些人到這裏來，大家有個照應。」秋實說。

我說：「沒有武器是個大問題。」

盧志遠說：「林寬給了我一支五四式手槍。」

「指揮部武工隊駐在我們廠，要不調幾個過來？」

李友世說：「那不好，你們那裏也是前線，我們廠倒有兩支步槍。」

「武器分散都沒意義，有事要守也守不住，倒是指揮部，給人家連窩端了，損失太大。不如把火力集中起來，那還有點用處。」

盧志遠頷首說：「宇程說得有理，把零星的武器調過來，整條街都可以保護。」

秋實提議說：「夜裏隨時拉隊伍出去，在街上巡一巡。」

李友世讚道：「這個主意好。」

我突地心血來潮：「乾脆，貼一張告示上街，就說指揮部決定每晚不定時派武工隊巡查，請一般民眾十二點後沒事盡量不上街，以免造成誤會。」

盧志遠略一沉吟，突然哈哈大笑，連說：「好計好計！告示貼上街，連巡查都可以免了，大家放心睡覺。」

李友世奇道：「這話聽不明白。」

林寬也心領神會，笑說：「告示一貼出去，老保一定知道，我們武工隊每晚巡查，那他還敢來嗎？」

秋實說：「這樣看來，也不用調人來了？」

盧志遠說：「我們裝一個門閂，牢靠一點，誰愛來就來，不來也沒關係。我還有一把五四式呢！」

秋實笑說：「這才真的是唱《空城計》啊！」

我和秋實原是準備到各戰鬥組走走的。自從武鬥打響，大家都失去方向，雖然每天還都聚在戰鬥組裏，但大字報不寫了，傳單不印了，也不和老保辯論了。鎮上的企事業單位，各有自己的戰鬥隊，也無須再做什麼組織聯絡工作，那我們那些同學都在做什麼？

上到「紅旗」戰鬥隊，七八個同學在那裏，見我們上來，忙招呼讓座。一張桌子上有一把烙鐵，一些大大小小的零件，「這是在做什麼？」我問。

有人指著一個戴眼鏡的同學，說：「他在裝礦石收音機。」

「哦，你懂這些啊？」我問他。

「看一點書，懂一點，試試看。」

旁邊一張小桌上，一副象棋散在棋盤上。秋實說：「哦，可以大戰幾個回合。」

他們說：「消磨時間啊，不然也不知道做什麼好。」

一個同學說：「我們在記錄總部重大事件，準備編寫一本大事記。」

「這有意思，將來有人寫安平文革歷史，那都是基本材料。」我說。

「上面有什麼消息嗎？」他們問。

我說：「各省都在武鬥。武漢『百萬雄師』鬧過，重慶打得很凶，坦克都開出來了，山東、青海也大起大落，這些你們都知道了。『王關戚』倒台了，現在北京在清查『五一六』分子，就是造反派中間的極左分子。」

有人笑說：「打來打去，最後打自己人。」

秋實說：「既然中央要清查，就不是自己人了。」

見有女同學，我問她們：「那你們做什麼呢？」

她們都說：「沒做什麼啊！你們都去武鬥了，我們每天來一下，聊聊天，到時候回家吃飯。」

下樓時秋實自言自語道：「這還算在搞運動嗎？」

「文化革命變成武裝鬥爭，不上戰場的，也真沒什麼好做了。」

「我老爸叫我要回去下田幫忙。」

站在街口，我茫然四顧，一時也不知說什麼好。

那天沒什麼事，上午從油庫出來，本想去雅琴那裏一趟，已經十天半月沒有回去了，走到半路，突然想起逸思，就從路口向南，走到白塔邊逸思家裏。

白如雲果然在，正在幫夢蘭揉麵，準備中午包餃子吃。白如雲笑說：「你有口福，趕上吃餃子。」

逸思在教周安平俄文，見我來了，從房間裏出來，我們在窗前坐下，夢蘭關切地問：「聽說前幾天東橋那裏傷了一個人，你們都要小心一點。」

我點點頭，說：「是啊，我們都在那裏。」

白如雲憂心忡忡說：「他和立群幾個，身為頭頭，又不能躲到後面，每次都衝在最前面，想想也是……」

逸思道：「你們也別太逞強。」

夢蘭歎一聲：「這年頭，真是今日不知明日事。」

「你這兩天氣色不錯。」我對逸思說。

「是啊，睡得好，夢蘭又叫我下午到五里橋走一趟，好像精神好一點。」

我突然衝動起來，說：「不如我們去散散步，回來就有水餃吃了。」

夢蘭說：「好啊！你陪陪他，都去散散心。」

逸思披上一件外衣，我們就下樓來。半上午陽光很好，不冷不熱，走不遠就是橋頭了。白塔下一個小佛寺，門庭冷落，小院裏有母雞帶著一群小雞在啄食。

走上石橋，橋墩橋板時見傾側斷裂，橋板縫稀稀落落冒出青草，一條千年古橋，承載家鄉人世世代代的苦難，見證歷史滄桑。

我突然問逸思：「你當年為什麼會去勞改？」

逸思看了看我，說：「說起來話長。我和夢蘭丈夫是從小一起玩的朋友……」

我剛想說，你們三個人的故事我都知道了，突然轉念一想，把剛要出口的那句話硬生生吞回去。逸思把他們三個人的關係又約略講了一遍，只略過《怎麼辦》那個關節。

「你被評為右派，那是在電影廠的事了？」我問道。

原來，大鳴大放時，逸思被派到北京接受蘇聯小提琴家的培訓，那時他已經有一個女朋友，彼此有了感情，準備北京回來就結婚了，團裏大家也都知道。誰知道他走後，樂團黨支部書記趁機向那女孩發動攻勢，軟硬兼施，有天晚上仗著夜深人靜，強行佔有了她。半年後逸思回樂團，那個女孩子就躲著他，不讓他上門。逸思百思不得其解，有天晚上在半路攔著她，一定要她說清楚。

那女孩子百般無奈，只好哭哭啼啼告訴他，她已經不可能再做他的妻子了，她已經懷孕，支部書記在籌備婚禮了。那些日子逸思像著了魔一樣，白天失魂落魄，半夜醒來捶胸口，他明白北京這一趟培訓，根本不是支部書記的好意，是他調虎離山的心計。

有天晚上他喝了一點酒，酒氣上腦，一時衝動，衝進支部書記宿舍裏，和他大吵了一場。言語口角中，突然冒出一句話，說：「你們共產黨，從前被人罵共產共妻，原來竟是真的！」

反右運動一開始，這句話就成了他的罪狀。逸思被安了一個反黨的罪名，鬥完又鬥，最後判了八年勞改。

「沒去勞改農場前，我是準備自殺的，到了農場，我又不想死了，我想你們巴不得我死，我死了你們開心，我為什麼要讓你們開心？我要好好活下去，看看你們不開心的日子。」

我說：「魯迅說過，他吃藥保命，就是要給那些憎恨他的人，留一點不完美。」

「不久前，我才聽說，那個支部書記後來升到文化局局長，文革一來，被紅衛兵一鬥，跳樓自殺了。我終於看到他不開心的日子。」

「惡有惡報，那是活該！」我說。

逸思點點頭，又說：「後來到林區中學代課，有個醫院護士喜歡我，但我怎麼敢再接受她？我這個人，一輩子厄運跟著我，誰嫁給我都要吃大苦頭，我不能害人家。」

我說：「當初沒有在東北成家，反倒成全你和夢蘭了。」

逸思點點頭，突然又說：「那是他們兩夫妻的好意，外面的人不知道，還都有點閒言閒語，我們根本沒放在心上。她命不好。你看，才辦好結婚手續，我的病又來了，這一次，就是最後的折騰了。」

「你也別太悲觀，」我說，「我聽一個同學父親說，人生病，很大程度看自己的態度，求生意志強烈的，往往能戰勝病魔。」

逸思苦笑一下，說：「那是理想化的說法。意志是主觀的，病是客觀的，小病可以靠意志，大病只好靠天。」

「天也會幫有意志的人啊。」我說。

逸思看看我，感激地說：「我知道你的好意，我要掙扎活下去，為的也不是自己，為的是夢蘭和周安平。」

「這就對了，積極治療，成敗就交給天好了。」

逸思突然問：「現在到處武鬥，全面開戰，然後呢，軍閥割據？」

我說：「我們也都想不通，打來打去，不知道怎麼收場。」

「中央好像還沒有要收拾亂局的意思。」

我突然想起蕭偉的話，便又說：「我們勤務組蕭偉說過，既然毛主席號召造反，為什麼中央不直接肯定造反派，解散保守派，讓造反派奪權，那文革不就可以結束了嗎？」

逸思嘴角浮起一絲笑意，說：「這倒問得好，為什麼？」

我說：「說說容易，解散老保，老保能答應嗎？」

逸思說：「國民黨時代，上層政治也很黑暗，但民間都平靜。國共打得難分難解，老百姓還是過自己的日子，沒有老百姓自己你死我活折騰沒完的鬥爭。」

「我看古今中外都沒有，政治本來就是上層的事。」

「現在強調階級鬥爭嘛！先給你定個階級，再根據階級成分給你定個敵我，這樣鬥爭就可以去到最基層，但把老百姓折騰沒完，政府究竟得到什麼好處？」逸思好像在問自己。

「本來最大的敵人是在黨內、在中央。劉少奇彭真這一夥，誰是老百姓？」

逸思說：「我常想，階級性真有那麼嚴重嗎？我家成分是華僑職工，按理還是半無產階級。我罵支部書記，只是恨他一個人，也不是恨共產黨，那跟階級性沒一點關係。」

「是啊，人要吃飯活命，結婚生子，什麼階級都一樣。」

我和逸思相視一笑，轉身往回走。

太陽升高了，橋面上清風徐來。橋上行人很少，秋收後農閒，按理四鄉都有人來串門做買賣，可惜世道不靖，人們都不輕易外出，連這條古老石橋，也清寂許多了。

夢蘭做的北方水餃，另有一番豐厚的味道，我們吃吃談談，過了兩點才告辭。

逸思的病慢慢沉重，白如雲有時回古廟來，見到我，就拉住我說一會。逸思肝區的痛更頻繁了，有時吃飯中途，用右手頂住，低頭忍一陣，然後抬起頭來，對著夢蘭苦笑一下，又繼續吃下去。

他慢慢訴說兩隻腳沒有力氣，走起路來痠軟，白天時不時也要去床上躺一下。夢蘭又找了中醫來，醫生搖搖頭，開了藥方，悄悄說：「他要不喜歡喝，也別勉強了。」

白如雲愁苦地說：「這就像看著一根蠟燭，燒到盡頭，火苗小下去，光暗下去，誰都沒辦法。」

「老天對他太不公平。」

「夢蘭靜下來就一個人坐在廚房裏流淚，我去了也不懂得怎麼安慰她，就只有陪她哭。」說著，她眼裏又有淚意。

「總部這邊沒什麼事，你也不用常來了，多陪陪他們。」

白如雲點點頭，說：「你也抽空去雅琴那裏，吃一點熱飯，睡一個安穩覺，說不準什麼時候又有仗打了。」

日子在六神無主的狀態中一天天過去，油庫裏也出現了撲克和象棋，沒事的時候，一夥人各取所需，填滿那些時光的空白。報紙社論也不太有人關心了，傳單上的中央首長講話，瞄一眼就放下。曾沛然有時也來一下，坐在一旁看幾個人玩撲克牌，有時提起一個話題，想談談運動趨勢，見大家都淡淡的，也覺得沒趣，坐一會，怏怏地走了。

有人在革命，有人在消閒，好像在打仗，又好像在嬉戲；用玩樂的心情在玩命，這真是曠古未有的怪事。因此，蕭偉受傷那天，出發路上，大家還都嘻嘻哈哈的，不知道一兩個小時後，我們要背著滿頭鮮血的蕭偉，失魂落魄地狼狽跑回來。

那晚從軍醫院回安平，已經晚上八九點了，折騰大半天，渾身疲累，下車後在古廟走進走出，心頭亂成一團，在門外站著，想了想，就轉身回雅琴家去。

大門虛掩著，雅琴說：「這些日子都不關大門，你隨時可以回來。」前面黑燈瞎火，摸黑走過走廊，見雅琴房裏有燈光透出來。走到門口，掀開布簾，卻見雅琴靠在床頭，身上蓋著薄被子，正在燈下縫補什麼。

看到我進來，雅琴驚喜地坐直身子，說：「你來了，吃過飯沒有？」

我搖搖頭，就在床尾坐下。

雅琴掀開棉被，說：「那我去給你下一碗線麵……」

她修長的腿裸著，白得刺眼，正待伸手拿掛在椅背上的褲子，我突然覺得心底裏「叮」地一響，好像有一根弦被什麼勾了一下，轟轟地起了回聲。我突然一聲不響，湊上前去，把她的腳抬起來，搬回床上去，然後不由分説在她身邊擠著躺下去。

「你做什麼啊？」雅琴詫異地笑，一邊往裏挪挪身子，「你怎麼啦？喂，你都沒吃飯……」

我仍舊一言不發，一頭鑽進被窩裏，掀起雅琴的內衣，把臉埋到她胸前。

雅琴吃吃笑著，説：「你今天是怎麼啦？」

她身上有淡淡的肉香，綿軟的乳房貼著我臉頰，她愛憐地摸著我的頭髮，自言自語道：「這麼久不來，一來就這樣……」

我突然坐起來，不由分説把她的內衣褲扒下來，又手忙腳亂脱下自己的衣服，然後我捧著她的臉，狂亂地吻她。

雅琴這裏那裏回應著，又忍不住笑，説：「你今天是怎麼回事……你慢點嘛，急成這個樣子……」

我覺得心裏有一團火，熊熊地往外燒出來，燒得自己都有點神志不清，我那樣瘋狂地折騰她，把她弄痛了，雅琴不住地呻吟著，喃喃道：「你……哎……你……」

等到一切都平靜下來，我虛脱一樣伏在她身上，雅琴也一點點從迷醉裏醒過來，她輕輕用手指梳我的頭髮，在我耳邊説：「你今天是怎麼啦？出什麼事了？」

我從她身上翻下來，閉起眼躺著，久久作不得聲。

雅琴側過身來，支起身看我，撫著我的臉，説：「有什麼事跟我説，不要悶在心裏……要不，我先去煮綫麵，吃飽了慢慢説。」説著，她又要起身。

我把她按住，緩緩道：「蕭偉受傷了。」

雅琴吃了一驚：「蕭偉？是你們勤務組那個蕭偉？」

我點點頭，她又問：「在哪裏受傷？」

「在鯉魚門，和老保互射，他頭上中了一槍，剛剛才把他送到軍醫院。」

雅琴呆了：「那，有生命危險嗎？」

「現在還不知道，醫院說，往後兩個星期是危險期。」

雅琴也躺下去，幽幽道：「這種事，真的發生了。」

「當時我就在蕭偉邊上，子彈偏一點點，我就回不來見你了。」

雅琴又呆了片刻，然後支起半個身子，久久看著我，喃喃道：「怎麼辦啊？你們啊……你們啊……」

我閉起眼，腦袋裏空空的，好一會，長長吁出一口氣，說：「你也要有點心理準備，這種事，說不準什麼時候落到我頭上。」

「你傷了，讓人抬回來，我照顧你。你死了，把你安頓好，我每年去給你上香。」雅琴好像在自言自語。

我一聽，頓覺先前心上那一塊沉重的石頭，轟隆一聲碎了，塵土紛紛揚揚落下來，不消片刻，消失於無形。生死快意，這倒是我從來沒想過的事，一時間像萬念俱逝，天清地廓，我說：「你去煮綫麵吧，我真有點餓了。」

雅琴坐起身，穿上衣服，套上褲子，坐在床沿，又像是安慰又像是哀憐，看了我好一會，俯下身子又親了親我，然後下床，輕輕掀開門簾，走了出去。

我躺在床上，想起剛才那一幕，只覺一陣倦意襲來，剛閉上眼，就迷糊了。

秋實

天氣冷起來後，秋實總是穿一件褪色的軍棉衣，灰灰黃黃的，也不知是從哪裏弄來的，手肘處露出一綹棉花，衣領上一層厚厚的油垢。軍衣不稱身的大，顯得秋實更有一種晃晃蕩蕩的流氣。

秋實五短身材，腳尤其短，因此同學們戲稱他是「矮腳南特號」。那是一種水稻優良品種，稻身短小，但產量高。這個外號可謂貼切，秋實也是那種貌不驚人、但能量很大的人。不管在什麼地方，研究什麼問題，秋實總是嗓門最大。不管他的意見站不站得住腳，他總是最多驚人之語，又最理直氣壯。

秋實的衝動又是驚人的，他是勤務組成員，負有一定領導責任，但是他一衝動起來，就目無餘子，自己說了算。古廟那個召集人的銅鐘，幾乎只有秋實一人專用。他敲鐘召人來，幾句話交代，帶著人就出去，東征西討，有時對了，有時錯了，但在那年月，事情發生了也就發生了，沒有人去計較對錯，也沒有人追究責任。

我想秋實是享受那種一呼百應、領軍征伐的豪情，當其時，真有「王侯將相寧有種乎」的氣概。

「二月逆流」中，人民中學八二九紅衛兵，敲鑼打鼓到鎮黨委請罪。那時保守勢力反撲，北京葉劍英、陳毅、譚震林幾個將帥，在中南海懷仁堂發難，向「中央文革小組」開火，局勢一時十分凶險。毛主席知道後大為光火，召集會議，揚言陳伯達、江青槍斃，康生充軍，文革小組改組，陳毅當組長，譚震林、徐向前當副組長，把王明、張國燾都請回來，力量還不夠，乾脆請美國蘇聯一起來。後來他又找葉群到住處，說要和林彪到南方，另外組一支解放軍，重上井崗山。康生說：他跟毛主席這麼多年，從來沒有見過他發這麼大脾氣。毛主席一發火，老帥們即時偃旗息鼓，形勢翻轉，保守派全線潰不成軍。

兩派交手從中央蔓延下來，到縣市一級，往往遲兩三個月時間。北京已經在反對「二月逆流」，安平這裏，卻正是保守派反撲最力的時候。

那時我在派出所關禁閉，後來聽說，勤務組開會時，秋實是主張請罪最積極的人。他的理由很充分，說是作為毛主席的紅衛兵，在運動中犯錯誤，是很平常的事。犯錯誤不要緊，只要認識錯誤、改正錯誤，就還是好同志。

紅衛兵不要愛面子，要從革命整體利益出發，保證運動在正常軌道上發展。如果能爭取文革的全面勝利，那我們去向鎮黨委請罪，又算得了什麼！

當時立群、白如雲持反對意見，但勤務組中的大多數，都覺得秋實說得有理。秋實一敲鐘，同學都到齊了，於是製作橫幅、標語，連夜在古廟門口集合，高呼：「向黨中央毛主席請罪！」「堅持無產階級革命路線！」「把無產階級文化大革命進行到底！」

鑼鼓開路，彩旗壯行，數百紅衛兵戰士，雄赳赳氣昂昂地去請罪。據說立群和白如雲，和少數不願意低頭認罪的同學，站在古廟門口，目送隊伍消失在路口的黑暗中，人人情緒惡劣，相對無言。

秋實領著隊伍，在鎮黨委門外停留了一陣子，有黨委的人出來接待他們，秋實又朗誦了一篇寫得氣吞山河的請罪書，然後，與鎮黨委代表握手言歡，互致高帽，又敲鑼打鼓回古廟來。

請罪請得如此意氣風發，也是那年月的特色之一。在秋實看來，對與錯不是什麼嚴重的問題，做對了就堅持，做錯了就改正，至於如何叫做對，如何叫做錯，秋實通常也不怎麼深究。請罪過後不久，形勢又大翻轉，證明那次請罪根本是多餘，但到那時，大家也都忘記有過這麼一回事。事情過去就過去了，新難題接踵而來，過不久，小規模武鬥也發生了，請罪根本是笑話了。

秋實這個人，好就好在直腸直肚，話說過算了，事情做過算了，他永遠向前看，義無反顧。武工隊成立後，秋實也是當然隊員。那時鎮指揮部裏來了幾個退伍軍人，一個營長姓章，北方人，高大肥胖，有時也來油庫巡一巡。秋實不知從哪裏找了一張安平鎮地圖，一本正經和他坐下來，討論武工隊的戰術問題，一時又是「圍點打援」，一時又是「制高點」、「掩體」，都是軍事術語，真有點指揮官的派頭。

有一天他滿頭大汗，從供銷社倉庫裏扛來一個探照燈，當天下午在油庫平台上安好，等到天黑了，他開了燈，把燈罩轉來轉去，玩了好久。他說：「有這個探照燈就好了，老保來了，一個都跑不了。」可是有一次輪到他站崗，有同學發現，他出去不久，就抱著七九式步槍，靠在牆角呼呼睡著了。

他背七九式步槍，身短槍長，掛在肩頭槍托老是碰到小腿，一路磕磕碰碰，像企鵝那樣，笨拙得有點可愛，又有一種派頭。他要是腰上插一把五四式手槍，那就更合襯一點，可惜大家都說手槍還是立群合用。

蕭偉受傷那次，槍聲淒厲，他在陣地上很自在地走來走去，一會又去追田鼠，簡直不把子彈放在眼裏。後來蕭偉傷了，大家抬他回來，才發覺秋實也臉色蒼白。他就是那樣，革命好像吃喝拉撒那樣平常。鄉下人在地裏下種，一場春雨後青苗就長出來，革命就是撒了種，長了苗，以後成熟了收割，都是順理成章的事。他順著革命的起承轉合，把自己活成一顆革命的螺絲釘。

白如雲去世那天，秋實嚎啕大哭，不住地大聲問：「為什麼是她？為什麼？」好像死了別人就合理一點。他在門診部走進走出，見到門口一個鐵桶，一腳踹過去，把鐵桶踢得飛出去好遠。那些日子人人都情緒低落，見到秋實走近，繃緊著一張臉，好像隨時要找個人吵架，於是人人都躲著他。

後來有一次，我和秋實獨處，他哀傷地說：「那麼好的女孩子，我真想有福氣娶她，但怎麼可能！她條件那麼好，要求一定很高，我是鄉下人，家裏窮得叮噹響，我怎麼敢害她！只是，每個人都有自己的夢中情人，白如雲是我的夢中情人，一輩子都是。」

我說：「她是我們大家的夢中情人。」

他感慨地說：「從來沒見過那麼純潔的女孩，在她眼裏，什麼都是美好的，她本來應該有美滿的一生才是。」

我說：「其實她很多心事，時常不開心。」

秋實大感詫異：「怎麼會這樣？她衣食無憂，人又那麼漂亮，如果她還要不開心，那我們怎麼活？」

我想了想，說：「她不是操心自己，她操心我們所有人。」

「我們有什麼要操心的嗎？跟著毛主席，革命事業成功了，大家都一樣有幸福生活。」秋實正正經經地說。

「連白如雲都活不下來了，我們還有什麼幸福生活？」

秋實不假思索，說：「感情上說，我們都很傷心，但革命事業要成功，總會有犧牲的。」

這句話聽得我有點不受用，便頂回去：「如果要犧牲白如雲來換取革命成功，我寧肯讓她活下來，革命成不成功，那再走著瞧。」

秋實又想了一下，只好承認，說：「你說的也是。」

六八年「全國山河一片紅」，各地相繼成立「三結合」革命委員會，成了執掌政權的新政府，文革至此似乎收尾了。那時盧志遠是安平鎮革委會副主任，立群和林寬、李友世、張大同也都是鎮革委會常委，曾沛然是安平中學革委會副主任。只有秋實，代表全縣紅衛兵，擔任了縣革委會常委。

秋實得益於他的貧農出身，可能縣一級負責組班的軍代表，考察了不同的人選後，認為秋實大情大性，比起立群這一類沉實有思想的，更好控制一點，因此秋實意外地晉升縣三結合領導班子。

秋實擔任常委後，便時常在縣裏工作，偶爾回安平來，也是來去匆匆，我們竟好久都沒有機會和他坐下來談談。那時大家常在立群家裏聚會，廳裏擺一張小桌，泡一壺茶，幾張矮凳四散，人來人去，大家也不在意。有時秋實從門口進來，穿一件嶄新的外衣，兩襟大張，大搖大擺走進來，大家都說：「哦，常委來了。」

大家都有點生分，秋實照例傻傻地笑，說起縣革委會的工作，他諱莫如深。大家都說：「你現在當官了，官氣上身，有事也不敢和我們說。」

秋實笑了笑，摸摸脖子。大家又說：「你別忘了，你還是代表我們造反派的，別把我們當外人。」秋實只好老實承認，說縣革委會工作各有分工，而且革委會研究的事項，規定是不能在外面隨便傳的。說罷，又很抱歉地看看大家。

大家問他分工管哪些部門，秋實說是教育組，那些日子學校都不開課，教育組做什麼，問秋實，秋實也說不上來，摸摸脖子，說：「現在三結合了，要安定團結，我們也要服從分配，不要有私心。」

有一次，秋實和我訴苦，說他進了縣革委會後，造反派戰友都疏遠他了。他說：「我們造反是為什麼？不就是要打倒走資派嗎？打倒了走資派，毛主席的戰略部署，就是成立革委會。革委會是新生事物，我想是將來過渡到共產主義的政權形式，既然這樣，為什麼我們不好好去用這個權？」

我開解他說：「大家開玩笑，你別當真。」

秋實苦著臉，說：「想起來很傷心啊！從前大家都親兄弟一樣，怎麼我當了一個小小常委，就變成外人了？不是我去當，也是立群、敏行、黃磊他們去當吧，立群不也當了鎮革委會常委嗎？」

我笑說：「他們當官不像當官，只有你當官真像當官。」

他警覺起來，問道：「你的意思是，我身分變了，本質也變了？」

我說：「那誰知道！不過，你總是要保密，大家就覺得你生分了，這也是正常的。從前你有什麼是要保密的？」

秋實眉心皺起來，苦著臉說：「那我也沒辦法啊，規定不能隨便在外面說，我也要遵守紀律嘛！其實開起會來，談政治思想工作，部隊政委就說，這你不懂，討論經濟工作，他也說，這你不懂，我根本在那裏陪坐。輪到我說話，剛想發表自己的意見，軍代表又宣布時間到了，會議結束。」

我說：「這叫『三結合』嗎？這叫造反派掌權？」

秋實說：「我正在想，要不要寫一封信給中央，反映基層『三結合』的弊端，引起中央警惕。」

我想了想，說：「你先想清楚，要是讓你管政治思想，管財政經濟，你有沒有本事管下去？有本事管，你再寫不遲。沒本事管，中央批下來，讓紅衛兵參與政治經濟決策，到時你又不行，那不是很丟臉！」

秋實想一想，點頭說：「你提醒得好。但，毛主席高瞻遠矚，創造『三結合』領導班子這種新形式，他大概不是讓我們去開會作陪吧？」

「這我就不懂了，三結合是開天闢地的事，成不成功，真是天曉得。」我這話說得有點促狹，因為那時，我對文革已經徹底幻滅了。

其實秋實也沒做多久的官，後來他也就投閒置散了，回安平的時間更多，也更長。好日子不長，「四人幫」倒台後，上面一層層清理下來，八二九造反派，竟然也在被清理之列，那時大家才醒悟，原來聽毛主席的話起來造反，最終竟成了「四人幫」的「殘渣餘孽」。秋實和立群他們，一個個被撤職查辦，禁閉起來辦學習班，天天被審問批鬥。據說秋實在千人大會上做檢討，也真是直剖心肝，狠挖思想深處的私心雜念。檢討文字寫得感天動地，秋實態度誠懇，幾番哽咽，因為檢查深刻，倒是很快就放過他了。

秋實如蒙大赦，從此淡出政壇。他後來在家自修，考上電視大學，取得證書後，在中學擔任語文老師，娶了妻子，生了孩子，修了房子，過起小日子。

他仍然樂天開朗，閒來讀點閒書，與人談天下大事，仍有一股縱橫捭闔的豪氣。他又喜歡旅行，奉行苦行原則：騎一輛自行車，蒸一些饅頭，帶幾罐水，途中住最省錢的客棧，走走看看，到處開眼界，到如今，他也白髮蕭蕭了。

第十九章

最後的生日

敏行家在街上，樓下是新華書店，旁邊有照相館、文具店、雜貨店，從他家往南不遠，就是海邊了。

房子很殘舊，室內昏暗，只有向街一扇窗子打開著。廳裏有一套殘舊的桌椅，擺設清簡，空氣陰冷。

敏行母親陪我們在廳裏坐著，說著閒話。敏行去海邊撈魚蝦去了，他母親說：「去了很久了，也該回來了。」

林敏行昨天留了一張字條，說他對目前的狀況很厭倦，準備退出勤務組，以後如有他認為合適的事，他仍舊會參加，但只是作為一般的造反派戰士，不再負什麼責任。

我們都很意外。以林敏行的為人，絕對不是怕事，也不是給武鬥嚇破了膽。立群想去找他談談，希望說服他。運動正到節骨眼上，武工隊的任務越發吃重，要是一個個退出，會嚴重影響士氣。

蕭偉受傷對大家刺激很大，好好一個人突然倒下去，性命雖然保住了，但身體可能落下殘疾，以後讀書工作、戀愛結婚，都會受到很大影響。

但厭戰情緒一旦傳染開來，人人都生出離心，那就很不妙。

正說著，樓梯「咚咚」響，林敏行興匆匆走上來，見到我們，也不感到意外，只說：「你們來了。」

他放下手裏的竹簍，立群笑問：「有什麼收穫？」

敏行道：「今天運氣好，網了不少蝦。」說著打開簍蓋，只見簍底有一堆手指大小的蝦，有的還在蹦跳著。他母親接過竹簍，往裏面去了，敏行坐下來，看著我們笑。

立群說：「看到你留的字條，為什麼突然要退出？」

敏行道：「也沒什麼啦！其實早就厭倦了，武鬥發生以來，就感覺運動越來越沒意思。」

「兩條路線的鬥爭還沒有定局，連毛主席都說要武裝左派，現在到了關鍵時刻，你反倒要退出！」立群說。

「打來打去，死的死傷的傷，晚上想起來睡不著！」敏行解釋道。

立群說：「我有時也會軟弱，但大家都要磨練，要經風雨見世面啊！」

敏行笑了一下，說：「如果堅強起來是要打死別人，那我寧肯不堅強了。」

一句話說得我和立群都啞然無語。

立群尋思片刻，說道：「那這樣好了，你退出武工隊，但仍舊回總部，和大家在一起，堅持到最後勝利，那可以嗎？」

敏行說：「現在還有什麼好做的？回總部去，守住一部電話機？掃掃地，看看門？還不如去撈點魚蝦，幫家裏省點菜錢。隔壁有幾個孩子，整天胡鬧，我想有空教他們一些東西，還沒有想好。」

「現在形勢對我們有利，很快要成立三結合領導班子，你倒要退出，那動搖軍心啊！」立群真誠地說。

敏行卻笑了：「這兩三天，突然覺得整個人放鬆下來，晚上看看書，昨天去推板車賺點小錢，今天去討海，晚飯還能加菜，比起打打殺殺，還是每天安分過日子更自在。」

我和立群聽了，竟都心有所動，彼此對視一眼，都覺得多說無益，便站起身來。立群說：「好吧，我們也說不動你，不過，有空隨時來找我們，聊聊天也好。」

敏行說：「好的，你們也都要小心。」

走到街上，兩個人都悶悶的，若有所失，不只是為敏行，也為自己。

好一會立群說：「我們不能一走了之啊，這麼大一個攤子，這麼多同學跟著我們，搞了一兩年，勝負都難說，突然都撒手走了，那太不負責任。」

「正是這樣，大家都散了，有頭沒尾，那當初何必站出來造反？」

走到街上，卻迎面碰上曾沛然，我問：「你去哪裏？」

曾沛然把手上的東西舉高了，卻是一瓶墨汁，我奇道：「寫大字報？」

曾沛然笑了，說：「現在還寫什麼大字報，都沒人看了。剛才聽盧志遠說，中央在北京辦各省學習班，輪到我們省了。縣決戰總指揮部已經決定了人選，老保也去一些人，還有軍隊和地方幹部，要談判大聯合，然後成立『三結合』領導班子，看起來運動到尾聲了。」

中央辦學習班的事，有些省份早就進行了，問題多的先解決，我們省算是比較平靜的，輪到現在，也要按中央的部署落實了。

立群說：「學習班是該辦，但要談出個結果來，也沒那麼容易。」

我說：「周總理、江青、陳伯達、康生，都去各省學習班講話，安撫兩派，各打五十大板。造反派不敢翹尾巴，保守派也突然有了身價，兩派平起平坐，勉強捏起來，也不是不可能。」

曾沛然道：「各派到了北京，毛主席、林副主席一接見，人人心情澎湃，都不得不顧大局，派性暫時放一邊，大聯合表面上還是能達成的，至少，仗不會再沒完沒了打下去了。」

我問曾沛然：「那你買墨汁做什麼？」

「寫字啊？臨臨帖，反正沒事幹。」

「什麼叫沒事幹？敏行走了，我們還要勸他回來！」立群急道。

曾沛然笑道：「我夠老了，也不能上戰場，現在回古廟，人人都閒著，每天去一趟，見到人隨便聊幾句，還不是回家吃飯睡覺！我們教師宿舍，晚上大家都聚一下，有小道消息聽一聽，也就是這樣了。利用空閒時間寫寫字，總算有點意思吧。」

在街口分手時，心裏悶悶的，有點失落，又有點惆悵。運動走到尾聲，大聯合、三結合，造反派和保守派化敵為友，握手言歡，分享權力，那是我們從一開始就追求的嗎？無產階級革命路線，到最後要和資產階級反動路線合而為一嗎？

隔天，白如雲到油庫來找我，說夢蘭要替逸思做生日，請我們明天晚上去家裏吃飯。

「好啊，要準備什麼禮物嗎？」

白如雲道：「你就不用了，我是他學生，我來想想。」

結果白如雲送給逸思一本很精緻的筆記本，應該是她父母從香港帶回來的。每頁上沿可以填寫年月日，中間空白位印有粉綠暗格子，紙質雪白細緻，封面墨綠色軟皮，有一個扣子，可以反過來扣到封底，看上去新穎美觀。

逸思道過謝，卻苦笑道：「只怕我沒有那麼長命寫完整本筆記。」

白如雲道：「老師，正是要你一頁頁寫下去，寫完一本，我再送你一本，一本一本寫下去，以後送給我，一輩子留念。」

夢蘭也說：「難得阿雲有心思，你有什麼就寫什麼，你不是有很多想法嗎？」

「好主意，」逸思說，「這倒是提醒我，有些想法要記下來。」

那晚夢蘭做了幾個家常菜，紅燒肉、糖醋鯊魚塊、炒菜花，最後還每人一碗湯丸，放了一種叫作桂花的香料，有淡淡花香，吃過好久，還有齒頰留香的感覺。

逸思把留聲機開了，大家邊聽邊聊天。他又隨時解說每首樂曲的作曲家、演奏者，有些樂段也會特別解釋一下，好在哪裏，有什麼意境。

夢蘭道：「古典音樂是好東西，一輩子聽下去，你以為沒什麼，其實你的性情一點點改變了。」

「可現在這些都是資產階級的文化糟粕啊！」我故意這樣說。

夢蘭怔了一下，正在考慮怎麼回答，逸思卻先說：「你覺得它是好東西，它就是好東西，好東西不是別人替你決定的。你們喜歡看書，那托爾斯泰、巴爾札克、蕭洛霍夫、雨果，他們的作品，都成了糟粕，都要燒掉，你們同意嗎？」

我和白如雲異口同聲：「當然不同意。」

逸思說：「你喜歡的就是好的，別管別人喜不喜歡。好東西不會滅絕，燒不完毀不掉。莫札特那麼美，你都不明白它為什麼那麼美，但它就是美，美的東西死不掉。」

「這句話有點片面，」夢蘭笑說：「美的東西也會死，有的還消失得很快。」

「你說說看，有什麼美的東西會消失？」逸思反問。

夢蘭說：「青春的美啊！人說十八姑娘一朵花，過十年還可以，過二十年就走樣了，過三十年，花就要謝了。」

逸思笑道：「這倒是給你駁倒了。但你知道嗎？好的女人，年紀大了，會養出一種特別的韻味，那是十八歲的姑娘們都沒有的。」

夢蘭笑說：「好像你對女人還挺有研究。」

逸思道：「女人只是漂亮，那是不夠的。」

逸思看看夢蘭，又看看白如雲，說：「你們兩個，五官都是好的。五官美，當然很重要，這是天生的。女性還要講身材，這也是先天的。女人氣質要好，這更是先天的，更加難得。」

「什麼叫氣質啊？」白如雲問。

「氣質很抽象，」逸思斟酌片刻，道：「這樣說好了，兩個女孩站在面前，一個給你清的感覺，一個給你濁的感覺，我們經常聽到清新脫俗的說法，那說的就是氣質。」

白如雲看看夢蘭，又看看我，問道：「你們明白嗎？」

我說：「好像明白一點，但說不清楚。」

逸思說：「外國人還有性感一說，在我們這裏，更是禁忌了。但一個女人乾巴巴，另一個像水果成熟了，一身飽滿的甜蜜，那就是性感。」

白如雲又問：「夢蘭姐算性感嗎？」

夢蘭有點難為情，卻道：「現在的世道，誰能性感得起來！」

逸思意猶未盡，說：「女人最難得是韻味。女人有韻味，不是先天的，是後天養出來的，性情、學識、生活經驗、舉手投足、待人接物，這些再加上剛才我們說的，五官、身材、氣質、性感，統統加起來，才形成女人的韻味。那種成熟的、深長的韻味，從裏向外散發出來，那是一個女人的最高峰，是她的無價之寶，到一百歲都還在。」

白如雲聽得兩眼發直：「到一百歲還有？」

夢蘭也懷疑：「那也太誇張了。」

逸思道：「我在北京時，一個蘇聯女音樂家，六七十歲了，彈鋼琴，舉止優雅，談吐得體，雖然臉上皺紋多了，但笑起來意味深長，一種飽經風霜的韻味，讓人很難忘記。」

白如雲輕歎一聲：「年紀那麼大了，怎麼還有韻味？」

逸思笑說：「不同年齡有不同的韻味，你到三十多歲，思想成熟一點，經歷豐富一點，只要不荒廢自己，你的韻味就出來了。」

那晚逸思談興很高，竟也不見他有腹痛的感覺，不知不覺的，聽到窗外的雨聲，雨越下越大，屋檐口的水嘩嘩流下來，逸思笑說：「下雨天，留客天，你們只好多待一會了。」

我突然想起來，問道：「你上次說，那個樂團團長，文革初跳樓自殺了，那他妻子呢？」

逸思臉色沉下來，說：「不知道，後來她丈夫升了官，離開了樂團，他們一家就搬走了。她也是很不幸的，嫁給那樣的男人，又沒有好結果，那也是她的命。」

「當官的仗勢欺人，無產階級專政的天下，不應該這樣。」我又說。

逸思尋思著，一逕搖頭，緩緩道：「什麼社會都有壞人，問題是要給老百姓有說話的地方。從前封建社會，衙門口還可以擊鼓申冤，現在有冤情，去哪裏說！」

「就憑一句話，把人抓去勞改，根本沒道理。」白如雲說。

夢蘭說：「我後來才知道，原來反右時是按人口比例來定右派人數的，比例不夠，就再去找人出來頂數。他是自己送上門去的。」

「那時年輕，做事衝動，不顧後果。」逸思說。

夢蘭側耳聽了聽，說：「雨好像小一點了，不如趁現在回去？」

我和白如雲也站起來，說：「真的，一說起話就忘了時間。」

下樓時夢蘭遞了兩把油紙傘來，白如雲接過一把，說：「一把就夠了。」

走到街上，雨還是密集，油紙傘散發出濃重的桐油味。雨點粗大，打在傘上嘩嘩響，我挨近白如雲，把傘偏過去遮著她。白如雲把傘柄往我這邊推一下，說：「你別顧著遮我，你自己淋濕了。」

我又把傘偏過去，說：「我身體好，不怕。」

白如雲又把傘推過來，見我還要推回去，索性挨過來，一隻手扶住我手臂，兩個人擠在傘下，往雨夜深處走去。

從來沒有和白如雲這麼靠近相挨著，這多少讓我們都有點不自在。她略微低著頭，隨著步幅，她的髮梢，時不時拂過我臉頰，她的手掌輕輕扶在我手臂上，好像她手心的暖意，透過衣袖傳到我臂彎上。白如雲畢竟乖巧，感覺到一點尷尬，就自自然然說：「逸思老師他們，怎麼懂那麼多事情？」

「他們那一代，讀很多書，經歷過苦難，想得多，也想得透。」

「什麼時候我們才能像他們那樣做人啊？」

我笑了，說：「希望我們到他們那樣的年紀，能有他們那樣的修養。」我沉吟了片刻，又說：「做人要往高處走，有一句古話叫『取法乎上，得乎其中，取法乎中，得乎其下』。」

「那是什麼意思？」

「那是說，我們向最好的學習，最後即使不能像他們那麼好，也不至於太差。如果我們一開始學的是一般的，最後結果一定比他們更差。所以，向什麼樣的人學習，是很重要的事。」

白如雲點點頭：「這說得多好啊！這樣說來，我們能親近逸思老師，那還是很幸運的事了。」

「他有你這樣的學生，也是幸運的事。」我脫口而出。

粗大的雨點打在傘上，輕微的震動直傳到我手心裏，地面上的雨水漫過來，把鞋子都浸濕了。夜深沉，因無邊大雨顯得詭異，而我們心裏，也都因為一種罕有的異樣牽動而起伏不停。白如雲突然說：「昨天晚上我問阿叔，為什麼無產階級革命路線反對的那些，我們倒覺得好，而報紙上宣傳的，我們心裏其實又有點隔膜？」

「為什麼這樣問？」

「你想，像逸思、雅琴、盧志遠、曾沛然，甚至張捷，都是政府要鬥爭的對象，但他們怎麼看都是好人。運動以來批判封資修，那些文學名著、古典音樂、中外藝術作品，都燒的燒禁的禁，可我們實在又都是喜歡的。人是好人，東西是好東西，為什麼我們心裏想的，和這場運動要批判的，都顛倒了？」

我怔了一下，沒想到她會這樣問，也不知道該如何回答她，只好問：「你叔叔怎麼說？」

「阿叔說他也不明白。」

我說：「我也不明白。」

白如雲說：「可是，那可能說明，我們內心裏是站在這場運動的對立面啊！」

我心頭一凜，突然醒悟了，白如雲這樣想，是她察覺內心思想與時代精神背離，那對我們來說，無疑是一種危險的傾向。她比我還想深了一層。我們一天到晚忙著文攻武衛，根本沒有心思好好去想一下，我們投入這場史無前例的運動，其實有沒有真心認同。

白如雲又問：「我這樣想，是不是很危險？」

「自己想想，又不犯法，別到處跟人說就可以。」

「但是，有這些想法，以後怎麼一輩子緊跟毛主席革命路線啊？」

我說：「你這樣講，那也是我的問題。」

白如雲歎一聲：「做人怎麼這麼難啊？誰對誰錯，什麼好什麼不好，好像都不是我們想的那樣。為什麼我們就不能心裏想什麼，嘴上就說什麼，跟著就去做什麼？我們真正想要的，可能永遠都不會有了。」

白如雲今晚有點不太正常，好像很多心事，很多難題。連她都活得這麼難，那還有誰能真正開心？

我笑著開解她：「你才幾歲？怎麼說想要的永遠都沒有？你知道永遠有多遠？」

「有些事情永遠都解決不了。」她幽幽地說。

「什麼事這麼嚴重？」

「有些事……」她遲疑著，「比如說：逸思老師的病，夢蘭姐心裏的遺憾，又比如，雅琴的命……」

我們走到她家門口了，站在階前，屋檐口的雨水，水柱一樣瀉到地上，濺起密密的水花。我說：「做人永遠都是這樣啊！總是有種種不如意，總是好人受苦，壞人得逞。但有時候，我們有些心願還是可以達成的，比如今晚，我們和逸思慶祝生日，幾個人好好過了一個晚上……」

「生日過得好，可是我們能留住他嗎？」白如雲幽幽道。

我一聽心又沉下去，想了想，苦笑一下，說：「我們學校一個老教授說：能解決的就解決它，不能解決的就放下它，我覺得他說得有道理。不能解決的，你只好放下。」

「可是，要是不能解決的，你又放不下呢？」她又追問。

我笑說：「那是你在跟自己過不去了。」

白如雲恨恨地說：「我不是跟自己過不去，我是跟全世界過不去。」說著，竟有點哽咽的樣子。

我見她那樣，覺得自己說得太多了，擔心無意中傷了她，便說：「不早了，你祖母會擔心你，先回去休息吧，以後我們還有很多時間可以談。」

「沒有很多時間啊，你遲早要回北京去，到時天南地北，再見面，大家都不知道變成什麼樣子了！」

「那也不妨礙我們做朋友啊，我們可以通信，我也會回家探親，總有機會見面的。」

「這可是你說的，你不要到時成了家，就把我們都忘記了。」她突然嫣然一笑。

成家？我腦海裏浮起一個未來妻子的模糊形象，好像雅琴，又好像白如雲，又好像是她們兩個人的合體，那可能嗎？終有一天，和我一生一世相依為命的，又會是誰呢？心裏一閃念，嘴裏卻說：「別開玩笑了！我怎麼會忘記你們，我相信，你們也不會忘記我。」

「身上都濕了，快回去換衣服。」白如雲交代，隨即幾步上了台階，推開側門，回頭又笑著擺擺手，這才閃身進去。

我在階前又站了好一會，心頭百味雜陳，這個平凡的雨夜，在我生命裏，終究成了一個永難磨滅的印記。

第二十章

誰在黎明前倒下

逸思的身體在半個月後垮下來，他已經不能起床，我和白如雲去看他，他弓起身蜷縮在床上，面向墻壁，大概為減輕肝區的劇痛。夢蘭說：「夜裏他在睡夢中呻吟，白天卻咬著牙不出聲。」

醫生開了止痛藥，但不濟事，我們動員他去住院，逸思就是不肯。

後來我說：「你也要考慮一下夢蘭，她為照顧你已經筋疲力盡，再拖下去也把她拖垮。你去住院，至少晚上有護士照顧，讓夢蘭好好休息。」

這句話打動了他，於是我們雇了三輪車，三個人護著，把他送進醫院。

醫院有特效止痛藥，住了一兩天，病情又舒緩了一點，我們去看他，他能坐起來和我們說說話。

有時我們陪他坐著，四個人都靜靜的，各自想心事。窗外夕陽西沉，周圍也靜靜的，時間一點一滴溜走，暮色在無聲無息中掩過來。生命詭異而不可捉摸，生與死隔一個曠遠的人世對峙著，對逸思來說，終點在望，對我們來說，在等待死神來臨的時候，終點對我們突然有了意義。

逸思大多數時間躺著，有時微閉著眼，斷斷續續說話，有時像自言自語，有時又像囑咐。他說夢蘭以後還會回北方去，那裏有她的事業，她要把孩子帶大。至於你們紅衛兵一代，前途卻不知從何說起。不管世道怎麼壞，記得要與人為善，把持好自己，不要一起壞下去。

他又說，好的世道，應該讓百姓都生活幸福，不能做到的話，至少盡量減少他們的痛苦。人為地製造痛苦，折磨和踐踏人，那是不能長久的。仇恨會在人間積累循環，冤冤相報，永無寧日。

他說，臨解放時，他父親曾來信，勸他到菲律賓去，當時他滿腔熱忱迎接新社會，準備一生奉獻給音樂藝術，為建設自己的國家盡一份力。誰知道幾年後，形勢急轉，政治運動一浪接一浪，自己的命運全盤改寫。他歎一口氣，說：「禪宗有『惟難抉擇』的說法，一次選擇錯誤，一生不能回頭。你們年輕人，日後還不知道會碰到什麼，萬一到關鍵時候要做選擇，千萬要慎重再慎重，不可輕率隨意。」

那晚回到雅琴家，和她說起逸思的話，雅琴不住點頭，說：「你可要好好記住，一輩子那麼長，一步走錯了，一輩子後悔。」

「那你呢？你有沒有選擇錯的？」

雅琴恨恨地說：「我哪裏有機會選擇？我們那年月，都是父母說了算。兵荒馬亂的關頭，只有活命最根本，活命就是選擇。」

「要是留在南京，那會怎麼樣？」

「或許再讀幾年書，也是找個人嫁了了事。我父親在國民黨銀行裏做那麼高，歷史問題也是要糾纏一輩子。捱到現在，還不是搞文革？你呢，你將來又怎麼選擇？」

「我當然是回學校去，國家分配工作，最大可能是教書，天涯海角都得去。」

雅琴笑說：「不管到哪裏，都要成親，生一兩個孩子，把他們拉扯大，然後你也安安穩穩做到退休就是。」

我突然說：「要成親的話，我就回來娶你。」

雅琴哼了一聲：「那我可不敢想！將來你是你我是我，我們不相干。」

我知道她不是隨便說說。她的人就是這樣，手起刀落，該怎麼樣就怎麼樣。這些日子來兩個人私下相好，到頭來各走各的，只會在各自的生命裏，留下一點痕跡，留下永生的遺憾。那晚兩個人都有心事，等到上了床，互相摟著，在黑暗中尋找她溫潤的嘴唇時，無意中吻到她臉頰上的一滴淚水，鹹鹹苦苦的，像悠悠歲月的味道。

人生到處知何似，恰似飛鴻踏雪泥。如今夕照黃昏，風輕雲淡，塵世悲歡，回首迷茫，只有那些可說不可說的幽微情意，細細的，淡淡的，一直留下來，生與死對峙，苦與樂抵銷，永生永世，令人回味。

日子在混亂與期待中無聲滑過，災難臨頭，又令人猝不及防。

那天深夜，電話鈴聲淒厲地響起來。自從武工隊在油庫駐守，電話還從沒有在半夜響過，大家激零一下都醒過來了。

我就近伸手提起話筒，卻聽見盧志遠的聲音，他沉著聲問：「是宇程嗎？」

我悶聲說：「是我，有事嗎？」

盧志遠聲音凝重，不過仍保持鎮定，緩緩道：「老保武工隊偷襲醫院，估計已經佔領了住院部。你們快起來，醫院會派人在古廟路口等你們，帶你們過去。指揮部的武工隊也正在集中，很快趕到現場。」

我只覺頭皮發麻，胸口發悶，呼吸一時不順暢。稍作鎮定，先對滿屋的人叫道：「都快起來！穿好衣服，老保佔了醫院，我們要馬上出動！」

大家手腳忙亂的都起來了，話筒裏盧志遠的聲音：「到了那裏，先別亂來。看看門診部，能進去就先佔了，不能進去就在外圍守著。能進門診部，再試試後面辦公室那一排房子，看看會不會也給老保佔了，確定安全了，爭取把辦公室那一排房間先守住。」

我也竭力沉著氣說：「我明白，情況怎麼樣，隨時向你報告。」

屋外寒風呼呼，剛從被窩裏鑽出來，再加上免不了的緊張，人人都大口喘氣。清點一下人數，共有十二個人，武器全都帶上，大家魚貫著摸黑走出來。

立群在我身旁，悄聲說：「醫院在制高點，給他們佔了，不太妙。」

醫院外面就是農地，往東隔一條公路就是東塔村。老保從六角亭過來，避過油庫，人藏在東塔村，幾步就進了醫院。他們居高臨下，地勢有利。

「如果門診部也給佔了，就不好辦了。他們易守，我們難攻。」我只覺心頭沉重。

説話間已到古廟門口，果然有個黑影在路旁等著，黑暗中約莫認出，是救護車司機老劉。他走近來，悄聲說：「我來的時候，他們才佔了住院部，等一下我先進門診部，沒事才出來帶你們，如果出不來，我就藉口看急診，你們就不要再進去了。」

我們都說好，默默跟著他走。古廟一片死寂，少數留守的人都在睡夢中，立群吩咐人去叫醒他們，也好有個準備。

走到門診部外面，往上看，一列平房在黑暗中顯得詭異而森嚴。大門入夜就緊閉，旁邊有個小側門留給急診的病人進出。老劉示意我們隱身到路旁一個小賣鋪墻根後面，他一個人往門診部小跑過去。

在我們的位置看不到住院部，那裏也一點聲息都沒有，夜深沉，寒意侵身，五六式半自動步槍在肩頭顯得分外沉重。看看身旁其他隊員，大都是七九式步槍，一槍匣才五顆子彈，立群手上是五四手槍，也沒有什麼火力，如此裝備去出征，真不頂什麼用，但火燒眉毛，也顧不得了。

不大一會見老劉跑下來，大家都鬆了一口氣，老劉來到面前，揚揚手，大家就跟上了。門診部黑洞洞的，後面通向辦公室的大門也關死了，老劉示意我們在門後站著，他又悄悄開了門，沿幾級石階，走了上去。

片刻工夫他又回來了，悄聲說：「上面沒人，我們趕快上去，先佔了再說。」

立群跟身旁的隊員交代：「上去後不要亂開槍，見到人先看清楚，除非真的帶武器，否則都不要開槍。」

於是又都魚貫著上了台階，辦公室的門都鎖著，沿走廊走到東邊盡頭，再沿墻根拐到後面。原先建屋時，劈下一個小土坡，後面墻根留有一條窄僅容身的空地，沿墻修著水溝，是給屋檐口滴水用的。山坡削去的部分約有半人多高，幾乎就是現成的戰壕，戰壕往上，是一大片空地，種著花草，空地後才是住院大樓。

從門診部後門上來，幾級台階後是辦公室，辦公室正中也開一個門，幾級石階上去，是住院部花園。夜間辦公室過道大門也給關死了。

我悄聲對立群說：「這裏正好。」

立群回頭對其他隊員交代，說：「就在這裏守著，注意不要亂開槍，聽我的指揮。」

住院部樓上樓下有燈光，恍惚有人在陽台那裏站著，立群又低聲交代：「盡量不要走動，別弄出聲音來。」

不大一會，老劉帶林寬貓著腰過來，林寬說：「指揮部武工隊都來了，有二十三人，三支五六式，兩支美式卡賓槍，此外都是步槍，對了，還有十顆八顆手榴彈。」

立群說：「我們只有一支五六式，其他都是七九式。」

林寬說：「盧志遠派人去縣決戰指揮部聯絡了，估計縣裏會調武工隊過來，必要時向青州八二九總部求援，他們也會派人下來。」

我說：「現在最要緊是把他們擋在住院部，其他的慢慢再商量。」

林寬道：「對，就是這個道理。我們往西邊去，有什麼事隨時聯絡。」

我跟立群說：「派個人把這裏的情況向指揮部報告一下。」

林寬道：「我已經派人去了。」

東邊的天，剛剛有點褪色，大樓擋著風，周圍靜得自己的呼吸聲也清晰可聞，鼻端有泥土腐敗的氣息。夜色正鳴金收兵，交火的時刻一點點逼近。

突然聽到身後有腳步聲，回頭一看，只見一串人影從墻根那邊過來，三三兩兩插進陣地上，我身旁也有個人撲過來，喘息著抬起頭來，竟是白如雲。

我低聲道：「你又跑來做什麼？」

「我在古廟值班，過來看看有什麼要幫忙的。」

「這裏沒什麼要幫的，你把女同學都帶下去！」我用毫無商量餘地的口氣說。

白如雲道：「現在也沒打起來，真的打起來，我們再下去也不晚。」

突然立群低聲喊道：「注意了！上面有人走出來！」

東方剛有點魚肚白，乍明乍暗裏，看見有影影綽綽的一串人影，從住院部門口走出來，慢慢走下台階。立群說：「別開槍！可能是病人和醫生護士，注意有沒有武器！」

後面又有一長串的人，都慢慢從門內走出來，走下台階，走過花園，有些穿著白褂子，顯然是值班的醫護人員，有病人被家屬扶著，一大群人，疏疏落落，慢慢穿過空地，向辦公室走過來。

白如雲突然低聲說：「我去把中間大門打開。」說罷，回身沿屋檐轉出去。不大一會，聽見不遠處有聲音，隱約是她推開大門，走幾步上台階，把走到階前的病人接進辦公室裏去。

陸續有些同學也跑過去幫她。我在心裏說，她說要來幫忙，真的幫上忙了。

天正在微微亮起來，住院部走出來的人漸次疏落。老保為了不礙手腳，把醫護人員和病人都趕走，大概是準備固守一段時間。之後，他們的後續部隊不斷增援，擴大戰果，逐步往南推進，造反派如果頂不住，節節敗退，那整個小鎮都會落入他們手中。

突然，隱約見住院部門口又下來一個人，那人搖搖晃晃的，步履不穩，手上好像拄著輸液的支架，很艱難地，一步一步走下台階，走到空地上，顯然氣力不繼，停了片刻，又再趔趄舉步，走一走，停一停，突然晃了晃，差點就跪倒了。

正在這時，辦公室坡下有個人影衝上去，俯下身子往花園跑過去，還沒等大家都看清楚，對面住院部樓上，突然射出一梭子彈。槍聲在黎明前顯得分外淒厲。

立群大喊一聲：「開槍！往樓上打！瞄準窗口，見到人就開槍！」

霎時間四下槍聲響起來，我也瞄準二樓窗口，扣下扳機，射出一串子彈。

這一輪槍聲，等於向樓上的老保顯示了實力，林寬他們那邊，火力更猛，遠遠聽到玻璃碎裂的聲音。

天正在亮起來，花園空地上，兩團人影糾纏著，慢慢向外邊移動。在他們頭上，兩邊的子彈如雨點一樣紛飛，我在心裏説：快點啊！子彈不長眼睛！

不大一會，槍聲歇下了，空地上人影已經不見。遠遠看去，住院部樓下大門敞開著，黑洞洞的像一個陰森的獸口，樓上窗後，時有人影探頭，有人在裏面奔跑。立群悄悄來到我身旁，低聲説：「住院部右邊有個側門，側門出去就是食堂，我們在這裏一線排開，要是老保從側面來幾個人，我們在低處，他們居高臨下，都不要瞄準，一梭子彈就把我們全幹掉。我去林寬那裏，提醒他們注意側面，這裏你看著。」

「好，你去吧。」一面暗自佩服他的細心。

槍聲響過一陣，又再停下來。有時是樓上先開火，我們還擊，有時我們這邊有人手癢扣下扳機，他們那邊又打回來，如此對峙著。突然有個念頭冒出來：老保既是從東塔村過來，那他們要增援的話，也是從東塔村經過，只要我們在村口公路邊埋伏，把增援的部隊打回去，這裏住院部的老保，就孤立無援了。

心下這樣想著，又提醒自己，要盡快把這想法告訴林寬。

突然身後有人扯我的衣角，回頭一看，卻是總部一個同學，他悄悄説：「林寬叫你去一下，他在門診部。」

我猶豫著，立群走了，我再下去，這邊陣地上沒有人指揮。那個同學卻説：「林寬叫你快去！好像白如雲受傷了！」

我腦畔「嗡」地一響，只覺血液往上衝，大聲喊道：「你説什麼？」

「白如雲受傷了，現在在門診部，你快下去看看。」

我不及細想，忙交代秋實幾句，轉身在牆腳拐彎，往門診部跑去。門診部亮了幾盞燈，走廊盡頭聽到有人嘶聲哭喊。先看到林寬，頭抵在牆上，右手連連在身邊木門上捶著，一下一下沉重的抨擊聲，和遠處哭聲混在一起，攪動巨大空間裏的死寂。林寬聽到腳步聲，向我轉過臉來，沒有說話，只指了指前面的房門。

我覺得腳下發軟，心口有什麼頂上來，幾乎沒辦法呼吸。

進得房門，窗口稀薄的晨光裏，正中一張臨時拼起來的桌上，躺著白如雲。我突然身子一歪，幾乎要倒下去，後面有人扶住了，把我的身子撐著，慢慢走近去。

我覺得眼前發黑，一陣明一陣暗，深深吸進幾口氣，讓自己鎮定下來。那時看清了白如雲，頭髮披散著，胸口還有血冒出來，流到桌上，蔓延著，一滴滴滴到地上。

我用手撐著桌面，不讓自己倒下去，轉頭看見跟進來的林寬，大聲喊道：「醫生呢？怎麼一個醫生都沒有！快找醫生來啊！」

林寬搖搖頭，沉著聲說：「來不及了，我剛才摸過脈搏，已經沒有了。」

「什麼叫沒有了？」我又淒厲喊道，「醫生不來，你怎麼知道有沒有！」

「值班醫生也來看過了，沒有了……」

這一下我真的站不住，兩腿一軟往後倒去，周圍的人連忙把我扶住，找了一張椅子讓我坐下，我抬起頭問：「立群呢？快找立群來啊！」

林寬道：「有人去了，可能還沒找到。」

心頭一陣攪動，一股悲慟的潮水湧上來，我突然大聲哭喊起來：「叫你下去你不下去，你留在這裏做什麼？這不是你來的地方，你早點下去不就沒事了！」

林寬在一旁說：「剛才是她上去幫逸思，還沒到那裏就中槍了，是逸思把她拖下來的。」

「剛才最後出來的是逸思？」我驚道。千鈞一髮之際，竟忘記逸思也住在醫院裏。

林寬說：「在走廊上哭的就是他。」

我一聽，又掙起身，踉踉蹌蹌撲到走廊外面，逸思倚坐在走廊盡頭的長凳上，滿身是血，哀哀地低聲飲泣。我過去扶著他，他抬起頭來，認出是我，又撕肝裂肺地嚎叫起來：「宇程啊，我該死啊！我害死阿雲，我罪該萬死啊……」

我俯下身子，輕輕拍了拍他肩頭，只是哽咽不止。

「我不該來住院！不該被他們趕出來，我應該死在裏面，一頭撞死也好啊……」

「這都是命……」我含悲囁嚅著。

突然走廊那頭一陣騷動，只見立群奔了下來，看見我，他眼神淩厲，好像要從我臉上看出一點端倪，但隨即他也明白了。他走不到門口，呆立片刻，突然一腳跪倒，整個人軟倒在地上。

大家七手八腳將他扶起來，扶到走廊邊長凳上，小心讓他坐下。

立群神思恍惚，抬起頭四下裏看人，含悲喊道：「人呢？人在哪裏？」

我指了指診療室，立群一言不發，兩腳下地，我趕緊扶著他，大家簇擁著，走到房間裏來。

在房門口，立群手一甩，將我推開，自己走到白如雲面前去。他略微俯下臉，看看白如雲，又輕輕將她披在臉上的頭髮撩開。白如雲神色如常，只是略有點蒼白，她嘴唇輕輕抿著，眼睛微微閉著，好像睡著了。

「為什麼會這樣？為什麼啊——」他抬起頭，肝腸寸斷地喊道。

我說：「她上去幫逸思，想扶他出來……」

「什麼？」他瞪大雙眼：「幫逸思？逸思不會自己走下來，要她去幫？」

「現在說這些都沒用了。」我也含悲道。

大家扶著他，在椅子上坐下。

我挨近立群，低聲說：「立群，外面的事情還沒完，我們把這裏交給醫生護士，好不好？」

立群神魂都不在了，只順口說：「好，好，好。」

我回頭跟林寬說：「請醫院布置一個臨時的太平間，不准人接近。我會去通知她家裏，其餘的事，等解決了外面的事情後再處理。還有，找人雇一輛三輪車，送逸思回家去休息。」

我和立群走出來，兩個人都像遊魂一樣，只覺身子幾乎要飄起來。走到外面，天大亮了，太陽無情地升起來，可是，天已不是那個天，太陽也不是那個太陽。

要是太陽退回去，退到地平線下，昨夜戰事還沒有開打那時，我把白如雲強行推出去，推到醫院外，推到古廟去。她回去歇著，明天一早，到醫院來，給我們送早餐，笑吟吟一張鮮嫩的臉，我們看過她，吃得美美的再上戰場，不管打贏了打輸了，都好好的，以後漫長時日，有這麼一個朋友，天長地久，歷盡災劫，到頭來回看世事人生，泰然一笑，那多好！

為什麼剛才不堅持一下？為什麼不把她趕走？我狠狠揪自己的頭髮。

回到戰壕，我把白如雲中槍去世的事跟大家交代了，秋實突然奪過我肩頭的五六式衝鋒槍，大喊一聲：「他媽的！都給我打！打死這幫混蛋！」說罷，也不瞄準，朝住院部大樓射出去一長串子彈。其他武工隊隊員也都撲到戰壕裏，朝上面開槍。

立群往後靠在牆根，兩眼發直，胸口急促起伏著，一隻手插在衣襟鈕扣縫裏，一使勁，把兩三顆鈕扣扯下來。

打了一陣，回頭找立群，卻見他坐倒在地上，兩手揪著頭髮，又掄起拳頭，一下一下往自己太陽穴上捶。我忙回身拉住他的手，他抬起臉來，一臉淚水，眼神空洞得可怕。

我使勁將他扶起，他失神地站著，隨我伏到戰壕裏，我一回頭，他又站不住，慢慢溜到地上。

整個上午人都像遊魂，神志不清。我去白如雲家裏報了凶訊，等到她祖母醒過來了，整個人像遭了雷擊，嘴裏喃喃，人都走了神，我也想不出什麼話來安慰她，只好喪魂落魄地出來。先趕回古廟，打個電話通知白耀輝，白耀輝那一頭，也一句話都沒有，我拿著話筒久久等著，只等到掛斷電話的「咔嗒」一聲。

我心亂如麻，坐了片刻，又安排幾個同學去白如雲家裏，看看有什麼要幫忙的，再要一套乾淨衣服去醫院，請幾位女同學幫她換好。

離開古廟趕到醫院，秋實一見面就說指揮部通知開會，立群已經去了，於是又趕回街上來。半路上卻碰到雅琴，雅琴也行色匆匆，說街道造反派在準備一些後勤的事，聽說白如雲沒了，雅琴也像觸電一樣，嘴角顫抖著，說：「怎麼會？她怎麼上前面去了？」

「她是去幫忙的，教他小提琴的逸思住院了，被老保趕出來，她跑上去扶他，就那樣……」

雅琴一疊連聲叫道：「老天爺！老天爺！你……你真是不長眼睛啊！」

我說：「醫院事情還沒有解決，我要去指揮部開會，你先忙去吧。」

雅琴一把扯住我，說：「你給我小心一點！不要逞能！」

我說：「我知道，我心裏有數。」

雅琴道：「那頭忙完了，不管怎麼樣，先回來一趟，讓我放心。」

我點點頭，說：「最多也就是一兩天的事，你放心。」

指揮部裏擠滿了人，人人黑著一張臉，室內氣氛凝重。盧志遠見我進來，使了個眼色讓我坐下，我環視一下乒乓球桌，「立群呢？」我問。

「他好像很不舒服，我讓他到裏間休息一下。」盧志遠說。

我在桌旁坐下，見林寬、李友世、張大同等都在，還有復員軍人章營長和鄭參謀。會議好像開了一會了，盧志遠接著說：「……派去縣決戰總指揮部的人今天早上打電話回來，指揮部武工隊隨後就到。我們研究一下，看怎麼反攻。」

章營長把桌上的幾個茶杯拿過來，放好一個茶杯，說這是醫院。又放一個說，這是東塔村，再放一個說，這是人民中學。「現在估計，醫院裏來的只是先頭部隊，他們如沒有增援，不可能往外推進。他們要增援，只有經過東塔村，橫過公路。我建議，先派一個小部隊，埋伏在公路邊，有增援部隊來，打他一個伏擊，這樣先斷了他們的援軍。」

我心想，這倒和我想到一起去了。

鄭參謀也贊成，說：「那裏是開闊地，他們一上公路就挨打，我們在暗處，他們在明處，對我們有利。」

盧志遠點點頭，說：「縣指揮部援軍還沒來，先把林寬手上的撥一半過去。」

我插嘴說：「看起來他們來的人不多。」

林寬也說：「火力也不那麼強，最多和我們打個平手。」

盧志遠當機立斷，說：「今晚起調指揮部武工隊一半人，到東塔村前面埋伏。」

林寬道：「那大概有十個人左右。可以配兩支五六式、一支卡賓槍，帶上一些手榴彈，老保敢衝就用手榴彈炸他。」

盧志遠點頭，又問：「援兵擋住，這裏怎麼反攻？」

章營長看看鄭參謀，鄭參謀說：「可以考慮用迫擊炮打。」

「能找到迫擊炮嗎？」李友世問道。

大家你看我我看你，章營長說：「要問問縣總指揮部，上次開會，聽說他們那裏有一門。」

盧志遠道：「遠水救不得近火啊！」

章營長補充道：「最麻煩是我們沒有有經驗的人，從外面打進去，有一定距離，沒有經驗瞄準，到時炸到東塔村，或西邊民居，那事情就大了。」

張大同也說：「那絕對不行，到時怎麼交代？」

盧志遠又決然說：「此議否決。還有什麼辦法？」

章營長說：「有人建議用毒氣彈，但毒氣彈也不知去哪裏弄，恐怕要問野戰軍了。」

鄭參謀說：「毒氣彈在室外效果會打折扣，冬天風大，風一吹什麼都散了，傷不到老保，可能反倒吹到我們這邊來。」

盧志遠皺起眉頭，說：「這也行不通。還有什麼建議？」

章營長說：「比較現實的，是用炸藥包炸他，不過最多也只是嚇唬一下他們。他們在樓上，炸藥包只能放樓下，傷不到他們。」

我說：「他們孤軍深入，糧草彈藥都沒得補充，援軍不來，等於困在裏面。我們守在外面，比他們主動得多，轟一轟他們，鬥志垮了就得撤走。」

盧志遠點頭：「這有道理，轟掉他們的鬥志。」

章營長問：「有地方找炸藥包嗎？」

林寬說：「找炸藥來，我會弄。」

「供銷社倉庫裏好像有，本來是修水庫用的，我去找一找。」張大同說。

「還得有雷管。」

「那自然，有炸藥就有雷管。」

盧志遠交代：「那先去找炸藥，大家都要小心，不要沒炸了敵人，先炸了自己。」

這一說大家都笑起來，室內氣氛稍微活躍一點。

盧志遠看看我，說：「仗沒正式打，先失了白如雲一個，真不值得。」

林寬也搖頭，說：「多好的女孩子！偏偏是她。」

我說：「老保把住院病人往外趕，最後出來的是她的小提琴老師，叫逸思，肝癌已經末期了，走路都走不動，白如雲上去幫他，沒想到老保就開槍了。打得那麼準，一定是有經驗的。」

盧志遠揉了揉眉心，說：「把醫院這檔事處理了，我們給她隆重開一個追悼會。」

「她家裏通知了沒有？」李友世問道。

「我去了。她父母都在香港，家裏只有祖母，一個叔叔在縣裏，林寬認識的，已經通知他了。」

旁邊一個不認識的人說：「這種事，真不知道家裏人怎麼承受。」

大家便都神色愴然，不知道說什麼好了。

盧志遠突然問：「有沒有給武工隊送點吃喝的去？」

我看看林寬，林寬也一臉茫然。

盧志遠趕緊吩咐人買肉包和熱湯送去醫院，午飯和晚飯都要照顧好。又對我和林寬說：「看起來白天警戒就可以了，要輪班休息，晚上適當增加一點人。叫醫院在門診部安一些帆布床，隨時可以躺一下。」

旁邊有人應著，也去安排了。

正談著，樓梯咚咚響，大門被推開，風風火火走進來的，竟是張捷和林一飛等七八個人。

張捷道：「我們到了，怎麼安排？」

大家都興奮起來：「怎麼來得這麼快？」

張捷道：「連夜上的車，走小公路，兜一個大圈，來了兩車四十八個人。」

「太好了！」盧志遠說，「休整一下，等部署好，就看你們顯身手，你們是正規軍。」

林一飛肩上扛著一挺輕機槍，一兩個月不見，整個人曬黑了，頭髮老長，遠遠見到我，俏皮地抬抬下巴。

盧志遠又分派人去接待，鎮政府房子都空著，就先在那裏駐紮，晚點可以輪班到醫院前線，讓前面的人下來休息。

張捷點點頭，回頭就走。林一飛遠遠和我打個招呼，也跟著去了。不知為何，一去了縣武工隊，張捷也不同了，林一飛也變了。張捷是突然有了抖擻的軍人作風，林一飛明顯成熟了，看上去不像一個跳來跳去的小毛孩。

我去裏間要看看立群，卻見床上已經空了。大家都在指揮部等著，我也撐不住，就伏在桌上睡著了。

等張大同找到炸藥，林寬把炸藥包裝置好，天已經黑了。中間我又去了趟古廟，還是找不到立群。再回醫院，白如雲躺在門診部房間裏，換好一身整潔的衣服，安詳地躺在桌上，身上蓋著一條薄薄的白被單，頭髮也梳理得整齊了。恍惚間，我以為她會翻身坐起來，詢問住院大樓那邊的情況。我心裏翻湧著一股無可抑制的絕望的悲慟，淚水夾著哽咽，夾著毫無顧忌的哀嚎，腿一軟，我順著墻邊慢慢溜坐到地上。

好久好久，等那一陣撕心裂肺的哀慟慢慢過去，我站起身來，再看了看阿雲，外面槍林彈雨，都與她無關了，但有我們在，一切她想做的，我們都會替她完成。

再回到指揮部，天黑了，人突然覺得很累。十來個人散坐著，萬事齊備，只欠東風，誰去放炸藥包成了問題。

盧志遠問林寬：「武工隊找個人可以嗎？」

林寬有點為難，說：「人人都有家小，萬一有什麼閃失，都受不了啊！」

李友世突然說：「那我去，兩個兒子都大了，我死掉餓不死他們。」

盧志遠搖搖頭，說：「勤務組的人不能去，往後事情還很多。」

「那我去吧！」我說。想到阿雲，我突然衝動起來。

盧志遠搖搖頭，說：「你不是勤務組，可很多事都要你幫忙。」

大家都靜了好久，都在想辦法，都沒有辦法。

林寬無可奈何站起來，說：「那我去問問。」

指揮部人來人往，我下樓去吃點東西，今晚恐怕又要通宵，要儲備一點體力。吃了一碗麵出來，迎面卻碰上張捷和林一飛。張捷說：「你們的人都撤回古廟去了，明天一早再來接防。」又問，「指揮部開會有什麼決定？」

我說：「準備用炸藥包，要找個人把炸藥包送進去。」

「人找到沒有？」

「林寬去張羅了，武工隊員都有家小，出了事不好辦。李友世和我都想去，盧志遠又不同意。」

旁邊林一飛突然說：「那我去啊！放個炸藥包，有什麼難的！」

張捷瞄他一眼：「難是不難，會沒命的哦！」

林一飛道：「我跟你提子彈箱，上上下下，也會沒命！」

張捷笑了：「那倒也是，你真的想去？」

林一飛道：「你以為我說來玩的！」

「說說容易，事到臨頭，腳會發抖哦！」我說。

張捷卻說：「你別看他小孩子，這些日子跟我槍林彈雨來去，倒真是有膽色的。」又問林一飛，「真要去？」

林一飛道：「你們都瞧不起我，我更要去！」

張捷道：「沒有人瞧不起你！別人看你是小孩子，我看你是小勇士。」

張捷又對我說：「那我們一起去指揮部，現在火燒眉毛，恐怕那裏正找不到人呢！」

一邊往回走，我一邊問林一飛：「要不要跟家裏說一聲？」

林一飛道：「一說就更不成了。我去縣武工隊，也沒跟家裏說。」

第二十一章

命中災劫

指揮部決定，事不宜遲，趁老保腳跟未站穩，軍心未定，連夜把他們的臨時據點端掉，省得夜長夢多。

林寬在指揮部裏，小心將炸藥包引爆的過程解說了多遍，並一再交代，萬一沒有炸成，不要回去看，跑出來就是，回來再想辦法。

林一飛在一旁凝神聽著，不住點頭。指揮部裏人人也都神色凝重：把這麼一件要命的事，交給一個小孩子，會不會太輕率了？

依常識推測，老保將住院部清空後，會堵死樓梯，全部人集中到樓上固守。等站穩了腳跟，後援部隊進來，那時再趁勢擴大戰果。

因此，今晚起在東塔村口設伏打援，老保援軍進不來，勢必動搖住院部裏先頭部隊的軍心，再加上炸藥包震懾一下，諒他們撐不下去。

指揮部決定主要火力在正面佯攻，林寬帶幾個人陪林一飛到側門接應。林一飛趁槍聲大作時進去，不管任何情況，只要死不去，就衝到樓梯口，點著了引繩就跑，出來後林寬他們接著，立即回門診部來。

約定半夜三點左右執行，聽到槍聲為準。

我跟林寬說：「我跟你們去。」

林寬看看我，知道我因白如雲犧牲，心裏被仇恨燒灼，便點點頭，隨即將他身上的五四式手槍給了我。轉頭看林一飛，一個人呆呆在一旁，眼睛發直盯著炸藥包，臉色有點青白，一隻手將炸藥包提了提，又放下。我在心裏說：小傢伙，成敗在此一舉，看你的了。

一時又想起躺在門診部裏的白如雲，不免心如刀割。從此以後，再也沒有人給我們深夜送點心來了，沒有人跟在你身邊，問這問那，將她的心事都倒給你了，也沒有人再和你約定一生一世的情誼了。

我拍拍林一飛的肩膀，含悲說：「鎮定一點，記得你這是為白如雲報仇。」

林一飛抬起頭來，鄭重地點點頭，說：「我知道，我會完成任務。」

住院部側門往下有一個小坡道，坡下是廚房、飯堂、洗衣間，一排平房半隱在桉樹和龍眼林裏，在淡淡的月光裏看過去，像一群酣睡中的巨獸伏在暗處。深夜風大起來，呼呼的風聲更帶著一種淒厲的勁道，在風聲裏，四周靜得有點詭異。我和林寬、林一飛一行六人，伏在小坡下的桉樹旁，靜等槍聲響起來。

從這裏到住院部側門，約有一百多米距離，二三十秒可以跑到。槍聲響起來，林一飛跑進去，放下炸藥包，點著引繩，再跑出來，估計一兩分鐘就完成了。說難很難，說容易也很容易，最要緊要有捨命的勇氣。

深夜兩點多，東塔村方向傳來一陣槍聲，時間不長，一切又歸於沉寂。大概老保援軍來到，正碰上伏擊，稍微接觸一下，知道造反派這邊早有準備，不敢輕舉妄動，只好又退走了。

我突然想起，要是東塔村打援成功，阻止老保援兵進來，那援兵撤走後，我們也應該撤了伏兵，否則，醫院這邊的老保如果要跑，我們的人反倒擋在路上。

我和林寬悄聲商量了一下，林寬想了想，道：「是要提醒指揮部一下，不過撤回來不好。」他想了想，於是對身邊一個工人交代幾句，那人趁著夜色，往後面溜下去，跑到門診部去聯絡了。

林寬附在我耳邊說：「我建議打援的人讓開大路，這裏的老保要跑，留一條路給他們走，但我們還要在附近監視著，免得老保援軍又回頭，那倒壞了大事。我們只是提醒一下，讓指揮部去決定。」

我佩服地說：「還是你想得周到。」

過了三點，外面還一片死寂，林一飛有點不耐煩，怨道：「怎麼搞的？」

林寬道：「不要急，臨時有什麼事發生，也是可能的，總之槍聲響起來，你就上。」

又等了約莫十分鐘，門診部方向突然槍聲大作，這一次火力來得密集又猛烈。縣裏來了四五十人，加上我們學生和工人武工隊，六七十條槍，其中又分明聽到張捷輕機槍連發的那種威力。指揮部為這一次佯攻，真是做到十足了。這裏林寬拍拍林一飛肩膀，沉著聲說：「去！」

林一飛把炸藥包夾在腋下，貓著腰往外衝去。月光下一條小小人影，跑一跑，停一停，在樹根蹲下張望一會，很快又起身往前跑，一時往左一時又往右，好像側門後真有一個人舉槍在對他瞄準似的。我不禁暗自讚道：「小傢伙機靈！」

不大一會，林一飛已經消失在側門口，我們金睛火眼瞪著那道門，屏著呼吸，靜待驚天動地的爆炸。

外面槍聲還一陣連著一陣，間中夾雜一兩聲手榴彈爆開的沉悶聲響，從辦公室底下往上扔手榴彈，當然扔不到住院部，不過聽上去倒是氣勢懾人。近處住院部樓上也有槍聲傳出來，但畢竟勢弱，都給外面的槍聲蓋過。時間好像過了很久，炸藥包還沒有爆炸，林一飛也不見人影，我的心整個提起來，吊在半空，懸懸的落不下來。

就在那時，只見黝黑的走廊裏一閃光，好像沉沉夜幕裏憑空撕開一道口子，隨即「砰」一聲巨響傳來，暴烈如雷在眼前炸開，感覺腳下一震，好像地面突地起伏了一下，有什麼巨靈怪獸從地底下竄過來，往夜色深處奔突逃走了。霎時，大家都明白大事已成，各人都鬆了一口氣，互相興奮地拍打著。林寬坐起來，長長吁出一口氣，說：「響了響了！要是炸藥包出問題，我就不好交代了。」

「林一飛還沒有出來，怎麼搞的？」旁邊一個工人說。

「按理起爆前就該先跑出來了啊！」另一個也說。

大家的心不免又提起來。

那時卻見到林一飛在側門處現身，他不是跑出來，卻是搖搖晃晃走過來，腳步趔趄，兩手伸平了，好像要找什麼扶著自己。林寬見狀，突地一聳身跑出去。只見他一溜小跑奔到林一飛跟前，略微低下身子，把林一飛扛上身，又飛跑回來。

林寬急喘著，小心將林一飛放下地，讓他靠坐在樹幹上。看林一飛，整個人呆呆的，問他話也沒有反應，眼睛直直盯著我們，嘴角卻有笑意。

見我們七嘴八舌圍在他身邊問這問那，林一飛才指指耳朵，搖搖頭。林寬道：「他太靠近了，爆炸聲震聾了耳朵，不要緊的，歇一會就好。」

外面槍聲全停下來了，住院部樓上的老保肯定驚魂未定，一個個目白舌吐，神魂掉了一半。

我們五個人凱旋回到門診部，門診部燈火大亮，聚在那裏的武工隊員和來幫忙的造反派群眾，紛紛鼓掌歡呼。

門診部對上，那一列辦公室房間，連同走廊，全都燈火通明。李友世見我奇怪，便說：「沒開槍前，我們把上面的燈都開起來，安排很多人在那裏跑來跑去，大聲喊叫，讓老保以為我們真要反攻了。」

「原來是這樣，我們就奇怪怎麼開槍時間遲了。」我說。

秋實、曾沛然他們一群人也在，見到我們，都圍上來，大家把林一飛的頭摸了又摸，把他摟了又摟，就差一點沒把他抱起來親一口。林一飛傻傻地笑，什麼都聽不見，只看見眼前衝著他豎起的大拇指。

林一飛苦笑著，說：「好險！差一點回不來。」大家要再問他，他又搖頭了。

秋實把我拉到一邊，低聲說：「白如雲衣服都換好了，房間外有人守著。」

「我知道，我看過她了。等這裏事情完了，我們要給她開一個追悼會。」

秋實眼裏也有淚意，說：「那當然，我們誰都可以死，就是她不應該。」

「立群呢？」我抬頭四下張望。

「不知道，一整天都沒見到他。」

我點點頭，說：「等會我去找找他。」

凌晨時分，在東塔村外埋伏的人回來報信，說見到一二十個人，從住院部撤出來，溜進東塔村去了。

林寬、李友世、張捷、秋實，我們幾個人商量一下，決定派一隊人先進住院部探一下虛實。

林寬交代，還是從側門進，先查清楚樓下，樓下沒問題了再上樓。既然大隊人馬都撤了，不會再留人在那裏，不過一切都小心為上。

於是張捷帶隊，去了七八個人，不大一會有人飛跑回來報信，說樓上空了，留了兩具屍體。門診部這裏即時又響起歡呼聲，大家都往住院大樓湧去。

樓梯塌了半邊，那裏應是放炸藥包的地方，大家小心挨著墻邊上去。樓上一片狼藉，玻璃碎片、醫療用具、各種雜物滿地都是。靠窗的墻邊，用桌椅、床板和棉被堆成一個個掩體，彈殼散了一地。走廊盡頭躺著兩具屍體，一個胸口中槍，另一個子彈從臉上穿過，死得很難看。

看著這一片廢墟，我又一陣悲從中來。趕走老保，造反派固然士氣大振，但白如雲沒了，還犧牲了一個造反派戰友，再加上老保這兩具不知名的屍體，無端端葬送四條寶貴的生命，這可以算是無產階級革命路線的偉大勝利嗎？

我走到陽台上，長長吁出一口氣。天正在大亮起來，東塔村方向，一抹朝霞紅得像血，太陽沒有出來，它的先導儀仗已經盛大光臨了。每天都一樣，太陽來了又去，去了又來，有些人每天都見到它，有些人卻永遠也見不到了。

我從醫院辦公室打了一個電話給盧志遠，報告了好消息，就便寫了一張字條，下到門診部，找到林一飛，把字條給他看。字條上寫著：「大功告成，先回去休息，這邊的事我們會處理。」隨即找人帶他回鎮政府那邊去歇息，弄點吃的，不管他睡到什麼時候，不要叫醒他。

和林寬他們商量了一下，武工隊隊員都撤下去，留一些人和武器在住院部大樓監視，事情至此，算是慘淡完結。

門診部有指揮部送來的早點，大家都填飽了肚子，我和秋實他們一隊人，又回油庫去，大家橫七豎八躺倒，不消兩分鐘，已不省人事。

迷迷糊糊中，好像又在趕路，腳下像墜著鉛塊，全身僵硬，舉步維艱。雨紛紛落下來，抹一把臉，抹出一手掌的血來……近處山路上，血水嘩嘩流下來……有人低聲呻吟著，有人大聲咒罵……

山峰若隱若現，一座熟悉的寺廟，金頂飛檐，巍峨綺麗……血雨無邊際，山間哀嚎聲不絕，屍首雜陳——突然一聲響雷在身邊炸開，我一激零，人從噩夢中醒來……

窗外天亮著，不知是上午還是下午，我翻身起床，只覺四肢百骸叭叭響，骨節離位，身手感覺遲鈍，整個人好像隨時都會散掉。

隊員們都睡死了，四周靜得像整個世界都停止運行，我一個人下樓來，胃部突地有一陣抽搐隱痛。

一個人慢慢往街上走來，身子輕飄飄的，碰到一些造反派戰友，大家站在路旁閒聊幾句，老保趕走，卻犧牲了白如雲和一個戰友，都不知是勝是負，是喜是悲。

心裏記掛著立群，急急朝立群家走去。半路上買了一塊碗糕，一路走一路吃，嘴裏乾澀難當，吞嚥困難，但碗糕的清甜和米香，把強烈的食慾又調動了出來。

立群母親坐在廳口，腿上放著針線籮，頭低垂著，聽到動靜抬起頭來，卻滿臉淚水。我趨前小心問道：「立群呢？」

她朝大房那邊努努嘴，說：「昨天回來就關在房裏，不吃不喝，問他也不說話。昨天我一整天都在我母親那邊，早上回來，怎麼叫都不開門……」

我點點頭，說：「你不用擔心，老保跑了，醫院搶回來了。」

「我才不擔心醫院，我擔心他，擔心老母親，」立群母親抹一下臉上的淚水，恨恨地說，「你們做的好事……」

話說得戳人，卻也在理。我說：「我去看看他。」

房門關死了，我敲敲門，低聲叫道：「立群，你在裏面嗎？開開門，和你商量點事。」門內一點動靜都沒有，我又叫了幾遍，還是沒有任何反應。我只好走回來，剛走兩步，突地一個念頭像棍子一樣狠狠敲在腦門上：「立群他，不會……」

沒等想清楚，我一回身氣急敗壞朝門上使勁擂起來，一邊大聲喊道：「立群！立群！你再不開門，我撞進來了……」

立群母親見我突然聲色不對，也覺事不尋常，她也急了，跑到門外來，一邊急急拍門，一邊大放悲聲。

在天井耳房裏的立群兩個弟妹也奔出來，站到我們身旁，驚懼地抬起頭看我們。

正驚慌忙亂著，房門卻打開了，立群站在入門處，一頭亂髮像雜草，兩眼堆滿血絲，眼神空洞得怕人，再看他手上，居然拎著那支五四式手槍。

我不由分說，將手槍奪過來，拉開槍栓，彈出一顆子彈掉到地上。我撿起子彈，一手把立群推回房裏，嘴裏罵道：「你瘋了！你想幹什麼！」

立群母親放下心頭大石，把兩個小的趕走，她自己也退出去，幫我們把房門帶上。

被褥整齊疊在床後，桌上卻一片狼藉，水杯雜物亂七八糟堆著，水漬從桌沿一路滴到地上。立群坐在床沿，腦袋耷拉著，我一邊拆下手槍彈匣，把子彈壓回去，再裝回彈匣，把手槍放到桌上，一邊說：「醫院解決了，林一飛炸了住院部樓梯，老保丟下兩個死人撤了，事情完了。」

立群抬起眼看我，眼神空洞：「完了？」

「是啊，老保撤了，醫院奪回來了……」

「醫院奪回來了，」立群怔怔道，他突然嘶喊起來：「那阿雲呢？你把阿雲給我要回來！」

我頹然在桌邊坐下，說：「你以為我心裏好過？大事當前，個人感情只好先放一邊……」

「你少跟我講什麼大道理！」他狠狠地瞪著我，「道理是道理，感情是感情，兩回事！你明白嗎？你不明白！」

他不等我搭話，又喊道：「你想我怎麼樣？和你們敲鑼打鼓去慶祝？」

我囁嚅著說：「我們也沒慶祝，盧志遠說，要為阿雲開一個隆重的追悼會。」

立群冷冷一笑：「追悼會！能把阿雲追回來，那就開好了。」

我完全明白立群的感受，其實我心裏又何嘗有一點勝利的喜悅？我只是……我還沒到他那樣痛不欲生的地步。

「昨天夜裏我在這裏，」立群指指桌子，「手槍對著這裏，」他用手指戳著太陽穴，「好幾次都想扣扳機了，每次都看見阿雲站在門內，笑咪咪看著我，說別玩了，什麼不好玩，拿槍來玩！」

我說：「我知道你心裏痛，但是你想一想，如果她還在，她會覺得你一槍斃了自己，算是一條好漢嗎？」

立群冷冷一笑：「我還好漢呢！我連她都沒保護好，我還算什麼男人！」

「你想過沒有？一槍崩了自己，那會變成一個笑話。老保會說，死了一個女的，高立群居然去自殺，還說什麼保衛毛主席革命路線？再說，我們自己的戰友又會怎麼看你呢？你還是紅衛兵領袖呢，領袖是這樣的嗎？」

立群死死盯著我，嘴巴張得老大。

好一會，他才說：「昨天夜裏，我真想一個人衝到糖廠去，見一個殺一個，把他們都殺光了才解恨。」

我說：「那還像話一點！至少，報仇雪恨，戰死沙場，還像個男子漢。」

「他媽的！應該在糖廠炸他一下！」立群咬牙切齒道。

我想了想說：「要解恨，我們夜裏去，埋伏在糖廠外面，等他第二天開門，人多時掃他一傢伙，打完就跑，那才解恨。」

立群一聽眼裏發亮，卻又自問：「打完能跑得掉嗎？」

我說：「子彈掃過，他們一個個躲著，驚魂未定，我們掃完就跑。等他們回過神來，又不知底細，拿不定主意，不可能那麼快追出來的。」

立群點點頭，說：「這倒是個辦法。」

「你現在有力氣出去報仇嗎？」我故意問。

立群站起身，卻晃了一下，我趕緊按著他，說：「先吃點東西，回回力氣，要報仇不在一兩天。」說罷走出廳口，跟立群母親說：「他想吃點東西了，有現成的嗎？」

「有啊，中午煮了菜飯，我還蓋在鍋裏，我熱一下。」

不大一會，菜飯端來了，立群把我遞給他的水一仰脖喝個精光，端過菜飯，埋頭吃起來。

吃過飯，立群又沉著臉乾坐了好久，我讓他躺一下，他也順從地脱衣上床，我要把門帶出來，他卻說：「你坐，反正睡不著，我有話跟你說。」

立群兩眼瞪著屋頂，好像要說什麼，又一口氣堵住出不得聲。他很辛苦地忍著，終於忍不住，大叫一聲，突然一側身朝床邊的衣櫥一拳打去，「砰」地一聲巨響，衣櫥薄木板居然打裂了，他縮了手回來，拳頭上瘀紅一片。

立群滿臉淚水，乾嚎著又揮拳打自己的臉。

我拉住他的手，也不知道說什麼安慰他，只是陪他默默垂淚。我又何嘗不喜歡白如雲？我又何嘗沒想過把她當作一生一世的伴侶？這樣的女孩，哪一個男人能與她生生世世在一個屋檐下過日子，不都是上天眷顧嗎？

外面天正在暗下來，廚房裏傳來鍋鏟碰撞的尖鋭響聲。革命在很遠的地方，傷慟山一樣壓在心頭，仇恨像地底熔岩，四下裏翻湧，找尋噴發的出口。我和立群雖不説話，但都在心裏和自己計較：不能老是這樣哭哭啼啼，總得做點什麼，對阿雲有個交代，對自己也有個交代——生與死一念間，而比生死更沉重的，原來是情意。

那晚我們都回到油庫，睡得很不踏實，睡一下醒一下，朦朧中感覺身邊的立群也一直在翻身。半夜醒過來，最先閃過的念頭又是：阿雲沒有了，明天、後天，以後每一天，都再也見不到她的人，聽不到她的笑聲，天塌了一角，永遠也無法補上了。

立群又翻一個身，我低聲問：「睡不著？」

立群「嗯」了一聲。

「這兩天有睡一下嗎？」

「就昨天上午，趴在桌上，合一下眼。」

「這樣不行的，你會垮掉。」

「我也知道，可沒辦法。」

我當然明白，一個人腦海裏，一時悲憤捲過來，一時仇恨捲過來，好像海上起了大潮，惡浪滔天，他的堤岸再堅固，終會崩壞的。我想了想，突然坐起來。

立群問：「你做什麼？」

我說：「我也睡不著，不如出去走走。」

立群也坐起來，心領神會：「對，出去走走。」

好幾個同學都回家去了，油庫裏只剩四五個人過夜。黃磊迷迷糊糊也醒了，問道：「你們幹什麼？」

我說：「沒事，你睡你的。」

秋實在外面站哨，我和他交代一下，便和立群下樓來。我背了五六式半自動步槍，立群背了一支七九式步槍。外面天寒地凍，冷風嗖嗖劈臉，我們微微喘著，遊魂一樣走到公路上。

從公路往南，末端就是去六角亭的幹道。夜深沉，天上雲層厚實，滿天星無蹤影，月亮在雲後只剩一團微弱白光，腳下沙沙聲在曠野裏聽起來分外清晰。我們都不知道要去做什麼，只知道非去不可，今晚不去，明晚也要去，總有一天要這樣去一次六角亭。

從路口往東，一條筆直大路直通向糖廠方向，公路在暗夜裏像一條灰色的河流，我們像淌在水面上的兩片枯葉。

六角亭在望了，亭子後黑壓壓一片，便是糖廠的廠房。我們小心地躲在道旁桉樹後，四下裏觀察了一會。四周靜得像墳墓，除了我們急促的呼吸聲，一點動靜都沒有。老保經過醫院那場戰役，損兵折將，空手而回，大概只顧著料理後事，睡個安穩覺，沒什麼心思出來惹是生非了。

再往前去，六角亭在巨大榕樹陰影裏像某種鬼域。我們一時急挪幾步，一時又躲起來觀察，心口撲撲跳著，呼吸聲被靜夜放大起來，一陣陣轟轟的，像宇宙遠古的聲息。很快六角亭也在身後了，上了坡道，斜刺裏遠遠對著糖廠大門，我們在路溝裏伏下身子。

出來時忘記看看鐘，估計離天亮也不遠了，要等到糖廠開大門，還有一些時間。我們的位置，離糖廠大門約四五十米，等到他們開門，人出來走動，那時一梭子彈過去，就算傷不到人，也足夠讓他們喪魂落魄，抱頭鼠竄。至少讓他們知道，他們能去攻醫院，我們來突襲糖廠，也可以不費吹灰之力。

萬一子彈射中人，鮮血噴出，倒地不起，那也是一條人命，想及此，心頭又不免有點忐忑，不知道把人打死打傷了，是會開心呢，還是會痛心。念頭一生，想問問立群，又覺得在這樣的環境下，如此一問未免可笑了。

四下裏深沉的黑，正一點點褪色，身後斜對過六角亭的輪廓也約略顯現出來。黑暗越是褪色，我們隱身的地方越是顯眼，我不免有點焦急起來：要是糖廠天大亮後還不開門，那時我們都已經藏不住了，或許沒等到開槍就先給老保發覺，那不但什麼都做不成，只怕還有危險。

我便悄聲跟立群說：「等到糖廠開門，可能天大亮了，我們怕藏不住，剛才沒想到這點。」

立群道：「但大門沒開，開槍也射不到什麼。」

我想了想，說：「我們也不是真的來殺人，不過來出一口氣吧。」

正商量著，不料近處六角亭那裏，突然射出來一束白亮的探照燈光，光柱四下遊移了幾圈，轉過來，卻正正照在我們身上，雖然我們伏在路溝裏，大概也給發現了。

「不好，我們給發現了。」我急急說。

立群先還一言不發，卻突然挺起身，朝探照燈方向「叭叭叭」開去三槍。我也把五六式舉高了，對準六角亭方向，射出去一串子彈。槍聲在黎明前的靜寂裏，顯得分外刺耳，近處桉樹上，有飛鳥撲翅的聲音，嘩啦啦一片，很多鳥驚飛了。

探照燈即刻熄滅，隨即卻從六角亭那邊樹叢裏，一長串子彈突然朝我們射過來。原來六角亭那裏有他們的崗哨，安了探照燈，每晚有人站崗，這樣六角亭和糖廠便形成一個交叉火力網。沒想到，我們竟鑽到他們前後夾擊的位置裏了。

立群道：「糟糕，這一下給包抄了。」

很快的，從糖廠方向，也有輕機槍的連發子彈射過來，探照燈時不時掠過，亮了熄，熄了又再亮。我們伏在路溝裏，只聽槍聲連綿不絕，頭上桉樹中彈落下的枝葉，紛紛掉到我們身上，近處沙地上也落下子彈，噗噗連聲。我們的位置暴露了，探照燈認準了方向，我們動彈不得，稍微仰起身開槍，都有被射中的危險。

形勢不妙，不趕快想辦法，我們都走不了。我附在立群耳邊，急促地說：「這樣不行！你趕快從路溝爬出去，出了探照燈範圍就往回跑，快點！」

立群道：「不，你先走，我來掩護。」

我氣急敗壞起來：「爭什麼爭！現在不是逞英雄的時候！你是總部的頭頭，你不能有閃失。你先走，我馬上就跟上來，你再多囉嗦，等一下兩個人都走不了！」

立群略沉吟一下，低聲說：「那你馬上跟上來。」

我推一推他：「那當然，快走！」

立群伏低身子，順路溝往後爬去。我側身往前爬了幾步，把槍身托高一點，也顧不上瞄準，只約莫朝糖廠方向，射出一串子彈。

探照燈又熄了，糖廠和六角亭都有火力交叉射過來，這一次子彈來得更密集，大概武工隊的人聞聲都起來了。探照燈突地又亮起，白亮的燈光照著我前後的路面。對方更肆無忌憚地開火，在我四周形成一個包圍圈，子彈飛過來尖厲的嘯聲、樹幹中槍的聲音、子彈擊落在沙地上沉悶的響聲混成一片。我把頭伏在路溝草叢裏，等槍聲疏落下來，朝身後看去，已經不見了立群。

東方天際泛出一點魚肚白，六角亭的飛檐也約莫看到了，我不敢遲疑，伏低身子在路溝裏挪動，往身後爬出去。

可能因為角度的關係，對方沒有察覺路溝裏的動靜，我爬出探照燈的範圍，探照燈還在原地不動。看看離開燈光稍遠了，我突然躍起身，在公路上死命奔跑起來。

正在那時，探照燈又轉過來，雪亮的光照著我，在燈光盡頭，瞥見立群等在路邊，立群大聲喊道：「不要回頭！快！快過來！」

身上的五六式沉重地晃動，使我的步子甩不開，剛才在路溝下急促爬了好一會，一口氣也喘不過來。突然腳下一歪，右腳正好踩在一個淺坑上，身子失去平衡，頓時整個人摔到路邊去了。

立群見狀，急忙跑過來，急喘著扶起我，我剛邁一步，猛覺腳踝痛得鑽心，一拐一拐地，根本跑不起來了。

探照燈照在我們身上，子彈在我們頭上呼嘯著飛過，遠處突傳來一陣陣喧嘩人聲，然後，在灰濛濛的曉色深處，傳來汽車馬達的聲音。

我把立群推開，把五六式推給他，氣急敗壞說：「你快走！跑掉一個算一個！」

立群把槍推回來：「你開玩笑！我怎麼會把你丟在這裏？」

我絕望地喊道：「他們要追過來了，都落到他們手裏，我們就虧大了！」

立群不理我，一把撐起我，勉強走幾步，腳踝鑽心的痛，略一趔趄，兩個人又一起歪倒在地上。立群站起身，又來扶我，我狠狠一把推開他，見他還糾纏不休，索性拿起五六式，半躺在地上，朝身後又胡亂開起槍來，剛打出幾發子彈，彈匣已經空了。

前面公路上，一輛吉甫車遠遠駛了過來，車上也射出密集的連發子彈，我伏倒到地上，撕心裂肺地大喊：「快跑啊！再不跑，我死給你看！」

立群絕望地哀嚎一聲，驀然起身，扭頭往後跑去。

我翻轉身子，仰面躺在公路上，現在掙扎逃跑已經沒有意義了。

頭上天空一片拂曉的寧靜，雲層薄了，雲隙裏天藍得像剛洗過般潔淨。呼吸急促間，腦袋空空，我把五六式半自動步槍丟到路溝裏，等待事情發生。

轉瞬間吉甫車駛到面前，從車上跳下來四五個人，個個手持五六式，凶神惡煞一樣，把我從地上擰起來，就往車上推。臨上車那一霎，我朝身後看去，只見一個模糊的背影，正消失在隆冬薄薄的晨曦裏。

第二十二章 生死遲疑

早晨高音喇叭裏傳來《大海航行靠舵手》的歌聲，歌聲低下後，女廣播員的聲音抑揚頓挫傳來：「安平鎮紅色造反總司令部廣播站，現在開始播音。偉大領袖毛主席教導我們，革命不是請客吃飯，不是……」

我好像從很深很深的地底下，慢慢收拾神志，一點點拼湊意識的碎片，終於凝聚成清醒的一點，耳邊先聽到清脆的女聲，然後，醒來了。

最先的感覺是渾身上下尖銳的、鈍重的痛感，那是昨天一早剛進來時挨的一頓打留下的。我只記得槍托砸在後腦上那「嗡」的一聲，後來究竟有多少拳頭棍棒落在身上，都分不清楚了。

這是被抓到糖廠後的第二天。

我被關在糖廠倉庫裏，一個小儲物間，沿墻幾層貨架，放著麻袋、繩索、鐵鏟等貨物，一包一包的東西堆在角落裏，墻角臨時搭一張床讓我過夜。床鋪倒還乾淨，棉被想是從農民家裏臨時借來的，有小孩子夜尿留下的臭味，不過被整個倉庫裏濃重的糖的酸味沖淡了，倒也可以忍受。

高音喇叭裏的毛主席語錄還沒唸完：「……不是做文章，不是繪畫繡花，不能那樣雅致，那樣從容不迫，文質彬彬，那樣溫良恭儉讓。革命是暴動，是一個階級推翻一個階級的暴烈行動！」

「紅總司戰友們，被我們活捉的八二九壞頭頭方宇程，經過無產階級專政鐵拳一天的捶打，意志正在崩潰。總部勤務組正在以不同的方式對他進行批判教育，一定會迫使他低頭認罪，回到毛主席的無產階級革命路線上來。

「活捉方宇程是近階段革命行動的成果，證明毛澤東思想戰無不勝，也證明最後勝利一定是屬於我們的！」

我苦笑一下，腳踝處拐傷的地方，仍舊痛得鑽心，額角、手臂、腰背處，也都這裏那裏鑽心地痛，剛想翻身起床，手腕卻給扯住，回頭一看，才醒悟昨晚老保用一副手銬把我扣死在床架上了。

昨天一整天，打打停停，審過又審，剛關進來時那種絕望無助的悔恨，慢慢麻木了。事已至此，沒有什麼好抱怨的，只好咬緊牙關承受了。

有人端了一碗蕃薯湯和一小碟鹹菜進來，解開手銬，看著我吃光，又端著空碗走了。手銬沒有再銬上，看來白天是可以在這個小小的空間自由走動一下，我試著站起身，一聳一跳勉強走了一圈，腳踝仍痛得鑽心，終於還是放棄了。

坐在床上，想起前天晚上和立群一時頭腦發熱，魯莽地夜闖六角亭，被老保前後夾擊，陷於絕地，還好立群僥倖跑出去了，不然造反派兩員幹將淪入敵手，那就更丟臉了。

說到底，都是被悲痛和仇恨壓垮了，兩個人都失去理智，稍微冷靜一點，斷然不致如此愚蠢和魯莽，如今自投羅網，就算要吃多少苦頭，也怪不得別人。

上午九點多，進來五個人，看上去都是農民，一個黑塔一樣的高個子，其餘幾個都是腰圓膀粗，兩眼有殺氣，嘴角冷笑著。

他們走近來，把我從床上架起，將一塊黑布綁紮到我頭上，我剛想掙扎一下，心口那裏已經扎扎實實挨了一拳。這一拳來得力道迅猛，猝不及防，好像在我胸窩裏引爆一顆炸彈，爆炸的氣浪從那裏散開來，直震到整個胸腹腔各個角落裏去。我哀叫一聲，腿一軟，身子往下挫，但兩邊給人架住，還是沒有倒下去。幾乎是同時，覺得肚子裏翻江倒海，剛喝下去的蕃薯湯，從嘴裏噴出來。

還沒等回過神，臉頰上又挨了一拳，這一拳又打得我腦畔「嗡」一聲，嘴巴裏像火燎過一樣熱辣辣痛，一股又鹹又腥的血水，沿著嘴角流下來。

兩隻手給架住，眼睛被黑布蒙著，全身上下都處於無助失守的狀態，我唯一的辦法是憋著一股勁，隨時準備承受不知哪裏來的拳腳。

一時間，數不清挨了多少拳，有骨頭的地方硬碰硬，肉多的部位被強力撞擊。意識都散了，只有巨痛不斷襲來，這裏那裏，不知方向不知落點，後來的痛楚蓋過先前的痛楚，所有的劇痛混成一片，以致痛的感覺都模糊了。

「夠了！」聽到一個聲音喊道。兩邊架著我的手一鬆，我雙腿一軟，整個人癱倒在地上。頭上的黑布給人扯下了，我呻吟著翻過身子，看到五個人魚貫著，大模大樣走出去。

門「砰」地一聲關上了，除了渾身的痛，骨節僵硬，手腳發抖，此外倉庫裏又一片空寂。

不知怎樣爬到床上，一躺下去就起不來了。迷迷糊糊的，又像睡著，又像昏死過去，什麼時候中飯送進來也不知道，感覺好像要撒尿，根本動彈不得。有一陣俯身到床前，往地上吐了幾口血水。仰身躺著，輕輕撫著胸口挨拳的地方，想摸摸有沒有斷掉的肋骨，摸來摸去，只摸出徹骨的痛。

這一次打，跟昨天那一場又不同。昨天是沒有計劃的胡亂打，今天顯然經過策劃安排。綁上黑布，兩眼一抹黑，不知道拳頭往哪裏來，身體沒有防備，那種身心上雙重的打擊，更令人受不了。

昨天打得隨意，今天第一拳直擊心口，那是人身體的中心位置，一拳下去痛徹全身，那種痛讓你以為全身骨架都散掉，五臟六腑霎時間碎裂。之後的每一拳，都是不打則已，一打必落重手，打完一拳往往又停一停，讓你等著，讓你焦慮，讓你以為打完了，突然又在你意想不到的部位，狠狠一拳。拳與拳之間如此的間歇，讓你承受更多精神折磨。

顯然他們有審訊的高手，知道如何摧毀被俘者的心理防線，如何讓他呼天不應叫地不靈，讓他對有計劃的折磨產生長久的恐懼。

後來每天的虐打成為規律，上午約九點半鐘，還是那五個人，還是不動聲色走進來，一言不發施苦刑，打完了又一言不發走掉。每天打完都有審訊，審訊又不定時，有時打完即來，有時下午，有時深夜，審訊的人每次都不同，時而暴怒時而溫和，有時來兩個小孩子，裝腔作勢喊打喊殺，有時又來一個老頭，好像大學教授一樣，說一大堆人生世道似是而非的道理。

最難受是因為每天上午的打成了規律，因此一整天都被那個念頭折磨著，今天剛打完，已經又在擔心明天那一頓打了。有時睡中驚醒，腦袋裏浮起來的第一個念頭，又是明天按時的毒打。吃飯時會想起，躺在床上輾轉時又會想起，那個念頭就像夢魘，像青臉獠牙的鬼魂，糾纏不休。

審訊問的都是一些造反派組織裏的事，指揮部勤務組都有誰，鎮裏有幾個據點，武器裝備怎麼樣，武工隊裏指揮作戰的又是誰，醫院那場仗有沒有死人，和老區如何配合，縣決戰總指揮部又有什麼部署，等等等等。

剛開始，我還咬著牙什麼都不說，慢慢有點挺不住了，一些不會造成傷害的，多多少少，也就約略交代。有時又故意編造一些話，說油庫裏有三十多人，五支五六式半自動步槍、三支卡賓槍，手榴彈估計有二三十枚等等，聽的人冷笑著，也不說話，只做記錄。

我已經記不得關了多少天了，每天日出日落也都沒有感覺，除了痛、焦慮、悔恨，無時無刻不在折磨之外，其餘時間都半昏睡沒有知覺。審訊慢慢疏落，變成例行公事，只是每天上午那一頓打，還是準時來到。

口腔潰爛了，痛得沒法喝一口熱粥，還好端來的粥飯都沒有什麼熱氣，勉強咀嚼吞嚥，像是完成一項艱難的儀式。白天晚上時睡時醒，醒時像昏睡，睡時又像醒著。有時外面有人說話，大聲打鬧，眼前又浮起立群、秋實、白如雲、蕭偉、雅琴、林一飛，一個個影影綽綽晃過，像走馬燈一樣旋轉。

一天來了一個中年人，倒像縣委機關的中層幹部，一張四方臉，戴一副黑框眼鏡，兩眼居然和善，帶了一包東西，放在旁邊貨架上。他坐在對面椅子上，一直看著我，好久不說話，只是時不時兀自搖搖頭，若有若無地歎一聲。

好一會他說：我說你啊，這樣下去是不行的。一個正常的人每天挨打，身體上受傷的部位，還沒好起來又再傷一次，那種傷是傷到深處去了，那會糟蹋全身的關節、筋肉和內臟，造成永久性的傷害。

其實我是不贊成這樣折磨人的，《孫子》說：攻心為上，攻城為下。要制服敵人，要從摧毀心志入手。不過群眾組織嘛，誰也管不了誰。這附近都是農民，現在又是農閒，我們剛在醫院吃了大虧，這些年輕人一身臭力氣沒處使，打人成了他們的娛樂，打完了出去，還你一言我一語，比誰的身手好。

我不知道你肋骨斷了沒有，斷掉的肋骨再打幾次，骨頭錯位刺傷肺部，那會造成肺炎。肝和脾也很容易破裂，造成內出血，發展下去變成腹膜炎，那都是有生命危險的。

現在到處亂糟糟，死人的事每天都在發生，我們這裏算小兒科了，死一兩個人，根本不當一回事，死了就埋掉，以後連骨頭都找不到。

你想想，值得嗎？他放低了聲音說，運動發展到現在，越來越沒意思了，兩派在談判要搞大聯合，過幾個月革委會成立，你們也消滅不了我們，我們也消滅不了你們，大家還得在一個革委會裏共事。還有什麼好鬥的？還想鬥出什麼名堂來？我跟你說，沒什麼好鬥的了！往後還不是做官的做官，做老百姓的做老百姓，工人去生產，農民去種地，學生去讀書。你是北京下來的，遲早回北京去，該幹什麼幹什麼，沒什麼好折騰的了。

千不該萬不該，你們不該闖來我們這裏，既然被我們捉進來了，當然也不會輕易放你走。你是他們的頭，又有點影響，把你抓來了，無端端又放你回去，我們什麼都沒得到，你想想那可能嗎？

你不配合，就一直關著，每天一頓打，你能捱十天，能捱二十天嗎？能捱兩個月三個月嗎？說不定打到內臟都碎了，死在這裏，半夜抬到後面山上，挖個坑埋了，春天下兩場透雨，新土舊土都分不清了，以後連你埋在哪裏都沒人知道。

我聽說你也交代了很多事，其實那些事我們都知道，有些胡編亂造的，你以為我們會相信？其實那對我們都沒什麼意義。現在只有一件事對我們有意義，那就是你寫一份悔過書，承認造反派犯了方向性路線性的錯誤，向毛主席的革命路線低頭認罪，如果態度真誠，我估計放你回去的機會很大。

說實在的，誰又真的想把你打死呢？打死人是一件好玩的事嗎？雖然革命鬥爭，死人的事是經常發生的，但我們還沒有冷血到這種地步，把你打死，總是一條人命。但這裏人那麼多，誰也管不住誰，真的打死了，到時去找誰算帳！就算把打你的人都找出來了，把他們都抓去槍斃，那你能活回來嗎？

你好好想想，我是為你好。寫一份悔過書，也不費你多少精力，我們也不要求你怎樣作踐自己，只是一種表態，文字也不必太多，有個三兩百字也夠了。寫完了，放你出去，盡快到醫院去治，免得拖太久，落下永久性的傷害，到時就算沒死掉，也要拖累你一輩子。

好了，我只是一點好意，言盡於此，你自己斟酌吧，這種事誰也強迫不了你。

他站起來，把放在架上的一包東西拿過來，說：「昨天有個女人，拿了一包衣服來，說要給你替換。我們的人要趕她走，我正好經過，就把東西帶來了，你把那些染了血的髒衣服都換下來，我讓他們帶你去洗個澡，然後好好想想。」

他好像要走了，突然又說：「那女人膽子倒夠大，也真關心你。她一來，那些農民都圍著她，有的人還說話輕薄她，有的還想對她動手動腳，還好我在那裏，都給我喊住了。」

「我還很少見到這樣有膽色的女人，長得也很好看，她為你冒這樣的風險，是你什麼親戚嗎？」

我呆呆聽著，搖了搖頭。

「不管怎麼樣，肯為你這樣冒險，那不是一般的情意，你以後如果有命出去，要一輩子記著人家的情意。你這樣的年紀，可能還不明白，做人最難得的，不是給你什麼好處，是對你有真情意。」

「她還想要見見你，我擔心她見到你這種情況會受不了，硬是拒絕了她。」

「好好的活著，男子漢，有恩報恩，有仇報仇，但要快意恩仇，也要活下去才談得上，死了一了百了，什麼都談不上。」

說完，他緩緩起身，再看我一眼，若有若無笑了笑，轉身走了出去。

他一走，我整個人就崩潰了。

只覺一陣陣徹骨的寒意從心底升上來，一時間萬念俱灰，胸腔裏一陣陣痙攣，連帶著全身劇痛傳上來，喉頭抽搐幾下，突然對著虛空嚎啕大叫起來。

一邊嚎叫，一邊眼淚不覺流下來，也不知道叫什麼，只是一個勁地嘶喊，喊到後來，像間斷的呻吟，呻吟到最後，力氣也沒了，只有一口氣喘不停。

哭完靜下來，靜了好久，只覺內心像一間黑屋子，屋梁瓦片一點點粉碎，灰塵一樣紛紛掉下來，掉剩一片廢墟，什麼都沒有了。

掙扎著坐起身，解開那包衣服，裏頭一件外衣一條長褲，還有一條長袖內衣，三條底褲，都洗得乾乾淨淨，疊得整整齊齊，旁邊還放了一條毛巾、一塊香皂、一支牙刷、一瓶牙膏。我輕輕摸過那些衣服，心下明白那是雅琴，想像那上面還留著她的手澤，心裏又一陣絞痛。想雅琴在準備這些衣物的時候，也一定肝腸寸斷，心愛的男人被擄走了，生死未明，她一個女人家，每天翹首盼望，等不到熟悉的腳步聲。

一個女人孤身闖敵陣，很難想像會有什麼事發生。運動開始以來，她奔走平反委員會，參加街道造反派，也算是一個小頭頭，給人認出來，人家又會放過她嗎？搞不好連她也扣住了，折磨她幾天才放回去。千難萬難，抵不過心底裏對這男人深長的情意，這叫我怎麼受得起啊！

那晚果然有人帶我去洗了一次澡，糖廠有鍋爐房，熱水淋在身上，雖然灼痛這裏那裏的皮肉傷，但多日來的髒臭一洗而淨。這一洗足足洗了半個鐘頭，輕手輕腳按乾身子，穿上乾淨的內外衣，渾身泛上來香皂的清新味道，整個人軟軟的站不起身來。

押回倉庫後，舒服地躺下來，整個人暈暈糊糊的，正待睡去，突然一個念頭又像電擊一樣閃過，整個人又激零一下清醒過來——明天上午九點半，照例又有一頓好打，黑布蒙頭，不知拳腳落在哪裏，那時又將如何承受全身撕裂一樣的痛楚？

經過連日的暴打，精神和身體都在崩潰的邊緣。痛感在全身遊走，初時在淺表，慢慢往深處去，初時在局部，慢慢連成一片。到後來痛像一種剝離，皮膚從筋肉上剝離，筋肉從骨頭上剝離，骨頭從意識上剝離。痛瀰漫在所有的神經末梢，喚醒那種無邊的、空洞的絕望。

悔過書，寫還是不寫，那真是一個難題。寫了就違背自己的意志，就是軟骨頭，一生將背負徹骨的恥辱；不寫固然保住了清譽，但很大可能被折磨死，不死也落下終生的殘疾。做革命烈士，還是做叛徒，一步之遙，惟難抉擇。

死是什麼？長這麼大，死對我只是一個概念，因為太抽象了，沒有感覺。直到蕭偉受傷，阿雲喪生，死突然明確了起來。死亡像是一列火車，往深長不到頭的隧道裏走，有的走得快驟然剎停，淒厲的剎車聲被黑暗吞沒；有的慢慢進去，爐膛裏的火一點點熄滅，車速慢下來，蒸汽聲喘著，車後的光慢慢暗下去，車前的黑暗卻無邊際。車頭無聲一點點滑動，一種沉重的對於永久黑暗的恐懼瀰漫在周遭，到最後，火車頭「咔嗒」一聲停下來，永遠停在那裏，沒有聲息，沒有動靜，只有亙古一樣永寂的黑暗。

想到死，一種徹骨的寒意從心底升上來，死是萬事皆空，是有去無回，死是永恆的終結。死打斷一切美好的事物，壯麗的江山，溫厚的人情，漫山遍野的花草上清晨的露珠，月圓之夜清風徐來，與心愛的女人暗夜裏的肌膚之親，在極度銷魂的當口，世間萬物都失去意義……

有時又想起在家裏的母親，在海外的父親，我一個單丁獨苗，一旦葬身荒山上，我們一家也就絕門絕戶了，那對歷代祖先，又該怎麼交代？

一夜顛三倒四，拿不定主意。第二天上午那五個農民又進來了，我只覺滿身的毛孔都張開來，只等受刑。為首的那人問道：「我們上頭叫問你，寫不寫悔過書？」

我說：「不寫，你們打死我好了！」

那人冷笑：「打死你還不容易！」

於是又一頓好打。當下痛楚還是鑽心，但打了一陣整個人接近昏迷，感覺都模糊了。打完了五個人揚長而去，我癱在地上半天，沒有力氣爬回床上。一隻眼睛腫得睜不開來，嘴角挨的拳頭，把嘴裏舊傷又打爛了，稍一移動，腰間的劇痛驟然沿著脊背升上來，再一動，那陣痛又沿大腿兩側蔓延下去。

好不容易躺在床上，大口喘著粗氣，舉手想揉揉眼睛，只聽見肋間咯咯響，萬一不小心，把斷裂的肋骨拉扯錯位，尖骨刺破肺葉，那要死就快了。

一天的折磨又結束了，然後明天呢、後天呢，一天一天捱下去，終點不是得自由，終點是死。

身上的痛幻化成心上的痛，那晚迷迷糊糊，又像見到那場連天的血雨，山峰上的寶剎，雲端裏的飛檐，山路上野狗啃噬殘肢，野地裏骷髏四散……

醒來後迷迷糊糊，意識在虛空裏遊走。一時又想起雅琴，她眼裏的火花，身上淡淡的幽香。緊身旗袍把她包裹得修長雍容，她的美有民國的遺風，有一種本地女性少有的韻味，雖然性格剛烈，但她溫柔起來也能融化男人的心。

想起那個光線昏暗的小房間，有一種閨秀幽深的情味，白璧無瑕的身子，燈光裏額前的亂髮，汗津津的脖頸，喃喃的含混的耳語，這些疊合起來，就是天堂。贏了又如何，輸了又如何，如果沒命，輸贏都與我無關，而雅琴又將如何承受在荒山上尋找一抔黃土的傷慟和絕望？

次日當那五個農民又依時來到時，我說：「不用打了，拿紙和筆來，我寫。」那些人冷笑著退出去，然後有人拿紙筆進來，我掙扎起身，伏案寫下半張紙的文字：

我，方宇程，在此申明我的心跡。

文革開始我就參加清華大學造反派，後來被派遣南下，一直和安平鎮人民中學八二九造反總部的同學在一起。這些日子經過文攻武衛，出生入死，現在對這場無產階級文化大革命，有了全新的認識。

我承認所謂造反派，兩年多來違背了無產階級革命路線，我們和地富反壞右分子勾結在一起，為他們翻案，與無產階級專政為敵，是不可饒恕的罪行。造反派只求破壞不問建設，對不同派別的群眾組織趕盡殺絕，罪行罄竹難書。

我現在認識到自己的錯誤，從今以後，決心與造反派分道揚鑣，回到毛主席的無產階級革命路線上來，洗心革面，重新做人。

我希望造反派戰友們和我一起，徹底洗刷過去的罪惡，站到無產階級革命派的一邊，和紅總司的朋友們一起，把無產階級文化大革命進行到底。

敬祝偉大領袖毛主席萬壽無疆！

敬祝林副主席身體健康！

偉大的無產階級文化大革命萬歲！

毛主席萬歲！萬萬歲！

寫完了，也不再看一遍，把筆一丟，仍回床上躺下。

來人看我一眼，又冷冷一笑，把紙筆收好，關上門走了。

半下午，之前來過的那個幹部又來了，笑著說：「我看了你的悔過書，也可以接受了，我們也不想為難你。不過還有一個小問題，就是單憑這一張紙，你出去後可能不承認，兵荒馬亂的，也很難找人對筆跡，因此你可能還要做一個錄音。你出去後，如果真的洗心革面，那錄音就當它不存在，如果出去後又不承認，那我們就把錄音播出來，那時你要抵賴也抵賴不了。」

他看我沒有反應，又問一句：「你說這樣好嗎？」

我已萬念俱灰，便說：「錄就錄吧。」

那人轉身出去，下午兩個年輕人抬了一台錄音機進來，擺弄一番後，叫我拿著稿子讀了一遍。錄音機刷刷刷響過，音盤轉動間，我的聲音都錄到磁帶裏去了。錄完了，來人又播出來聽一次，大概覺得滿意了，他說：「好了，你休息，我們去安排一下，很快放你回去。」

剛躺下不久，外面的高音喇叭突然響了起來，女播音員興奮的口吻傳遍糖廠：「紅總司革命戰友們，報告大家一個好消息，被我們俘虜的造反派壞頭頭方宇程，經過多日來的反覆教育，已經徹底反省，決心背叛所謂的革命造反派，回到毛主席的革命路線上來。這是毛澤東思想的偉大勝利，也是我們紅總司革命戰友們共同努力的結果。下面播放方宇程的認罪悔過書……」

我聽著，全身都發涼了，——原來如此！他們早就算計好了……錄音一遍一遍重播，我一面聽一面兀自冷笑，聽到後來，整個人都麻木了。事到如今，只能怪自己太軟弱，太愚蠢，為苟活一條賤命，一生清譽破產，只剩一副軀殼，靜待命運發落。

耳邊傳來自己的聲音：「我，方宇程，在此申明我的心跡……」

我突然淒涼怪笑，笑聲好像不是從我嘴裏發出來的，是從另外一個，不知是真是假、是死是活的莫名其妙的人嘴裏發出來的。

第二天九點多，慣常挨打的時間，五個大漢又進屋來，他們帶著一副擔架，把我丟到擔架上，四個人一人一邊抬起來，另一個人跟著，把我抬出糖廠，過六角亭，再往前走，有一座小石橋，他們在橋頭把我放下，五個人也不說話，回身就走。

冬天的上午，陽光稀薄，田野上的風凜冽吹過來，我覺得身子在發抖。身旁不時有自行車駛過，有人停車看了看，搖搖頭又蹬車走了。橋下水潺潺，耳邊有麻雀的啁啾聲，偶爾一輛貨車駛過，揚起一陣塵土。

太陽升高了，身上暖和了一點，天上白雲一朵朵遊移而過，清新空氣中夾雜一點泥土味，自由在不遠處招手，而心裏一點喜悅都沒有。

不大一會，有一輛自行車停下來，有人俯下身子看我，我睜開眼來，卻見到燒酒成那個鬍鬚吧喳的下巴。燒酒成說：「是你啊！他們放你出來了？」

我點點頭。燒酒成忙說：「你不要動，我去找人來抬你。」

他說著慌忙起身，嘴裏喃喃，交代扶著自行車的男人說：「回去！趕緊回去！」

再後來，李友世來了，背起我就跑，跑了一陣撐不住倒下來，我們都跌到公路上，李友世喘吁吁説：「對不起，把你摔痛了。」

我苦笑一下，我已經沒有痛的感覺。

然後，張大同他們也來了，大家七手八腳把我扶上自行車。

臨上車前，耳邊彷彿還聽到糖廠高音喇叭，順風吹過來我的悔過書。那時還沒有人知道我寫了這麼一封一生愧疚的悔過書，如果李友世他們事先得知這篇東西，我或許要在橋邊一直躺著，直躺到地老天荒。

第二十三章

局外人

清早小巷裏總有叫賣五香豌豆的小販經過，聽見吆喝聲，我就醒過來了。屋裏靜悄悄，前面理髮師傅夫妻一早就出門，雅琴在廚房裏張羅早餐，天窗上面有初起的太陽斜斜一線光亮，白墻上有時會爬過一隻細腳的蜘蛛，我長時間躺著，無所用心，好像半個死人。

在醫院裏住了二十幾天，肋骨折了一根，另有一根裂了，還好斷裂處都沒有錯位，未傷著肺部。額角和胸口都有大片瘀傷，嘴巴裏的潰瘍慢慢癒合，至於腿腳和腰背上的，也就算不清楚傷了幾處。有的傷在淺處，有的在深處，淺處那些消腫結痂，深處那些，只好留待悠長歲月，慢慢跑出來清算了。

母親來過三四次，也沒抱怨什麼，只是坐著垂淚。我被關在糖廠時，她每日去拜佛，獻香油錢，她說我給放出來，都是菩薩保佑的結果。

立群幾乎每天都來，有時一天來兩次。剛開始來都不敢正眼看我，坐在床前，囁囁嚅嚅，一句話都說不連貫。那根本不是他的作風，他以前口若懸河，千人大會上出口成章，現在落得這樣畏縮狼狽，倒好像是我更對不起他了。

「我們怎麼這樣笨啊……」好幾次他捶打著床沿，恨恨地說。有時他長時間坐著，手肘抵在床架上，臉沉在手心裏，一言不發，偶爾抬起頭，四處張望，一臉的茫然。

一天過一天，悔過書傳開後，都沒什麼人來了。靜下來我狠狠摑自己的耳光，揪頭髮，手在床架上捶得麻掉。身上的痛慢慢減退，心裏的痛卻一天比一天沉重。

在醫院的日子裏，曾沛然來得多，好像擔心我想不開，不斷開解我，一直為我開脱，倒好像寫了一份違心的悔過書，竟是一個脱身的好策略，還有什麼比逃出生天更重要？既然造反保守都是非模糊了，那以是為非，或以非為是，又有什麼差別？

夢蘭也來過一次。逸思在我未回來前去世了，喪事都是立群和李友世他們幫忙操辦的，簡簡單單，一口薄棺材，一隊鼓吹，送一個一生蒙難的好人上路。

她說逸思從醫院回家後就幾乎不説話，完全不吃藥，只是在她再三苦求下才吃幾口飯。白天黑夜，患處痛起來，他屈起身子，一聲都不哼。有時他清醒過來，拉著她的手，滿眼裏都是不忍和不捨，但有時他又看到遠處，眼神空洞，嘴角有一絲冷笑。

夢蘭説，等逸思去世滿三個月，她就要帶孩子回北方去了，這裏已經沒有她留下的理由。她説，他們兩個男人，現在可以在一起了，在他們的世界裏，沒有仇恨，沒有爭執，只有永遠的平和，他們徹底解脱了。我們還解脱不了，還要留著，和這個世道耗下去。

夢蘭説：「寫悔過書沒什麼，誰有權批評你？最要緊活下去，一輩子很長，不幹革命，還有很多事情做。」

林寬、李友世、張大同都只來一兩次，眼神閃縮，言不由衷，才坐一會，就説外面等他開會，匆匆走了。

秋實、黃磊、林敏行幾個各自來過一兩次，來了都不知道說什麼好，坐在床前，只是搖頭歎氣，躲閃我的眼光，臨走前說，我會再來，結果也沒再來過。

盧志遠來看我時，把醫生護士都找來，詳細問我的傷勢，知道不會落下殘疾，這才放心。至於認罪聲明那件事，他說：「叛徒不叛徒，那只是觀感的問題，別人怎麼看你，那是別人的事，問題是你怎麼看你自己。」他最後說。

剛回來那天，雅琴就到醫院來，那時所有人都還不知道悔過書的事，房間裏人擠得滿滿的，雅琴站在人後，兩眼含著淚水，默默看我。後來悔過書的事傳開了，雅琴再來時，臉色已經不一樣。沒有人的時候，我們久久對望著，我忍不住，終於說一句：「我讓你失望了。」

雅琴搖搖頭，說：「你以後怎麼做人啊？」

「我知道，難怪大家看不起我，我都看不起自己了。」

雅琴失神道：「要是再忍一忍……」

「再忍，忍到最後就是死。」我苦笑道。

「唉，我都不明白，你們跑去那裏做什麼？那不是送死嗎？」

「你現在問我，我真不知道了。」

「不管怎麼樣，大家嘴裏不說，心裏都會瞧不起你。」雅琴垂下眼簾，「你以後怎麼辦啊？我們怎麼辦啊？」

等我臨出院時，立群他們幾個來和我商量，那天雅琴也來了，大家看著她，都希望她主動提出來，把我接回家去調養，但雅琴卻一直沉默著，我說：「我還是回家裏去好了。」

那時立群卻說：「雅琴那裏不是很方便嗎？你也住過那麼長時間了，她可以照顧你。」

雅琴這才說：「那還是去我那裏吧，先調養幾天，以後再說。」

出院後立群也還是每天都來，慢慢的彼此都把事情放開一點了。有時沒有人上門，日子清寂，大半天躺著，書看不進去，精神好一點起床，在屋裏走走。雅琴一直淡淡的，兩個人有一搭沒一搭說話，都提不起興致，互相應酬著，彷彿比頭一次見面還要生分，到後來連這點生分也都習慣了。

倒是立群一來，一坐就半天。

有一天我說：「命中有此一劫，逃不過，只好扛起來。悔過書的事，自然是恥辱，不過本來就口是心非，我自己明白就是。」

立群說：「你明白，我也明白，曾沛然、盧志遠都明白。有人不明白，以後他們總會明白。」

我說：「事到如今，我也該退出了。」

立群道：「造反造反，也沒什麼反好造了。」

有一天，立群在房裏來回走，走一回又坐下，坐不久又起身走，自己折騰沒完，好一會凄然望著我，說起他和白如雲的往事。

立群母親和阿雲父親是親兄妹，阿雲父母解放前去香港，留在安平的女兒，自然和姑媽特別親，小時候經常在立群家過夜，直到立群自己的弟妹多起來，阿雲才來得少，而立群也直把外婆那個小洋樓當作自己的家。

郎騎竹馬來，繞床弄青梅，那些耳鬢廝磨的日子，好像永遠都不會到頭。等到兩個人都察覺男女之間的某種微妙感覺，那都已經是阿雲升中學後的事了。在立群父母親來說，沒有不喜歡阿雲的理由，但立群外婆卻是另一番心事。

立群家弟妹多，父親教小學，一點可憐的收入，時常捉襟見肘，有時立群母親還要到外婆家去，悄悄求一點接濟。外婆不忍心阿雲嫁過去後，要捱苦受累，一直都躲閃著這個話題。阿雲父母有信來，也一再警告，表兄妹結婚會生下不健全的孩子，因此慢慢的，立群到外婆家去，也就不那麼受歡迎。

立群個性孤傲，見外婆冷淡提防，也就索性不太登門，他父母知道外婆的心事，更加不鼓勵他和阿雲來往。如此有一兩年時間，他和阿雲倒生分了起來，有時路上遇見，阿雲倒沒什麼，立群卻訕訕的，說不上兩句話，就心虛地回頭走掉。

阿雲上初三後，數學有點跟不上，有一次來找立群，問幾道題的解法，立群才知道她有時一個人在家裏做功課，碰到難題連個問的人都沒有。學校裏不太有人知道他們是表兄妹，一男一女時常聚頭總會惹人閒話，立群便約阿雲星期六到東塔村外。那裏有一座不高的石塔，塔下有一個不大的地台，幾級石階，四野清靜無人，風輕雲淡，在那裏幫她補幾何課程。

那真是一段甜蜜的小日子，兩個人天天都盼著星期六。早上吃過早飯，找個理由出門，匆匆趕到東塔村外，阿雲每每都早到，見到立群趕來了，老遠就興奮招手。他們坐下來解題，立群耐心講解，阿雲專心聆聽，需要時撿一塊碎磚頭在地台上畫圖。有時立群見阿雲凝神苦思，長長的鉛筆抵在嘴角，那個清純秀氣的側面，框起來就是一幅畫。那時突然覺得心底裏某一個角落，一池平靜的水，被什麼輕輕攪動一下，泛起陣陣漣漪。

功課做完了，兩個人便坐著閒聊，東南西北，人情物故，阿雲總有問不完的問題。談著談著，免不了接觸彼此關係的問題，說起阿雲祖母的防範，父母來信千叮萬囑的禁忌，說起立群父母親的嚴詞警告，兩個人便都揪心地久久沉默。

阿雲後來說，只要你肯，我等到頭髮白都等你。立群也說，只要有心，就沒有做不成的事。你父母遠在香港，外婆會老，我們會長大，會到外地去求學。外面天高任鳥飛，我們到了外面，身子是自己的，思想沒有束縛，我們想怎麼樣，沒有人可以阻止。

心事剖白後，一切都明朗了。無形的壓力還在，但真愛比壓力更恆久堅韌。即使在人多的地方，眼神一接觸，千言萬語都心領神會了。阿雲說，我叔叔最疼我，他說命是自己的，等你長大，你想做什麼，儘管去做。

文革初期，他們更有理由晚歸，有時大家忙到夜深，立群送阿雲回家。祖母和親戚都睡下了，阿雲推開側門，悄悄帶立群上樓，也不敢開燈，關起房門，隔著伸手不見五指的黑暗，兩個人悄悄說心裏話。

立群說他們從來都沒有越軌。只有一次，深夜他要離開了，阿雲送他到側門，臨走前突然伏到他身上，緊緊摟了他一下，在他臉頰上親了一下。

說到這裏，立群又大慟，連連搖頭說：「早知道……早知道……為什麼要那麼乖？那麼聽話？為什麼？」

早知道……早知道……早知道有今天，那個下雨的晚上，我或許伸過手去，摟住阿雲的肩頭，兩個人緊緊挨著，在雨夜裏走回家。在她家紅磚樓門外，仗著夜色和雨勢，或許我一時衝動，在她臉頰上吻一下……

早知道！早知道！人生有多少「早知道」的悔恨！早知道會在六角亭失手被擒，吃那麼多苦，最終又要寫悔過書，留下永生的恥辱，又何必硬充好漢去犯險？早知道一場文革落到如此下場，又何必奮不顧身投入運動？

基本上，我都可以落床了，只不過常覺得累，身上的痛雖然已減輕了很多，心裏的痛卻無休止。

雅琴還是照顧我三餐，我母親來又帶了些錢放在她那裏。她替我洗衣服，燒水沖澡，飯煮好了在門邊上喚一聲，吃飯時隨便閒聊幾句，不知為何，全不像先前那樣親密無間，含情脈脈，反倒兩個人都見外了，情緒寡淡，一句起兩句止，我心裏難過，卻也不知如何是好。

顯然，她也被那篇悔過書擊倒了，我不再是她眼裏有擔當的人。她受不了一個沒骨氣的男人，一個貪生怕死的男人。

有一晚睡不著，我摸到她房裏去。門虛掩著，我悄悄推開，她把燈開了，探起半個身子，詫異地問：「你要做什麼？」

我走過去，坐在床沿，俯下身子，說：「睡不著，讓我在這裏躺一下可以嗎？」

雅琴道：「你瘋了，身上傷都沒好利索！」

「我保證乖乖的，躺一會，我們說說話，我就過去睡。」

雅琴道：「你少來！你會乖乖的，我才不信！快回去睡，把身子養好，以後再說。」

我還想賴著不走，雅琴往外推我，說：「去去去！也不看看，都給人家打成這樣了……」

我只好怏怏地走回房裏，想起當日，雅琴那樣毫無顧忌剖白心事，說做就做，倒好像兩個人做那種見不得人的事，根本天公地道，誰也管不了。

雅琴的冷淡讓我特別難過，除了三餐在一張桌上吃飯，晚上燒好洗澡水喊我一聲，我們一天說的話都很有限。有時她還到街道造反派總部去，天黑了才回來，有時她又到左鄰右舍去串門，老半天也不見人。

等到身體更利索了，我打起精神到古廟走一趟。那裏的同學見了，神情也都訕訕的，一夥人說笑，我一進去大家就靜了，勉強應酬幾句話，一個個不動聲色溜出去，溜到最後，剩一兩個人，神色倉皇起來，倒好像是他們做了什麼對不起我的事。

從古廟回來，在街頭給一個中年人攔住了，問道：「你是方宇程？」

「是的，有什麼事嗎？」

那人板起臉來，叱道：「你還有臉在這裏走來走去！你幹的什麼事啊？給老保打兩下，骨頭就軟了，趕緊寫悔過書！你這是替人家打我們臉啊！你懂不懂？」

那人聲色俱厲，意猶未盡：「你知道有寧死不屈這四個字嗎？讀書人一點臉面都不顧，還說什麼保衛毛主席的革命路線！這叫保衛嗎？」

身邊聚來七八個人，人人都冷冷地瞪著我。

「有你這份悔過書，老保神氣了，真理都在他們手上了，我們都是反革命，都該散伙了，大家都歸順到六角亭去。乾脆，把老保都迎回來，鎮上插他們的旗……」

旁邊有人插嘴：「都不知道跑去那裏做什麼，那不是找死嗎！」

「就算給打死了，也好過這樣不要臉給抬回來！你給打死了，我們替你開追悼會，當你是烈士，每年清明替你上墳，你人不在了，但你的精神在，還會鼓勵我們繼續幹下去！現在倒好，一份悔過書，把造反派人心都打散了！」

眾目睽睽下，我呆呆站著，只覺滿臉火辣辣發燒，直想找個地洞鑽下去。

「你不是北京來的嗎？趕緊走你的，別在這裏丟人現眼了！」旁邊幾個又插嘴：「是啊，走吧走吧，這裏沒你的事了！」

正在這時，有人擠進人堆裏來，大聲叫道：「哎呀你在這裏！快走快走！家裏出事了！」我抬頭一看，卻是莊明祺，他不由分說，揪住我就走出人堆。

直到走遠了，莊明祺才站住，抬起頭看我，滿眼的不忍，緩緩說：「你回去吧，這些人不懂事，別放在心上。」

我往雅琴家走，心裏揪成一團，眼淚湧出來，視線模糊了，跌跌撞撞的，突然腳下一絆，整個人撲倒在地上。我勉強坐起來，顧不得身上痛，坐在街心，抬起頭來，嘿嘿嘿慘笑了幾聲。

那晚沒有吃飯，雅琴幾次到房門外叫我，我都沒有動彈。我直挺挺躺著，有一陣子好像自己的魂魄冉冉升起來，居高臨下，看著床上一具僵硬的死屍。

一直在家裏躲著，提不起精神外出，躲久了，好像一顆心慢慢發霉，長出一片綠毛來，感覺自己青面獠牙，生人勿近，連自己都討厭自己了。

立群還是常來，說在家裏根本沒辦法讀書，每天人來人往，來了都不走，一定要深夜才散。那些日子大家突然都閒下來，不知道做什麼好，一堆人說笑度日，打牌消磨時間，找了一個收音機，一夥人圍坐偷聽台灣廣播劇。來日如何，沒有人知道，也沒有人想，想了也白想。

滿世界革命意志渙散，只剩下這些不知死期將至的紅衛兵小將，從戰場上下來，背人處自舔傷，等候時代發落。

立群有一天說：「這麼好的天氣，出去走走。」

我說：「出去走走，這四個字可不敢亂說。」

「為什麼？」立群詫問。

「那天在油庫，半夜起身，你問我幹什麼，我就說出去走走，結果你走回來，我就走不回來了。」

立群聽了，臉色一變，連忙說：「對對對，這句話以後不能說。」看我還猶豫著，立群拉起我來，說：「走走走！一天到晚關在家裏，我都替你悶死了！」

冬天去了，春天來了，年年如此，但今年春天在我眼裏全然不同。心死了，萬物復甦都沒有意義，滿眼青蔥綠意，倒像是造物主對一副行屍走肉的嘲弄。

立群帶我走過油庫，再往鯉魚門那頭走去，上一個坡，遠遠看到六角亭和糖廠，不免心頭又像堵著一塊石頭。坡上黃土成畦，都荒著，零零丁丁疏落的相思樹，矮矮的，枝椏彎曲，點綴荒寒的野山。立群指著不遠處說：「阿雲的墓在那裏。」

因為沒有心理準備，一句話憑空落下來，在我心上狠狠撞了一下。往上走，就看到立在荒地裏的墓，像個土饅頭一樣的三合土墓身上，還有小石子壓著的五彩紙錢，不過都給雨水漂得發白了。前面一塊石碑，偌大的鮮紅字刻著：「八二九烈士白如雲之墓。」

「她的追悼會我沒有參加，」立群說，「那些日子我像遊魂一樣，阿雲不在了，你給老保抓去關著，我突然覺得所有的厄運都落到我頭上，好像一個青面獠牙的惡魔，一巴掌把我打昏在地上。」

「聽說參加追悼會的造反派戰友有上千人，總部勤務組由秋實代表致悼詞，盧志遠代表指揮部，還有林寬李友世他們，大家都感念她。她才十七歲，要不是碰上文革，她好好的讀書，過兩年考上大學。我們約好了，等離開家鄉，不管兩邊家庭的反對，各自讀好書，以後即使不在一個地方工作，我們也要做一生一世的夫妻。」

「現在這些都是空話了，她在裏面，我在外面，我見不到她，她也見不到我。」立群說著，又哽咽起來。

我不知道怎麼安慰他，只說：「我一直不知道你們兩個人的關係，坦白說，我私底下也一直喜歡她，說真的，誰不喜歡她？那麼好的人，那麼美的心靈，可偏偏是她活不下來！」

「前些日子我幾乎每天都來，在這裏坐半天，和她說話，告訴她你關在糖廠裏，我們都沒本事去救你；告訴她文革搞到這個地步，都不知道怎麼往下走了。紅衛兵死的死傷的傷，到頭來一筆糊塗帳，居然還說很偉大。她走了，以後的一切都和她沒關係，只和我們有關係，可是和我們又是什麼關係？」

「我們小時候都玩在一起，有時她在我們家過夜，有時我去外婆家玩，吃過晚飯還不肯回家，最後玩累了，就睡在外婆床上。第二天早上醒來，跑到她房間去，她還沒醒，我坐在她床前等她，她半睡半醒中揉鼻子，翻身時把腿伸到被子外來，然後她伸懶腰，微微張開眼睛，看到我，說：你這麼早就來了……她不知道我昨晚都沒回家。」

「有一次我媽買了兩隻小白兔，我帶去送給她玩。她叔叔替她找來一個小竹籃，我們給牠們做一個小小的窩，蹲在籃子邊，拿菜葉餵牠們，伸手去摸牠們毛茸茸的身子。我問她叔：『小白兔會死嗎？』她問我：『死是什麼？』死是什麼？現在我們都知道了，死是一了百了，是永世隔絕，死是有去無回。」

「那時有親戚來，看到我們都會說，兩個孩子倒是很相稱的一對。可能這種話聽多了，我們潛意識裏都有模糊的感覺，長大起來，自然都認定對方是自己的人。但是，人最終拗不過命運，命運給你你才有，命運不給你，你最終還是沒有。」

我說：「她在我身邊，總是問不完的問題，你以為她什麼都不懂，其實她就是不斷問，問完了自己又不斷去想，有時我們沒想到的，都讓她想到了。其實那樣凡事問，真是一種學習的好辦法。」

立群說：「小時候她蹲在門邊看螞蟻，說螞蟻見面都會打招呼。我一看果然是這樣，一條路上有來有回，碰上了，牠們都會停下來，前腳舉起來互相接觸一下，然後才分手各走各的。後來我不知道看什麼文章，說那是牠們在交換信息。」

「前幾天我碰到耀輝叔，他說請我們有空去聊天。阿雲去世後，我母親幾乎每天去陪外婆，耀輝叔也一直住在家裏，我去外婆家，外婆抱著我哭，說早知道今日，就應該早早成全你們。現在我也三兩天都去一次，外婆見到我，心情也會好起來。」

「我也好久沒見到她叔叔了，不過我現在這樣，他都會瞧不起我了。」

立群說：「才不會，他好幾次問起你。」

我說：「她對我寫悔過書很失望。」

往回走的時候，立群突然問：「我怎麼覺得雅琴這一次有點不同，沒什麼事吧？」

我苦笑道：「她是女人的心思，男人的膽氣。」

「哦，」立群有點意外，「她是那麼剛烈的人嗎？」

「外面有人說，你們兩個相好，我都有點意外，好像她有點變了。」

我斟酌著要不要把我們的關係和立群說，一時不知道怎麼回答他。立群笑了笑，看看我，我就說：「她覺得我不中用，她好像很沒面子。」

立群說：「她也有她的好。」

「是啊，看她不開心，我也覺得對不起她，再過幾天，我就搬出來。」

「你實在想搬出來，不如住我外婆家，那裏空房間多，三餐有人管飯，我耀輝叔最近也常在，我們隨時可以聊天。」

我猶豫著，說：「你外婆正在傷心，我又去打擾，不太好。」

「我感覺外婆的傷心已經過去了。外婆對你印象很好，她早先還問起你，知道你回來了，還一個勁唸佛呢！」立群說。

我們在路口分手，天正在黑下來，我回頭看他，立群慢慢融入傍晚滿街的人流裏，如此廣漠人世，很容易就把人淹沒。

有一天我約了夢蘭，也到逸思墓上看了一下。他的墳還只是一堆黃土，墓碑未立，墓身也沒用三合土蓋好，矮矮一堆土，潦潦草草，墳土上已經長起星星點點的草芽，看著更覺淒清。夢蘭說：「我一個外人，也不懂該做什麼，指揮部那個李友世說幫我忙，可能他自己也忙別的事，我也要再找他一下。」

「你不用找了，我來催他。」

我們默默在墓前站了很久。一個演奏家，才華橫溢，一輩子被人踐踏，到頭來還要染上惡疾，即使到臨終了，還要目睹他最疼愛的學生死在他面前。

在他最後的日子，一邊被癌腫蠶食，一邊被悔恨折磨，雙重的蹂躪，一個人怎麼可以遭遇如此不公平的對待？

夢蘭幽幽道：「出殯那天，幾個學生來送他，此外就是你惦記他了。」

我說：「這個世界，我們糟蹋好人，抬舉壞人，我們中國人鬼迷心竅，苦日子還在後頭。」

夢蘭看著四周，說：「讀書時，他好多次和我講起他的故鄉，說這些赤土埔、相思樹，起伏的丘陵，夜裏的海潮聲，把他家鄉說得天上有地下無，最後他還是回來了，永遠睡在這裏。」

我苦笑一下，說：「這裏真沒什麼好，不過在遠遊的人心目中，家鄉什麼都是好的。」

「現在連我都覺得這裏好了。可惜這裏沒有我的根……一輩子，轉眼就到頭，當初我們進音樂學院，他們兩個，一肥一瘦，逸思下巴上還看不到鬍子。」

「我還不是！過個幾年，想起文革，也不過像一場亂七八糟的噩夢。」

我們慢慢走回來。半個山坡的墳墓，雜亂無章，野草瘋長，天曠雲低之下，多少個世紀見證這一方水土的盛衰。躺在這裏的人，各有各的人世，世道昇平，世道惡濁，人都是那樣生老病死，到最後大家都平等了，一抔黃土埋俗身，清風明月，同歸永恆。

正準備和雅琴提起搬走的日子，雅琴的態度卻又好起來，不知道是她一時心血來潮想通了，還是有什麼人開解了她。她的話活絡起來，臉上有了笑容，有時飯桌上會提起外面的事，有好笑的，也有可恨的，像以前那樣，她絮絮叨叨說，自顧自笑，又像是要彌補之前的冷淡，更格外興奮一點。

我見她每天興匆匆出入，也就把搬出去的事押後了。

身體慢慢好起來，有一天突然發現，身上再沒什麼痛感了，筋骨嚴絲合縫，血脈四通八達，渾身像蓄滿了力氣。我從床上翻身坐起來，在床沿坐了好久，盯著門邊那道在風裏微微掀動的布簾，心頭一片寧靜。

人活幾十年，免不了犯這樣那樣的錯，有的錯讓你墮落，有的錯讓你一生含恨。犯了錯，不能從頭來過，只好把它吞下去，天長日久消化掉，那時大錯小錯都融進你的生命，融成你生命的底色。

好吧，這份悔過書終究是我一生愧疚的證據，既然丟不掉，就把它扛起來，時不時檢視一番，幾十年後，它會變成一個笑話。

我終於和立群去找白耀輝，彼此見了面，都感慨如隔世。淡淡的笑，三言兩語不成深談，手邊的茶很快涼了，周圍靜得有點異常，樓下天井裏母雞咯咯叫的聲音清晰可聞。

白耀輝帶我們去看阿雲的房間，他說：「我們什麼都沒有動過，我交代她們，只要掃掃地抹抹灰塵就可以了，都留著，每天經過，都好像她還在，她出去了回來了，傍晚在天井口叫一聲：阿叔，吃飯了……」

白耀輝眼裏有了淚意，我和立群也都神色黯然。

那晚他留我們吃飯，三個人情緒都低落，也沒什麼興致談其他事。說起文革意興闌珊，說起市面上的蕭條，也只有歎氣的份。世道讓人看不通透，親人一去無回，每天遊手好閒，不知道未來是好是歹。

告別時才八點多，但再坐下去只是各自煩悶。白耀輝送到側門口，說：「今天大家心情都不太好，改日再來，我們好好談談。」

我說：「現在都閒著，只要你不嫌煩，我們會常來。」

「我母親喜歡你們來，你們來，家裏熱鬧一點，她裏外忙起來，忘記傷心事。」

立群說：「你過兩天也回家看看，這裏有我們呢！我媽也每天都來，你放心好了。」

白耀輝點點頭，目送我們離開。

回到雅琴家，她一見面就說：「張捷來找你，等了你好久。」

「哦，他回來了，沒什麼事吧。」

「坐了好久，說縣城那邊氣氛還很緊張，老保勢力大，他們最近還打了幾場硬仗。」雅琴一邊忙著灶上的事，一邊說。

「再打下去沒什麼意思了，應該勸他們回來。」我悶悶地說。

雅琴回過臉來，認真問一句：「你怎麼這樣說？你真的給打怕了？」

「我是給打怕了，但，也是打累了。」

「什麼意思？兩條路線鬥爭，不是都說，不能調和嗎？你死我活，本來就是這樣啊。」

「本來是這樣，但現在不是這樣了。」

「那現在是怎麼樣啊？」

「現在要大聯合了，兩派要坐下來，客客氣氣，談好合作條件，大家握握手喝杯茶，然後分配工作，你管政治思想，我管工交企業，你管民政，我管教育，開完會一起到食堂吃飯，說不定還喝一點酒。文革的最後結果就是這樣。你說再打下去，還有意思嗎？」

雅琴突然靜下來，半晌說：「那阿雲那孩子，就白死了。」

我長歎一聲，坐下來，看著外面黑洞洞的天空，不知說什麼好了。

那晚半夜醒來，四周一片死寂，只有後面天井裏有什麼蟲子一聲一聲悠長地叫著，叫得人心裏幽幽的，好像心裏有一個缺口，裏頭有岩漿翻騰著，熱滾滾要奔湧出來。

我突然翻身起床，趿著鞋子往後面走。雅琴的房門虛掩著，我輕輕推門進去，到底有響動，雅琴醒來了，問道：「是你嗎？」

我熟悉地爬上床，習慣躺到床後去，雅琴說：「你別……」我鑽到她被窩裏去，一種熟悉的淡淡的幽微香氣，在鼻端喚起久違的記憶。我深深吸進一口氣，把臉伏到她脖子窩裏去。

雅琴輕輕推我，說：「你還沒好利索，不要這樣。」

我摸索著捧住她的臉，在她臉上這裏那裏吻著，捕捉到她的嘴唇，不由分說深深吻下去。

雅琴先還偏過臉躲閃著，兩隻手輕輕抵著，低聲說：「不要這樣……你等等……」後來，她也不再推拒了，慢慢有了回應。那些熟悉而生疏了的步驟，彼此暗中的摸索，深重的喘息，含混不清的呢喃，都回來了。

事先溫存的時間特別長，為這一刻，不知溫習了多少次，雖然迫不及待，卻不肯潦草放過。我的手指緩緩滑過她起伏的身軀，若即若離，輕揉慢捻，她無主地微微側轉身子，抬起下巴，拱起胸脯，整個身子微微震顫著……

在那氣急敗壞的片刻，人間已不知下落，身心全然放空，只有天地默默垂注著，而一點不可捉摸的快感，若有若無地浮現，慢慢放大，從身子底下驟然升上來，把我們淹沒。

當我們都回復平靜了，我問她：「剛才你怎麼一直說輕一點，慢一點？」

「沒有啦，都這麼久了，有點緊張。」

我抱著她，彼此都出了一點汗，她遍體生涼，在暖暖的被窩裏，那點涼意特別有種說不出的情韻，我在她耳邊說：「你真好。」

她略微轉過身子，仰躺著，伸手撩一下覆到臉上的髮絲，說：「有件事和你說，過幾天，我可能要去一趟南京，我哥哥小兒子要結婚，他寫信來，讓我去參加婚禮。」

「兵荒馬亂的，路程遙遠哦！」

「二十年沒有回去，趁機見見面。」

「也好，應該的。可惜不能讓他們知道我們的關係，不然應該帶一份禮物給新人。」

雅琴嗔道：「你算什麼？送禮物還輪不到你。」

「那也是，我憑什麼？」

「不過，你要找住的地方了。我至少去一兩個月。一趟回去，也要見見親戚朋友，到城裏走走，有個姑媽在蘇州，還得去看看她。」

「你放心好了，我有住的地方，等你回來，我再搬過來。」

「那要叫人家閒話了。這次住過來，勉強說也是照顧你的身體，下次再搬過來，那就擺明了有不正當關係。」

「那又怎麼樣？你情我願，關別人什麼事？」

「到時把我們兩個抓去遊街，掛兩個牌子，你是流氓，我是破鞋。」

「最好請人拍下照片，以後留給子孫看。」

雅琴啐一口，說：「你給我凡事小心一點，不要再衝動做事。照你說，運動就結束了，別臨尾再搞出什麼傷筋動骨的事來。」

「你放心，反正我就躲遠遠的，索性做逃兵。」

「我哥哥讓我順便抱一個孩子來養，說養兒防老。」雅琴突然說。

「那……」冷不防提出這個問題，讓我措手不及，「那，那你要想清楚，養一個孩子，不是小事情。」

「那自然要想清楚。不過，以後你回你的北京，我們各走各路，有個孩子陪我，也免得太孤清。」

聽到各走各路，我心裏不免頓了一頓，稍頃，也只好說：「那也是個道理，以後我賺了錢，會寄錢給你，幫你把他養大。」

雅琴倏地轉過身來，在我肩頭推一下，認真地說：「你少來！那又關你什麼事？你寄錢來，人家還當這孩子你有份！」

我摸著她光滑的背脊，扣著她的腰，手用力緊了一緊，一時卻也說不出話來了。

過兩天，雅琴就催著我搬。我和立群說一聲，立群回覆說他外婆很高興，說在白耀輝書房裏安一張床，立群如果也來住，樓下還有空房。我跟立群說，住是住，我要交伙食費的，不能白吃。立群去跟外婆說，外婆說：「他要交我就收，我們買點好東西來吃。」

我覺得這個祖母有意思。這樣我去白如雲家裏住，她的房間就在我隔壁，好像我還和她挨得很近。

搬過去第三天，我抽空再到雅琴家來，想和她交代一下我的安排，免得她牽掛。大門虛掩著，屋裏靜得有點異樣，走到裏面，只見靠裏兩間房，門上都掛了一把銅鎖，廚房裏的雜物也都收光了，飯桌上留了一張字條，拿起來一看，上面寫著短短一行字：「我走了，我會好好的，你也要好好的。」

我捏著字條發了一陣呆，把它摺好收進口袋，四下裏望了一圈，終於怏怏走出來。經過雅琴房門外時，順手撥了那把銅鎖兩下，門上發出兩聲清脆的聲音，我站了站，兀自笑了一下，緩緩離開。

張捷

張捷說他一輩子都有神明看顧，每到危急關頭，總會逢凶化吉。雖然這樣，神明卻也沒有保佑他升官發財。

張捷在街上走，沒有人會正眼瞧他一下，他就是那種外表沒什麼特徵、個性也沒什麼亮點的人。中等個子，最普通的一張中國人的臉，鼻子不高，眼睛不大，就連罕有的笑起來，都笑得很有保留。

不知道是天生的脾性，還是長期地下工作修鍊出來的本事，在人前他永遠不顯山不露水，看上去一個無用的人，卻有真功夫。

還是在運動之初，張捷帶我去見他的老上級蔡明溪。

夏日晚上，我們從大街拐進小巷，小巷又小巷，走到一個普通的木門外，他三長兩短有節奏地敲幾下門，有人把門開了。

庭院深處一幢小磚樓，張捷輕輕把門推開，廳堂後邊一個陡峭窄身的木樓梯，上了樓，室內電燈亮著，有個人從靠牆的床上站起來。

「歡迎歡迎。」那中年男人迎上來握手。張捷在一旁介紹：「這是我們的老上級明溪同志，這是方宇程。」

蔡明溪有一雙大手，驚人地柔軟，手勁很大，把我的手捏著搖了又搖，然後指了指書桌旁的椅子，說：「坐，坐坐。」

窗門洞開，外面是夏夜的星空，蔡明溪給我一把大蒲扇，說蚊子多，拿牠們沒辦法。我們人類統治地球，但一隻看不見的細菌就能要我們的命。說罷哈哈大笑。

張捷熟練地泡茶，蔡明溪端起小茶杯，說：「隨便，隨便。」

我們隨便談起文革，蔡明溪說：「你們紅衛兵小將，這次是革命先鋒，運動主要靠你們。說說看，你對這場運動有什麼看法？」

我自恃從北京來，便也當仁不讓，說：「毛主席深思熟慮，先打小鬼，再抓閻王，批《海瑞罷官》開始，那時誰知道目標在劉少奇？批王光美的『桃園經驗』，目的是為受迫害的廣大群眾平反，藉此發動群眾。然後大串連，把紅衛兵運動擴散到全國各地，那時六億人民都起來了，還有什麼辦不到！」

蔡明溪笑著點頭，說：「毛主席用兵如神，搞政治運動也像打仗一樣，先掃清外圍。」

我說：「再往後，鬥走資派是要奪權，鬥反動學術權威是要清理舊文化，鬥地富反壞右是純潔革命隊伍，三管齊下，形勢就反轉過來了。」

蔡明溪略微沉吟一下，說：「如果目的只是打倒劉少奇集團，那有第一個『鬥』也就可以了，地富反壞右是死老虎，衝擊一下也很簡單，但是鬥反動學術權威，清算文化，那就大有來頭，那是文化革命的真正內涵。」

「但，為什麼重點放在文化呢？」我故意問一句。

「我覺得主席有更深遠的謀劃。文化是上層建築，按馬列主義理論，經濟基礎決定上層建築。解放後我們搞農村集體化，城市資本主義工商業改造，生產資料都收歸國有了，按理文化也應該反映無產階級的意識形態，但事實又不是這樣，封資修的東西充斥文化領域，那不利於將來過渡到共產主義。」

「是啊，我們常說，實現共產主義要有兩大條件，一是高度豐富的物質生活，二是普遍崇高的精神境界，清理文化領域的封資修，就是追求崇高的精神境界。」

蔡明溪笑吟吟，說：「主席高瞻遠矚，誰知道實現共產主義是一百年還是二百年，還是五十年？主席說：一萬年太久，只爭朝夕。」

「那也是，事在人為，所以要搞文化革命。」

「我聽說你們也在組織工人和農民的造反派？」蔡明溪轉一個話題。

我說：「學校裏鬧得差不多了，社會上工人農民都希望組織起來，我們只是在一旁協助。」

蔡明溪說：「這樣好，那你們會不會跟我們老區合作呢？」

我這次來，並沒有帶什麼既定的目的，只是探一下虛實，便說：「大家目標一致，聯合行動是好事。」

「你了解我們老區嗎？」

「我不太了解，不過知道你們解放前，一直在本地搞地下工作。」

蔡明溪緩緩道：「中央早期在贛南閩西一帶活動，後來長征北上，以後大部分時間都在北方，大仗也都在北方打。解放前夕大軍南下，一路風捲殘雲，到我們這裏，國民黨軍隊根本沒有什麼抵抗，聽到風聲就跑了。那時我們就從地下轉為公開，配合解放軍，建立地方新政權。因為我們熟悉本地情況，地方上的事大都是我們在主持，後來正式建政了，南下幹部也都參加到政府工作中來，有的甚至負主要責任。」

「南下幹部不了解本地情況，有時對我們的一些看法也聽不進去，於是本地幹部都有一些怨言，這樣積壓了一段時間，就變成本地和南下的矛盾。中央察覺到這種情況，就把我們當作一種阻礙執政的勢力，於是開展一個『反對地方主義』的運動，把我們壓下去。」

「原來是這樣，所以張捷說，你們很多人都受迫害，有的撤職降職，有的還開除黨籍甚至判刑。」我說。

蔡明溪點點頭：「這中間事情就多了，凡是運動，總是不分青紅皂白，畫一條線，羅織你的罪名，然後看領導高興，對你做政治處理，也不給你申辯的機會。」

「所以你們老區，冤案也很多。」我點點頭說。

蔡明溪指指張捷，說：「他就是那時給清理下去的。本來是縣委組織部副部長，一腳踩到蚊香廠去做出納。當年他立了多少功勞，我們一個老上級，就是他冒死去救出來的。」

張捷謙遜地說：「我那算不了什麼，我們還有一些同志都犧牲了。」

「我們在農村有基礎，活動能量大，但在城鎮相對就弱一點，不如我們分分工，你們主要精力放在鎮裏，農村那頭我們多用心，那樣不會互相扯皮，各自又可以專心做好工作。你覺得怎麼樣？」蔡明溪又轉了話題。

我想了想，說：「這麼大的事，我作不了主。其實我是外人，他們人民中學紅衛兵，還有立群和秋實他們幾個領頭，我得徵求他們的意見。」

蔡明溪連忙點頭，說：「我的意思就是請你轉達一下，必要時大家再碰碰頭，商量一些原則出來。」

我說：「我明白你的意思，我回去和他們說一下。」

「農村的事很複雜，各人有各人的算盤，小心眼斤斤計較，很不好弄，我們都經常頭痛。你們學生太單純，到鄉下地方，跟他們談不到一起去，還不如放手讓我們去做，我們有一套辦法，容易見效。」蔡明溪侃侃而談。

張捷也說：「明溪同志的意思是，如果各自去組織，難免互相扯皮，那時一個村子弄成兩個組織，豈不是更亂？」

我點點頭，說：「我們對農村工作真是沒什麼經驗，我們商量一下，盡快給你們答覆。」離開時蔡明溪送到門外，一起走下來時，才感覺他身形高大，步履穩當，有一種見慣大場面成竹在胸的自信，難怪張捷在他面前倒好像小學生。

這件事後來不了了之，我回總部一說，秋實先不同意，說如果造反派農民不跟他們老區走，就變成遊兵散勇了。

立群也說：「其實各有各組織，只要不變成惡性競爭就可以了。」

雖然身在老區，張捷卻也時常和我們走在一起，部分原因是鎮上老區沒什麼群眾基礎，雖有一些私下串連，畢竟力量有限。張捷和雅琴他們初期在平反委員會，後來又拉起街道造反派，也有一大班人跟著他們，只是都不打老區的旗號。

黃磊和張捷是鄰居，從小就得張捷母親的歡心。老人家自己的孫子跟離了婚的媳婦遠在縣城，從不來往，老太太平日孤清，便將黃磊當作半個孫子來疼。運動初有一次，張捷說動黃磊，去把安平小學一個副校長抓出來鬥爭，黃磊領了幾十個同學，各人戴著紅衛兵袖章，周圍跟著一大幫看熱鬧的群眾，浩浩蕩蕩，把那個副校長從街頭遊到街尾，拉到戲院裏鬥了一場。後來才知道，原來那個副校長竟是造反派，只因小事，得罪了張捷老區裏的戰友。

一場有聲有色的鬥爭會，到頭來才發現大水沖了龍王廟，自家人不認自家人。黃磊因此大呼上當，說張捷騙了他，張捷也大呼上當，說老戰友把他利用了。那年頭這種荒唐事很多，運動初起，人人都摸不著頭腦，一時造反，一時又造「造反」的反，一時鬥工作組，一時又鬥當權派，從這個陣營跳到那個陣營，都說「革命不分先後」，而究竟什麼叫作革命，根本沒有人搞得清楚。黃磊為這事，被立群秋實他們取笑了好久，從此不跟張捷來往。張捷也一肚子委屈，來古廟見到黃磊，陪笑打招呼，黃磊都當他透明。

剛開始籌備平反委員會時，張捷常和雅琴到古廟來找我，有時正事談完了，雅琴去找白如雲，張捷便和我半靠在床上閒話。

他說政治的事有理說不清，但做人總得有點良心，有恩報恩有仇復仇。解放初期搞土地改革，凡是地主都在鬥爭之列，有的沒經過怎麼審訊就拉出去槍斃了。有一個上埔村的地主，解放前幫過地下黨很多忙，當年有一個地下領導被國民黨逮捕了，關在區公所，那個地主去區公所查探，把地形、人員、武器配備、囚室位置等等情況，都詳細報告給地下黨。地下黨策劃了一次劫獄行動，趁中午區公所裏的人都在吃飯，張捷爬梯越墻，帶三個游擊隊員，神不知鬼不覺，把老領導救出來。

當時萬一給察覺了，免不了交戰，四個人可能寡不敵眾死在裏面，只因為有那個地主事先偵查，地形環境熟悉，覷準時機，居然一舉成功。

偏偏土改時，那地主卻成了鬥爭對象。當時張捷特地告知了老領導，老領導也在上面活動遊說，但不知道什麼原因，竟然不聲不響把他槍斃了。張捷知道後搥胸跌腳，到縣委書記那裏大吵了一場，這事後來當然也成了他貶職的充分理由。

張捷說：「他們南下幹部，大多數沒做過多少實際工作，臨解放從學校出來，上一兩個月革命大學，因為有文化，一來就當縣委書記。他們眼裏只有政策，哪裏會有人情。可我們不同啊，我們是出生入死的感情啊！人家替我們做事，搞得不好也是要掉腦袋的，現在政權在我們手上，別說把他槍斃，就是拉他上台去鬥爭，也於心不忍啊！」

那時已經在「反地方主義」運動初期了，很多老區幹部都靠邊站了，手上沒權，自己都保護不了，更別提保護一個地主了。張捷歎說：「那些日子真是憋氣，我和縣委書記吵了一架，回家關起門來痛哭一場，過一個多月，把我下放了，我老婆就和我離婚。」

張捷苦笑說：「沒想到幹革命，幹得妻離子散。我從縣城搬回安平，到蚊香廠上班，從此夾起尾巴做人。沒有文化大革命，我們沒有翻身的一天。」

我說：「這次應該能翻身了吧？」

張捷遲疑著，說：「走著瞧吧，世事難料。」

文革中期，成立縣決戰總指揮部，主要骨幹是原縣委幹部中的老區班底，張捷便給調去武工隊，擔任機槍手。我和立群、林寬、李友世去開會那次，中午吃飯時原以為會見到他，後來才聽說他和剛相認的兒子私底下見面去了。

會開完，他兒子當晚就走了，張捷來找我們，說起在這裏和兒子相認，眼眶都紅了。

原來張捷兒子是縣城造反派紅衛兵的頭，倒是孩子母親和後父，都是鐵桿老保。張捷說，兒子有他的遺傳，讀書時班主任喜歡他，後來工作組來了，把他老師鬥得死去活來，他兒子看不過眼，運動之初就領頭造反，也把工作組長鬥得死去活來。雖然回了家要受兩個長輩喝罵，年輕人卻咬著牙根默默抵抗，到後來造反派成氣候了，他成了學生領袖，那時揚長出入，只把父母當外人。

張捷說，指揮部開會時，有個年輕人主動和他打招呼，說你是安平上來的張捷嗎？張捷說我是，那年輕人說，我是你兒子，張捷一聽差點暈倒過去。

張捷笑說，小夥子倒不怕生，一上來叫爸爸。他一時老淚縱橫，扶墻痛哭，兒子站在他背後，輕輕拍他的肩背，連連說：「爸，別傷心，別傷心，你看，我好好的。」

兩父子便利用開會間隙，好好相處了兩天。開會地方人多，張捷帶了兒子到村口小店，買了一包煙，開了一盒午餐肉罐頭，抓了一把花生，就在小店門外的大榕樹下，兩父子直談到深夜才散。

張捷笑說：「沒想到文化大革命讓我認了兒子，我和他約好了，改日他到安平來，他也要認認他祖母，那是我們張家的血脈啊！」

後來武鬥激烈了起來，張捷和縣武工隊到處救急，一挺輕機槍扛在肩頭，林一飛背著子彈跟進跟出。張捷威風凜凜，風塵僕僕，滿臉的鬍鬚瘋長起來，看上去更像一個江湖好漢。他兒子究竟什麼時候去認祖母，我們也都不知道了。

誰都沒有料到，林一飛就死在張捷的槍口下。

那天從戰場上下來，張捷正捧了一大海碗水在喝，林一飛習慣了去擦拭槍膛，誰知道槍膛裏還有一顆子彈沒有退出來。林一飛用一條鐵絲，鐵絲前端纏了一團布，沾了機油從槍膛口捅進去。這一捅，子彈給反推到撞針上，槍口正對著他的臉，剎那間一聲裂帛巨響，子彈飛出來，正正從他眉心打進去，當場就沒氣了。

林一飛的遺體運回來，停在醫院太平間，我們去看他，小小的個子，身上的髒衣服還沒換下來，臉上蒙著一塊白布，白布中間一團血，鮮紅鮮紅的，好像還沒有凝結。

據說張捷一頭往墻上撞去，當場昏倒在地。後來護送林一飛的遺體回安平，開追悼會，把他落葬後，張捷失魂落魄，跑到林一飛家門外，在那裏跪了一天一夜。有造反派戰友要去扶他起來，張捷眼神淩厲，把人都嚇跑了。

運動後期，指揮部也沒有正式宣布解散武工隊，只是隊員一個一個走了。張捷一個人百無聊賴，閒來把輕機槍拿出來撥弄幾下，抹抹機身，上一點油，想起林一飛，又一拳打在太陽穴上。

蚊香廠成立革委會時，正是盧志遠在鎮裏當權，盧志遠找張捷談話，本來想讓他當廠革委會主任，張捷說：「我不當什麼鳥官，你叫誰當都可以，不過他如果敢和造反派過不去，我會要他好看！」造反派當權也不過兩年時間，後來形勢翻轉，老保上台了，從省裏到縣裏直到蚊香廠，一級級領導班子全由老保反攻倒算。造反派灰溜溜的，被關進學習班裏，鬥完了又打回原形，各人該幹什麼幹什麼，多年打生打死，到頭來竹籃打水一場空。

張捷因為沒有執掌權力，也就沒有失去權力的痛苦，蚊香廠小單位不起眼，上面鬥得你死我活，蚊香廠倒也風平浪靜了好久。

張捷又遊手好閒起來，一個小出納，能有多少事情？張捷上班應應卯，回了家來無所事事，悶得發慌。那時古廟裏的紅衛兵也基本散了，黃磊也賦閒在家，有時兩個人在路上碰見，先還訕訕的，後來不免打一聲招呼，再後來就站著說兩句話。

運動初鬥副校長那件事，雖然還是一點心病，但事過境遷，簡直是笑談了。張捷說：「改日來家裏坐，我母親老唸著你。」黃磊聽他提起這個老奶奶，不免心裏難過，當初年紀小，得到鄰居奶奶的疼惜，那一點點慈祥的溫暖，是他年幼失怙的生活裏很大的恩典。

黃磊果然就去了張捷家。晚飯後一條小街清靜無人，出門轉右兩步路，推開小門，一個熟悉又生疏了的院落。屋子很大，庭院空空，再往裏走，卻聽到裏頭有人大笑。廳裏燈火通明，一桌子人正在吃飯，張捷先看到他了，忙迎出來。黃磊見人家吃飯，正想說改日再來，誰知張捷不由分說就把他拉進去了。

一個年輕人從旁邊站起來，張捷說：「這是我兒子張震，他和你們是同派。」

大家忙讓座，座上還有張捷的妹妹、妹夫，大甥女都十五六歲了，小甥兒八歲。老奶奶朝他招手，黃磊坐到她身旁去，奶奶抓住他的手，輕輕拍著，怨道：「你都不來看我了。」

張捷在一旁忙打岔，說：「今天開心，不談往事，來，給你一個杯子。」

黃磊後來告訴我，說那晚吃過飯，和張捷、張震再談到深夜才散，好像要把這幾年積下的話一口氣都吐乾淨。他也很喜歡張震，覺得他有大氣，見識不凡，有老爸那股風塵豪爽的江湖味道，做得張捷的兒子，果然有一種張捷的風采。

黃磊多年後娶了張捷的甥女，那時我已經來了香港。天下事總有因果，起承轉合各有規則，有時錯過，有時碰個正著，錯過也就錯過了，沒有錯過的都有結果。多年後我還收到黃磊寄來的一張照片，他和妻子站在一棵樹下，他手上抱著一個小男孩，三個人望著同一個方向，斜斜的往右上方遠眺，那或許就是他們的未來。

六九年立群他們都上山下鄉了，一代人風流雲散。林寬沒等到大聯合三結合，早就脫離了運動，回到廠裏，和他那個恩重如山的師傅，一起研究水壓機。李友世從革委會出來後，回到農具廠，老老實實打鐵，心裏很多不解和不平，總是希望有朝一日毛主席還會來搭救他。張大同結了婚生了孩子，老老實實過起小日子。鎮裏其他造反派群眾，也都偃旗息鼓，該讓權的讓權，該檢查的檢查，一個個回到尋常日子，生老病死，各自去對付。

過個幾年，保守派江山坐穩了，騰出手來清理文革問題，突然發覺有個叫張捷的藏在蚊香廠，於是上面派了人來，半夜破門而入，把他逮走了。

張捷在無產階級專政鐵拳下遭受什麼樣的逼供，那就沒人知道了，只知道他後來被正式判處死刑，理由是武鬥時充當造反派武工隊的機槍手，參加過大大小小的武鬥，不同的槍戰陣地上，紅派都死了人，槍林彈雨裏如何去找凶手，當然把帳都算在張捷頭上，是最便利的事。

張捷行刑那天，一輛解放牌大卡車載著他在街上巡遊了一趟。張捷被兩個士兵押著，背上插著「斬牌」，上面寫著「反革命殺人犯張捷」。一個士兵揪著他的頭髮，讓他的臉向上仰起，好讓他的真面目示人。

據說那天下著毛毛雨，街道兩旁站滿了看熱鬧的群眾，張震扶著祖母也站在人群裏，送自己的親人最後一程。卡車經過他們身邊時，他母親突然嘶喊起來：「捷啊，沒想到你沒死在國民黨手上，倒死在共產黨手上！」

張捷使勁扭過脖子，朝母親遠遠投來一絲苦笑。據說死刑犯的嘴巴裏都塞著一個彈簧，他的嘴張開，彈簧就自動撐大，不讓他的嘴合上，這樣犯人根本無法張嘴說什麼。那是為了防範犯人臨死前胡說八道而發明的一種聰明道具。

張捷果然什麼話都沒有留下，載著他的卡車慢慢遠去，據說載到荒山上一處亂葬崗，一槍結果了性命。

他說一輩子都有神明眷顧，好幾次逢凶化吉，可是到最後，神明還是遺棄了他。

我不知道張震後來怎麼樣了，如果在世，也已經年近古稀。

第二十四章　有問題沒答案

阿雲家紅磚樓後面，有一條小小的過道，親戚在那裏弄了一個小雞竇，每天一大早，下面就傳來雄雞的長啼，一聲聲，叫得那麼懇切，通常那時我就醒來了。

初春天氣，時雨時晴，有雨也是毛毛細雨，細細的舊的閒愁未盡，細細的新的生機將臨。天氣一晴起來，風暖日煦，萬物都伸一個懶腰，如夢初醒，互相點頭問安。

我住在白耀輝書房裏，可謂坐擁書城。白天晚上，沒有人來的時候，我就竇在房裏看書，有時倦了，到外面走廊上來回走幾趟，經過阿雲房間外，探一下頭，好像和她也打個招呼。

可能因為和她住得近，時常都會想起她，有時看書看累了，抬起頭來，彷彿門外人影一閃，是她探過半個身子來，笑吟吟問：看什麼書啊？那麼入神？有時又好像她坐在角落裏的藤椅上，腳伸出去架在茶几上，手托著下巴尋思著什麼，一晃眼，什麼都沒有了。

有時也會想起林一飛，那麼年輕活潑的生命，突然一顆子彈，生命嘎然而止。他還沒有好好讀書呢，還沒有享受青春滿溢的生命的放歌，還沒有經歷悄悄約一個女孩子，一見面心如鹿撞的那種竊喜。好像一部影片剛開頭，人物剛出場，故事還沒有展開，突然斷了片，只剩銀幕上空茫的白光。

如今風捲殘雲，水流落花，革命造反是非難斷，犧牲又從何談起？他那小小的、蓬勃的生命終究化作一縷輕煙，杳無蹤影了。

長這麼大，還沒有經歷親近的人死亡的傷痛，就在這幾個月間，死神突然狠狠刮我幾巴掌，讓我認清生命的殘酷本質。

樓下天天都煙火鼎盛，老祖母興匆匆指揮每日大事，兩個鄉下親戚忙裏忙外，挑水劈柴，灑掃庭院，一屋子雖然人少，卻也興頭十足。

阿雲去世後，她祖母自然心如刀割，不過老人家早已看通世事，心事自我了結。大家還在擔心她的時候，她已經泰然起坐，放下生關死劫。

我住到家裏後，跟阿雲叫她阿嬷，除了立群來了叫婆婆以外，其他人來了，也都叫阿嬷。這樣阿雲祖母平白多出很多孫子孫女，家裏每日人來人往，她也整天興匆匆。

先是秋實來了，這陣子秋實也百無聊賴，立群家裏眾人打牌吹牛，他去了找不到人說話。縣革委會那裏，他早已被投閒置散，有時上去開會，人家說什麼，他也插不上嘴。輪到他說教育方面的問題，大家又都臉色冷淡，他的提案總是有最多的反對聲音，他說的話經常被人打斷。秋實慢慢覺得自己是局外人，在那裏如坐針氈，開完會出來，長歎一聲，只覺卸掉一身晦氣。

後來他就不再依時上去開會，一開始還有辦事人員打電話到鎮革委會，催他上去，後來人家也疲了，不聞不問，秋實也就知道，他這個革委會常委，有和沒有都差不多了。

秋實一來，也是找書看，立群每天都來，三個人便都有了共同語言。再過一陣，黃磊聽說我住在阿雲家裏，也就找到這裏來，一來就發現這裏別有洞天，很快成了常客。再後來，林敏行也來了，他也從外面帶了一些稀罕的書來，大家都如獲至寶，排隊等候，急不可待。有一天，林敏行突然說：「咦，除了白如雲和蕭偉，我們勤務組都在這裏了。」

秋實道：「還有曾沛然。」

大家互相對視一眼，都心有所動地笑了。

因為我交了伙食費，三餐都在這裏吃，立群是外孫，想留就留，想走就走。其他的人，看看用餐時間到了，一個個都自動溜走。有時白耀輝下來，見家裏熱鬧，就掏錢叫親戚去街上買一些現成的，把大家都留下來，痛痛快快聚一晚。

運動遠去了，勝負沒有定局，生死之帳難算，文化革命據說取得了偉大勝利，但我們一點都沒有勝利者的感覺，到那個地步，倒好像勝負都和我們無關了。眼下有一幫朋友，志同道合，知情識性，說話無禁忌，世事無關涉，如此一個遠離塵囂的小天地，便是我們互相取暖的窩。

中央老一輩無產階級革命家，幾年來倒了一大片，劉少奇鄧小平是首惡，叫作「劉鄧路線」；彭真、羅瑞卿、陸定一、楊尚昆，簡化成「彭羅陸楊」反黨集團；陶鑄沒做幾天政治局常委，又下台去了，幾個老將軍楊成武、余立金、傅崇碧，也都說倒就倒。外交部長陳毅靠邊站，老帥賀龍下落不明。下台的人太多了，以致沒下台的倒成了稀罕人物，如周恩來。

大家都知道江青、張春橋、姚文元、王洪文是同一陣營的，因為他們總是一起罵人，卻從來沒有互相罵過，但他們身邊的王力、關鋒、戚本禹卻也一起銷聲匿跡了，被命名為「王關戚」。

省地縣三級，秋風掃落葉一樣，幹部倒了一大片，革委會成立時，有個別前官員被「解放」出來，參加了三結合領導班子，算作老幹部的代表。他們說話做事都心有餘悸，見人陪笑，隨時準備再被打倒。

偶爾我們會談起這些你方唱罷我登場的戲碼，但慢慢也都無關痛癢了，好像在講一個隔代的故事，一邊是板蕩忠臣，一邊是亂臣賊子，歷朝歷代莫不如此。歷史是勝利者書寫的，在政治的角鬥場上，最後沒有倒下的，執掌蓋棺論定的權力。

有時我們談理論問題，興之所致，胡言亂語。文革前報上批判哲學家楊獻珍的「合二而一」論。辯證法主張事物「一分為二」，楊獻珍偏偏提出「合二而一」，意思是，事物都有互相矛盾的兩面，彼此鬥爭，那是一分為二，鬥到最後，發生質的變化，轉化為新的事物，矛盾雙方又在一個新事物裏統一起來，那就是「合二而一」。

當年批判他，說是調和階級矛盾，是徹頭徹尾的形而上學，是腐朽的資產階級世界觀。有一天立群說：「文革初，兩派鬥得死去活來，那是一分為二；現在大聯合三結合，那不是合二而一了嗎？」

秋實道：「運動初要打倒劉鄧陶，需要紅衛兵衝鋒陷陣，運動後期劉鄧陶都倒台了，紅衛兵的作用也差不多了，那就把兩派捏起來，不然怎麼辦？『合二而一』也是革命需要。」

「那就是說，一分為二是對的，合二而一也是對的，就看政治需要，那白如雲、林一飛他們，不是死得不明不白了嗎？」林敏行說。

大家便都靜了，各自去對付自己的心事。

我說：「什麼時候鬥，什麼時候和，都是主席的偉大戰略部署。」

立群沉著一張臉，說：「一開始兩派鬥爭是對的，到最後握手言和也是對的，一分為二沒錯，分到最後，合二而一也正確了，這就是辯證法嗎？」

我笑道：「辯證法就是這樣說是對的，那樣說也是對的，怎麼說都對。」

問題很多，答案沒有，國家那麼大，個人那麼小，幾個嘴邊沒毛的小子，妄議國事，到頭來不得要領，人卻越發空虛起來。

我突然想起文革初批判鄧拓，他有兩句詩：「莫道書生空議論，頭顱擲處血斑斑。」

夢蘭終於回北方去了，那天我去送她。來時我陪她到逸思家，去時我陪她離開，我和她，在人間也有這麼一段因緣。

東西都收拾好了，也不過一個手提藤箱，一個拉鏈手提袋，她孩子背一個包包。夢蘭將白如雲送給逸思那本小筆記本給了我，說：「你留著吧，裏頭他還寫了一些東西。」

「你不帶走？」

夢蘭幽幽道：「本來他要送給阿雲的，阿雲不在了，就留給你。」

往車站走的時候，我問她：「以後怎麼打算？」

「回單位去，運動差不多了，以後總還是唱唱歌，教教學生，過幾年也退休了。孩子會長大，要讀書，我有一份工資，活下去應該沒問題。不過，也只剩孩子了，我心裏，都死了。」

我從口袋裏拿出一張紙條，那上面寫了我學校和家裏的通訊地址，我說：「我們保持聯繫，有什麼變化互相通通氣。」

夢蘭接過字條，鄭重收好，又問：「你還是會回北京吧？」

「遲早總是要回去的，以後怎麼樣，也沒有人知道。」

車子啟動前，她隔著窗口跟我說：「本來白如雲那孩子很好，想不到她又走了，不然你們倒是很相稱的一對。」

我笑了笑，說：「你不知道，她和她表哥高立群，早就私訂終身了。」

夢蘭呆了一下，說：「哦，是他啊。」

車子啟動前，夢蘭說：「你也好好替自己打算，碰到好的人，不要隨便放過。」

我點點頭，舉起手來道別，車子緩緩駛出，轉一個彎，人就看不見了。

回到住處，我翻開逸思留下的筆記，只有零零落落十來頁的文字，整本筆記本幾乎都是空的。我靠到床上，一頁頁翻讀，又好像看到逸思，坐在那個木質灰黑的窗前，一筆一畫，一絲不苟地寫下這些稀罕的文字。

有一次我看他寫信，一筆一畫寫得端端正正，我說寫一封信不用這麼認真吧。逸思說，他在電影廠時，有個日籍的攝影師，每次開會都做筆記，他寫的字也是那樣一絲不苟。問他為什麼，日本人說，他們習慣了做什麼事都有一種莊敬的態度，不肯隨便潦草。開會記筆記，寫得慢自然記得少，但一句是一句，一定都記下最重要的。逸思說，我們滿紙亂七八糟，其實也未必記下什麼。

一九六八年十月七日　晚　大雨傾盆

阿雲和宇程剛走，今天是我生日。多年來沒過生日，今日倒好像重生。阿雲送我這本筆記本，要我想到什麼寫什麼，也好，就當作和自己對話。

這麼多年，一直養成和自己對話的習慣，在勞改農場以及後來教書時，都不敢隨便和別人說話，擔心有什麼把柄被人抓住，又去領導那裏告發，吃不了兜著走。所以每天晚上臨睡前，總會和自己說說話，起碼讓思想活著。

一個社會搞到人與人之間不能坦誠對話，那不是一個正常的社會。

人與人之間鬥爭不休，互相踐踏，那也不是一個正常的社會。幾千年來，人都是按一些普遍規則安心相處，鄰里互相幫助，偶有齟齬，也不過雞毛蒜皮小事，很少搞到不共戴天。但我們現今，人與人之間的矛盾和鬥爭，卻被人為煽動起來。這次運動，連夫妻、父子、同學、朋友都勢不兩立，鬥得你死我活，到底為什麼而鬥，其實大家都沒搞清楚。

倒好像為什麼而鬥不重要，重要的是鬥，是互相折磨，沒有鬥爭，生活反倒不正常了。不正常的日子過久了，大家都當作正常，反倒正常的日子應該怎麼過，大家都忘記了。正常的日子是安居樂業，男歡女愛，食色性也，千古不易。

一九六八年十月十二日　午　多雲

收音機裏播出一段話：階級鬥爭要天天講，月月講，年年講。

世上人可以作種種不同的區分，以國籍、以民族、以性別、以年齡、以職業、以財產……以階級當然也是一種分法。但世上人不是只有階級一種分法，階級之分也不足以解釋世上所有事物。

我們的階級成分，是以父親的職業來區分，父親做生意，兒子就成為資產階級成分，這個兒子的階級覺悟就有疑問。但兒子也可以參加無產階級革命，做出貢獻，如此說來，他究竟是資產階級，還是無產階級？

其實他是哪個階級根本不重要，重要的是他參加了革命。

表姑丈解放前從印尼寄了一大筆錢來，買地準備起大屋，結果解放了，表姑手上有那麼多土地，理所當然被劃了地主成分。表姑從來沒有雇工剝削，只因為有地在手，十幾二十年被人鬥不停。

兩個出身不同的孩子在學校讀書，有規矩有頑劣，他們的稟性和品質，不是由階級決定的，是由家庭教育決定的。有錢人能教出混蛋，窮人家也能出英才，反之也一樣。好的教育出好的孩子，壞的教育出違法亂紀的宵小之徒——那也和階級出身沒有關係。

能解釋人類社會的，只有千古不易的人性。所有的社會都是建立在人性的基礎上，不是建立在階級性的基礎上。

一九六八年十一月八日　晚　冷

阿雲來學琴，她運弓的手法越發自如了，這孩子很靈巧，有些事一點就通，可惜生在這樣的時代，否則她會有大出息。

肝區的痛真磨人，一時輕一時重，重起來好像有人要把它拉扯出來。止痛藥不頂用了，有時用拳頭使勁頂住，可以緩解一下。

終點在望，內心倒泰然，十年前應該死在北大荒，那時沒死，已經多賺了十年。

我這輩子，要什麼沒什麼，開心的日子可數，痛苦的時辰無盡頭，上天待我，真是夠冷酷了。上天律令不可違，只有泰然受之，從巨大痛苦中尋找卑微的快樂，這是我一生的功課。

多謝誼民和夢蘭，他們給了我最後這一兩年的快樂時光，圓了我的夢，遂了我的心，夢蘭和我們兩個人先後做了夫妻，她成全了我們兩個人，也成全了自己。

這世上我唯一對不起的，就是她。可惜我最終又要辜負她了。

惡人當道，好人遭殃，這樣的世道不值得留戀，我走我的，其他的就讓上天去處置吧。

一九六八年十二月十七日　上午　晴

拗不過夢蘭，終於還是住到醫院裏來了。打了止痛針，肝區的痛平伏了很多，居然睡了一大覺，醒來後神清氣爽。

在林區中學教書時，也曾大病一場，住院後查出來是急性肝炎，以為沒有命走出醫院大門了，誰知老天還不放我走。

那時院裏一個護士待我很好，每天從家裏給我熬一碗粥，用保溫瓶帶來，肉絲酸菜很醒嘴，偶爾還炒雞蛋。醫院病人不多，閒下來她就坐在床前和我聊天，手上織著毛線，時不時抬起眼來，滿眼無盡的意思。

那時我一個待罪之身，上頭開恩讓我出來教書，已經萬幸，怎麼敢接受一個無邪少女的感情？等到我察覺她的意思，只好狠下心來，冷冷待她。她大概也明白了，委委屈屈的，經過我的病床，總是低著頭，一張臉苦苦的。

我也真對不起她，只記得她的名字，叫程可心。

一九六八年十二月十九日　午　晴

今天出了個大太陽，冬日將盡，春天在望了。

夢蘭突然提起從前在學校裏的事，年輕時的夢想，純潔無邪的友誼，愛情無聲萌動，心有事口難開。夢蘭說，一開始多好，每天都盼著和你們見面，直到後來，愛哪一個成了問題了，痛苦和糾結每天都要面對。那時最慘，想要見，又怕見，不見坐立不安，見了又手足無措。

天下事，最不可理喻的就是愛情。今日回頭看，當時我的選擇還是對的，沒有一個人跳出來，三個人死抱在一起，說不定哪天約好了，綁在一起沉湖。說到底，死一個活兩個，還是合算。

夢蘭說，好多年了，誼民一閒下來人就發呆，我知道他又想起你了。我們兩個做夫妻做得那麼苦，我們的幸福建立在你痛苦的基礎上，我們的痛苦也建立在你痛苦的基礎上，我們都成了罪人。

我跟她說，人一生總有一天要算一筆總帳的，得與失，好與歹，甘與苦，到頭來都有結果，老天會給你打分數。

其實苦和樂是互為表裏。苦到極點了，苦不是苦，苦習慣了，是生活的原味。那時快樂會放大起來，一點點微不足道的開心，發現一朵野花，一窩小麻雀吱吱叫，田野上春天的氣息，都足以讓你開心半天。

痛苦永遠是沉重的，墜在心裏；快樂卻輕飄飄，浮在感覺上。快樂容易流逝，痛苦卻會堆積。說到底，生命有限，慾望無窮，痛苦才是生命的本質。而最終，無數的快樂和痛苦相加，正負抵銷，結果就是一個零。

到頭來一切風流雲散，人生只是過程，沒有結果，結果都是零。

逸思的筆記，在阿雲去世那天以後，就全然空白了，那時他人還在，心已經死了。

一個苦命人，活得有自尊，因為有自尊，他的苦得以昇華。

有一天李友世來找我，一見面就說：「張大同的事你知道嗎？」

我說：「他不是回供銷社去了嗎？聽說抓革命促生產，他那裏事情多，連鎮革委會那邊都少管了。」

「那倒也沒關係，」李友世說，「可是他和一個女人搞上了。」

我怔了一怔，說：「他不像那種人啊！」

李友世道：「他倒也不是亂搞。那女的是供銷社裏的人，只不過是鐵桿老保。雖然不同派，但她年初死了丈夫，辦喪事時張大同也幫了大忙。可能因為這樣，那女的感激他，兩個人慢慢就走到一起了。」

「那也不是壞事啊！」我笑說。

「什麼不是壞事？」李友世氣咻咻道，「兩條路線的鬥爭勢不兩立，人家兩夫妻不同派還要離婚呢，別說他張大同還是造反派的頭，這樣影響很不好。」

革委會雖然成立了，但兩派暗地裏還是劍拔弩張，現在權力基本上在造反派手上，老保受壓，他們的頭頭大部分也進了學習班，在裏面做檢討，互相揭發。李友世說得也沒錯，他張大同也算是鎮上一個人物，搞出這麼一檔事來，的確會授人話柄。

李友世說：「你和我去一趟，我們勸勸他。」

供銷社在小鎮邊上，兩個大倉庫，中間一條馬路方便車輛出入。上午十點左右，四鄉來的農民倒也不少，挑擔的推車的進進出出。倉庫後面一排平房，前面是辦事處，開票收錢，進貨出貨，往裏去幾間是宿舍，張大同在最裏面一間。

有個女人倚在門邊，見我們來了，和裏面的張大同說了一句什麼，張大同就跑出來了。

我和李友世不約而同，朝那中年女人多看了幾眼。那女人看上去也有三十多歲了，人有點風韻，眉毛細長，左眼下有一顆淡淡的痣。張大同把我們迎進屋裏，讓座倒茶，李友世朝那女人不客氣地說：「你先走，我們有點事談。」

女人拔腳要走，張大同趕緊吩咐道：「你回倉庫去，我等一下來找你。」

李友世單刀直入：「那是誰？」

張大同道：「你說她？她是這裏的同事啊！」

「有群眾反映，你和她要結婚？」

張大同怔了一下，說：「哦，消息倒傳得很快。」

「她是鐵桿老保，你和她，打算和稀泥了嗎？」

這一下倒把張大同惹火了：「和稀泥，那不好嗎？都大聯合、三結合了，群眾心都散了，和稀泥好啊，也鬥夠了。」

李友世道：「造反派現在掌權，什麼時候老保又翻過來，輪到人家來整你，你身邊一個群眾都沒有，到時有你好看。」

「李友世說的也有道理，還是要考慮群眾影響。聽說她丈夫才去世半年，會不會太快了一點？」

張大同搖搖頭，說：「她和丈夫文革前就鬧離婚，後來男人得了腎病，她只好忍下來。現在人都不在了，政府也沒有規定死了丈夫多久才能改嫁，至於群眾，群眾才不會管那麼多！」

李友世搖搖頭，說：「你現在還算鎮革委會常委，供銷社你還掛了革委會副主任的職，你這樣幹，不怕影響不好？」

張大同笑說：「我也沒說明天就結婚，我們就帶頭大聯合，然後才三結合。」

我笑說：「你這大聯合，只有兩結合。」

「她有個孩子，我們也是三結合。」張大同仰臉大笑，笑得李友世一臉不耐煩。

李友世道：「你這根本是修正主義！」

談了半天，各持己見，張大同心在外面，神色懶懶的，我便說：「你再考慮一下吧，我們也是為大局著想。」

離開供銷社，李友世一路唸唸叨叨，說連張大同都這樣了，林寬又縮回廠裏，搞什麼水壓機，大家都散了，等著讓別人來收拾我們好了。

多年後，我被安排到曾沛然那裏教書，有一天到鎮上來辦點事，就在街頭，遠遠見到張大同三口子。他和那個女人一人一邊，拖著一個三四歲的孩子。孩子虎頭虎腦，幾乎就是一個縮小了的張大同。三個人並排佔了半條街，一邊走，孩子一邊聳身跳，他一跳，兩邊父母同時把他提起來，孩子就像盪秋千一樣，騰空晃悠了一下，開心得嘻嘻笑。

我在街邊攤子後，目送他們在街心悠悠閒閒走過去。一家三口子，溫情洋溢，張大同果然好好地過起自己的日子來了。

折騰完革命造反，還是回到尋常日子來，只是有人回來了，有人永遠也回不來了。

第二十五章　臭老九

我和秋實坐著閒聊，立群進門來，秋實笑說：「臭老九來了。」

立群說：「你不是嗎？」

一會兒林敏行也進來了，秋實又說：「臭老九來了。」

林敏行也說：「你不是嗎？」

「臭老九」這個俗得流油的惡名，據說源自毛澤東。相傳蒙古人統治中國時，將人分為十等，排名為一官、二吏、三僧、四道、五醫、六工、七獵、八娼、九儒、十丐，「知識分子」列於第九，在優倡之下，比乞丐好一點。前面加個「臭」字，表示毛澤東對「知識分子」的不屑。

一九六九年年初，上山下鄉的熱潮來了，最高指示：「知識青年到農村去，接受貧下中農的再教育，很有必要。」新的口號又大流行：「廣闊天地，大有作為」、「我們也有一雙手，不在城裏吃閒飯」。文革期間高初中六屆中學生，簡稱「老三屆」，都準備要離別故鄉，到邊遠鄉村去插隊，接受貧下中農再教育。

從文革初的革命先鋒，淪落到文革後的臭老九，紅衛兵這一代，領袖指向哪裏，他們就奔向哪裏。可是，當初的革命小將，怎麼三年運動搞下來，死的死傷的傷，最後倒成了「臭老九」，要去接受勞動改造了？這中間的邏輯是怎麼過渡的？

說你是革命先鋒，你就去賣命鬥爭，說你是臭老九，你就去勞動改造，從前那樣說是對的，現在這樣說也對，這就是辯證法？

這些人裏，只有秋實是農村孩子，他可以回鄉參加生產勞動。至於我，聽說大學生要被安排到農場勞動，之後是繼續學業，還是分配工作，則沒有人知道。

大家背了人情緒低落，聚在一起時又強顏歡笑，那時沒有人想到，再過半年，風流雲散，此後可能一輩子都沒有機會再見面了。

白耀輝十天半月的下來一次，他一來，小樓裏更熱鬧。有時他也會帶書下來，一套《第三帝國的興亡》就幾個人狼吞虎嚥都讀完了，還有一本《聯共（布）黨史》，也讓眾人看得津津有味。雨果的《九三年》，以法國大革命為背景，讀不盡亂世人生的況味。有時他特地拿一點錢出來，請家裏親戚準備一點酒菜，好好犒賞一下幾個口裏淡出鳥來的年輕人。一瓶高粱酒，幾碟精緻小菜，四五個人海闊天空，放言高論，不知夜之將盡。

林敏行也先後帶來《法國革命史》、《巴黎公社史》，有一些日子，丹東、馬拉、羅伯斯庇爾，法國大革命三巨頭，也成了熱門話題。

有一次我偶然提起逸思留下的筆記本，說到階級性和人性的問題，大家都吃了一驚，紛紛說那是一個大問題。我把筆記本取出來，各人輪著看了，都感歎說：這個人還真有點想法。

黃磊說：「階級鬥爭是毛澤東思想的中心內容，以人性來否定階級性，這有點危險啊！」

立群說：「人都死了，還有什麼危險？」

林敏行說：「階級鬥爭和無產階級專政，那都是原則問題。」

「運動前批判過人性論，但大家都是人，怎麼可以不講人性？」立群說，「逸思說階級性不能解釋一切，這句話有道理。」

白耀輝提醒一句：「有些話在外面還是不要亂說。」

我聽了心領神會，提了一個建議，說：「我們來定一條規則，在這裏，什麼話都可以說，出這個門口，嘴巴都安個開關。」

立群說：「我贊成人性論，人性是針對動物性來說的，不講人性，難道要講獸性？」

秋實說：「可是人在階級社會，也必然有階級性啊！」

「階級性也是人性的一部分，應該是這樣吧。」我斟酌著說。

黃磊道：「階級性應該高於人性。比如說，人都是怕死的，但為革命，可以犧牲生命。」

這句話有點道理，大家都靜了一會，立群突然說：「不對！反過來說，人都是怕死的，這是人性，有人可以為革命獻身，但不是所有人都可以，只有極少數人才可以，因此，人性還是最普遍的。」

「逸思說，古今中外，所有社會都是以人性為基礎建立的，人要溫飽，要男歡女愛，這都是最基本的生命慾望。人不是生來就喜歡鬥爭的，歷史上有沒有一個朝代，像我們這樣，全國六億人口天天都在鬥爭？以我的常識來看，沒有一個朝代是這樣的。」我說。

「所以說文革是史無前例啊！」白耀輝笑說。

「史無前例都是好的嗎？」立群問道。

「好不好還要看。」我說，想起白如雲、林一飛，光是沒了他們兩個，就已經不好。

白耀輝轉了一個話題，他說：「其實階級鬥爭之外，還有一個無產階級專政，兩者是一體的。只講階級鬥爭，不講無產階級專政，那鬥來做什麼？歸根結蒂，無產階級專政才是目的，階級鬥爭只是手段，是達到無產階級專政這個目的的手段。」

「無產階級打天下，還要坐天下。」林敏行說。

「只是坐天下還不夠，還要永遠坐穩天下，因此，主席說，階級鬥爭要天天講，月月講，年年講。」白耀輝補充說。

「那，無產階級專政的目的又是什麼？」黃磊又問。

立群道：「理論上說，就是過渡到共產主義社會啊！」

「所以毛主席要發動文革，通過文革，鞏固無產階級專政，更加快速地進入共產主義。」秋實正兒八經說。

我突然問：「我們這裏，誰是真正的無產階級？」

立群說：「我家是小職員成分。」

林敏行說：「我是資本家成分。」

秋實說：「我是貧農。」

黃磊道：「我是小生產者。」

我說：「我是華僑職員。」

白耀輝說：「我家祖上是醫生，成分是自由職業。」

立群笑說：「我們這裏的無產階級，只有秋實一個。」

「那只有秋實有資格對我們實行專政，我們幾個只有資格被專政。」我笑說。

白耀輝道：「其實解放後，生產資料都收歸國有了，人人有份，大家都有一份工作，都領一份工資，都有宿舍住，生活待遇上都平等了，但為什麼政治待遇上要分三六九等呢？」

「這又是一個問題。」秋實笑道，「我也不喜歡統治你們啊！」

立群「呸」了一聲：「憑你那點本事，統治我們？」

桌上逸思那本筆記本，只用了幾頁，幾乎都還是空白，有一天突然心血來潮，想不如我也來寫點東西，有什麼值得記的也把它記下來，那是自己思想的記錄，也彷彿是和逸思對話。

於是斷斷續續也寫了好幾篇。

一九六九年四月二十五日　晚　微雨

理論上說，文革有三大目標：一是鬥走資本主義道路當權派，二是批判反動學術權威，三是打擊地富反壞右。這三個目標，其實在六六年年底就基本完成了，當時兩派對立還沒有那麼激烈，那時要大聯合三結合，似乎還更有條件，那為什麼毛主席還要放手再鬥兩三年呢？

顯然，主席覺得對舊體系的衝擊還不夠，主席向來主張「矯枉過正」，也就是糾正一件事，要做得稍微過火一點，等過火了再往回收，那才能把事情做得徹底。

三年天下大亂，舊的政權機構垮了，舊的一套落花流水，群眾組織壯大，造反派領袖成熟了，那時才把亂局收拾起來，重整河山。

三結合領導班子，是主席一大發明。理論上說，軍隊代表不偏不倚，可以穩住政權，老幹部有行政經驗，可以負管理之責，造反派代表來自群眾，有理想有衝勁，發揮監督作用。

主席的核心思想，是防止資本主義復辟。政府機構長期僵化腐敗，是資產階級思想的溫床，最容易出修正主義，為此，有必要創設一種新的政權形式，使官員們不脫離群眾。只有想辦法將人民群眾的代表引入各級政權，以人民的名義來監督政府運作，才能使紅色江山千年永固。

但軍代表不熟悉地方事務，老幹部又要受軍代表和紅衛兵牽制，不敢大膽施政，紅衛兵缺乏社會經驗，感性有餘能力不足，把三者結合在領導班子裏，各自的長處發揮不出來，短處又集中起來，互相扯皮，互相牽制，實際上未必是一種有效的政權形式。

單說秋實一個紅衛兵代表，從來不代表紅衛兵，只代表他自己，他又怎麼起到監督政府的作用？過個十年八年，誰來保證秋實不變質？那這樣的三結合，不是空有其形式，而無實際效用了嗎？

如果到最後，證明三結合領導班子是一種無效的政權形式，那這次文化大革命，豈不只是一場失敗的政治實驗？

一九六九年五月七日　中午　陰

剛剛從盧志遠那裏回來，多日不見，他還是那麼一副沉穩悠閒的神態。

不時有人進來請示工作，他言簡意賅交代事情，三兩句就把來人打發了。看他處事成竹在胸，有時略微沉吟一下，也很快有決斷，這才是真正當官的材料。

說起當下的形勢，盧志遠不住搖頭，說：看不通透，上面還有鬥爭。目前我們把紅派的幹將集中起來開學習班，算文革中的帳，他們也都瓦解了，檢討時痛哭流涕，互相揭發。但上面沒有徹底解決，將來形勢還可能反覆。

反正有軍代表在，大家都得聽他們的。他又補充一句。

說起紅衛兵要上山下鄉，盧志遠解釋道：全國幾千萬紅衛兵，現在組織都散了，這麼多人，都在城裏養起來，怎麼養得起？把他們放到農村去，那裏缺勞動力，糧食又基本自給，至少先解決了吃飯的問題。

我說：年輕人在城裏，整天遊手好閒，年紀都大了，戀愛結婚迫在眉睫，這些人突然都結婚生孩子，那人口要大膨脹了。

盧志遠微笑點頭，說：這也是道理。

還有呢，這些紅衛兵，經過文革心都野了，又有點文化程度，文革後閒下來，要是一直關心現實生活，難免會不安分，在城裏鬧事，那更麻煩。

盧志遠皺了皺眉頭，說：這次運動的歷史意義，還要放到長一點的時間裏去看。十年以後、五十年以後、一百年以後，我們的後人，怎麼評價這場運動？那才是最根本的，現在下結論還太早。

如果以後的人對文革都一面倒否定，那我們辛苦幾年，就都成了歷史罪人？我試探著問。

盧志遠苦笑著點頭，說：這次把全國老百姓折騰得夠嗆，要是還折騰不出一個好結果來，那真是大罪過了。

盧志遠說：我估計鎮革委會我也待不長久，以後還是回學校去，搞教育才是我的本分。

那就是打回原形？我問道。

到最後能打回原形，那算是萬幸，只怕還要鬥，再脱三層皮，再死去活來幾個來回，不知道什麼時候才能安下心來搞好建設，搞好生活。他嘴角有一絲苦澀的笑意，聽來都不是好預感。

一席話談下來，離開時心頭壓抑。

一九六九年五月二十日　晚　晴

下午在街上，突然被燒酒成叫住了。

他朝我招手，把我帶到巷子裏僻靜的角落，劈頭問：你怎麼還不回去？

學校還沒來通知，恐怕也快了。

沒什麼好搞了，回去吧，散夥算了，還搞什麼？

我點點頭，説：還有點捨不得這班朋友。

捨不得也得捨！大家各自保命去。

保命？沒那麼嚴重吧？

走著瞧吧，你們輸定了，造反派一定倒楣，早走早好。

哦，怎麼這麼説？革委會還是我們掌權呢！

掌個屁權！毛主席多大年紀了，你以為他真的萬萬歲？

我一聽，渾身一震，四下裏看看，説：你少説酒話！

你看那個江青……他俯身過來，在我耳邊説，你看她一身妖氣，跟著她怎麼會好？

我又大吃一驚，悄聲道：你又胡說八道！

我就只是跟你說啊！

那還有軍隊啊，林副主席是接班人，黨的九大剛開過，林彪同志還是中央唯一的副主席。

燒酒成又悄聲說：林彪那個倒八字眉，一副奸臣相，沒有好結果。

我又怔了一下，你這張嘴真是！你還信這些？

燒酒成「唉」了一聲，你不信，要吃大虧啊！

我也傾過身子去，在他耳邊說：你這些話可不能到處亂說！

燒酒成拍拍我肩膀，說：你放心，我不糊塗。你不走，你才糊塗。回去吧，別搞七搞八了，三十六計，走為上計。

記下他這些話，十年後驗證。

一九六九年五月二十八日　夜　陰雨

外面陰雨連綿，已經下了一整天了。

一整天沒有人上來，心情壓抑。在阿雲房間裏走進走出，看看這裏，摸摸那裏，一再深呼吸，好像空氣中還有她的氣息飄浮著。

有一次來，見不到白耀輝，阿雲讓我到她房間裏坐，那天也是這樣的陰雨天，她也像有什麼心事，靜靜坐了很久，突然問：你有女朋友嗎？

我說沒有。

你會找什麼樣的女朋友？

沒什麼特別啊，只要性情好，有理想，不庸俗，那就可以了。

如果她出身不好，比如是地主的女兒，那可以嗎？

當然可以，出身不好，不一定就是壞人。

家裏很窮，窮得揭不開鍋那種呢？

那也可以，只要人好就行。

如果是你表妹堂妹，裏外長輩都反對，結了婚不敢生孩子，可以嗎？

我怔了一下，這問題沒想過，要想一想。

阿雲說：我的意思是，人很好，可以什麼都不管嗎？

那要看愛她有多深，沒有她活不下去，那刀山火海也是要去的。

阿雲呆呆看我，說：我就是要聽你這句話，刀山火海，說得好。

你有男朋友嗎？

阿雲又呆呆看我，突然笑起來，說：其實那幾個問題都是在問我自己啦！我有男朋友，不過不能告訴你。

我若有所失，尷尬地說：如果你沒有男朋友，將來運動結束了，我還想看看自己有沒有機會呢！

阿雲笑吟吟看我，說：你沒有機會，我當你是哥哥。你肯做我的哥哥嗎？

雖然心裏有點苦澀，我還是強顏笑說：那當然，有你這樣的妹妹，求之不得。一輩子，你去到哪裏，都是我妹妹。

阿雲輕歎一聲：一輩子……那麼長，不過，有你這樣的哥哥，我也求之不得。一輩子沒有多長，她的一輩子已經過完了，如此想著，又覺做人真沒意思。

一九六九年六月二十八日　下午　晴

立群來，就我們兩個，談了半天。毛主席為什麼要發動文化大革命，今天主要談這個問題。

馬克思恩格斯開創共產主義理論，列寧斯大林開創無產階級專政，實現社會主義，那共產主義呢？誰來帶領人類走向共產主義？

當今之世，唯有毛主席有這樣的大氣魄和大眼光。

從土改農業集體化，到城市工商業資本主義改造，解決了生產資料公有制的問題。總路線、大躍進、人民公社，本來要解決經濟生產大發展的問題，可惜失敗了，經歷了三年困難時期。那時劉少奇主導「調整、鞏固、充實、提高」八字方針，搞「三自一包」，資本主義生產方式有回潮的苗頭。

毛主席坐不住了——如果不糾正，蘇共的修正主義移植到中國來，共產主義偉大事業必將落空，因此發動文化大革命，是歷史的必然。

目的不是要打倒劉少奇，而是要阻止資本主義復辟。也就是說，如果劉少奇不搞資本主義那一套，他是不會倒台的，他倒台只是因為他不肯追隨毛主席，即使很艱難，要冒很大風險，承受很大損失，也要義無反顧，去追求共產主義的遠大目標。

所以，打倒劉少奇不是主席的最終目的，最終目的是開創一種新的政權形式、新的經濟發展形式、新的文化形式，這些新的社會形態，要從政治經濟和文化等領域全方位改造社會，有利於從社會主義過渡到共產主義。

大聯合是「三結合」的準備，三結合的政權形式，才是主席規劃的、無產階級專政的全新形式。

政治上軍、政、民三結合，經濟上絕對的全民所有制，文化上清除「封資修」，創建純粹的無產階級文化，如此經濟基礎與上層建築充分協調，經過長期努力，才有機會過渡到共產主義。

中國這個巨大的政治實驗，一旦成功了，共產主義在中國首先實現，那毛主席就是開天闢地的世界革命領袖，這個千古不朽的歷史地位，無疑具有巨大誘惑力，所以毛主席敢排除萬難，發動這一次文化大革命。

可惜，這場政治大實驗，越來越不像有成功的希望。

一九六九年六月二十九日　上午　晴

立群大清早來了，說他幾乎一晚沒睡，就在想昨天討論的問題。

如果我們昨天談的那些都成立，那麼三結合就是文革的最終成果。但三結合已大有疑問，不管是軍代表，還是老幹部，還是不同派別的群眾組織代表，在革委會裏，都只是代表個人發表意見，革委會並沒有一套傾聽民意、反映人民意志的制度。如此時間長了，那些革委會委員，一樣也會脫離群眾成為官僚，一樣也會「變修」。

所謂三結合，只是形式上的革新，本質上並沒有大的改變，甚至還更壞，因為從前的政府官員，都有行政工作經驗，現在這些代表，在行政方面都是外行。

如果三結合的形式有問題，那還能説文化大革命取得最後勝利嗎？

勝利不勝利還不知道，只是結束了。

結束不結束，恐怕也還難説。

其實我們從頭到尾都沒有好好想過，更沒有想通。

我們只是主席意志的棋子，主席想把我們擺到哪裏，我們就去哪裏。

到最後，主席發現不知道把我們擺到哪裏好了，就擺到農村去，讓窮苦鄉村來收拾我們。中國有兩個成語：鳥盡弓藏，兔死狗烹。

一個人不斷做選擇，所有的選擇合起來，便是他的命運。一個國家的人民不斷做選擇，所有的選擇合起來，就是國家的命運。

文革是我們這一代人的選擇，文革失敗，便是我們這一代的歷史罪責。

一九六九年七月五日　夜　晴

半夜醒來，月色半窗。

剛才的夢裏，依稀是雅琴，但人很模糊，也不知説了什麼，做了什麼，總之好像是她，又好像不是。

醒來後才發覺，已經好久沒有想起她了，她去了南京已經好幾個月。

什麼消息也沒有，即使她要寫信給我，也不知道往哪裏投寄。她沒有要我的通信住址，我也沒有給她——奇怪，好像我們心裏都預感不會在一起了。

想當初和她相好，那些日子真是如膠似漆，她和一個男人相好，不討好奉迎，不賣弄色相，單刀直入，義無反顧，合則來不合則去，無須多費唇舌。

當年十六歲，從南京嫁到邊遠小鎮，等於連根拔起，四顧無人，居然無災無病，活下來了，從此練就一身獨來獨往的勇氣。

兵荒馬亂的歲月，彼此有緣，一點點肌膚之親，算作今日不知明日事的日子裏，互相取暖，一晌貪歡。

一輩子那麼長，從此以後，還有沒有與她相見的機會？見了面，又該說什麼才好？

一九六九年七月八日　晚　大雨

立群來，淋濕了一身，我找一塊乾毛巾讓他擦乾頭髮。

在家裏坐不住，還是來這裏，隨便聊聊。他說，這幾天一直有些念頭在心裏打架。

我們談了那麼多，到最後都只是空談，對這個社會一點用處都沒有。難道我們都像毛主席一直批評的臭老九那樣，百無一用？

我說，按理，我們談的那些都有價值，問題是都不合時宜，私底下發發牢騷倒無所謂，真的公開了，會有政治後果。

立群說，就看你用什麼方式闡述。不要太直接，婉轉一點，輕描淡寫，點到即止，那樣可以嗎？

那要看別人怎麼理解你。我說，欲加之罪，何患無詞。寬容一點，按理什麼話都能說。最高指示還說：知無不言，言無不盡，言者無罪，聞者足戒。

現在是知不可言，言不可盡，言者有罪，聞者不戒。立群笑道，要是我們把自己想的都寫下來，抄成大字報，公開貼出去，那又會怎麼樣？

僥倖的話，會有點轟動，引起大家討論；更大可能是無產階級專政的鐵拳，會讓我們痛不欲生。

一九六九年七月十九日　上午　晴

立群和黃磊、林敏行到山區打前站，了解情況，和當地幹部協商安置工作。一個星期後回來，大家情緒都高漲，談起山區的情況眉飛色舞。

紅衛兵們開了大會，各自串連，按不同村子的接待人數，安排落户的村子。九月一日出發，日子都訂好了。

雖然不同派別的同學還有芥蒂，各自互不往來，但突然在命運面前大家都平等了，都灰溜溜的，失去當日頭上的光環，一個個老老實實，準備接受嚴峻生活的考驗。

大家都不知道，他們在廣闊農村將遭遇什麼難題，將要脱幾層皮，掉幾斤肉，靈魂將如何安頓。

我給學校寫了信，那邊回覆了，説正在通知全校師生回校，待年底人齊了，也要分配到不同的軍墾農場，在那裏集體勞動，改造思想。

從此以後，和這些運動中生死與共的戰友各奔前程，以後還有沒有機會見面，見了面又各自成什麼樣子，那都無法細想了。

立群説，趁大家還沒有散，多聚聚。有時大家分頭買一點現成的下酒菜，一瓶土製燒酒，也不敢打攪阿雲祖母，各自悄悄揣上樓。然後分座對酌，目光空茫，喝一陣唱一陣，醉話鬥醉話，淚花對淚花，直到更深，都歪在床上睡著。

一場戲已經唱到尾聲。

尾聲

一九七一年政府開放申請出國，一時間有點海外關係的人都躍躍欲試。剛開始有人還心有疑懼，擔心政府又來「引蛇出洞」，誰申請誰就是「裏通外國」，後來有不怕死的人先提出申請，居然批准，居然走成了，這才成為一股熱潮。

那時我還在勞改農場，不知道在自己家鄉，有一些微妙的變化先在那裏發生了。

立群他們去插隊後，我在家裏住了半個月。秋雨連綿的日子，我站在小閣樓上，遠遠望去，村莊在一片迷濛的雨霧裏，灰撲撲的農舍，高高低低散落在山坡上，遠處秋收後光禿禿的農田，更遠處的赤土埔、青灰色的天空，整個廣袤的人世橫亙在我心頭。

一顆心從來沒有那麼空，好像四下無人，只剩我一個獨對萬古雲山，徹底的孤立，徹底的枯寂，徹底的絕望。

立群他們走的那天，我去送行。十幾輛解放牌汽車在學校操場上一列排開，圖書館外灌木叢上，立了一排口號，寫著：「毛主席揮手我前進，廣闊天地大有作為。」

送行的親友都面容憂戚，風撩起老奶奶衰敗的白髮，小荷才露尖尖角的少女，目光追隨她們的哥哥姐姐，忍住眼角的淚水。小孩子在駕駛室車門口爬上爬下，嘻笑著坐在窗內朝外面的人招手，他們不知道，這一招手，是凶險旅程的啟動儀式。

立群的母親和弟妹們都來了，我遠遠看著他們在話別。越過他們四下裏巡視密集的人群，恍惚在人堆裏看到阿雲苗條的背影，自己不覺苦笑了一下。一時又走了神，覺得要是立群和阿雲雙雙去了窮鄉僻壤，在那裏一起扛鋤頭出工，砍柴燒灶，挑水灌園，粗茶淡飯裏苦與樂分甘同味，說不定就在那裏成了家。一個小茅屋，幾片春種秋收的農地，清晨雞鳴狗吠，向晚夕照炊煙。沒有孩子的庭院裏有歌聲，半夜醒來說起往事，可歌可泣，可笑可歎，風雨茅廬裏歲月靜好，然後，就在清貧知足的日子裏老去。

那該是多好的人間美事！

立群找到我，握了握手，眼裏滿是意思，卻沒說出話來。我只說：到後寫信來，保持聯繫。立群點點頭，那邊已經在召喚上車了，他又緊了緊手掌，然後決然放開，回頭跑過去。

車子發動起來，緩緩駛出，兜一個彎，從校門口開出去。我再沒有看到他，直到從勞改農場回來，還一直避著，不敢和他們聯繫。後來正式進了教育系統，那時才偶爾去見見他們。彼此都滄桑滿懷了，話到嘴邊，欲言又止，心裏是明白的，唯有默默祝福。

就在立群他們走後那些陰雨連綿的日子裏，一個人百無聊賴，一時萬念俱灰，一時又無端衝動。那些殘留在心頭的想法，像來歷不明的暗湧，日夜衝撞不休。大半天呆坐，大半天胡想，起來走走，站久了東張西望，一顆心沒個安放處，有時候只想找個人吵一架，有時候又沒來由地伏案低泣。

有一天半夜，久久醒著，心頭激盪，一個聲音在耳邊絮絮叨叨，好像催促著，又好像埋怨不休。我突然翻身起床，提筆展紙，把醞釀許久的一些念頭整理了出來，草成一份公開信。

我明白那些文字的危險性，但人有時不由自主聽從內心的召喚，有時情感的洶湧會衝決理智的堤防。如果那時的衝動有一個來由，我也只能如此安慰自己：匹夫憂國，我對自己熱愛的國家有一份責任。

記得艾青的詩句：「為什麼我的眼裏常含淚水？因為我對這土地愛得深沉。」

文章題為：「建設人性的社會主義」，主要簡述幾點：

一是文化大革命基本上結束了，兩派鬥爭歸於和解，日後階級鬥爭的形式，應限於思想上的探討，而不是真刀真槍，「殘酷鬥爭，無情打擊」。

二是經過多年的大動亂，社會應該得到喘息，發展生產，改善生活，工廠開工，學校開課，民間回歸正常生活。

三是世道怎麼變，人性不會變，一個社會應該建立在互相認同的人性上面，公私有分際，善惡有標準，以革命的名義不可害人，為人民謀利益高於一切。

四是三結合領導班子是新生事物，形式上雖已確立，實際運作有待完善。如何從群眾中來，到群眾中去，如何處理思想與生活、政治與經濟、政府和群眾之間的關係，還需要集思廣益，真正發揮領導作用。

五是多年鬥爭，武器流落民間，應該盡快收繳武器，以絕後患。民間對立情緒應該緩解，提倡互相體諒，反對無事生非。此外，積極開展形式多樣、老百姓喜聞樂見的文化活動，以營造社會良好的氣氛。

六是紅衛兵是毛主席親自命名，為文化大革命立下汗馬功勞，主席對年輕一代高度評價。現在運動雖然結束了，紅衛兵的歷史任務完成，他們又響應主席的號召去上山下鄉。不管如何，他們都是革命的接班人，應該善待他們，肯定他們的貢獻，安排好他們的勞動和生活，為他們的未來籌謀。

七是通常一次大的社會變動之後，應該廣開言路，活潑社會氛圍，傾聽民間聲音。正如毛主席多次指出的，知無不言，言無不盡，言者無罪，聞者足戒。三結合領導班子是從群眾中來，更應該傾聽群眾心聲，為群眾辦事。

八是共產主義的偉大理想，並非一蹴而就。只有水到渠成，不能揠苗助長。發展經濟是幾代人的事，移風易俗非一朝一夕，需要漫長的過渡，需要耐性和腳踏實地的工作。

公開信草就之後，放了兩天，一再斟酌修改，直至自己也不能挑剔了，這才抄成大字報。臨離家前三天，趁著天晴，我起早騎車子到鎮裏去，街上杳無人跡，我在街口殘破的大字報欄上，刷了漿糊，把大字報貼上去。

凌晨時分，四下裏開始有一些響動，空氣中有一種熟悉的、成分複雜的俗世生活的味道，一間賣早點的鋪子，有人在門口生火。

我站在街心，四顧茫然。想起小街上走過的遊行隊伍，大字報欄前攢動的腦袋，兩派高音喇叭震耳的對罵聲。那些不眠之夜，騷動的清晨，長天白日下的吶喊與喧囂，突然都湧到眼前來，突然又潮水一般地退去。我在心裏和自己說，該走了，在這裏，腳下站立的故鄉方寸之地，是我埋葬青春的地方。

我是被公安人員從家裏抓去的。臨走前半夜，敲門聲突然響起，村支部書記領著五六個公安，把開門的母親撞倒在地上，把我從床上拎起來，五花大綁，推上車子。

後來的事情都不消細說了，審訊判罪，流放勞改。那幾年我拚了老命幹活，積極配合思想改造，寫了好幾篇受上級好評的批判文章，寫到自己都有點名氣了，場部把我抽調去做一些文書工作。四年後，以表現好為理由，把我提前釋放。

一九七三年我回到家鄉，先在村裏監督勞動，後來村裏小學缺教師，請我去代課，稍後向上面申請，把我補為民辦教師。那時全國中學教師大缺，兩年制工農兵大學生，畢業後補充中學教師空缺，還是處處告急。縣裏把一些夠資格的民辦教師，也轉為正式中學教師，那時，我就脫胎換骨，開始正常生活了。

我一直不敢動申請出國的念頭，正因為自己有一份暗黑的履歷。一九七五年斗膽拿了申請表，戰戰兢兢填好送上去，兩年間泥牛入海，毫無消息。我知道自己的檔案累事，眼看沒有希望，便安慰自己說，出去也不一定好，未必能適應外邊的生活，萬一捱不住又回來，反倒讓人笑話！

命運捉弄人，命運也成就人。必然的事有偶然的機緣，偶然的事又有必然的底因。有一天看報紙，突然看到韋清泉的名字，原來他又「解放」出來了，現在是省革委會辦公廳主任，我心裏一動，暗自和自己說：搞不好，我的命運捏在韋清泉手裏。

我先給他寫了一封信，一如所料沒有回音，暑假抽空到省城走了一趟，幸運的是，韋清泉正好在辦公室。革委會在原省委大樓，一個三十多歲秘書模樣的男人領我進去，經過門崗，穿過一個偌大的花園，上三層樓，推開走廊盡頭一扇大門，便見韋清泉坐在辦公桌後面打電話。

他示意我坐下，繼續未完的對話。不知道在說什麼，口氣威嚴，臉上有一種經驗老到的自信。一邊說話，一邊瞄我一眼，那一眼裏有無限意思，有老相識見面的驚喜，也有一種刻意要顯示出來的倨傲。

放下電話，他繞過辦公桌過來和我握手，一鬆開手又走回去坐下來，說：「小方啊，多年不見了，我們上次是在北京見過的吧？」

「是的，在京西賓館外面，你說在辦調動，後來沒調成吧？」

「唉，」他笑著，歎一聲，那一笑一歎，都意味十足，然後說：「你上次寫來的信我看到了，我也讓人查過，不容易啊，你那些事……」

「這我都明白，不過實在是父親年紀大了，他那邊的生意沒有人照管，萬一有什麼差錯，他辛苦一輩子的家業就沒了。」

韋清泉點點頭，說：「這我都明白，現在國家政策，對有海外關係的人特別照顧，別人都好辦，但你的檔案拿出來，就擋著你的路。」

「所以我特地上來找你，看看你能不能幫幫忙。」

他沉吟著，說：「我自然是可以插手的，辦公廳什麼事都管，省公安廳廳長也幾乎兩三天見一回。我們是老相識了，當年我落難，你們對我也不算太壞，我來想一想，看看用個什麼理由，能不能放你一馬。」

我高興地說：「謝謝你韋主任。」

他笑了：「韋主任？當年你連名帶姓叫我，不時還凶我幾句。」

我有點窘，只好解嘲說：「那些年，犯的錯也不只這些，我們把天下所有的壞事都幹盡了，我們也受夠懲罰了。但，那都是響應毛主席的號召，不是主席發話，誰敢動你們老革命一根寒毛？」

韋清泉哈哈大笑，指指我說：「你這個小方啊，你就是嘴巴能講。不過，那天晚上騎車送我去青州，最讓我心裏發毛！三更半夜，以為你們把我帶到荒山野嶺，把我弄死了，神不知鬼不覺。」

「我們沒有壞到那種地步啦，你在安平那陣子，我們也沒有虧待過你。那次你一個人跑出去，找得我們好苦，我還以為你溜掉了，還擔心不好跟青州造反派交代呢！」

「哈哈哈……」韋清泉想起那些事，再想起自己眼下的地位，好像心情很舒暢。

我不敢影響他工作，很快就辭了出來。韋清泉送到門口，悄聲說：「回去等好消息。」

好消息三四個月後下來了，到縣裏領了護照，訂出離家的日子。

如此也四十年過去了。在香港這個國際大都會安身，剝掉一身皮，吃過無盡苦，不管如何，終究活得自由自在。如今回頭看，四十年前那一刻，走與不走的選擇，造就了我的後半生。想起逸思當日說的，人一生總有一兩次關鍵性的選擇，大事臨頭，要有決斷——幸虧，當日選的是出走。

星期天，我抽空到鎮裏去，和立群他們幾個道別。

立群家別來無恙，空落落的天井裏，剛下過的一場大雨，還有雨水積在低窪處。上房裏有人聲傳出來，進門去，一屋子的人都驚喜地叫出聲來。

立群、曾沛然、秋實、黃磊都在，還有兩個面熟的年輕人，一張小方桌上散放著撲克牌，曾沛然說：「早幾天約你來，你還說沒空，怎麼突然又來了？」

我在一旁空椅子上坐下，說：「我出國申請批下來了，準備過幾天走。」

大家都「啊」了一聲，面面相覷。立群說：「都不知道你在申請出國。」

我便將前前後後的事說了一遍，說到韋清泉，大家都說：「看到報上消息了，他現在升了官。」

立群說：「今晚在這裏吃飯，大家好好聊聊。」

我掏錢出來，說：「今天應該我請客。」

秋實道：「那我們也不客氣了，反正你出去就發達了。」

「發達沒那麼快！」我說，「過幾年我在那邊待不住，灰溜溜回來，還請你們高抬貴手，當我是一個朋友。」

立群道：「我們不是朋友，我們是生死之交。」

他們問起韋清泉，我説人還好，就是開始有點官氣了。

黃磊説：「那也難怪他，是我們，吃過那麼多苦頭，也免不了要出一口鳥氣。」

曾沛然説：「世道怎麼變，官還是官，民還是民。」又問：「那你還要辦退職手續吧？我們學校以前辦過，明天回學校，我讓人查查看。」

我謝過了，問起林寬、李友世、張大同幾個人的情況。林寬因為研製水壓機成功，升了車間主任。李友世失蹤了，毛主席去世後失魂落魄，秋實説，有時在街上碰見，臉色陰沉，連招呼都不打。至於張大同，小日子好像過得不錯，我也説：「有一天在街上碰見他，夫妻兩個帶一個三四歲的孩子，一個幸福家庭，看上去令人羨慕。」

我説：「想到阿雲和一飛墓上看看。」

秋實道：「你還不知道啊？紅派掌權後，他們的墓就給平掉了，她叔叔早幾日聽説了，請人另外找個地方移走了，墓碑也不敢寫什麼『造反派烈士』了，就是『白如雲之墓』幾個大字。」

林一飛的呢？

秋實看看立群，立群搖搖頭，看看曾沛然，也一臉茫然。

「張捷呢？他的墓在哪裏？」

「不知道，他那種事，都是政府處理的。」

立群突然問：「你去看過雅琴嗎？前些日子她還問起你。」

我説：「去過兩三次，有時門鎖了，有時進去後又找不到人。」

「你知道她抱養了一個孩子嗎？」立群問道。

我想起來了，說：「她有次提起，說她哥哥勸她領一個孩子養，以後年紀大了有個照應。」

立群道：「不如你去看看她，等一會回來，我們一起吃飯。」

大家都說，當年她那麼照顧你，應該去看看她。立群目光裏別有意思，朝我點點頭，說：「你去吧，晚飯我們來準備，反正都買現成的。我們星期天的牌局，一般都要三更半夜才散的。」

一個人出門來，專走小巷，迎面而來都是陌生面孔，小孩子呼朋引類跑過，正是：兒童相見不相識，笑問客從何處來。

雅琴家還是老樣子，半下午陽光斜進廳口來，屋裏靜悄悄的，往裏走，一陣穿堂風挾著熟悉的氣息撲面而來。天井又巷路、巷路又天井，只是一種異乎尋常的靜。我以為又見不著了，卻見不遠處廚房那頭，她迎面走出來。

兩個人都在昏暗裏，她離遠就問：「誰啊？」

我沒有答話，直走近去，直到她認出我來了，吃驚地說：「你……」

我們在廚房裏坐下，她沖茶給我，沒有說話，我抬起頭看她，她眼角有淚光。

「這麼久，都不來看我……」她怨道。

我說：「剛從勞改農場回來，那幾年都不敢來找大家，你這裏更不想來，就怕給你們帶來麻煩。今年來過兩三次，都撲了空。」

「那也可以捎個口信給我啊，立群他們來我這裏也沒什麼不方便。」

「那時只覺得我一輩子都完了，大家日子都不好過，不敢拖累你們。」

雅琴冷笑一下：「拖累？說拖累就見外了。」

「你還好嗎？」我想換個話題。

「這年頭，死不去就是好。」

「還在做刺繡嗎？」

「做刺繡，現在還替人裁剪衣服。上次回南京，拜了一個師傅，學了這門手藝回來，總算有口飯吃。」

「外面理髮師傅還在？」

「去年搬回老家了，現在兩個學生租在那裏。」

「聽說你抱養了一個孩子？」

雅琴道：「是啊，不然我老來怎麼辦？等他大了，娶個媳婦，給我生孫子，我老了，有人叫我阿嬷。你呢？結婚了沒有？」

「還沒有呢，一個勞改釋放犯，沒有女孩子肯嫁給我。」

「你啊，你們都幹了什麼事啊？我們都幹了什麼事啊？」

她又癡癡的，神思恍惚，片刻道：「聽說你在教書。」

「是啊，就在曾沛然手下，他很照顧我。」

「那也是大好人一個，可惜這世道，好人都不好過。」

「我要出去了。」我突然說。

「出去？去哪裏？」

「出國啊！護照是給我去菲律賓的，不過多數人都留在香港，那裏好做事。」

雅琴呆了一呆，說：「哦，那就不會回來了吧？」

「會長久住那邊了。」

她靜了一會，好像在心裏掂量這個消息，說：「走吧走吧，走遠一點，別再回來了。」

正說著，一個八九歲的孩子不聲不響走進來，一手揉著眼睛，嘴角還有一溜口水。孩子一張白淨的面孔，胖嘟嘟的，挨著雅琴，抬起眼看我。

我笑問：「就是他？」

雅琴點點頭，把孩子摟到身邊，說：「他那邊家裏也姓方，叫方啟新。」

「啟新？這名字不錯。讀書了嗎？」

「剛升小學二年級。」

「媽媽，」孩子喚了一聲，眼睛盯著桌上的蜜餞，雅琴用小竹籤叉了一塊蜜桃脯，送到他嘴裏。她抬起頭看我，眼裏有一種複雜的、脈脈的情意。

廚房外夕陽轉淡，墻角的水井邊晾著幾件衣服，有一件細布條勾連著的胸衣，在風裏微微搖晃，我心裏一動，趕緊別過臉去。

道別時雅琴說：「就在這裏吃飯吧。」

「剛才和立群他們約好了，今晚幾個人聚一聚。」

「那好吧，什麼時候出去？」

「就三五天吧，可能沒有時間再來看你了。」

雅琴苦笑一下，說：「也沒什麼好看。」

走到門口天井處，她突然把孩子拉近來，略俯下身說：「叫爸爸。」

我大吃一驚，忙道：「你說什麼？不能亂叫啊！」

雅琴直視我的眼睛，沉著聲說：「那時我其實是懷了你的孩子，兵荒馬亂的，怕肚子大起來別人說閒話，才想到去南京的主意，本來也沒打算讓你知道。不過你現在要出去了，以後還不知道有沒有機會見面，這件事，不能不讓你知道。」

我嘴巴張大了合不起來，半晌說：「那為什麼不告訴我？」

「告訴你也沒用，你也解決不了問題。我想把孩子生下來，可是沒名沒分的，只好想抱養的主意。到了南京，我哥哥找了一些關係，弄了一張抱養的證明，這樣就過關了。」

說罷，又扯了扯身邊的孩子，說：「叫爸爸，這是你爸爸，你看仔細了，記住他。」

我伸出手去，想把孩子拉過來，他卻轉身摟住雅琴的身子，扭過臉去了。

雅琴將他的臉扳回來，厲聲道：「叫你叫爸爸，聽到沒有？」

孩子怯怯地看我，看了片刻，囁嚅著叫了一聲「爸爸」。

我突然覺得內心翻滾，一陣酸楚的滋味從裏往外湧出來，眼角淚水模糊了視線，我約莫伸出手去，拍拍孩子的臉，說：「乖，要聽媽媽的話。」

走到門口，我回身跟雅琴說：「我會寄錢回來，我要養他。」

雅琴正色道：「你又胡說了，你還要討老婆生孩子。」

「那我會事先告訴她，我有一個不是結婚生的孩子，她肯接受，她就嫁，不肯接受就拉倒。」

在門口站著，真有點走不開去的感覺，雅琴一再催我，說走吧走吧，我看看她，又看看孩子，我要把這一刻深深刻進我的腦海裏，永生永世，這條小街、這間小屋、這個女人、這個孩子……

仰起頭，長長吁出一口氣——我的青春，我的文革，我不堪回首又一定會用一生來回首的艱難歲月。

附錄　四十年來家國

八月底一天，日光毒辣，經過灣仔大道東時，突想起四十年前的那個夏天，一樣毒辣的日頭，我與中學母校的同學一起，沿着福泉廈公路步行往福州去，準備參加八月二十九日在那裏舉行的揪鬥教育廳長王于畊的活動。王是當年福建省委書記葉飛的夫人。

那時我們都還不是紅衛兵，等到從福州回來，一個紅衛兵組織就在全省各地建立起來，因為八月二十九日具紀念意義，這個組織就命名為「八二九革命造反司令部」。我中學母校的學長王雲集，是廈門大學中文系的學生，寫得一手漂亮文章，又擅長演講，真是振臂一呼應者「雲集」，鬍子吧喳中帶一點落拓文人的浪漫氣質，他後來成了福建省八二九總司令部的司令。

我們在福州東街口看大字報，把一些新鮮感人的內容抄下來，毛澤東、周恩來、林彪、江青等人的講話，都像九天綸音，讓這些鄉下孩子感到革命的新鮮刺激，感到參與一項偉大政治運動那種千載難逢的幸運。那時革命浪漫主義盛行，循規蹈矩的學生突然生出對崇高事業神往追慕的激情，人人都準備投入文化大革命運動，準備必要時犧牲自己。

我們住在農學院，晚上和衣睡在地上，每天早晚出入，經過福州著名的風景區西湖公園，那裏大門洞開，也不收門票，但我們那時都神聖得過其門而不入。對鄉下孩子來說，公園是神奇好玩的地方，可是革命如火如荼，誰有心思去遊玩享受？我們那時意志堅定如此，因為革命本身正是一件家國大事。

從那以後，整整三年屬於我生命中的「八二九」年月。從初期的造反派與保守派之爭，到各立山頭，校園裏棍棒石頭的武鬥，到介入社會，組織工人農民造反總部，再到衝擊部隊軍營搶槍，武裝割據，身邊有同學死傷。那時黨政機關癱瘓了，幹部也分成兩派，連「支左」的解放軍也各有「派性」。天下大亂，越亂越好，毛澤東如是說。

為「保衛偉大領袖毛主席」打了兩年，到六八年初夏我被推舉到北京參加中央辦的「毛澤東思想學習班」，造反派、保守派的學生與幹部同處一室，談判大聯合的問題，籌備建立福建省革命委員會。一九六八年底，全國各省除台灣外全部成立革命委員會，軍隊、幹部和學生三結合建立領導班子，「全國山河一片紅」，理論上說，文革結束了，而三年打生打死，造反保守究竟誰對誰錯，到最後也不得要領。

一九六九年初，毛澤東又有一個偉大戰略部署，號召知識青年上山下鄉，紅衛兵從「革命先鋒」搖身一變，成了「接受貧下中農再教育」的「臭老九」。毛澤東高瞻遠矚，深感血氣方剛的學生留在城裏終究是個禍害，養活數千萬年輕男女又要虛耗國庫的糧食金錢，因此把這些因為造反而野性不馴的孩子，投放到中國廣袤的土地上去，讓窮苦農民去收拾他們，讓漫長的放逐銷磨他們的意志，讓清貧的日子瓦解他們之間的感情。紅衛兵飽嘗人間冷暖，革命革到自己頭上了，一時頹廢苦悶成了流行病。

到七零年代初，知青們先後抽調到城裏不同部門工作，領取微薄到可憐的工資，一個個如蒙大赦，感激涕零。然而，幾年跌宕的人生初級課程，使他們對現實產生了基本的懷疑態度，部分人開始質疑自己身處的社會制度，年輕人不安分的思想和探索真理的原始衝動又一次萌芽，這一次不是精神洗腦後的盲從，而是從個人觀察和思索裏生發出來的真切感受。馬克思的格言是「懷疑一切」，這一回紅衛兵們接過老祖宗的信條，把它用到現實中去。

一九七三年，林彪一夜之間從欽定的接班人，淪落為「不齒於人類的狗屎堆」，隨著林彪的倒台，毛澤東至高無上的神話也開始解體，毛澤東對「四人幫」的批評，也在民間的政治耳語中四處流傳，「天要下雨娘要嫁人」，革命革到自己親密戰友頭上，正如革到紅衛兵頭上一樣，令人對革命的神聖意義平添更多疑慮。

那是魏京生們在北京民主墻呼籲「第五個現代化」的年代，全中國每個角落都瀰漫各種政治的悄悄話，真真假假的小道消息揭示不同的政治行情，今日的座上客明日成了階下囚。紅衛兵們被政治漩渦甩出來，閒極無聊，反倒貪婪閱讀各種到手的理論書，探討中外的歷史問題，小心翼翼地接觸現實政治制度的利弊。那時我們也看《聯共（布）黨史》、《法國革命史》、《巴黎公社史》、《第三帝國的興亡》，私底下提出「改善無產階級專政」這樣膽大包天的問題。幾個朋友看書討論，彷佛對國家政治、社會制度頗有心得了，商量著準備把一些看法寫成大字報，張貼到福州鬧市東街口，以期引起更大反響。

因為個性疏懶，我們的大字報始終沒有寫出來，到後來工作調動，小圈子散了，我們過問國策、行使公民權的大計，終於也成了「偉大的空話」。也幸虧人太懶，正經事當作閒聊，又缺乏足夠的政治野心，否則大字報一貼出去，一定免不了牢獄之災，而各自的後半生都要改寫了。

現在看來，「改善無產階級專政」簡直是小兒科，不過在當時，僅僅是「改善」那樣輕描淡寫的想頭，也已經夠駭人聽聞。「偉大領袖毛主席」健在，他的世界共產主義藍圖方興未艾，豈容幾個毛頭小子來「改善」！但這種「改善」共產黨執政的念頭，在紅衛兵中廣泛流傳，在老百姓中發酵，後來成了鄧小平改革開放大轉彎的社會基礎。

政治滲入個人的日常生活，這是文革帶來的社會文化效應，也因此讓紅衛兵這一代，比他們的前輩更早也更深刻地思索現實問題，對現存的體制發出質疑，追尋各種社會變革的可能性。八零年代初起，有的人因此走上抗爭的不歸路；有的慢慢銷磨了政治激情，回歸俗世生活；有的人走入建制，被提拔做各級官僚；有的人下海做生意，成了第一批經濟弄潮兒。紅衛兵分化了，在大變革的年代各奔前程。

在胡耀邦趙紫陽的寬容政策下，紅衛兵們開始成為社會中堅力量，在知識界形成文化引進、思想探索的熱潮，推波助瀾，蔚成風氣。

混亂而生氣勃勃的局面，時鬆時緊捱到八零年代末，到愛國學生民主運動形成高潮，這個運動的幕後智囊和市民中的呼應者，很大部分也是紅衛兵。那時紅衛兵們久違的理想主義又回來了，天地一股正氣從京城向全國流播，民胞物與伸張正義的激情像傳染病，人人都以為，民眾的訴求如此樸素真誠，人民子弟兵不會槍擊人民，可惜大家都錯了。

六四一役耗盡了中國人的道德正義感，愛國熱情被坦克輾碎，當年的沮喪和無助，隨著十幾年來的經濟上升、生活改善慢慢轉淡，民主自由的理想被追逐現世快樂的慾望麻醉了，人人日子都好過了，只是靈魂無法安頓。

等到六四的風波輻射到前蘇聯和東歐社會主義國家，卻在那裏引爆了另一些定時炸彈，前蘇聯解體，東歐共產政權土崩瓦解，民主制度在他們那裏草創了。正如俄國諺語説的：「人不能分兩次跨過壕溝」，他們的政治經濟改革同步到位，震盪療法起死回生。今日看來，俄國和東歐最壞的事情已經發生了，但中國最壞的事情似乎還沒有發生。

從文革的紅衛兵，到思想解放運動，到八零年代政治改革呼聲，再到六四，前蘇聯和東歐的變天，歷史發展似乎有某種脈絡，有一種內在的因果關係。以紅衛兵造反之惡開始，一浪接一浪，而以社會主義陣營崩析告終，用毛澤東的話來説，是「壞事變成好事」。如果説紅衛兵運動最終造成了世界格局的改變，有人可能會譏笑我們太過自我膨脹，不過亞馬遜河熱帶雨林中一隻蝴蝶搧一搧翅膀，也會引起美國德克薩斯州的龍捲風，假設沒有紅衛兵，今日世界或許就不是這種面目。

七零年代初起，數以十萬計的紅衛兵擠開國門南來香港，這些當年的「阿燦」，三十多年來見證香港的盛衰。少年子弟江湖老，紅衛兵早已恥談當年之「勇」，不同派別的紅衛兵一起飲酒作樂時，説起四十年前的對立，六億中國人被毛澤東一人催眠的往事，也都只有苦笑的份。有的同學當官了，又下台了，有的同學發達了，又破產了，大部分同學都兢兢業業，專注於自己的工作，經營自己的小家庭，過起平凡而安穩的日子。

看看今日的中國，官場的貪腐與民間的惡質文化沆瀣一氣，經濟快速成長與精神極度混亂相呼應。中國就像一個初出牢籠的囚徒，放眼人間到處是機會，過去的陰影與未來的誘惑交織心頭，野心比本事大，麻煩比智慧多，一副陰陽失調的病身，背負舊日淪落之怨與今日得意之狂，不知能不能捱過風雲變幻的世道。向好處看，這是復甦振作無法迴避的過程，向壞處想，沒有大國手，不做一番刮骨療毒，終不知如何收場。

「四十年來家國，三千里地山河」，二十年前曾有過一次關於紅衛兵「懺悔不懺悔」的爭論，其實，對紅衛兵來說，半世折騰又怎一個「悔」字了得？今日紅衛兵早已髮白齒搖，家國雖屢屢入夢，而心力卻早已不濟了。再來一次文革，我還會做一次紅衛兵嗎？在十幾歲上，空有一股初入世的激情，以世界革命、家國關懷的名義，偉大領袖催眠，億萬人裹脅，再怎麼荒唐的事，我們中國人都還幹得出來。更不用說，今日世道如此惡濁，人心如此險峻，再鬧一次，誰也沒有過公園而不入的那種真誠了，那會是怎樣一種局面，也不敢想像了。

（本文原刊載於二零零六年九月《蘋果日報》）